徳間文庫

北天に楽土あり

最上義光伝

天野純希

目次

最上義光《もがみよしあき》——最上家第十一代当主。子供の頃から病弱な体質ゆえ父母を案じさせていた。

義《よし》——義光より二つ下の同母妹。家臣たちに「鬼姫様」と呼ばれるほど気丈な性格。

義守《よしもり》——義光の父である前最上家当主。二歳で中野家から本家に迎えられた。

康子《やすこ》——大崎義直の娘。義光の正室。

駒《こま》——義光・康子の次女。美しく気立てがいい。

氏家守棟《うじいえもりむね》——最上家家老。家臣として義守、義光に仕える。義光より十二歳年上。

伊達輝宗《だててるむね》――名門伊達家の嫡男。正室として義が嫁ぐ。

梵天丸《ぼんてんまる》――伊達輝宗・義の長男。後の伊達政宗《まさむね》。

竺丸《じくまる》――伊達輝宗・義の次男。後の小次郎《こじろう》。

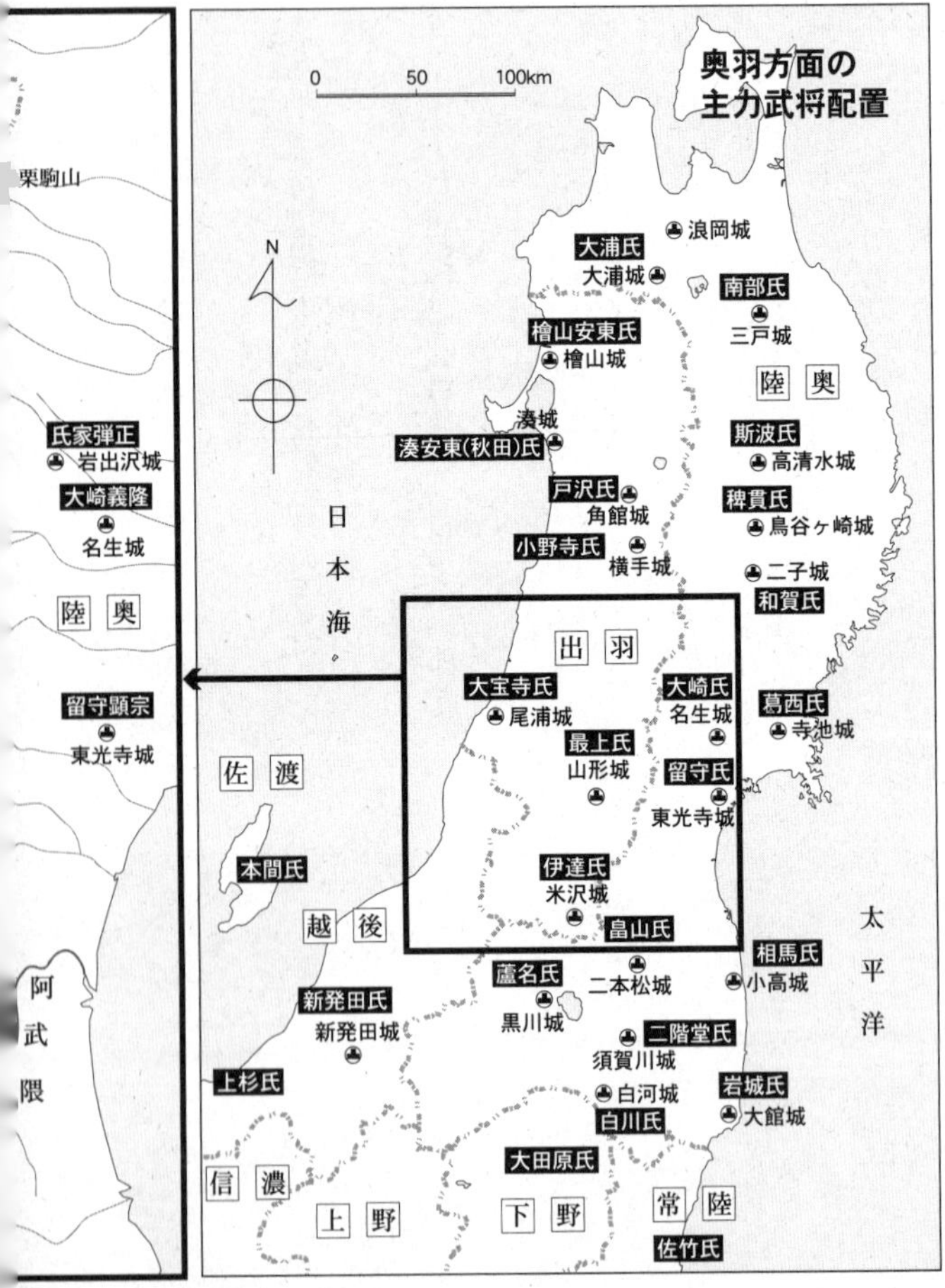
奥羽方面の
主力武将配置
0
50
100km
N
浪岡城
大浦氏
大浦城
南部氏
三戸城
檜山安東氏
檜山城
陸奥
湊城
湊安東(秋田)氏
斯波氏
高清水城
戸沢氏
角館城
稗貫氏
鳥谷ヶ崎城
小野寺氏
横手城
二子城
和賀氏
日本海
出羽
大宝寺氏
尾浦城
大崎氏
名生城
葛西氏
寺池城
最上氏
山形城
留守氏
東光寺城
佐渡
本間氏
伊達氏
米沢城
畠山氏
越後
太平洋
相馬氏
小高城
蘆名氏
二本松城
新発田氏
新発田城
黒川城
二階堂氏
須賀川城
上杉氏
白河城
白川氏
岩城氏
大館城
大田原氏
信濃
上野
下野
常陸
佐竹氏
栗駒山
氏家弾正
岩出沢城
大崎義隆
名生城
陸奥
留守顕宗
東光寺城
阿武隈

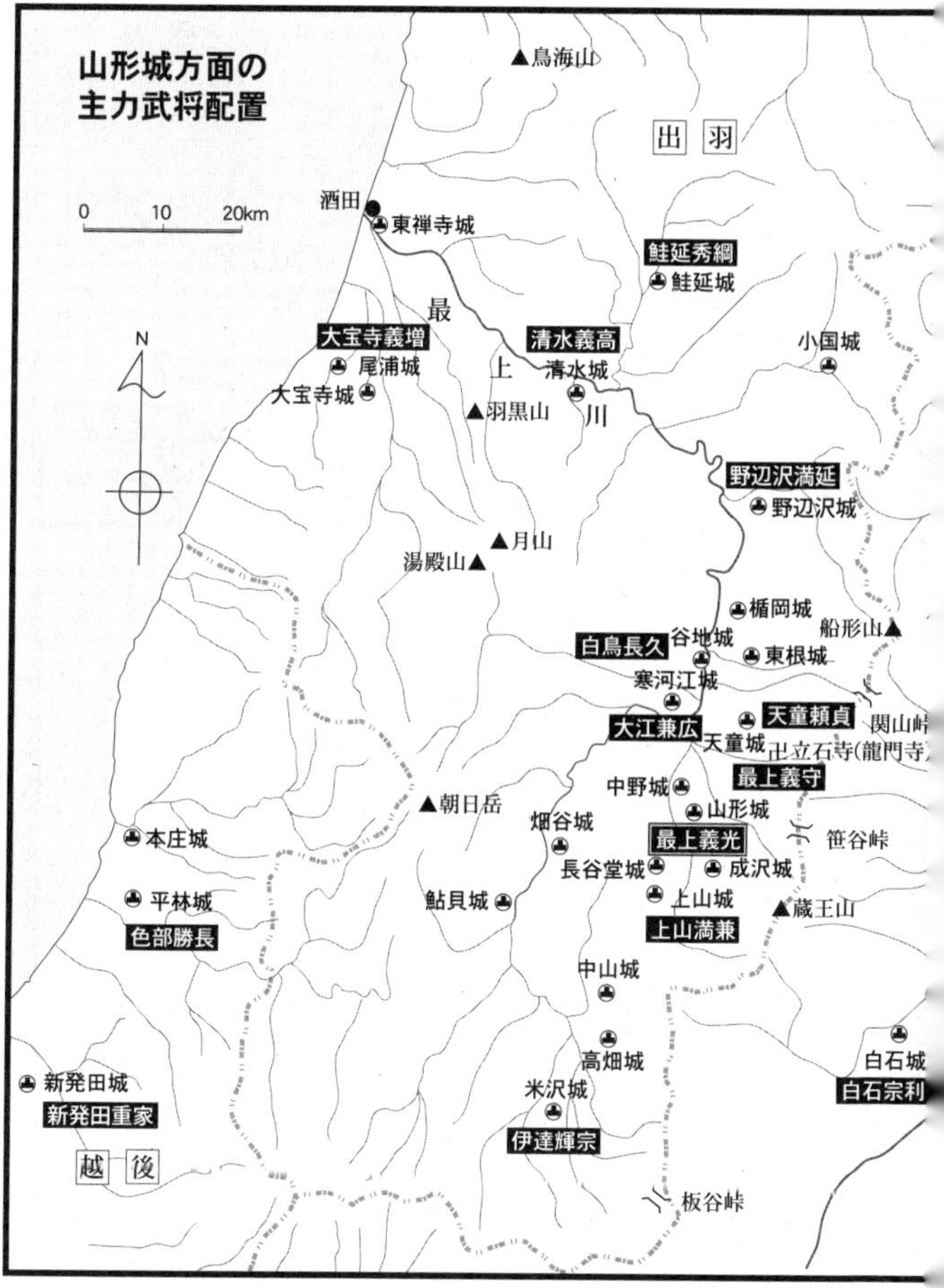

山形城方面の
主力武将配置
0 10 20km
N
鳥海山
出羽
酒田
東禅寺城
鮭延秀綱
鮭延城
最
上
川
大宝寺義増
尾浦城
大宝寺城
清水義高
清水城
小国城
羽黒山
野辺沢満延
野辺沢城
月山
湯殿山
楯岡城
船形山
白鳥長久
谷地城
東根城
寒河江城
天童頼貞
関山峠
大江兼広
天童城
立石寺(龍門寺)
最上義守
中野城
山形城
朝日岳
畑谷城
最上義光
笹谷峠
本庄城
長谷堂城
成沢城
平林城
鮎貝城
上山城
蔵王山
色部勝長
上山満兼
中山城
高畑城
白石城
新発田城
米沢城
白石宗利
新発田重家
伊達輝宗
越後
板谷峠

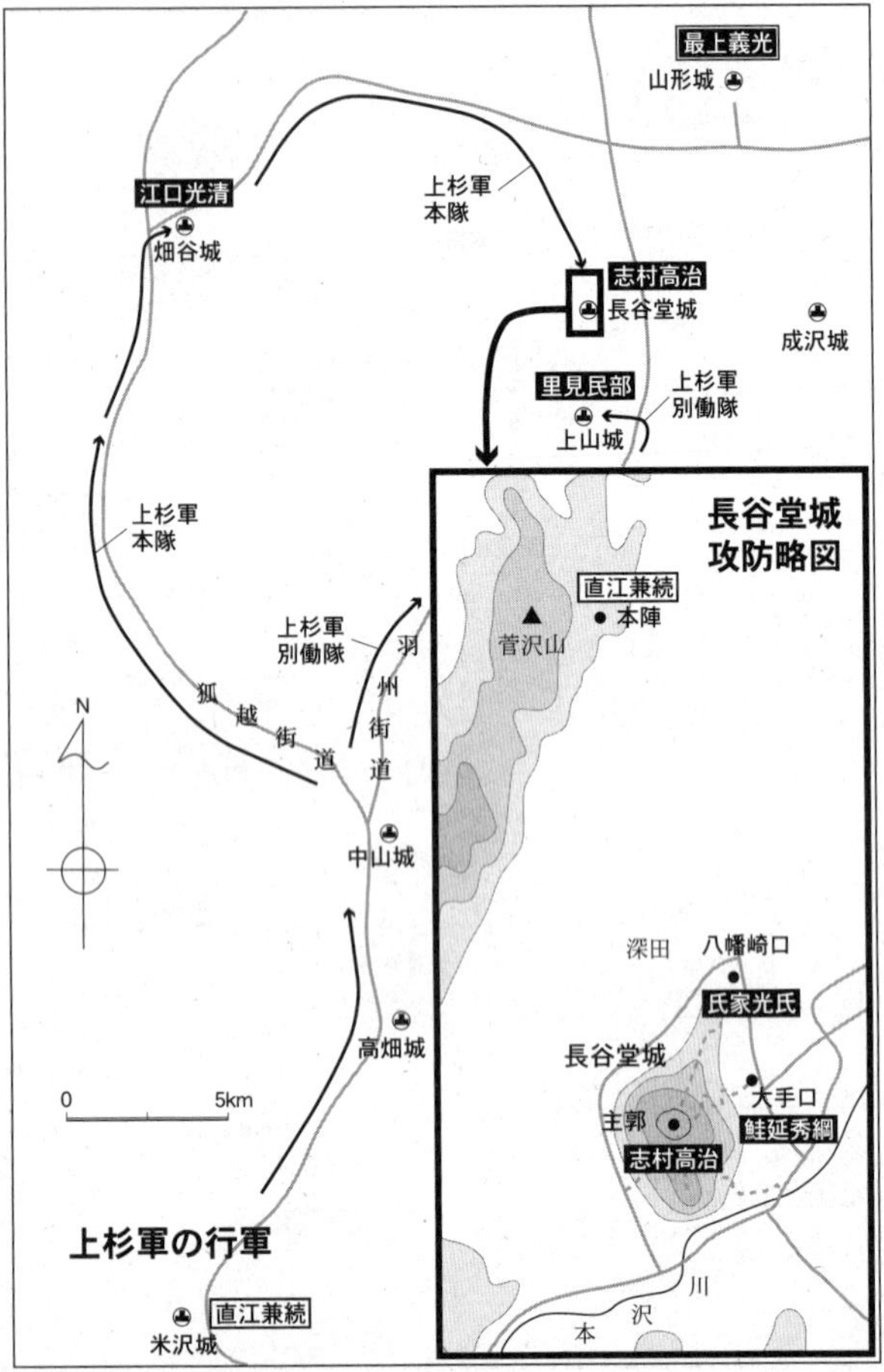
最上義光
山形城
江口光清
畑谷城
上杉軍
本隊
志村高治
長谷堂城
成沢城
里見民部
上山城
上杉軍
別働隊
長谷堂城
攻防略図
直江兼続
本陣
菅沢山
上杉軍
本隊
上杉軍
別働隊
羽州街道
狐越街道
N
中山城
深田
八幡崎口
氏家光氏
高畑城
長谷堂城
大手口
0
5km
主郭
鮭延秀綱
志村高治
上杉軍の行軍
本沢川
直江兼続
米沢城
地図＝エバンス

序章　三条河原

風が、血の臭いを運んできた。

京都、三条河原。竹矢来で囲まれた俄作《にわか》りの処刑場は、物々しい軍兵が固めていた。その周囲を、見物に訪れた夥《おびただ》しい数の群集が囲んでいる。

首を刎《は》ねられた女の骸《むくろ》を、首切り役の武者が深い穴へ乱暴に蹴り落とした。あまりに凄惨な光景に、物見高い京童たちも非難の声を上げている。

もう何人目だろうと、駒《こま》は思った。

八人。いや、九人か。その前には、三人の幼子が串刺しにされ、穴へ放り込まれている。

たった十五年足らずの自分の生涯で、これほどの死を目《ま》の当たりにすることがあろうとは、露ほども想像しなかった。

処刑を待つ二十数人の女たちの中に、駒はいた。いずれも白小袖をまとい、河原に敷かれた筵《むしろ》の上に座らされている。

次は、自分の番かもしれない。だが、恐ろしいとは感じなかった。恐怖はとうに乗り越え、あるのはただ、怒りだけだ。

駒は、正面の床几《しょうぎ》に腰を下ろす検使役、石田治部少輔三成《いしだじぶしょうゆうみつなり》を睨《にら》み据える。

この男は、天下人豊臣秀吉《とよとみひでよし》の側近として辣腕《らつわん》を振るい、当代一の能吏などと称されていた。だがその無表情には、命令を着実に実行する冷徹さと、女子供の首を刎ねて恥じない傲慢さとが漂っている。

なぜこうなってしまったのか、考えることはやめた。謀叛人《むほんにん》に仕立てられた者の妻子であるという以外、駒たちに罪はない。間違っているのは三成と、この処刑を命じた秀吉だ。

いかなる感情も読み取れない声で、三成が十人目の名前を読み上げた。十七歳になる、美しく気立てのいい娘だ。恐怖で立ち上がることのできないおつまの腕を、近くにいた足軽二人が抱え、無理やり処刑の場へ引き立てていく。

「十番、おつま。前へ」

刀が一閃《いっせん》し、おつまの首が落ちた。

いつ果てるともなく続く惨劇に歯を食い縛りながら、駒は父を思う。

父、最上出羽守義光《もがみでわのかみよしあき》は、戦国乱世を潜《くぐ》り抜けてきた武人とは思えないほど、肉親に甘い人だった。

そんな父が自分の死を知ったら、どれほど嘆き悲しむだろう。いや、父だけではない。母や兄弟、多くの家来たち。いくつもの顔が浮かんでは消え、胸が痛む。

だが、あの父ならば必ず、理不尽に殺される娘の仇《かたき》を取ってくれる。無益な血を流し、民を苦しめ続ける豊臣の世を、滅ぼしてくれる。

おつまの亡骸《なきがら》が穴の底へ蹴り落とされると、三成が口を開いた。

「十一番、お駒」

心の臓が、大きく脈打った。体が震え出しそうになるのを、唇を嚙《か》んで堪える。

泣くものか。屈するものか。恐怖を与えるのがあの連中の望みなら、笑いながら死んでやる。

「父上。必ずや、この仇を」

口の中で祈るように唱え、駒は立ち上がった。

第一章　御曹司

一

新緑に縁取られた空は、湯煙に霞んでいた。

首まで湯につかり、最上源五郎義光《もがみげんごろうよしあき》は大きく息を吸い込む。硫黄《いおう》の匂いが鼻を衝《つ》いた。

「あぁ〜」

と意味をなさない声を出し、だらしなく四肢を弛緩《しかん》させる。剣の稽古で作った痣《あざ》に湯がしみるが、我慢できないほどではない。

人はなぜ、風呂につかるとおかしな声を出してしまうのだろう。上がったら、義《よし》に訊いてみよう。あれは物知りだから、きっと知っているに違いない。そんなことを考えながら、顔をばしゃばしゃと濡らす。

湯はかなりの熱さだが、背中に当たる岩の冷たさが心地いい。岩にもたれかかりながら、あたりを見回す。

他に、湯治客の姿はない。父の義守《よしもり》と家臣たちは鷹狩に出かけていて、戻るのは夕刻になる。口うるさい近習《きんじゅ》たちも随行させたので、義光は父が戻るまでのんびりと過ごすつもりだった。

蔵王山《ざおうさん》の中腹にあるこの湯を、義光は気に入っている。最上高湯《もがみたかゆ》と呼ばれ、傷や毒虫の治療に効果があるとされているが、傷があろうとなかろうと、義光は単純に湯につかっているのが好きだった。特に野外の湯は、館の内風呂よりも解き放たれたような気分になれる。

蔵王の頂近くは、早くも紅《あか》く色づきはじめていた。あと半月もしないうちに、山は紅葉で覆われるだろう。

視線を転じると、近くに釣鐘《つりがね》のような形をした花が咲いているのが見えた。竜胆《りんどう》だ。湯の脇に咲く、鮮やかな紫色の花。一首詠《よ》んでみるかと思い立ち、頭を捻《ひね》る。

武芸に学問、政務の見習いに周辺諸国の情勢など、大名家の嫡男として学ばなければならないことは山のようにある。その中で義光が心から愉しむことができるのは、和歌だけだった。

「咲く花や……、いや、むらさきの……」

しばらく考えてみたものの、どうもいいものが浮かばない。湯のせいで、頭の中身まで緩みきっているらしい。湯につかったまま十首ほど詠んでみたが、どれも愚にもつかない駄作ばかりだ。

まずい、頭がくらくらしてきた。すっかり湯中《あた》りしてしまったらしい。湯から上がり、湯帷子《ゆかたびら》を着込んで宿所に向かった。

あたりには湯治客向けの旅籠が数軒建ち並んでいるが、この宿所は最上家のためだけに建てられたものだ。最上家の台所事情はとても裕福とは言えないが、ここ二十年近くも大きな戦がないため、その程度の余裕はあった。

「まあ、兄上。いかがなされたのです?」

ふらつきながら廊下を歩いていると、義が声を上げた。

「大したことはない。少しばかり湯に中ったただけだ」

「でも、お顔が真っ青。すぐに床を延べさせます」

「大したことはないと申しておろうに」

「いいえ、父上がお留守の間に兄上に何かあっては申し訳が立ちませぬ」

止める間もなく踵《きびす》を返し、義は下女を呼びに早足で去っていく。

十六歳になる義光より二つ下の同母妹だが、これが本当に自分の妹なのかというほど気丈で、何事にも如才ない。男ならば、さぞかし頼み甲斐のある弟になっただろう。いや、もしかすると不甲斐ない兄を差し置いて、今頃は跡取りの座についていたかもしれない。想像すると、家臣たちを従える義の姿はずいぶんと様になっていた。

苦笑しながら、用意された床に横たわる。

「湯治に来たというのに湯中りで寝込んでいては、本末転倒ではございませぬか」

無理やり寝込ませたのを棚に上げて、義は呆れたように言う。

「湯治といっても、わしは別にどこも悪くはないぞ」

「つい先日まで、お風邪を召して寝込んでいたのはどこのどなたですか。それで、鷹狩にも連れていってもらえなかったのでしょう?」

「それはそうだが」

「強がりでしたら、もう少し丈夫になってからおっしゃってください」

これには返す言葉がない。子供の頃から、義光は事あるごとに熱を出し、父母を案じさせていた。

「兄上は、羽州探題《うしゅうたんだい》たる最上家の跡取りなのです。この戦国乱世で湯中りごときで寝込んでいては、家臣たちも御家の先行きを案じましょう。せっかく体軀も膂力《りょりょく》も恵まれておいでなのに、もったいのうございます」

　確かに、五尺八寸の背丈は同じ年頃の者と比べても高い。館の庭にある、一抱えもある大石を持ち上げられるのは、家中で義光一人だけだった。だが、背丈や膂力と丈夫か否かは、あまり関係がないらしい。

「そもそも我が最上家の祖は、足利将軍家一族の名門にして、羽州探題に任ぜられた斯波《しば》兼頼《かねより》公にございます」

　またはじまった。兼頼公の武勇伝を語り出すと、義はもう止められない。

「……こうして、文武の両道に秀でた兼頼公は南朝の兇徒《きょうと》を征伐して出羽に平穏をもたらし、山形にお城を築いて、最上家の礎《いしずえ》を築かれました。ゆえに、兼頼公の流れを汲む我が最上家は、羽州武士の旗頭として出羽の地を統《す》べるべく……」

　義光は際限なく続きそうな話に嘆息しつつ、滔々《とうとう》と語る妹の顔にしばし見惚れた。これ以上ないというほど整った目鼻立ちは、良く言えば茫洋とした、悪く言えばぼんやりした顔つきの義光とはまるで似ていない。すでにいくつもの家から縁談を持ちかけられているというのも、頷ける話だった。

　これで、もう少し慎ましやかなところがあれば言うことはないのだが。義の夫になる男は、さぞかし苦労することだろう。まだ見ぬ義理の弟に、義光は心から同情する。

「兄上、聞いておられるのですか！」

「ああ、はい……」

「とにかく、父上が戻られるまで大人しくして、しかと養生なさってください」

義が出ていくと、義光は大きく嘆息した。

母が温和で小言一つ口にしないせいか、妹の世話焼きは年々ひどくなってきている。近頃では、家臣たちも陰で義のことを「鬼姫様」などと呼んで恐れているらしい。

それも無理のないことだった。義は、和歌や舞といった女子《おなご》が身につけるべき教養だけでなく、義光でも苦戦するような歴史書や兵法書の類まで読み漁《あさ》っている。のみならず、剣や薙刀《なぎなた》、馬術のような武芸の才にも恵まれていた。義光の体に残る痣のいくつかは、義につけられたものだ。

天井を眺めているうちに湯中りは治まったものの、代わりに腹が減ってきた。

焼き鮭と握り飯でも頼もうと台所へ向かったが、どういうわけか人気《ひとけ》がない。この時刻なら、夕餉《ゆうげ》の支度に忙しいはずだ。

「おい、誰か……」

不意に、どこかから叫び声が聞こえた。野太い男の声。続けて、女たちの甲高い悲鳴。

父や家臣たちが出払っている今、義光と年老いた小者を除き、この宿所に男はいないはずだ。

全身の肌がひりついた。何か、異変が起こっている。咄嗟《とっさ》にあたりを見回し、見つけた包丁を懐に忍ばせた。庭に回り込み、庭石の陰に潜んで広間を窺《うかが》う。

思わず、声を上げそうになった。

抜き身を下げた数人の男が、女たちを後ろ手に縛り上げている。身なりからして、野盗か野伏《のぶ》せりといったところか。

落ち着け。己に言い聞かせて、大きく息を吸い、ゆっくりと吐き出す。それを、何度か繰り返した。

最上家に敵対する者が放った刺客。頭によぎった考えを、すぐに否定した。刺客ならば、白昼堂々襲ってくるようなことはない。恐らく、男たちの留守を狙い、金目の物を目当てに押し入ってきたただの賊だろう。

「これで全員だな?」

頭目らしき髭面の男が言った。

「いいか、騒ぐなよ。ちょっとでもおかしな真似をすれば、どうなるかわかってるだろう?」

広間には、頭目も含め四人。まだ仲間がいるのか、他の部屋からも物音が聞こえる。広間で縛られているのは、女が五人、年老いた小者が二人。

どうする。麓まで駆けて、父に助けを求めるか。いや、それでは時がかかりすぎる。

「このような狼藉を働いて、ただで済むと思うておるのか！」

叫んだのは、義だった。縛られたまま、頭目を睨みつけている。

「じきに、父上が家来たちを引き連れて戻られる。そなたたちは一人残らず討ち果たされるぞ！」

「ほう、威勢のいいのがいるな」

頭目がにやりと笑い、義の前にしゃがみ込む。

「よく見りゃ、ずいぶんと器量良しじゃねえか。おまけに、落ちぶれてるとはいえ、大名の姫君だ。こいつは高く売れるぜ」

「頭《かしら》、後で俺たちにも味見させてくれよ」

野盗たちが下卑た笑い声を上げた。

「決めた。お前は殺さずに連れ帰ってやる。俺は、気の強い女が好みでな」

言うや、頭目は義の顎を摑み、口を吸う。

直後、頭目が義を突き飛ばした。その口元が、赤く汚れている。

「この小娘、嚙みつきやがった！」

「黙れ、下郎。慰み者になるくらいなら……」

叫んだ義の頰を、頭目が張り飛ばした。ばしん、という音とともに義が倒れる。

刹那、義光は頭の中で、何かが弾ける音を聞いた。

目の前の庭石を抱え、ありったけの力を込める。義光が身を隠せるほどの大石を肩に担ぎ、立ち上がった。

「お、おい……」

気づいた一人に向け、石を投げ飛ばす。

「うげっ」とおかしな声を出し、男が押し潰される。同時に、残る三人が立ち上がった。

「くそっ、まだいやがった！」

「丸腰だ。やっちまえ！」

口々に喚きながら、男たちが庭に飛び降りてくる。

槍を手に先頭を駆ける男に向かい、義光は地面を蹴った。突き出された槍をかわして懐に飛び込み、腹に包丁を突き立てる。悲鳴を聞きながら男の刀を引き抜き、横に薙《な》いだ。

重い手応え。別の男の腕が、血の糸を引きながら宙を舞う。

騒ぎを聞きつけた仲間が、庭に集まってきた。視線を左右に走らせる。五人、いや、六人。完全に囲まれている。

「やってくれたな。てめえ、何者だ？」

縁の上に立つ頭目が言った。

「う、うるさいっ。野盗ずれに名乗る名などない！」

上ずった声で喚きながら、足が竦《すく》むのを感じた。無我夢中で三人を倒したものの、何も考えずに飛び出したことを今さらながら後悔する。

野盗たちは、包囲の輪を徐々に狭めてきた。

体中が、冷たい汗で濡れていた。刀の切っ先が、かすかに震えている。

初陣では、実際のぶつかり合いなどほとんどなかった上に、義光の周囲は家臣たちが固めていた。真剣で相手と向き合ったこともなければ、間近で血の臭いを嗅いだこともない。死の恐怖がこれほどまでに全身を強張らせることを、義光ははじめて知った。

「余計な手間かけさせやがって。おい、こいつと女どもを始末したら、金目の物をまとめてさっさと……おわっ！」

いきなり叫んだかと思うと、頭目は後ろから何かにぶつかられたように体を前へ傾かせ、縁から庭に落ちた。

「兄上！」

頭目のいた場所で叫んだのは、義だった。縛られたまま、体当たりを食らわせたのだ。

張り手を受けた時に切ったのか、義の形のいい唇の端が血で汚れている。

ぎり、と奥歯が鳴った。切っ先の震えが止まり、竦んでいた足に力が漲《みなぎ》る。

刀を握り直し、倒れた頭目に向かって跳躍した。勢いのまま、振り上げた刀を立ち上がろうとする頭目の肩口に叩きつける。刃は心の臓あたりまで食い込み、赤い飛沫《しぶき》が上がった。

倒れた頭目から刀を引き抜き、振り返る。

「野郎、よくも頭を」

「頭の仇《かたき》だ、ぶっ殺せ！」

残りは六人。それでも、やるしかなかった。今、妹を守れるのはこの世で自分一人しかいない。

覚悟を決めて刀を構えた瞬間、視界の隅を何かが掠《かす》めていった。

同時にいくつかの悲鳴が上がり、何人かの野盗が倒れる。その体には、矢が何本も突き立っていた。

「若殿、ご無事か！」

「追え。一人たりとも逃がすな！」

聞き慣れた家臣たちの声。足音と、肉を斬る嫌な音。断末魔の悲鳴がいくつか重なり、すぐに静まった。

　助かった。自分も義も。理解した途端、体中の力が抜け、義光はその場にへたり込んだ。

「ようやったぞ、義光。我が最上家の嫡男に相応《ふさわ》しき、見事な働きであった」

　相好を崩しながら、義守は盃を呷《あお》った。よほどうれしかったのか、もう何度も同じことを言っている。

　義守は当年四十一。わずか二歳で最上一門の中野家から本家に迎えられ、以来四十年にわたって当主の座にある。

「いささか頼りなきところがあると案じておったが、わしの目が節穴だったようじゃな」

　父の言葉を受け、家臣たちが口々に誉めそやす。

「まこと、若殿のお働き、この目で見てみとうござった」

「何にせよ、これで最上の御家も安泰じゃ」

　慣れない賛辞を聞きながら、義光は黙々と盃を重ねていた。

　早く酔って、今日の出来事を忘れたかった。両手を汚した返り血も、耳にこびりついた野盗たちの悲鳴も、すべて洗い流してしまいたい。

「ずいぶんと酒が進んでおりますな」

隣に腰を下ろしたのは、氏家守棟《うじいえもりむね》だった。

守棟は最上家家老、氏家定直《さだなお》の子で、父とともに義守に重用されている。義光より十二歳年長で、その智略はすでに家中でも高く評価されていた。

「まずは、一献」

主従の間柄とはいえ、これまで守棟と親しく言葉を交わしたことなどない。訝《いぶか》りながらも注がれた酒を飲み干すと、守棟は「浮かぬご様子ですが、どこかお加減でも？」と訊ねてきた。

「いや、そういうわけではないが、これでいいのかとは思う」

「と、申されますと？」

「この高湯は我らの本拠、山形からそう離れてはおらん。にもかかわらず、賊は我らを最上家の者と知りながら襲ってきた。羽州探題の権威というのは、所詮《しょせん》はその程度のものなのか？」

「なるほど」

周囲を窺い、守棟は声をひそめて続けた。

「それも、やむなき次第にございましょう。探題職にあるとはいえ、最上家は伊達《だて》家に従属しておるも同然。加えて、一門の統率すらままならず、御家の版図は最上郡の半分足らず。庶人《しょじん》に侮《あなど》られるのも致し方ないのが現状にござる」

南奥羽で最大の勢力は、最上家と版図を接する米沢の伊達晴宗《だてはるむね》である。伊達家は、先代稙宗《たねむね》の代に積極的な婚姻政策で多くの諸侯を傘下に収め、出羽と陸奥にまたがる勢力を築き上げていた。

最上家の先代当主、義定《よしさだ》が伊達家の支配化に組み込まれたのは永正十一（一五一四）年、今から五十年近く前のことだ。

突如、最上領に侵攻した稙宗の軍に義定は大敗、山形からわずか二里の長谷堂《はせどう》城を奪われる。窮地に陥った義定は、稙宗の妹を正室に迎えることを条件に和睦するが、それは伊達家への屈服を意味していた。

その数年後、義定は子をもうけないまま死去し、一門の中野家から、義守が新当主として迎えられる。当時、義守はわずか二歳。伊達家の傀儡《かいらい》としての、形ばかりの当主だった。

その後、義守は伊達家の内紛に乗じて長谷堂城を奪回し、かろうじて独立を回復するものの、羽州探題たる最上家の威信はすでに大きく失墜していた。稙宗の跡を継いだ晴宗とは友好関係を築いているものの、国力の差は歴然で、常に伊達家の顔色を窺わなければならない。天童《てんどう》、上山《かみのやま》といった一門も「天童八楯《てんどうやつだて》」と称する盟約を結び、最上本家に対して自立の傾向を強めている。

「そのあたりの事情は、若殿もよくご存じのはず」

「わかってはいたのだが、実際に襲われてみれば、身につまされるものがあるなあ。最上の家がしっかりとしていれば、あの連中も野盗などに身を落とさずにすんだだろうに」

「ほう。若殿を襲った賊に、同情なされますか」

何がおかしいのか、守棟は口元に笑みを浮かべた。

「いや、同情というわけではないが」

「かの者たちを哀れと思《おぼ》し召すのであれば、若殿が最上の御家を大きく、強くなさりませ。民が、野盗などに身を落とさずとも暮らしてゆける政《まつりごと》をなさるのです」

「それは……」

口籠《くちごも》っていると、上座の義守から声がかかった。

「義光。今日のそなたの働きを賞し、これを授けよう」

相当に酔っているのだろう。覚束ない足取りで刀架の太刀を摑む。

「最上家伝来の、『笹切《ささきり》』の太刀じゃ。佩刀《はいとう》といたすがよい」

「ははっ、ありがたき幸せ」

両手で捧げ持った太刀は、ずっしりと重い。これが、自分がこの先背負うものの重さなのだろう。

大名家の嫡男などに、生まれたくはなかった。できることなら、一生歌を詠みながら平穏に暮らしたい。

義光は今のところ、その思いを誰にも話せずにいる。

二

酒田の湊《みなと》は、人で溢《あふ》れ返っていた。往来は物売りの声がひっきりなしに飛び交い、荷を山積みした川舟が、悠然と最上川の水面《みなも》を行き来している。どこかで辻能でもやっているのか、笛や鼓の音まで聞こえていた。

義は、山形以上に賑《にぎ》わっている町を見るのははじめてだった。そもそも、最上領内を出たこともない。生まれてはじめて目にする海、潮風の匂い、普段なかなか目にすることのない生きた海の魚。すべてが物珍しい。

だが、浮かれるわけにはいかない。今の自分は、最上家当主に随身する若侍なのだ。自分に言い聞かせ、浮足立った気持ちを引き締める。

男物の小袖も袴も、腰に差した両刀も、ようやく慣れてきた。想像よりもずっと歩きにくかったが、苦にはならない。絵巻物でしか見たことのない京の都を、この目で見られるのだ。多少の労苦など何ほどのこともなかった。

「その格好も、ずいぶんと板についてきたな」

兄の義光が、からかうように言った。

「あまりはしゃぎすぎるなよ。田舎者だと笑われるぞ」

「兄上様こそ、浮かれすぎて迷子になどなられませぬよう」

突き放すと、前を行く父が声を上げて笑った。

「うるさいぞ、義。わしがいつ、迷子になどなった」

「小さい頃は、城下に出かけるたびに近習たちとはぐれて大騒ぎになっていたのをお忘れですか？」

うっ、と声を詰まらせ、義光は聞こえなかったかのようにそっぽを向く。その子供じみた仕草に、義は内心で嘆息する。

この二つ上の兄のことが、義はいまだによくわからなかった。

体は大きく力もやたらと強いが、どちらかというと病弱で、武芸は人並みかそれ以下。剣の稽古では、義にさえまったく歯が立たない。学問にはそれなりに真摯《しんし》な姿勢で取り組んでいるようだが、最も好んで読むのは『源氏物語』や『伊勢物語』といった歌物語。暇さえあれば歌ばかり詠んでいて、いかにも柔弱《じゅうじゃく》に思える。総じて、武家の棟梁としてはどこか重みが足りないというのが、義だけでなく、家中全体の評価だった。

そんな芳しくない評判が一変したのが、一昨年の高湯での一件だった。今では話に尾ひれがつき、義光は七十人の賊を一人で打ち払ったなどと、見てきたように話す者もいる。事実はさておき、最上家の跡継ぎは豪勇無双の荒武者だという噂は、他国にまで広まっているらしい。

「おい、大変だ！」

義光が不意に叫び、近習たちが身構えた。当主と跡継ぎが揃って往来を歩いているのだ、どこから刺客が襲ってきてもおかしくはない。一行に緊張が走る中、義光はいきなり駆け出す。

「あ、兄上！」

「あの店で珍しい南蛮の菓子を売っているぞ、急げ！」

義光の後姿は、往来の人ごみの中に消えていった。

永禄六（一五六三）年。義は、十六歳になっていた。山形は、表向きは相変わらず平穏で、小競り合い程度の戦もない。

この夏、義守はかねて計画していた上洛を実行に移した。京の公方に謁見し、羽州探題の地位の安堵《あんど》を改めて求めるためだ。

十三代将軍足利義輝は、幕府の再興を目指し、諸国の紛争調停に積極的に乗り出す一方、諸大名にはしきりに上洛を促していた。越後の上杉輝虎《うえすぎてるとら》や尾張の織田信長も、自ら京に赴いて義輝に謁見している。失墜した幕府の権威は、少しずつではあるが復活の兆しを見せはじめていた。この機会に幕府との関係を強化し、羽州探題の威信を取り戻そうというのが、義守の狙いである。

そうした事情はさておき、父と兄が揃って上洛すると聞いて、義は黙ってはいられなかった。

「わたくしも、この目で京の都を見てみとうございます！」

その訴えは、当然のように却下された。物見遊山に出かけるわけではない。都は遠く、高湯でのようなことが、また起こらないとも限らない。そんな理屈で父も兄も反対したが、納得はいかなかった。剣も薙刀も、自分は並の男よりもよほど遣える。高湯では不覚を取ったが、あれは不意を打たれたからだ。そう言い募っても、父も兄も聞く耳を持たない。

それが一転して同行を認められたのは、義の縁組が決まったからだ。

義を嫡男の正室にと求めてきたのは、米沢の伊達晴宗だった。嫡男の輝宗《てるむね》は当年二十。名門伊達家の跡継ぎに相応しい英明な人物だという評判は、山形にも聞こえている。

かつての内乱で勢力を大きく衰退させた伊達家は今、南陸奥の相馬家という大敵を抱えている。南に力を注ぐため、北の最上家との間柄を良好にしておきたいという意図は明白だった。

最上家としても、はるかに国力の優る伊達家との縁組は願ってもない話だった。南の安全を確保し、自立を強める天童八楯に対しても圧力をかけられる。義守に、この話を断る理由はない。

だが義は、それを見越した上で縁談を拒んだ。他国に嫁に出されて人質同然の扱いを受けるくらいなら、いっそ髪を下ろして出家する。そう言い張った上で、「今生《こんじょう》の名残に京の都を見ることができたなら、嫁に行ってもいい」と妥協してみせたのだ。

「やむをえん。そこまで申すなら、ついてまいれ」

疲れきった表情で、義守は同行を認めた。

「ただし、公方様のもとへ参上するのに、女子《おなご》を連れて行くわけにはまいらん。道中の不安もある。義光の近習として、女子とはわからぬ格好をいたせ」

そうした次第で、義は慣れない男装で上洛の一行に加わっている。

他家に嫁ぐ不安は拭えない。それでも、旅に出られる喜びの方がずっと大きかった。米沢がどれほど栄えているのかはわからないが、四方のどこを見渡しても山ばかりの山形と、さほど違いがあるとは思えない。それどころか、輿入《こしい》れしてしまえば、城を出ることさえままならないだろう。一度だけでも、広い世界をこの目で見てみたい。城の中に押し込められたまま一生を終えるなど、考えただけでぞっとする。

「見えましたぞ。あの船にございます」

先頭を行く氏家守棟が、船着場の一際大きな船を指す。最上家が懇意にしている酒田の豪商、池田惣左衛門《いけだそうざえもん》の持ち船だった。この船で越後を経て能登半島を回り、敦賀から陸路で京に入る。越後の上杉輝虎や越前の朝倉義景《あさくらよしかげ》にはあらかじめ書状を送って、通行の許しは得ている。

「それにしても、賑やかな湊だったなあ」

船に乗り込むと、義光がのどかな調子で言った。

「酒田を支配しているのは商人たちだというが、まことか?」

「はい。酒田の町の政は、『三十六人衆』と呼ばれる商人たちによって行われております」

三十六人衆の祖は、源頼朝に滅ぼされた奥州藤原氏の遺臣たちだったというが、実際のところはわからないらしい。

「いずれにせよ、この羽州で最も力を持つのは、酒田の商人たちと申しても過言ではありますまい」

守棟の言葉に、義光は怪訝《けげん》な顔をする。

「どういうことだ、守棟。商人は、領地も兵も持ってはおらんぞ」

「されど、溢れんばかりの銭を持っておりまする。加えて、この酒田には、北は蝦夷地、南は遠く九州から琉球、果ては南蛮まで、様々な土地から人や物、そして何より、諸国の情報がいち早く集まり、それらは最上川に沿って、南出羽の隅々にまで運ばれてゆく。これが何を意味するか、若殿にはおわかりですかな？」

「酒田の商人を敵に回せば、武器も情報も入っては来ぬ、ということか」

義光の答えに、守棟は満足げに頷く。

高湯での一件以来、義光と守棟が言葉を交わしているのをよく見かけるようになった。その様子は、師匠と弟子のような間柄に見えなくもない。

船が動きはじめた。船尾の矢倉で叩かれる太鼓の音に合わせ、水夫たちが掛け声とともに櫓《ろ》を動かす。沖に出ると筵帆《むしろほ》が下ろされ、順風を受けた船は水面を滑るように走り出した。

「わあ、速い！」

思わずはしゃいだ声が出て、義は口を噤《つぐ》んだ。近くにいた守棟が、忍び笑いを漏らしている。

矢倉の上に立ち、大きく息を吸い込む。雲一つない空の下、日の光を照り返す水面が眩《まぶ》しい。頬を撫《な》でる潮風も心地よかった。

みちのくの片隅にある酒田があれほど賑わっているのだ。京の都は、目も眩《くら》むほどの繁栄ぶりに違いない。想像するだけで、胸が躍る。

「兄上、酒田の湊がもうあんなに遠くに……」

「う、うむ……」

振り返ると、義光は船縁にもたれかかり、蒼褪《あおざ》めた顔でぐったりしている。出航していくらも経っていないというのに、もう酔ったらしい。

目指す京の都は、まだまだ遠い。先行きを思い、義は溜息《ためいき》を吐《つ》いた。

期待に膨らんでいた胸は、都を目にした途端、すっかり萎《しぼ》んでいた。

想像していたものとまるで違う。絵巻物で見た平安京の姿など、影も形もなかった。都大路には浮浪の輩《やから》が屯《たむろ》し、道の両脇の築地塀《ついじべい》はあちこちが朽ちかけている。名のある寺院も公卿たちの屋敷も荒れ果て、華やかさなどどこにもない。往来を我が物顔で闊歩《かっぽ》するのはもっぱら、畿内を牛耳る三好《みよし》家の武士たちだという。

敦賀から近江を経てはじめて京を目にした時、父や兄、守棟ら家臣たちも、一様に呆然としていた。

市中に入れば、それなりの賑わいはあった。人の数も、山形などよりずっと多い。それでも、行き交う人々の表情は酒田の方がずっと明るかったように思える。繁華に見える通りでも、ふと路地に顔を向ければ、襤褸《ぼろ》をまとった童や物乞いたちの姿が嫌でも目に入った。

聞けば、昨年に三好家と南近江を領する六角《ろっかく》家の戦があり、京も戦火に見舞われたのだという。その後、両家の間では和議が結ばれたものの、町に残された戦の傷跡はいまだ消えてはいないということだろう。

「戦のせいだ」

上京《かみぎょう》の宿所に入ると、義光はぽつりと呟《つぶや》いた。

「いつまでも戦がなくならないから、人の心が荒《すさ》み、町の復興も進まない。この国の武士は、領地や権力や、そんなつまらない物のために争って民を苦しめているだけではないか」

「では、いかがせよと申す?」

訊ねたのは義守だった。

「出家でもして、国の平穏を祈禱《きとう》するか。それとも、裸一貫で諸侯の間を回り、戦の無益さを訴えるか?」

「それは……」

「戦を無くすことのできるのは、より強大な武力を持つ者のみ。弱き者の言葉など、誰の耳にも届きはせぬ」

父の言葉に、一座は静まり返った。

「わしもまた、力無き者の一人じゃ。ゆえにこうして、将軍家の権威に縋《すが》り、隣国に娘を差し出さねば、己の家名さえも保つことはできぬ。そのことを忘れてはならん」

わずか二歳で父が家督を継いで、四十余年。その間、どれほどの労苦があったのかは察して余りある。静かに語る父の言葉には、それ相応の重みがあった。

「遠き都の民を思いやるよりも、まずは己が生き延びることを考えよ。一族郎党を養い、家名を次の代へと繋《つな》ぐ。それが、まことの武士の役目ぞ」

「承知、いたしました」

すぐに、無事の到着を祝う酒宴がはじまったが、義光はうなだれたまま、黙々と盃を重ねるだけだった。

翌日、義守と義光は将軍御所に出仕し、足利義輝と謁見した。

出羽から持参した鷹や馬、太刀などを献上し、会見は上首尾に終わった。歓迎の酒宴では、たまたま居合わせた山科言継《やましなときつぐ》という公家も加わり、大いに盛り上がったらしい。

「公方様は、どのような御方にございましたか？」

留守居だった義は翌朝、義光に訊ねた。

「うん、そうだな……」

義光は連日の酒宴で、宿酔《しゅくすい》から抜け出せないでいるらしい。青白い顔でしばし宙を眺め、ぽかんと口を開ける。考える時の義光の癖だ。みっともないからやめろと何度も言っているが、直る気配はまるでない。

「悪い御方ではないが、少々、いや、かなりの酒癖の悪さだ。上泉伊勢守《かみいずみいせのかみ》とかいう武芸者に弟子入りするほど剣術にご執心らしく、酒宴の間中、あの流派はどうだ、この流派はここがいかんと、わしにはさっぱりわからぬ剣の話ばかりされておった。正直、辟易《へきえき》としたぞ。ああいう絡み方は改められた方がいい」

「いえ、そういうことではなく……」

幕府の頂点に立つ将軍家としての力量はどうか。何を考え、何を目指しているのか。そうしたことを訊きたいのだと言うと、「ああ、そういうことか」と、再び考える顔をする。

「立派な御方だ。どうすれば幕府の権威を蘇らせることができるか、常に考え、それを実行に移す力もおありなのだろう。だが」

「だが、何です？」

「あの御方の頭にあるのは、幕府のことだけだ」

「当たり前ではありませんか。公方様なのですから」

「それはそうなのだが、公方様もご家来衆も、困窮する京の民のことなど、口の端にも上らせん。貴人というのは、そういうものなのかのう」

京の町を目にしてからというもの、義光の表情は暗く沈んでいる。

山形の民は、豊かとはとても言えないが、義守の努力で十年以上も大きな戦がなく、それなりに平穏に暮らせている。三年前の義光の初陣も、国人同士の小競り合いに介入する程度で、大きなぶつかり合いは皆無だったのだ。実際に戦乱で疲弊した土地を見て、思うところもあるのだろう。

だが、義の目から見ても義光は甘い。平素は何も考えていないように見えても、和歌に耽溺《たんでき》していることからもわかるように、武士としては繊細に過ぎるのだ。それは、人としては美徳でも、この乱世で一族郎党を束ねていく上では弱さでしかない。

こんなことで、兄は最上家の当主として立つことができるのだろうか。

義の不安をよそに、義光は口を開けたまま、ぼんやりと庭を眺めている。

義の輿入れは上洛の翌年、永禄七（一五六四）年の春のことだった。

輿入れ当日、山形城の大広間には父と母、まだ十歳にもならない二人の弟たちの他、多くの家臣たちが集まっていた。

義守はそわそわと落ち着かない様子で口を開く。

「ああ、その、何だ、そなたは利発ゆえわかっておるとは思うのだが、ええと、何を言おうと思うておったのか……」

「父上、おっしゃりたいことをまとめてからお話しください」

「う、うむ。我が最上と伊達家はこれまで、干戈《かんか》を交えたこともある間柄。和を結んだとはいえ、油断のならぬ相手であった。されど、この縁組によって最上と伊達の絆はまことのものとなる。それを肝に銘じて、しかと働いてくれ」

「はい、承知いたしております」

働きとはすなわち、伊達家当主となる男児を産むことだった。自分が伊達の世継ぎを産んではじめて、両家の繋がりは本物となるのだ。

「ご安心ください。義は羽州探題、最上出羽守義守が娘にございます。御家の安泰と奥羽の安寧のため、必ずや丈夫な男児を産み、立派に育ててみせまする」

「うむ、よくぞ申した。それでこそ我が娘じゃ」

義守は早くも目を潤ませている。この調子では、見送りの場で大泣きしかねない。

「ところで、兄上のお姿が見当たりませんが」

訊ねると、娘の嫁入りを喜ぶ顔が、途端に不出来な息子を嘆く顔に変わった。

「あれのことは放っておけ。居室から出てこぬと思うたら、あろうことか遠乗りになど出かけおった」

「よいではありませんか。義に叱られることがなくなるのが寂しいのでしょう」

義守の隣に座る母が、取り成すように言って笑う。

結局、城を発つ刻限まで義光は戻らなかった。またどこかで迷子になってはいないかと気が気ではないが、出立を遅らせるわけにもいかない。

義は、門前まで見送りに来た弟たちの頭を撫でた。

「兄上は、少しばかり頼りなきお方です。これからは、そなたたち二人が兄上を守り立ててゆくのですよ」

「はい、姉上！」

声を揃えた二人は、義光の幼い頃よりずっと頼もしく思えた。

「父上、母上。長らくお世話になりました。どうか、お達者で」

深く頭を下げ、輿に乗り込んだ。道中の護衛を務める氏家守棟の号令で、行列が動き出す。

輿の窓越しに、徐々に遠ざかる山形の城を見つめる。

取り立てて見るべきものもない、古く小さな城。だが、暖かい場所だった。義が生まれてからは戦とは無縁で、城下の民は慎ましく穏やかに暮らしている。二度と、この城に帰ることはない。帰るとすれば、最上と伊達が手切れとなった時だ。そうでなければ、父と母の顔を見るのも今日で最後になる。

不意に、鼻の奥が熱くなり、視界が滲《にじ》んだ。この城で過ごした日々が、脳裏に浮かんでは消えていく。

寂寥の波が去った後、襲ってきたのは抗《あらが》い難い不安だった。もしも最上と伊達が、再び干戈を交えることになったら。城に帰されるのならばまだいい。見せしめに、処刑されることもあり得る。

怖い。はじめて言葉にして思った。いや、不安も恐怖も、ずっと心の片隅にあって、気づかないふりをしていただけだ。体が震え、堪《こら》えようとしても嗚咽《おえつ》が漏れ出してくる。

「姫様？」

随行の侍女が、遠慮がちに訊ねる。

「な、何でもありません」

精一杯の虚勢で答え、義は声を押し殺した。

前触れもなく輿が止まったのは、上山城を目前にした時だった。こんなところで休息を取るとは聞いていない。

「何事です？」

輿から下りて訊ねると、守棟が笑みを浮かべながら右手を指した。

小高い丘の上に、馬に乗った武士の姿が見える。

「若殿にございます」

言われなくともわかっていた。あの大きな体軀は、見間違えようもない。

馬上からこちらを見つめたまま、義光は袖で顔を拭っている。大名家の跡取りが、妹を嫁に出すくらいで涙を見せるなど、近くにいれば叱りつけるところだ。そう思いながらも、また視界がぼんやりと滲んでいく。

義光が何か叫んだ。声の届く距離ではない。それでも、言っていることは大体わかる。

手紙を出せ。何かあったらいつでも帰ってこい。たぶん、そんなことだ。

頷き、守棟に声をかけた。

「さあ、まいりましょう」

「よろしいのですか？」

構わず、輿に乗り込んだ。

高湯で賊に襲われた時、義光は自分のために、我が身を顧みず飛び出した。兄は自分に何かあれば、必ず命懸けで助けてくれる。武家の跡取りとしては何かと頼りないが、それだけは信じてもいい。

米沢に着いたら、まずは兄に手紙を出そう。文面を考えながら、義は進発を命じた。

三

なぜ、こんなことになってしまったのか。

最上義守は脇息にもたれかかったまま、深く嘆息した。永禄十三（一五七〇）年一月。山形の雪はいまだ深く、吐く息は白い。

すべては順調に進んでいたはずだった。この二十年近くも領内で大きな戦はなく、京で将軍家にも謁見し、最上家の地位も改めて認められた。羽州探題の権威は上昇し、義を嫁に出したことで、晴宗から輝宗に代替わりした伊達家との親交も確固たるものとなった。

義は輿入れから三年目に待望の男子を産み、梵天丸《ぼんてんまる》と名づけられたその子は、もう四歳になろうとしている。夫婦仲は睦まじく、義と輝宗の間には竺丸《じくまる》という二人目の男子も生まれていた。

南の脅威は消え去り、天童八楯の面々も、最上本家と事を構えようという気配はなかった。憂うべき状況など、どこにもありはしない。あとは、でき得る限り現状を維持し、義光に家督を譲り渡すだけだったのだ。

「それが、何ゆえこうなる!」

壁に向けて、脇息を投げつけた。平素は温厚な義守らしからぬ振る舞いに、隅に控える小姓は身を硬くしている。

「御屋形《おやかた》様。成沢《なりさわ》様がお目通りを願い出ておられますが」

別の小姓が、片膝をついて報告する。

「道忠《みちただ》が? わかった。表書院で待たせておけ」

譜代家臣の筆頭格で、山形の南を固める要衝、成沢城の主でもあった。すでに還暦に近いが、その発言力は今なお家中で一、二を争う。

表の書院に入ると、道忠が恭しく頭を下げた。

「このような雪の中、いかなる用向きじゃ?」

決まりきった挨拶を遮り、義守は訊ねる。

「察しはついておられましょう。此度の若殿との諍《いさか》い、成沢の地にまで聞こえておりまする。ぜひ、お屋形のお考えをお聞かせいただきたい」

　最上家のもっとも苦しい時代に義守を支え、ともに辛酸を舐めた間柄だ。主従とはいえ、言葉遣いに遠慮はない。

「存念も何もあるまい。あの者が考えを改めぬとあらば、家督を譲るわけにはまいらぬ」

「廃嫡なさるおつもりか？」

「致し方あるまい。嫡男が家を危うくするとわかっておれば、別の者に継がせる他なかろう」

　次男の新八郎義保《よしやす》は十四歳で、つい先日元服をすませたばかりだった。三男の仙寿丸《せんじゅまる》も、十二歳になっている。自分が後見を務めれば、家督を継ぐのに支障はない。

「それこそ、お家を危うくする行いにござろう。下手をすれば父子兄弟の争いとなり、他国の介入を招くことになるやもしれませぬぞ」

「そのようなことはわかっておる」

　だからこそ強硬な手段には訴えず、こうして粘り強く息子の翻意を待ち続けてきたのだ。

　だが、義光に考えを改める気配はなく、それどころか、己の意に沿う家臣たちを味方に引き入れ、徒党を組みはじめていた。最上家はすでに、二つに割れつつある。

　事の発端は、義守と義光の、天童八楯に対する意見の相違にあった。

これまで通り、八楯とは付かず離れずの現状を維持すべきとする義守に対して、義光は、一門の宗家として八楯を家臣団に組み込むべきなどと言い出したのだ。具体的には、八楯の盟主である天童頼貞《よりさだ》の娘を義光の正室に差し出させ、頼貞には山形城への出仕を求めるという。事実上の人質を取った上で、さらに明確な形で臣従を迫るという強引なやり方だ。

信じられない暴論だった。家格の差こそあれ、最上家と天童八楯の実力はほぼ拮抗している。これまで、儀礼的な使者のやり取りはあっても、頼貞自らが山形を訪れたことなどない。迂闊に臣従など要求すれば、まず間違いなく戦になるだろう。

いや、それこそが義光の狙いなのだ。臣従を拒まれれば、一門の宗家として、八楯を討伐する大義名分が得られる。そして義光には、戦になっても勝つ自信があるということだろう。

だが勝敗に関わりなく、大戦を起こすということ自体が、これまでの義守の人生に泥を塗るに等しい所業だった。

これまでまがりなりにも続いてきた出羽の平穏はすべて、義守の外交努力によるものだった。周囲に敵を作らず、多少の揉め事があっても、事を荒立てることなく和をもって臨む。安易に武力に訴えることをせず、譲るべきところは譲って、ひたすら戦を避ける。二歳で当主に祭り上げられて以来、実に四十八年もの間、そうやって最上の家を守ってきた。

その努力を、義光は踏みにじるつもりなのだ。到底、許せるものではない。

「確かに若殿のお考えは、八楯との戦になる危険も孕《はら》んでおりまする。されど、このままではいずれにしろ、戦となりましょう。同じ戦ならば、身内同士で争うよりも、外の敵と戦う方がまだましなのではござらぬか？」

「何を愚かな。どちらがましなどという話ではない。最上は戦わぬことで家名を保ってきた。戦を避けることこそ、我らが生き残るためのただ一つの道なのじゃ」

「果たして、そうでありましょうか」

「何？」

「家中の若い者たちの多くは、若殿のお考えに賛意を示しておりまする。それが何ゆえか、お屋形にはおわかりか？」

「無論、承知の上じゃ。清水《しみず》の一件であろう」

五年前、荘内地方に勢力を張る大宝寺《だいほうじ》家が突如、最上領清水に侵攻した。この地は水陸交通の要衝として栄え、最上家に多くの利をもたらしてきた。領主の清水義高《よしたか》は、成沢家の一族でもある。

大宝寺軍の来襲を受けた義高は直ちに山形へ救援を要請するが、清水までの道のりはおよそ二十里。しかもそのほとんどは、天童八楯の領内だった。

義守は天童頼貞に協力を求めたものの、返答は最上軍の領内通過を認めないというものだった。それを無視して兵を進めれば、大宝寺家の前に、八楯との戦になりかねない。迷った末に、義守は清水を見捨てた。

義高は善戦したものの、衆寡敵せず自刃し、清水周辺の国人の多くは大宝寺家に降《くだ》った。それでも、義守は自分の判断が間違っていたとは思わない。配下の一領主を救うために、領内全土を戦場とするわけにはいかなかったのだ。

幸いにも、大宝寺軍は清水を占領し続けることはなく、一帯の国人衆から人質を取っただけで引き上げていった。

だが、清水を見捨てるという義守の決断を、義光は許せなかったのだろう。思えば、義光が八楯を敵視するようになったのはその頃からだった。今では若い家臣たちも同調し、義守の弱腰を公然と非難している。

「若さゆえ、血気に逸《はや》るということもありましょう。されど、時勢は大きく動いております。守りに徹し、妥協を重ねるばかりでは、いずれは国そのものを失うことにも……」

「そなた、いったい何をしにまいった」

道忠はふっと息を吐き、義守を真っ直ぐに見据えた。

「お屋形、隠居なされよ。家督を若殿に譲り、最上家のすべてを託されませ」

ぎり、と奥歯が鳴った。五十年近くも苦楽を共にしてきた道忠でさえ、義守が生涯をかけて築き上げたものを否定するのか。努めて平静を装い、答えた。

「言うたはずじゃ。義光が考えを改めぬ限り、家督は譲らぬ」

「ならば、致し方ありません。不本意ながら、万一お屋形と若殿が戦となった場合、我が成沢家は若殿にお味方申し上げる」

「そなたの存念はわかった。もうよい、下がれ」

「お屋形。今ならまだ、間に合いまする。取り返しのつかぬことになる前に……」

「下がれと言うておる！」

長い付き合いだが、道忠に怒声を浴びせたことなど、これまで一度もない。

一礼すると、道忠は無言のまま退出していった。

雪が解ける頃になっても、事態は一向に好転の気配を見せなかった。むしろ、義光に与《くみ》する者たちが増え、義守の立場は日に日に弱まっていく。

この正月、義光は最上家と代々深い関係を持つ立石寺《りっしゃくじ》に願文を奉納した。その中で義光は、「本願」が成就した暁には、寺内に他宗の者を立ち入らせないと約束している。つまりは、「本願」が家督の継承であり、それを受け入れた立石寺が義光側についたということだ。多くの寺領を持ち僧兵も抱える立石寺が義守を見限ったことは、大きな痛手だった。

すでに、対立は抜き差しならないところまで来ている。自分が折れなければ、義光は実力で家督を簒奪《さんだつ》するだろう。そしてその先に待つのは、いつ果てるとも知れない戦いの日々だ。義守が生涯を賭して守り続けてきた平穏は音を立てて崩れ、民も一族郎党も、塗《と》炭《たん》の苦しみに見舞われる。

もはや、手段を選んではいられない。義守は文机に向かい、書状を認《したた》めた。宛先は、伊達輝宗。出羽の平穏のため、義光を説得してほしいという文面だが、場合によっては最上領内に兵を入れ、義光側に圧力をかけても構わないとまで匂わせてある。

家中の騒動を治めるのに他家の力を借りれば、最上家の威信は大きく揺らぐ。だがそれでも、戦ですべてを失うよりはいい。

それから数日後、義守は城下の氏家屋敷へと急いでいた。

元家老、氏家定直の病が篤いという。六十七の高齢で、家督と家老職はすでに嫡男の守棟に譲っている。その守棟は、義光に近く、反義守派の主導者の一人と言っていい。

城下を歩くのは久しぶりだった。市が立つ日で、往来は多くの人が行き交っている。最上家の版図は、出羽の中では比較的暖かく、雪も少ない。地味は豊かで、市には様々な品が並んでいる。民の暮らしぶりは豊かとまではいかないが、その表情は明るかった。

それも、戦に巻き込まれることがなかったからだ。この山形の町は、家祖斯波兼頼が本拠として以来、二百年以上も戦火に見舞われたことがない。その稀有《けう》な歴史に自分も名を連ねている。それが、義守の誇りだった。

「これは、お屋形様」

氏家屋敷に到着すると、出迎えた守棟が気まずそうに頭を下げた。

屋敷にはすでに先客がいた。義光だ。同じ城で暮らしていても、起居するのは別の棟で、顔を合わせることはほとんどない。父子の対立が決定的になってからは、言葉を交わすことさえなくなっていた。

義光とは目も合わさず、守棟の案内で定直の居室へ向かった。

守棟を下がらせ、定直の枕元に腰を下ろす。

瘦せ衰えた定直の姿に、義守は胸を衝かれた。病とは聞いていたが、ここまで重いものだとは思っていなかったのだ。腹の奥深くにしこりがあり、ろくに物も食べられないという。医師の診立てでは、あと一月か二月というところらしい。

「お、屋形さま……」

掠れた声で言って、骨と皮だけになった手を伸ばす。その手を握り、義守は唇を噛んだ。

これまで最上家を支えてきた功臣は次々と鬼籍に入り、成沢道忠は義守を見限った。そしてまた一人、自分のもとを離れていく。

「これにて、今生のお別れとなりましょう」

「何を弱気なことを。そなたには、今後もわしを支えてもらう所存じゃ。しかと養生いたせ」

「それがしはもう、長うはござらぬ。最後に一つ、我が願いをお聞き届け、くだされ」

「わかった。何なりと申せ」

「これまで四十有余年、我らはお屋形様のご意向に沿い、出来得る限り、戦を避けてまいりました」

「そうじゃ。そうやって、我らは最上の家を保ってきた。今までも、そしてこれからもだ」

声を出すだけでも苦しいのか、定直は荒い息を吐きながら首を振る。

「我らは、間違うておりました」

「何を、申すのじゃ」

義守の方針に、定直が異を唱えたことはない。伊達との婚姻も清水の救援を断念したのも、定直と話し合った末に決めたのだ。

「無駄な争いを避け、誰よりも民の安寧を望まれるお屋形様のお志は、尊きものにござる。されど我らは、大切なことを忘れておりました」

「大切なこと？」

「我らは、武士にござる。どれほど慈愛に満ちた政を為そうと、戦うことを恐れていては、いざという時に家臣領民を守ることなどでき申さぬ。そのような者に、武士を名乗る資格はござらん」

死の床にあるとは思えない力の籠った眼差しに、義守は息を呑んだ。いや、死の床にあるがゆえか。

「どうか、若い者たちに、場を与えてやってくだされ。時には、過ちを犯すこともありましょう。されど、他家の力を借りて内紛を治めては、最上は二度と立ち上がることかないませぬ」

「そなた」

知っていたのか。輝宗に送った書状のことは、誰にも話していない。となれば、輝宗が義光の側に漏らしたことになる。

つまりは、伊達にも見限られたということか。

不意に、笑いが込み上げてきた。もはや、打つ手はない。抗うだけ無駄というものだ。

義光はいつの間にか、そこまで自分を追い込んでいた。

「あれも、もう二十五か」

義光の近くにある主立った者たちは、ほとんどが二十代の若さだった。三十七になる守棟でさえ、義守には経験の浅い若造にしか見えない。だがそれも、自分の目が曇っていたということだろう。

「若殿はすでに、最上家当主としてのご器量を十二分に備えられておりまする。すべてを託したところで、我らが案じることはありますまい」

これまで幾度も、義光と語り合ってきたのだろう。その口ぶりは、深い確信に満ちている。

「お屋形様。それがしの願い、是非、お聞き届けを……」

突然、定直が息を詰まらせた。胃の腑《ふ》のあたりに手を当てて呻《うめ》く定直の顔に、玉の汗が浮かぶ。

「どうした、定直。苦しいのか」

呼びかけに答えず、定直は口を押さえた。溢れ出した血が、夜具を赤黒く汚していく。

「誰か、誰か！」

声を聞きつけた守棟が、部屋に飛び込んできた。その後に、義光も続いてくる。薬師《くすし》を呼ぼうとする守棟を、定直が震える手で制する。

「よい。もう、薬師でもどうにもならん」

「されど、父上」

「それより、お屋形様……」

血で汚れた口を拭いもせず、義守に訴える。血走った目に込められた力は、いまだ衰えていない。

「よかろう。そなたの願い通り、家督は源五郎義光に譲る」

定直に向けられていた義光の目が、こちらを見た。守棟も、驚きの表情を浮かべている。

「ただし、条件がある。一つ。この山形を、決して戦の場とせざること。二つ。益無き戦は、必ずやこれを避けるべきこと。この二つを誓うとあらば、あとは好きにいたすがよい」

数拍の沈黙の後、義光は頷いた。

「はっ。天地神明に誓って」

安堵したように、定直は深く息を吐き、枕に頭を預けた。

四

永禄から元亀《げんき》へと改元が行われた四月、氏家定直が没した。

葬儀で見た定直の安らかな表情に、義光は安堵を覚えた。己の一命をもって、他家をも巻き込んだ父子の争いという最悪の事態を防いだのだ。成すべきことは成したという思いがあったのだろう。

義光が正式に家督を譲られたのは、八月になってからだった。隠居の身となった義守は、翌元亀二（一五七一）年の二月に出家して栄林と号し、山形からほど近い龍門寺《りゅうもんじ》に入っている。定直の諫言《かんげん》で憑《つ》き物が落ちたのか、今は仏事三昧の日々を送っていた。

家督を継いで以来、義光は当主としての役目に忙殺されていた。家督相続を内外へ知らせ、引き続き親善を求める。領内の所領関係を把握し、改めて安堵状を下す。義守の代から持ち越されている訴訟も多く、時がいくらあっても足りないほどだ。

そうした雑務に追われるうちに、時は目まぐるしく過ぎ、元亀二年の夏も終わろうとしていた。

「当主の務めがこれほど忙しいとは思わなかった」

義光のもう何度目かもわからないぼやきに、氏家守棟が溜息を吐く。

「ようやく手に入れた当主の座ですぞ。そのような弱気なことで何となされます」

「それはそうなのだが……」

実際に矛を交えるところまではいかなかったものの、事実上の家督簒奪である。根回しは周到に行ったが、義光を快く思っていない家臣も少なくはないだろう。

「天童八楯とは、もはや手切れしたも同然。わずかでも隙を見せれば、いつこの山形へ攻め寄せてくるやも知れません。お屋形様には、しかと気を張っていただかねば」

「わかってはおるが、まさか使者のやり取りまで拒んでくるとはなあ」

家督継承の際も、正月の参賀にも、天童八楯の面々は使者の一人も遣わしてはこなかった。当然、天童頼貞の娘を義光の妻に迎える話など、交渉の糸口さえ摑めていない。

「高治《たかはる》も、ずいぶんと難儀しております。八楯の結束は固く、切り崩しも容易ではござらん」

「いや、高治に落ち度はない。わしの見通しが甘かった」

八楯との交渉には、志村《しむら》高治を当てていた。最上家譜代の臣で、義光と同年だが弁舌が立ち、頭も切れる。高治ならばと交渉役を命じたものの、八楯の強硬な姿勢は義光の予想以上だった。

伊達家が後ろ盾についたおかげで、八楯も迂闊には攻め寄せてこないだろう。だが、こちらから攻めて戦が長引けば、伊達もどう動くかはわからない。結局、互いに緊張を保ったまま膠着《こうちゃく》を続けるしかないというのが現状だった。

だが、外は手詰まりでも、内側はしっかりと固めておかねばならない。義光は、父の代からの重臣たちと信頼関係を築く一方で、家中から身分を問わず有能な者を抜擢《ばってき》している。その結果、守棟や志村高治の他に、谷柏直家《やがしわなおいえ》や北楯利長《きただてとしなが》、成沢道忠の嫡男光氏《あきうじ》といった若手が義光の側近に加わった。いずれも二十代で、家中の世代交代は大きく進んでいる。

「さて」と咳《せき》払いを一つ入れ、守棟が本題を切り出した。

義光の正室を、どこから迎えるかという話だった。義光はもう、二十六になっている。家督相続のいざこざでそれどころではなかったとはいえ、大名家の当主がこの年になってもまだ妻を迎えていないなど、聞いたことがない。跡継ぎを作るのも当主の役目であり、天童との交渉が決裂した以上、別の口を探さなければならなかった。

「ここはやはり、最上の本家筋に当たる大崎《おおさき》家がよろしいかと。幸い、当主の大崎義直《よしなお》殿には年頃の娘がおられるとの由《よし》」

陸奥玉造郡を領する大崎家は、最上の家祖、斯波兼頼の兄からはじまる家系で、かつては幕府から奥州探題に任じられていた家柄だが、度重なる内紛により衰退し、今や伊達家の後塵を拝している。とはいえ、名家であることに変わりはなく、最上家とは直接の利害関係もない。加えて、本家筋から正室を迎えれば、家督を簒奪したという悪印象も払拭できる。

「さらには、北から天童八楯を牽制《けんせい》することもできまする。大崎家にとっても、伊達家と姻戚関係にある当家と結ぶは、大きな利がございます」

「相手の家柄も器量もこの際問わぬが、とにかく急いでくれ。二十六にもなって妻の一人もいないのでは、あらぬ噂を立てられかねんからな」

「あらぬ噂と言いますと？」

「それはあれだ、色々とあるだろう。男にしか興味がないだとか、人には話せぬような、おかしな趣味の持ち主だとか……。ところで、その大崎の姫というのは、どのような女子かな」

「はあ。康子《やすこ》殿と申される姫で、当年十七。噂では、相当な器量よしと……」

「よし、決めた。すぐに進めてくれ」

守棟の冷たい視線をひしひしと感じる。妻も子もある守棟には、この年まで独り身でいた人間の気持ちなどわからないのだ。

「そうだ。取次ぎ役は、高治に申しつけよう」

「それはよろしゅうございますな。高治は、天童との交渉が進まぬことを気に病んでおりましたゆえ。次回の評定で、お屋形様の口から伝えられませ」

家の大まかな方針は、主立った者を集めた評定の前に、守棟と二人で話し合って決めることが多い。家督簒奪をためらう義光を説得し、背中を押したのも守棟だった。

「ところで、義姫様からの書状には何と？」

「ああ、いつもの通りだ。輝宗殿とは相変わらず睦まじくやっておるらしい。梵天丸も竺丸も、健やかに育っておる」

「梵天丸様は確か」

先頃、疱瘡《ほうそう》に罹《かか》り右目の視力を失っていた。とはいえ、それ以外はいたって健康で、この頃は名僧として知られた虎哉宗乙《こさいそういつ》のもとで学問に励んでいるという。母親が書いた書状だけでは器量の程は窺えないが、片目が見えない程度ならば、家督の継承に支障はないだろう。

「それはようござった。梵天丸様か竺丸様、いずれかが伊達の当主となれば、両家の絆は確固たるものとなりましょう」

義が伊達家に嫁いで以来、文のやり取りは頻繁に行っていた。互いの家中の秘事にまで触れることはないが、重要な情報源ではある。

「されど、輝宗殿の心底は測りかねるものがござる。くれぐれも、ご油断召されぬよう」

「わかっておる。中野一党を排除した時の手際を見ればな」

輝宗が伊達家の先代、晴宗の時代から家中で権勢を振るっていた中野宗時の一党を攻め滅ぼしたのは、昨年の四月のことだった。輝宗によれば、宗時の謀叛《むほん》の証拠を摑んだということだったが、恐らくは、輝宗が家中の実権を一手に握るための謀略だろう。輝宗の討伐を受けた宗時は城を捨てて身一つで落ち延び、行方をくらましている。その手際は、義光の目から見ても鮮やかなものだった。

「まあ、伊達は相変わらず南の相馬家との戦にかかりきりで、すぐにどうということもありますまい。気にかかるのは、荘内の大宝寺家にござる」

六年前、突然最上領に攻め入り清水城を落とした相手だった。

「大宝寺義増《よします》は昨年に隠居し、跡を継いだ義氏《よしうじ》はいまだ若いというが」

「まだ二十一歳とのことですが、なかなかの器量の持ち主のようです。加えて、相当な野心家との噂も聞こえております」

「上杉の後ろ盾があるだけに厄介だな」

昨年の当主交代は、越後上杉家との戦に敗れたためだった。和睦の条件として義増が隠居し、嫡男の義氏が家督を継ぐこととなったのだ。元々、越後と境を接する大宝寺家は代々、上杉との縁が深く、配下の国人や土豪にも親上杉派が多い。親上杉派に擁立された義氏と戦うことになれば、上杉という大国を敵に回すことにもなる。

「お屋形様が出羽の覇権を握るためには、いずれは戦わねばならぬ相手。しかとお心に留め置きくださいますよう」

「出羽の覇権か」

口にしてみたものの、雲を摑むような感覚だった。家督を継いで一年近くが経っても、まだ足元さえ覚束ないのだ。

「まあ、実感が湧かぬのも無理はありますまい。今の最上家は、大国のしわぶき一つで吹き飛びかねない程度の存在にござる。今しばらくは、周辺の情勢を眺めつつ、足元をじっくりと固めていくしかありますまい」

「そうだな。できることから一つずつ片付けていこう」

守棟との話を切り上げると、義光は居室へ戻った。

筆を執り、義への返書を認める。記すことができるのは、互いの近況や季節の話といった他愛のないものばかりだ。妹とはいえ、義はすでに他家の人間だ。家の内情や義光の考えを、迂闊に書き送ることなどできない。

筆を措《お》き、大きく息を吐いた。

今さらながら、父の双肩にのしかかっていた物の重さがはっきりとわかる。一つ間違えば戦となり、多くの家臣が命を落とすことにもなりかねない。ひたすら戦を避けようとしていた父の思いも、今となってはよく理解できた。

だがそれでは、最上家はいつまで経っても弱いままだ。己の領地に敵が攻め入っても、他家の顔色を窺って兵を出すこともままならない。

清水城が落ちたと聞いた時、浮かんだのは荒廃しきった京の都の姿だった。最上が弱いままでは、いずれは山形の町も、京と同じ惨状に見舞われる。

家臣領民に安寧をもたらすためには、最上が強くあらねばならない。強くあるためには、八楯を屈服させ、その力を取り込まねばならない。

その思いは今も変わらない。だが、家を背負う重圧は、想像していたものよりはるかに大きかった。

伊達や天童八楯、大宝寺に上杉、他にも秋田の安東《あんどう》、会津の蘆名《あしな》、仙北の小野寺《おのでら》や戸沢《とざわ》と、最上領の周辺には無数の大名がひしめいている。それらと伍して、最上を強国とする。そんなことが、果たして自分にできるのか。

あるのはただ、漠然とした不安ばかりだった。

大崎家との縁談は、思いのほか早くまとまった。

南からの伊達家の圧迫や、隣国葛西《かさい》家との小競り合い、さらには家臣団の不統一という内憂外患を抱える大崎家としては、一人でも多く味方が欲しいといったところだろう。

地盤固めに励む義光をよそに、荘内では大きな動きがあった。大宝寺義氏が、家中で最大の勢力を持つ土《と》佐林《さばやし》一族を攻め滅ぼしたのだ。

きっかけは、国人の起こした小さな反乱だった。義氏は、その反乱の背後に土佐林一族がいるとして徹底的に討伐する。権力を己の一手に集中した義氏は、田川《たがわ》、櫛引《くしびき》、飽海《あくみ》の三郡を一気に平定しかねない勢いだった。

とはいえ、遠く離れた荘内のことで、義光には手の出しようがない。今は、義氏がこれからどう動くかをじっと見守るしかなかった。

元亀三（一五七二）年春、大崎家の姫が奥羽の間に跨《またが》る険しい山々を越え、山形へ輿入れしてきた。

天童方に襲われるのを避けるため目立たぬようにしたのか、それとも大崎家の台所事情か、輿入れの行列はごくささやかなものだった。

家臣たちから大崎の方と呼ばれることになった康子は、噂通りの麗人だった。十七歳というが顔立ちは大人びていて、切れ長の目とふくよかな唇は、義に似ていないこともない。

だが、その顔つきにはどことなく陰があり、祝言の間も床に入ってからも、義光とほとんど視線を交わそうとはしなかった。

「国許に、想い人でもおるのか？」

床の中で囁《ささや》くと、康子はしばしの沈黙の後、かすかに首を振った。だが、憂いを帯びたその顔つきは、肯定したも同然だった。

仰向けになって天井を見つめながら、義光は呟いた。

「なるほど。そういうものか」

はだけた襟元を掻《か》き合わせながら、康子はこちらに怪訝そうな顔を向ける。

「わしには義という、二つ下の妹がおるのだが」

「存じております。米沢の伊達家に嫁がれたとか」

「そなたとは似ても似つかぬ、女子らしさの欠片《かけら》もない妹でな。口を開けば小言で、幼い頃にはよく、剣の稽古と称して泣かされたものよ」

「あの、お屋形様が、泣かされたのでございますか？」

「まったくもって、鬼のような妹でな。あれはいつだったか、城下で近習とはぐれて迷子になった時じゃ。心細うて泣いておったわしを、妹が見つけ出したことがあってな。ようやく城へ帰れると思うたら、義のやつめ、いきなりわしの横面を引っぱたきおった。城下で迷子など恥ずかしいだの、跡継ぎとしての自覚がどうのと、散々罵《ののし》られたわ」

思い出しても腹が立つ。まったく、ひどい妹を持ったものだ。

「いや、そんな話をしたかったのではない」

「では、何をおっしゃりたかったのです？」

「ああ。今でこそ輝宗殿とは仲睦まじいらしいが、米沢に輿入れした当初は義のやつも、そなたのような目をしていたのだろうかと思うてな」

「それは……」

口ごもり、康子は横を向いてしまった。何か気に障るようなことを言ったかと慌てていると、聞こえてきたのはぷっ、という吹き出すような声だった。それから、康子はくすくすと笑う。

「申し訳ございませぬ。義様に叱られて泣いておられるお屋形様を想像して、つい……」

「そ、そうか」

ようやく感情を見せてくれたかと、義光は安堵する。

「もっと聞かせてくださいませ。義様とのお話」

「それは構わぬが、長くなるぞ」

まあいいか。これが最後の夜というわけでもないのだ。肌を合わせるのは、康子がもっと心を開いてからでも構わない。

そんなことを考えながら、康子の顔を見つめる。思いの外あどけなさの残る笑顔に、義光はかすかに心が軽くなるのを感じた。

元亀四（一五七三）年は、七月二十八日をもって天正《てんしょう》元年と改められた。

改元を申請したのは、ここ数年で旭日の勢いにある織田信長だった。元は尾張守護代の代官に過ぎない家柄だが、尾張、美濃、伊勢から畿内全域を制し、宿敵の浅井《あざい》、朝倉を滅亡に追い込んでいる。

改元に先立ち、信長は自らが擁立した将軍、足利義昭を京都から追放している。足利幕府が事実上滅亡した以上、義光の羽州探題という役職は消滅したも同然だった。

時代が変わりつつある。その空気は、遠く離れた奥羽にまで伝わってきた。

もはや、探題や守護といった名分に頼ることはできない。幕府の権威に依存せず、己の実力だけで家を保たねばならないということだ。

幸い、本家筋に当たる大崎家と姻戚関係を結んだことで、家中での義光の立場は固まっている。周辺の諸侯も、義光を正当な当主として認めただろう。

問題はやはり、天童八楯だった。大崎との縁組で多少なりとも態度を軟化させることを期待していたが、天童頼貞はおろか、八楯に属する国人や土豪の誰一人として、祝いの使者さえも送ってはこなかった。

「これほどまでに結束が固いとはな。八楯のうち、何人かは脱落する者が現れるかと思ったが」

評定の席で、義光は脇息にもたれかかりながら嘆息した。広間には、家中の主立った者たちが居並んでいる。

「残念ながら、それだけ大崎家の名が落ちているということでしょうな」

長老格の成沢道忠が、腕組みしながら言った。

「先代栄林様が数十年をかけても、最上家中に取り込むことのできなかった者たちです。そう簡単に崩せるとは思われぬ方がよろしゅうござろう」

「調略をもってしても、切り崩すことはかなわんか」

「天童に与する者を寝返らせるにしても、こちらには誘うに足る材料がござらん。ここは焦らず、じっくりと腰を据えて交渉に臨み、互いの落としどころを探るべきにござろう」

「お待ちください」

口を開いたのは、谷柏直家だった。

「そのように悠長に構えている余裕は、我らにはないかと存じまする」

長く義光の近習を務めてきた、気心の知れた家臣だった。義光より五つも年下だが、若さに似ず沈着で、若手家臣の中では誰よりも頭が切れる。

「荘内の大宝寺が、大きく勢力を広げつつあります。遠からず、再び最上領に手を伸ばしてまいりましょう。そうなった時、天童八楯が今のままでは防ぎようがありません」

「ならば、いかがいたすと申す？」

訊ねた道忠に、直家は不敵な笑みを浮かべて答える。

「寒河江《さがえ》の大江《おおえ》一門を、我が方へ取り込むのです」

最上川の西岸、寒河江城一帯に勢力を持つ一族だ。家祖は源頼朝に仕えた大江広元《おおえのひろもと》で、最上家よりもはるか以前から出羽に根を張り、南北朝時代には出羽の南朝方の旗頭として斯波兼頼と激しい戦いを繰り広げてきた。だが、長い戦乱の世で宗家の力は衰え、吉川、白岩、左沢《あてらざわ》といった、自立を強めた一族同士が対立、当主の座を巡って幾度となく争いを繰り返していた。

最上家も代々、寒河江の内紛には介入している。義光の初陣も、寒河江領内での小競り合いだったのだ。

「幸い、現当主の大江兼広殿は親最上派です。兼広殿に力を貸して反最上派の庶家を討ち、大江一門を統一させることができれば、八楯には西からも大きな圧力をかけることがかないまする」

「良策かと存じまする」

直家が考えを述べると、志村高治がすぐに賛意を示した。

「口惜しいことですが、我らには、武力で天童八楯を下す力はまだござらん。ならば、外交で優位に立つことこそ肝要かと」

「待て。そこまで天童を追い詰めるのは危険すぎる。どのような手段で反撃に出るかはわからんぞ。それに、寒河江を統一すると言ったところで、あそこの内訌《ないこう》は一朝一夕で片が付くようなものではない。我らの方が泥沼に引きずり込まれる恐れもある」

「されど直家の申す通り、時が無いのも事実。手を拱《こまね》いていては、我らは天童、寒河江もろとも、大宝寺に飲み込まれかねません」

「そなたたちはまだ若い。拙速に走って身動きが取れなくなっては、それこそすべてを失うぞ」

激しくなる論争に、義光と進行役の守棟は口を挟まない。評定の場では、それぞれの意見を出し尽くさせることが重要だった。

やはり、直家の意見を支持するのは若い者が多い。元々、天童に対する憤りで義光のもとに団結したという面が大きいのだ。対する道忠の側には、父の代からの家臣たちがついた。

　脇息に肘をつき、思案を巡らせる。

　義光が目指すのは、天童八楯の解体と、最上家への完全服従だ。道忠の言うように粘り強く交渉を続けたところで、落としどころなど見つかるはずもなかった。

　だが、長年にわたって内訌を続けてきた大江一門の統一も、容易なことではない。最悪の場合、寒河江に手を取られている間に、天童八楯が動き出す恐れもある。

　だが、天童の顔色を窺っているだけでは、今までと何一つ変わりはしない。家中を二分し、義守を隠居にまで追い込んだ意味も無くなってしまう。

「決めた」

　議論が出尽くしたところで、義光は口を開いた。

「大江兼広殿に使者を送れ。我らと盟約を結び、共に天童八楯に当たろうとな。兼広殿が望むならば、庶家討伐のための出兵にも応じよう」

「お屋形様、それでは……」

　言いかけた道忠を目で制し、続ける。

「本格的な戦となった場合、大崎家にも出兵を請う。北からも牽制されれば、天童も迂闊には動けまい。大江兼広との交渉には高治、そなたが当たってくれ」

「ははっ！」

「お屋形様、よろしいのですな？」

守棟が、低い声で訊ねた。

「大江兼広殿と盟約を結べば十中八九、天童との戦になりまする。もはや、後には引けませんぞ」

「元より、後に引くつもりなどない」

これでいい。決意を込め、全員の顔を見渡す。

「たとえ幕府が消え去ろうと、羽州探題たる我が最上の誇りは決して消えぬ。己の利ばかりを求めて羽州の統一を妨げる者を討つは、我らが役目である。皆の者、戦に備えてそれぞれの城砦を堅固にし、兵を鍛えておくのだ。よいな？」

一同が一斉に平伏し、「ははっ」と声を揃えた。

五

「あやつは一体、何を考えておるのだ」

天正二（一五七四）年正月。山形龍門寺の自室で、最上義守改め栄林入道は呟いた。

大崎の姫を迎えるだけならまだしも、大江兼広と盟約を結ぶなど、天童に兵を挙げろと言っているに等しい。

しかも義光は、生まれてもいない我が子を、子のいない兼広の養子にするとまで約束したという。これでは、最上が大江一門を乗っ取ると宣言したも同然だ。吉川、白岩ら大江庶家が一斉に反発するのは目に見えている。まるで進まない天童八楯との交渉に業を煮やしたのだろうが、あまりにも拙速に過ぎる。恐らくは、若い家臣たちの強硬な意見を抑えきれなくなったのだろう。

幼い頃から、義光にはどこか頼りなさを感じていた。人の意見を無視できず、誰にでも気配りしてしまう優しさ。それは、武家の棟梁としては弱さでしかない。そしてその弱さが今、天童への強硬策という最悪の形になって表れている。

食い止めなければならない。天童との戦だけならまだしも、寒河江一門まで巻き込めば、山形どころか最上郡全土が戦場となる。最上、天童、大江が共倒れになれば、漁夫の利を得るのは伊達と大宝寺だ。斯波兼頼から続く最上の血が絶えることにもなりかねない。

栄林は、身の回りの世話を務める若い僧に告げた。

「すまぬが、駕籠《かご》を用意してくれ。山形へ参る」

真冬とはいえ年が明けて間もないとあって、山形の町は華やいだ雰囲気が漂っている。

よくよく見ると、以前よりも家や店の数が増えているようだった。城もところどころ改修したらしく、城壁はさらに高くなり、櫓《やぐら》の数も増えていた。

どこか知らない場所に来たような気分に襲われながら、住み慣れた山形城の大手門をくぐる。

城内の馬場では新年早々、足軽たちが戦稽古を行っていた。五十人ほどが、組頭の指示で隊列を組んでいる。構えているのは、見たこともない筒状の得物だった。組頭が采配を振り下ろした刹那、凄《すさ》まじい轟音が響いた。

あれが鉄砲か。耳を塞《ふさ》ぎながら栄林は思った。南蛮から伝わった新しい武器の話は聞いていたが、そのあまりの値に購入は断念していた。

小姓に案内された表書院でしばし待つと、義光が現れた。

「お久しゅうございます、父上」

上座についた義光の表情は、どこか硬い。余人を交えず二人で話すのがいつ以来なのか、栄林にもわからなかった。

「ずいぶんと、戦の稽古に熱心なようじゃな。あの鉄砲、どこから購《あがな》った?」

「池田惣左衛門より二百挺ばかり買い求め、指南役の者も雇い入れました。上方での戦は、すでに鉄砲が主流となりつつありますゆえ。一挺の値も、以前よりはかなり下がっております」

上洛の際に宿舎や船の手配で世話になった、酒田の商人だ。

値が下がったとはいえ、二百挺ともなれば相当な額になるはずだ。弾や火薬の掛かりも馬鹿にはならない。

「それで誰と戦う。大江の庶家か。それとも、天童か？」

「羽州探題として、出羽の秩序を乱す者すべてと戦う所存にございます」

「探題など、とうに影も形もありはせぬ！」

栄林の怒声に、小姓が体を震わせた。

「つまらぬ誇りなど捨てて、現実を見るのじゃ。我らの拠《よ》り所であった幕府はすでに滅んだ。探題の務めなど捨て、家を保つことを第一に考えるべきであろう」

「幕府が滅んだからこそ、我らが新たな羽州の秩序を打ち立てねばならぬのです。和を重んじるは尊きことなれど、それのみでは家臣領民に安寧をもたらすこと、かないませぬ」

「何をわかったようなことを。最上と天童はつかず離れずで、争うことなくやってきた。それが、わしが四十年以上かけて築き上げた秩序だ。そもそも、今の最上の家があるのは、天童八楯の戦があったればこそではないか」

栄林の養父、義定が長谷堂城で伊達稙宗に敗北した際、八楯は降伏を潔しとせず、伊達家に対して激しい抵抗を続けた。そのおかげで、稙宗は義定との和睦を受け入れ、最上の家名は辛《かろ》うじて残ることができたのだ。

「その八楯に有無を言わさず屈服を求め、大江には養子を入れて乗っ取る。それが、そなたの言う新しい秩序か？」

「父上、時は流れております。馴れ合いや上辺《うわべ》だけの和平で国が保てる世は、とうに終わり申した。どうか、ご理解のほどを」

「考えを改めるつもりはないか」

「すでに、大江兼広との盟は成りました。雪が解ければ、兼広に反抗する庶家を討つため、我らも兵を出す所存」

「わかった。もはや、何も申さぬ」

席を立ち、書院を出た。

場合によっては、義光は自分を城内に幽閉するかもしれないと思っていたが、その様子はない。どれほど意見が対立しようと、父は父。そう考えているのだろう。

だが、それがそなたの弱さだ。胸中で呟き、駕籠に乗り込んだ。

尾行がないことを確認すると、栄林は龍門寺を通り過ぎ、さらに北へと駕籠を進めた。

向かう先は、山形から二里足らずの中野城。二歳で最上家の当主となるまで、栄林が住んでいた城だ。

城を守るのは栄林の古くからの家臣たちで、義光に反感を持っている者が多い。先触れを出して訪問は告げてあるので、城には速やかに入ることができた。

奥の書院で、数十通の書状を認めた。宛先は、最上家の一族郎党と、奥羽の主立った諸侯である。

互いに腹を割って話すことで、決心はついた。

もう、義光に最上の家を任せることはできない。


諸方から届けられたその報せに、山形城内は騒然としていた。

栄林公、御謀叛。義光もはじめは耳を疑ったが、家臣たちに届けられた書状は、間違いなく父の字だった。

義光の家督相続は認めない。不法に当主の座を奪った義光を追放するため兵を挙げるので、協力を願いたい。書状にはそう認められていた。

「中野城に、天童八楯の兵が続々と入っております」

「大江兼広殿より火急の使い。吉川、白岩、左沢らが兵を挙げ、寒河江に進軍を開始。至急、救援を請うとの由」

もたらされる報告は、どれも悲痛なものばかりだった。

「甘かったか」

義光の呟きに、守棟は否定も肯定もしない。

数日前に父が山形を訪れた時、守棟は栄林を幽閉すべきと進言していた。天童の密使がたびたび龍門寺を訪れているという気配があったのだ。だが、義光は守棟の進言を退けていた。

情に流されたわけではなかった。もはや、父には何の力もない。それに、ここで前当主の幽閉という挙に出れば、ようやく埋まりかけていた家中の溝が再び広がりかねない。そう考えたのだ。

「だが、よもや天童の兵まで引き入れるとは」

一度は義光の継承を認めておきながら、これ以上の裏切りはなかった。ようやく、新しい最上家が出来上がりつつあったのだ。

「しっかりなされよ。繰言を並べるよりも、この切所をいかに乗り切るかを考えられませ」

守棟と二人で、絵図を睨んだ。

栄林の中野城は、山形から北方へわずか二里足らず。だが、その背後には天童、蔵増、東根といった、天童八楯の諸城が控えている。寒河江城の救援に向かおうにも、その間には中野城が立ちはだかっていた。さらには、南の上山城主、上山満兼も天童八楯に属しているため、こちらは南北に兵を割かなければならない。

「中野方は天童、上山を合わせ、およそ三千。これに吉川ら大江庶家のおよそ一千が加わりまする。対する我らは、二千も集められるかどうか」

「家中で父上に味方する者は？」

「今のところ、中野の者どもの他には現れておりません。しかし、形勢次第ではどう転ぶか」

「ならば、速戦で中野を落とす。父上を降伏させれば、天童に戦を続ける大義はない」

「難しゅうはございますが、他に形勢を覆す術《すべ》はございませんな。大崎、伊達には使いを出し、中野方の牽制を依頼いたします」

「よし、皆を集めてくれ。軍議を開く」

そこへ、伊達家からの使者が訪れたと小姓が報告してきた。

広間で引見した義光は、使いの口上を聞くうち、血の気が引いていくのを感じた。

「今、何と申された？」

遠藤基信と名乗った伊達家の使者は、無表情に淡々と答えた。

「我が主、輝宗は最上様に、当主の座を降りていただくよう望んでおりまする」

「待たれよ」

　同席した守棟が口を挟む。

「伊達殿は四年前の争いの折、確かに我らを支持したはず。それを今になって当主から降りろとは、あまりに筋の通らぬ仰せではないか」

「輝宗は、義理とはいえ父と兄に当たるお二方の争いに心を痛めております。あの折は、最上様が当主となられた方が丸く収まると考えてのこと。されど、恐れながら家督を継がれてからの最上様のなさりようは、羽州に無用な争いの種を蒔《ま》くばかり。やむなく、輝宗は栄林公にお味方すると決めたのでございます」

　淀《よど》みなく言うと、遠藤基信は義光に向き直った。

「家督を返上なされれば、最上様の身の安全は我ら伊達家が必ずや請け負いまする。栄林様の御歳を考えれば、いずれは最上様が当主に復帰する道も見えてまいりましょう。それまで一時的に、我が領内へお移り願いたく」

　守棟が、こちらを見て首を振った。伊達領に移れば、二度と山形へ帰ることはできない。それは義光にもわかっていた。

「せっかくのお心遣いだが、父が何と言おうと、最上家の主はそれがしにござる。当主の座もこの城も、明け渡すつもりは毛頭ござらぬ」

「結構なお覚悟とは存じまするが、我が主の提案がお聞き届けいただけぬとあらば、近日中に伊達軍一万五千が山形へ押し出すこととなりましょう。それでもよろしゅうございますな?」

あからさまな恫喝《どうかつ》だった。だが、一万五千は誇張にしても、その半数でも十分な脅威になる。伊達の参戦が現実となれば、どう足掻《あが》いても勝ち目などない。

譲歩して妥協点を見出《みいだ》すべきか。それが無理でも、交渉を引き延ばして時を稼げば、事態が好転するかもしれない。相馬家との争いを抱える輝宗は、長くこちらにかかわってはいられないはずだ。

いや、わずかでも弱みを見せれば、輝宗はここぞとばかりに付け入ってくる。家臣たちも、義光に失望して離れていくだろう。

脅しには屈しない。強くあるためには、譲ってはならない一線がある。

「遠藤殿。帰って輝宗殿にお伝え願いたい。軍勢でこの山形を押し潰すことはできても、最上の誇りまで奪うことはできぬ。最後の一兵までも殺し尽くす覚悟がおありならば、いつなりと兵を率いてまいられよ」

これで、もう後には引けない。背筋に冷たい汗が流れるのを感じる。

「承知仕《つかまつ》りました。しかと伝えましょう」

退出する遠藤基信の背中を見つめながら、義光は滅びの予感に震えた。

「お屋形様」

守棟の顔も、さすがに青褪めている。

「直ちに陣触れを。それから、相馬に使いを送れ。いや、相馬だけでは駄目だ。二階堂、田村、岩城《いわき》、とにかく味方につく望みがある大名すべてに参戦を呼びかけるのだ」

南奥羽のほとんどの大名は、伊達家と何らかの姻戚関係にある。表立って輝宗と敵対する可能性はほとんどないが、何もしないよりはましだった。

それから数日後、大崎家からの返事が届いた。隣国の葛西家との戦があるので、援軍要請には答えられないというものだった。これで、天童を北から牽制しつつ、速戦で中野を落とす策は潰《つい》えた。

「こうなった以上、全兵力を集め、山形に籠城すべきかと」

「ならん。籠城はせぬ」

守棟の献策を、義光は却下した。山形城は、一万近い大軍の攻撃を受けて持ちこたえられるほど堅い城ではない。そしてそれ以上に、山形の城下を戦場にすることは避けたかった。

「兵を二手に分け、一方は中野、天童に備えつつ、主力は南の成沢城あたりで伊達勢を食い止めて時を稼ぐ。これしかあるまい」

「しかし、この状況で兵を分けるのは」

「確かに上策とは言えぬ。だが伊達軍は、急な出兵で兵站《へいたん》が整っていないはずだ。そう長く、山形周辺にとどまれはせぬ」

北と南、どちらで敗れても山形は落ち、義光と主立った家臣たちの首は飛ぶ。それでも、他に方策はなかった。

間者の報せによると、上山城南方の高畑城には、数千の軍勢が集結しているという。城主の小梁川盛宗《こやながわもりむね》は、智勇兼備《ちゆうけんび》の将として知られていた。おそらく数日のうちに、盛宗は高畑を出陣して最上領に攻め入ってくるだろう。

だが、戦端は思わぬところで開かれた。一月二十四日、上山満兼《かみのやまみつかね》が伊達勢の陣に奇襲を仕掛けたのだ。

「どういうことだ。何ゆえ、満兼が伊達の陣を攻める？」

困惑する義光のもとに、上山家から使者が送られてきた。

「我が上山家は、長らく伊達領と境を接し、幾度となく小競り合いを繰り返してまいりました。その我らが、いかに八楯の方針とはいえ、伊達勢に道を開けるわけにはまいりませぬ」

里見越後と名乗った使者は、最上家臣が居並ぶ中、堂々と述べた。

「そもそも天童八楯は、伊達家に対抗し、最上一門の利益を守るために結ばれた盟約。それが、伊達家を引き入れて最上家を危うくしたのでは本末転倒。ゆえに、我ら上山は伊達家を敵といたす所存にござる」

「なるほどな。して、上山はわしに何を望む？」

「それは、最上様のお好きなように。それがしはただ、我らは伊達と戦うということをお知らせにまいったのみ」

伏して援軍を請うつもりはない。助けたければ、勝手に助けに来い、ということだ。そして義光には、援軍を送る以外の選択肢はない。

したたかなものだった。八楯を離反したわけでも、義光の家臣となるわけでもない。あくまで自家の独立を維持しながら、義光から援軍の確約を引き出す。これが、小領主の処世というものなのだろう。

それでも、小さいながらようやく見えた光明だ。手放すわけにはいかない。

「委細承知した。上山が攻められた際には、こちらから援軍を出そう。満兼殿には、焦らず、時を稼ぐことが肝要とお伝え願いたい」

「ははっ」

いいように利用されているという思いはあったが、上山が味方についたのは大きい。そして、八楯が必ずしも一枚岩ではないこともはっきりした。これで、天童方にも動揺する者が現れるかもしれない。

いずれにしろ、小梁川盛宗は報復のため、上山城に攻めかかるだろう。義光は上山から指呼《しこ》の間にある成沢城に兵を入れ、警戒に当たらせた。

だが、小梁川盛宗はこちらの予想をはるかに超える動きを見せた。一月二十九日、高畑城を出陣するや西へ大きく迂回し、はるか北方の寒河江城を襲ったのだ。攻撃には大江庶家や天童の兵も加わり、二月二日、援軍を送る暇もなく城は落ちた。大江兼広は人質を差し出し降伏したという。

その報せに、山形城大広間に集った家臣たちは静まり返った。

「さすがに、伊達家には人材が多い。よもや、寒河江にまで手を伸ばすとは」

守棟が呻くように言うと、何人かが首肯した。上山の抵抗は伊達にとっても誤算だっただろうが、寒河江の攻略はそれを補って余りある勝利だった。そして義光にとっては、寒河江の失陥は北からの圧力がさらに増すことを意味する。

「いや、待て」

義光は、南出羽一帯が描かれた絵図にじっと見入った。小梁川の主力が寒河江方面に移った今、南には必ず隙が生じるはずだ。

「守棟、心利きたる者を選び、川樋、中山、荒砥に物見を放て」

高畑城から寒河江に至る道に転々と築かれた伊達方の砦《とりで》だ。意図を察した家臣たちが、うなだれていた顔を上げる。

「わしは味方の半数を率い、夜陰に乗じて成沢へ移る。守棟、山形の留守は任せた」

「お屋形様ご自身でまいられるおつもりか？」

「そうだ。この状況では、当主自ら陣頭に立たねば、士気の維持など望めぬ」

「そこまでのお覚悟ならば、何も申しますまい。山形の守り、しかと務めましょう」

「頼む。この城にわしがいないことを、敵に悟られてはならんぞ」

「承知」

気づくと、沈み込んでいた広間の雰囲気がいつの間にか変わっていた。義光を見る家臣たちの目に、覇気が蘇っている。

「戦はまだ、はじまったばかりだ。輝宗に、義兄が侮れぬことを教えてやろうではないか」

六

雲に隠れていた月が顔を覗《のぞ》かせ、張り詰めた兵たちの顔が見て取れるようになった。

まともな戦はこれがはじめてだと、義光は思った。初陣ではぶつかり合いはなく、自身で敵と斬り結んだのは、高湯で賊に襲われた時の一回きり。武芸や兵法を学ぶよりも、歌を詠んでいる時の方がずっと幸福だった。そんな自分が五百もの軍勢を率い、百戦錬磨の伊達勢相手に戦を挑もうとしている。

だが、今は戦場に飛び込む恐怖よりも、夜襲が成功するかどうかという不安の方がはるかに大きい。もしもこの策が読まれていれば、死ぬのは自分一人だけではないのだ。

義光も含め、全員が徒歩だった。音が出ないよう、兵たちの鎧《よろい》の草摺《くさず》りは縄で結びつけてある。念入りに侵攻路を選び、慎重の上に慎重を期して進んできた。伊達の版図のかなり奥深くまで入り込んでいるが、今のところ、敵に気づかれた気配はない。

ただ、獣道と言っても差し支えないような悪路だった。周囲は深い森で、上り下りも激しい。土地勘のある上山家の者が先導を務めているので迷う心配はないが、緊張を強いられながら進む狭く険しい道は、義光と兵たちの体力を容赦なく奪っていく。

「見えました。川樋の陣です」

前を進む谷柏直家が、声を低めて言った。松明《たいまつ》の合図が送られ、行軍が止まる。前方に目を凝らすと、森を抜けた先に無数の篝火《かがりび》の灯りが見えた。

弓を持った兵たちが前列に並び、つがえた矢に次々と火が点《とも》されていく。これで、敵の見張りはこちらの存在に気づいただろう。もう隠れる必要はない。義光は立ち上がり、声を張り上げた。

「放て！」

弦を放れた火矢が、夥《おびただ》しい数の光の帯を引きながら宙を飛んだ。柵や陣屋、米俵を積んだ荷車に矢が突き立ち、炎を上げていく。砦のどこかで打ち鳴らされる鉦《かね》の音を聞きながら、義光は笹切の太刀を引き抜いた。父から貰《もら》ったこの刀で、父を追い落とすために戦う。その皮肉を噛みしめつつ、全軍に突入を命じる。

火矢を放っていた兵たちも、弓を槍に持ち替え、吶喊《とっかん》の声を上げながら駆け出す。見張りの兵を打ち倒し、粗末な柵門を破って砦の中に雪崩《なだ》れ込んだ。

砦とも呼べないような陣に過ぎないが、昨日、ここに大量の兵糧が運び込まれるのを義光の放った物見が確認している。敵の人数は三百から四百。そのほとんどが、兵糧を運ぶために徴発された人足だった。

「目標は砦を焼くことだ。逃げる者には目をくれるな！」

篝火が蹴り倒され、倉には松明が投げ込まれていく。

不意に、燃え盛る陣屋の陰から敵が飛び出してきた。突き出された槍をすんでのところでかわし、狙いもつけずに刀を横に薙ぐ。

剣先にかすかな手応え。その次の刹那、敵兵の首から血が噴き出し、義光の全身に降り注ぐ。目を見開いたまま棒のように倒れた敵兵の顔には、まだ少年のあどけなさが残っていた。

「お屋形様、お怪我は？」

「ああ、大事ない」

同情する余裕などなかった。前方から、二十人ほどの一団がこちらに向かってくる。陣頭で声を張り上げている武者は、おそらくこの砦の守将だろう。義光は旗本の三十人ほどに槍衾《やりぶすま》を組ませて正面からぶつけ、自らは十人ほどを率いて敵の横合いから斬り込んだ。

たちまち、敵は浮足立った。背を向けて逃げる敵に目もくれず、向かってくる敵を斬り払う。見ると、守将らしき男の体が数本の槍に貫かれていた。

「目々沢丹後守殿、討ち取った！」

伊達に与する、このあたりの領主だ。予想外の戦果だった。

「よし、敵の増援がくる前に引き上げる」

砦はいたるところが炎に包まれていた。これで、かなりの量の兵糧を焼いたはずだ。はじめてに近い戦で夜襲を成功させ、敵将の首も挙げた。敵味方に与える影響は大きいだろう。焦げ臭いにおいが鼻を衝く。燃えているのは、伊達領の民が育てた米だ。込み上げる罪の意識を、義光は無理やり抑え込む。戦に負ければ、山形の民は米どころか、田畑も家も焼かれる。

「撤退の支度が整いました。急ぎましょう」

直家の報告に、頷きを返す。視界の隅に映った少年の骸《むくろ》を、義光は頭から追い払った。

その後も義光は、少ない手勢を活発に動かし続けた。

夜陰に乗じて山中を移動し、伊達方の砦を襲っては素早く退く。敵に与えられる損害は軽微なものだが、今は小さな勝利を積み重ねるしかなかった。その甲斐あって、伊達から最上に鞍替《くらが》えする土豪や国人も出はじめている。

戦全体の流れがこちらに傾きつつある。そう実感しかけた四月、伊達輝宗が領内に陣触れを発したという報せが届いた。輝宗自らが軍を率い、最上領に兵を進めると諸方に触れ回っている。そしてそれに呼応するように、寒河江方面に出張っていた小梁川盛宗が、山形の西方に位置する畑谷城を攻め落とした。これで、最上に鞍替えした土豪や国人は再び離れていった。

「畑谷城が落ちた今、山形西方の守りは若木城のみ。だいぶ苦しくなるな」

成沢城で開いた軍議には、城主の成沢道忠や谷柏直家の他、上山家から里見越後も加わっていた。その越後が口を開く。

「されど、輝宗が直々に出馬してくるということは、敵も相当に苦しいという証《あかし》。これまで通り大きな戦は避け、小戦に徹して時を稼げば、いずれ輝宗も音を上げましょう」

上山家がもっとも恐れているのは、義光が上山を見捨て、山形に籠城することだろう。ここまで干戈を交えた以上、上山単独での伊達との和睦は望めない。ならば、最上家を巻き込みつつ最後まで戦うしかないのだ。

「案ずることはない。最上は、一度味方となった者を見捨てることはせぬ」

「ははっ」

そうは言っても、伊達勢を足止めする妙案があるわけではない。まともに戦ったところで勝てるはずはなく、越後の言うように、これまで通りの戦い方を続けるしかなかった。

四月二十二日、輝宗は予告していた通り、米沢を出陣した。率いる軍は八千。小梁川の別働隊を併せれば、一万近くになる。輝宗は高畑城に入ったまま腰を据え、長期戦の構えを見せていた。大軍を見せつけることで最上側の諸将に圧力をかけ、寝返りを促す策だろう。

五月に入ると、早くも離反者が現れた。あろうことか、若木城主の新関因幡守が伊達に寝返ったという。若木が敵の手に落ちれば、山形は裸同然となる。

義光は即座に手勢を率いて山形の守棟と合流し、千五百の軍勢で若木城へと向かった。

「ただちに総攻めだ。敵の増援が城へ入る前に、何としても落とさなければならん」

五月三日から四日にかけての総攻めで、陥落寸前まで追い詰めた。若木はさしたる要害ではないが、丸二日に及ぶ強引な力攻めで多くの犠牲が出ている。

中野から軍勢が発したとの報せが届いたのは、翌五日のことだった。兵力は一千余、最上の旗印を掲げているという。

「まさか、父上自らが」

「おそらくは」

答える守棟も困惑しているようだった。

「いかがなさいます」

父とまともにぶつかるのは、できることなら避けたかった。長く父に仕えてきた家臣や兵たちが動揺しかねない。それでも、戦わずに退くなど論外だった。

「城の押さえに三百を残し、全軍で迎え撃つ。将兵が動揺する前に、一撃で打ち払う」

「よろしいのですか」

「考えようによっては、絶好の機会だ。ここで父上を捕らえることができれば、それで戦は終わる」

「それは、あちらにとっても同じこと。それがしがお訊ねしているのは、栄林様と命のやり取りをすることにもなりかねぬ、ということです」

束の間、義光は腰の太刀の柄《つか》に手をやった。戦場では何が起こるかわからない。だが、戦をはじめてしまった以上、すべては覚悟の上だ。

「やるしかあるまい」

たとえ父を死なせることになったとしても、やるしかない。栄林が再び当主となれば、最上は緩やかな滅びを迎える道しか残らないのだ。

「出陣する。兵をまとめよ」

決意を込めて言うと、守棟はそれ以上止めようとはしなかった。

五十人ほどの大物見を放ち、策を整え、栄林勢を待ち構えた。敵は中野衆と天童八楯の寄せ集めで、士気が高いようには見えないという。若木が陥落寸前になってから出陣する腰の重さも、いかにも父らしい。

やがて、大物見が敵とぶつかったという注進が届いた。ほどなくして、五十人を追って敵が姿を現した。乱れた隊列から、統率の取れた軍ではないことが一目でわかる。

不意に、前方左手の林から喊声《かんせい》が上がった。守棟の率いる伏兵三百が、敵の横腹に襲いかかる。かなりの距離があるが、敵の動揺はここからでもはっきりと見て取れた。

「皆の者、聞け」

義光は馬上から将兵に語りかけた。

「父上の代で、我が最上は多くの誇りを失ってきた。伊達の顔色を窺い、天童八楯の横暴を許し、いざという時に戦うことすらできなかった。あの頃の最上家に戻したいと思う者は、止めはせぬ、ただちにここから立ち去り、父上のもとに馳せ参じるがよい」

一人たりとも、動く者はいない。畳みかけるように、義光は続けた。

「失った誇りを取り戻さんと望む者は、我とともに戦うべし」

手にした采配で、前方を指し示す。太鼓が打ち鳴らされ、喊声とともに味方が前進をはじめた。

志村高治率いる前衛が、敵とぶつかった。横腹を伏兵に衝かれた敵は、いともたやすく崩れていく。

「総攻めだ。続け！」

笹切の太刀を抜き、馬腹を蹴った。義光の姿を認めた中野衆が、戦わず逃げ散っていく。

乱戦の中、義光は父の姿を探した。

見えた。父の馬印《うまじるし》。一丸となって後退していく数十人の一団。その中の一人は、具足の上に袈裟《けさ》をまとっている。

父が振り返った。義光に気づき、その表情に憤怒が宿る。馬首を巡らそうとする父の轡《くつわ》に、家来たちが取りついた。そのまま引きずるように後退していく。

「父上はあれにある。捕らえよ！」

いきなり、父の周囲を固める一団の中から二十騎ほどが飛び出してきた。殿軍《しんがり》となって父を逃がそうとしているのは明らかだった。

先頭を駆ける、黒ずくめの具足をまとった武者。五尺はありそうな鉄棒を振り回し、義光の旗本を薙ぎ倒していく。

「お屋形様、あれは……」

轡を並べる直家が、声を上ずらせた。

野辺沢満延《のべさわみつのぶ》。野辺沢城主で、天童八楯の一翼を担っている。その武勇は、奥羽に知らぬ者はなかった。麾下《きか》の一人一人の力も、最上の兵とは隔絶している。たった二十騎を相手に、義光の旗本は見る見る討ち減らされていった。

「最上義光殿。御首級《みしるし》、頂戴仕《つかまつ》る」

戦場に、満延の怒声が響いた。父を逃がすためではない。自分の首を獲りにきたのだ。

義光の全身に粟《あわ》が立った。

「ここはお退きください。あれは、尋常な敵ではござらぬ」

「ならん。父上さえ捕らえれば、この戦、我らの勝ちぞ」

だが、満延に気を呑まれたように、兵たちの動きは鈍い。歯噛みする義光の轡に、旗本たちが取りついた。

「お屋形様を後方へお連れせよ。槍衾を組み、左右から矢を射かけるのだ」

直家の下知で、旗本たちが陣を立て直した。射かけられた矢を鉄棒で振り払いながら、満延は悠々と後退していく。その間にも、栄林たちは戦場から遠ざかっていく。

諦める他なかった。満延がいる限り、栄林の生け捕りなど到底不可能だ。

「深追いは無用。兵をまとめ、若木に戻る」

あの程度の策に嵌《はま》る父に、やはり武人としての才覚はない。家臣領民を守るには、自分が最上家を背負うしかないのだ。己に言い聞かせるが、父の憎悪に歪んだ顔は、瞼《まぶた》にこびりついて離れなかった。

その日のうちに、新関因幡守は幼い嫡男を人質に差し出して降伏した。とはいえ、寝返った城を奪い返しただけだ。多くの犠牲を払ったが、得たものは小さい。味方の圧倒的な不利は、変わりがなかった。

それから二十日ほど、各所で小競り合いが続いた。

伊達勢は上山周辺で放火や苅田狼藉を繰り返し、義光は小勢を率いて伊達の陣所を襲撃するものの、大きなぶつかり合いはなく、戦況は膠着しつつある。奥州での対相馬戦を重視する輝宗は、出羽での損耗を避けたい。義光としても、長い戦いで配下の将兵が疲弊し、大きな勝負には出られない。そうした敵味方の思惑の一致が、奇妙な均衡を生み出していた。

六月九日、輝宗は突如、米沢に撤退した。同盟相手である会津の蘆名《あしな》盛興が跡継ぎを残さないまま病死し、予想される混乱に対応するためだった。

理由は何であれ、最大の脅威は去った。義光は将兵を休める一方で諸方へ使者を送り、伊達勢を追い払ったと喧伝《けんでん》し、反義光に回っていた国人土豪に帰参を呼びかける。戦況が義光優位に傾くのを見て、七月十七日には敵に降っていた大江兼広が寒河江城で再挙を果たした。

兼広と大江庶家との戦が再燃する中で迎えた八月、南奥羽全土に衝撃を与える報せが届いた。荘内の大宝寺義氏が、寒河江の内紛に介入するため出兵の準備に入ったというのだ。

大宝寺家は、大江氏庶流の白岩家と姻戚関係にある。それを理由に寒河江に乗り込み、漁夫の利を得ようという魂胆なのは明らかだった。

「最上郡への出兵となれば、大宝寺にとっても一大事。その狙いが寒河江のみとは思えませぬ」

山形で開いた軍議で、守棟が硬い声音で言った。

「大宝寺の使者が米沢に入り、輝宗に同盟を打診したという噂もあります。これを輝宗が受けるはずはありませんが、義氏が最上郡に野心を抱いているのは明白です」

荘内地方で三郡を支配する大宝寺の兵力は、一万近くになる。ここでその大軍に乗り込まれれば、輝宗の再度の出兵を招き、最上郡は収拾のつかない大混乱に陥るだろう。最上郡の支配をかけて、伊達と大宝寺が全面衝突することにもなりかねない。事態はすでに、最上家の内紛という枠をはるかに超えていた。

「おそらく、大宝寺が動き出すのは稲刈りを終えた九月末か十月。その前に、何としても伊達と対等の和議を結ばねばならん。誰か、よい知恵はないか」

居並ぶ諸将の誰もが、口を開こうとはしない。そこへ、上山から早馬の報せが届いた。

輝宗が再び米沢を出陣し、高畑城に入ったという。

「早くも動いたか。まだ、蘆名《あしな》の後継問題に決着がついたとは思えんが」

「それだけ、大宝寺に脅威を感じているということでしょう。いかがなさいます。輝宗は今度こそ、この山形に軍を進めてまいりましょう」

「敵はまず、目障りな上山の攻略にかかるはずだ。後詰に向かうしかあるまい」

「されど、一月足らずも持ちこたえれば稲刈りがはじまり、伊達勢も兵を退かざるをえますまい」

「その間に、上山城は落とされる。これまでともに戦った味方を見捨てるわけにはいかん。山形と若木に最小限の兵を残し、総力を挙げて出陣する」

といっても、動かせるのはせいぜい千五百余り。状況は絶望的だが、戦うしか生きる術はない。

七

稲刈りの時季まで敵を上山周辺に釘付けにし、細かい勝利を積み重ねてより有利な和睦を勝ち取る。頭ではわかっていても、その困難さは目が眩むばかりだった。

八月二日、千五百の兵とともに成沢城に入った義光は、ひたすら絵図に見入っていた。

絵図には、物見が調べた敵陣の場所や兵力がびっしりと書き込まれている。米沢を出陣した輝宗の兵力は前回と同じ八千で、上山を遠巻きにしながら広く展開し、それぞれの陣地の普請に当たっている。やはり輝宗は、山形の前に上山を徹底的に叩いておくつもりだ。これは、義光の読み通りだった。

伊達勢が足場を固めて上山の総攻めに移れば、もはや手も足も出せなくなる。そうなる前に、一撃を加えておかねばならない。

「どこかに隙はないか」

独言し、絵図を睨む。手薄な陣はいくつかあるが、その近くには必ずまとまった規模の隊が置かれている。おそらくは罠だ。

「いや」

隙がないならば、作るしかない。絵図の一点を見据えて熟考し、覚悟を定めた。谷柏直家と成沢道忠を呼び、策を打ち明ける。

「かなり危険な役目だが、引き受けてくれるか」

「情けなきお言葉。主君たる者、ただ命じればよろしゅうござる。この老骨の命で勝利が購えるのであれば、これ以上の名誉はござらぬ」

道忠は還暦をいくつか過ぎたはずだが、依然として最上家の重鎮であり、その武勇は伊達家にも鳴り響いている。

「すまぬ。そなたに万一のことがあった場合、光氏《あきうじ》はわしが面倒を見よう」

道忠の嫡男光氏はまだ若く、義光の近習を務めている。

「そのお言葉だけで十分にござる。最上武士の死に様、伊達の者どもにとくと見せつけてやりまする」

「それがしも、これほどの大役を担って死ぬるは、望外《ぼうがい》の喜びにございます」

二人から、湿ったものは感じない。生きて帰れなどとは、口にできなかった。

翌三日の深夜、義光は千二百を少人数ずつに分け、順次成沢城を出立させた。城の留守居は百人。残る二百は直家と道忠が率い、すでに城を発っている。

道忠は上山衆五百とともに、四日の未明に中山の陣へ奇襲をかける手はずになっていた。中山は上山城の南西に位置する要衝だが、備えは手薄で人数も少ない。まさに、襲ってくれと言わんばかりの陣だった。

義光は成沢城を出ると、東の山中へ入った。ここからさらに東へ大きく迂回し、山の中で夜を明かす。この数ヶ月、小勢を率いて駆けずり回った土地だ。街道や間道、河川は言うに及ばず、人が一人やっと通れるような獣道まで把握している。将兵も、山中や夜間の行軍にはもう慣れていた。

目指すは上山南東の、楢下《ならげ》の陣である。高畑や奥州へ延びる街道が交差する要衝で、兵力は三千と多く、陣も柵や逆茂木、櫓まで備えた堅固なものとなっている。

この陣を落とせば。いや、落とせないまでも痛撃を与えれば、戦の局面は大きく変わる。何としても、この襲撃は成功させなければならなかった。

楢下から半里以上距離を置いた山の中で、朝を迎えた。物見の報告によれば、楢下の敵陣が慌ただしく動いているという。出陣の支度をしているのは間違いなかった。

「直家と道忠殿が、上手くやってくれたようですな」

「守棟、各隊に触れを出せ。敵の出陣が確認され次第、前進を開始する」

直家には、義光の具足を身につけさせてある。敵が義光を捕捉したと誤認すれば、楢下の軍勢も移動をはじめる。そして手薄になった楢下の陣を、義光の本隊が焼き払う。それが今回の策だった。道忠のような重鎮も加わっていれば、敵は直家の隊を義光本隊と錯覚する可能性はより高くなる。

「あざとい策だと思うか、守棟」

「武士は、たとえ畜生と呼ばれようと、勝つことが本分にござる。つまらぬことを気に病む前に、目先の戦の勝利を考えられませ」

「そうだな。その通りだ」

楢下の軍勢が、上山に向けて進発したと注進が入った。直家には、中山を襲った後はすぐさま上山に逃げ帰るように命じてある。伊達勢は、この機を逃さず上山を攻め落とすつもりだろう。

義光も、全軍に進発を命じた。楢下に残った敵兵はおよそ五百。これで、ようやく勝機が巡ってきた。

　深い森の中を小部隊ずつに分かれて進み、楢下の陣を見下ろす場所で合流した。成沢光氏が曳《ひ》いてきた馬に跨り、敵陣に向けて采配を振り下ろす。

　全軍一丸となり、斜面を駆け下りた。気づいた敵が矢を浴びせてくるが、数は少ない。

「鉄砲衆、前へ」

　先鋒を任せた志村高治の声が響く。

「前列、放て！」

　百挺の鉄砲が発する筒音《つつおと》が轟《とどろ》いた。続けて後列が斉射を浴びせると、敵の矢はおさまった。

「立て直す暇を与えるな。進め」

　足軽が一気に空堀を渡り、柵に取りついた。何十本もの縄がかけられ、柵を引き倒していく。総攻めを命じようとした時、使い番が息を切らせて報告した。

「北に敵勢、二千余。すぐそこまで迫っております！」

「馬鹿な。早すぎる」

　読まれていた。悟って、義光は慄然とした。

　山へ逃げ込むには、敵が近すぎる。追撃を受ければどれだけの犠牲が出るかわからない。取るべき道は、一つしかなかった。

「全軍で、北の敵へ向かう」

「しかし」

「高治。鉄砲衆を率い、先頭を進め。敵が射程に入ったら一斉に撃ちかけ、左右へ分かれろ。守棟。そなたは殿軍となり、楯下の敵が出てきたらこれを抑えよ」

異論を聞いている暇はなかった。ただちに陣を組み替え、前進を命じる。

北の敵は、こちらが自分たちに向かってくるとは予想していなかったのだろう。行軍隊形のまま二百挺の斉射を浴び、先頭を駆けていた騎馬武者たちは混乱に陥った。弾を受けて倒れた人馬に後ろの騎馬が躓《つまず》き、折り重なって倒れる。運よくそれを避けた馬も、怯えて乗り手を振り落とし、あるいはあらぬ方向へ駆けていく。

命じた通り、鉄砲足軽たちが左右へ分かれる。その合間から、義光は旗本とともに突っ込んだ。義光の知る限り、奥羽の戦場で二百挺もの鉄砲が使われた例はなかった。その衝撃から、敵はいまだ立ち直っていない。

悲鳴、怒号、恐慌を来《きた》した敵の馬の嘶《いなな》き。立ち込めた硝煙と血の臭い。頭が痺れていくのを感じながら、義光と旗本は前進を続ける。

義光は馬上で槍を振るいながら、右手を見た。二町ほど先の森。そのさらに向こうが、義光たちが昨夜越えてきた山だ。全軍で敵に一撃を浴びせ、敵が後退すれば、その隙に全力で山に逃げ込むつもりだった。それまでは、攻撃の手を緩めるわけにはいかない。

不意に、味方の足が止まった。前方の敵の圧力が増している。

「お屋形様、伊達輝宗があれに」

旗本の一人が叫び、義光は前方に目を凝らす。白地に竹と雀の紋。紛れもなく、伊達家の本陣旗だった。

輝宗の旗本は、さすがに精鋭揃いだった。義光の旗本よりも、格段に戦慣れしている。対する味方は、徐々に疲れの色が見えはじめていた。夜を徹して山を越え、さらに倍近い敵とまともにぶつかり合っているのだ。無理もなかった。

「お屋形様、もはや支えきれません。ここはお退きください」

全身に返り血を浴びた光氏が、義光の馬に縋《すが》りつく。

「どこへ退くというのだ。目の前の敵を崩さねば、退くことなどできん」

叫んだ刹那、戦場に轟音が響いた。続けて喊声《かんせい》が沸き起こり、目の前に迫っていた敵に動揺が走る。

「志村様と氏家様です。敵の横腹を衝かれました！」

光氏が興奮を露《あら》わに言い、義光は頷いた。旗本を一つにまとめ、残る力を振り絞って反撃に転じる。義光が陣頭に立って敵中に斬り込むと、敵はついに後退をはじめた。旗本の一部が殿軍となり、算を乱すことなく退いていく。

厚い人馬の壁に阻まれ、輝宗の姿は見えない。

「追い討ちをかけますか。あるいは、輝宗の首が」

馬を寄せて言った高治に、義光はかぶりを振った。

「無駄だ。討てはせぬ」

それに、あれは義の夫だ。

「このまま東の山中に駆け込み、成沢へ帰還する。敵も、追っては来るまい」

楯下の襲撃は失敗に終わったものの、輝宗の旗本とぶつかり、突き崩した。薄氷を踏むような勝利だったが、これで戦の流れは変わるだろう。

無数の屍《しかばね》が横たわる周囲を見渡す。義理の兄弟が干戈を交え、夥しい血を流している。義光と輝宗のどちらかが命を落としてもおかしくはなかった。

義が知ったら、きっと怒るだろうな。胸中に呟き、義光は馬首を巡らせた。


中山の陣を襲った直家と道忠は、損害を出しながらも生還を果たしていた。敵は上山城を遠巻きにしたままで、楯下の陣に戻った輝宗本隊も動きを見せていない。

楯下での勝利を過大に喧伝したおかげで、義光に恭順を申し出る地侍が増えていた。輝宗としては、大軍をもって一気に上山と山形を押し潰すつもりが、その初手から躓き、動くに動けないといったところだろう。稲刈りの時季が近づき、伊達兵の間には厭戦気分も広がっているはずだ。

小康状態が続く八月半ば、一人の武士が山形を訪れた。

最上郡谷地城主、白鳥十郎長久《しらとりじゅうろうながひさ》。北寒河江に根を張る国人である。

「お初にお目にかかりまする」

型通りの挨拶を述べる白鳥長久は、平凡な容姿で、鋭さも愚鈍さも感じない。歳は四十前後で、これまで目立った活躍もない、どこにでもいる地侍の一人だ。今回の戦でも、形の上では栄林の側に属しているものの、積極的に兵を動かしてはいない。

だがこの戦に関して、長久は他の誰にもない強みを持っていた。その人脈である。

「ご承知の通り、それがしは大江と大江庶家の溝延《みぞのべ》、そして天童に従姉妹を嫁がせております。加えて、伊達と大宝寺にもそれぞれ伝手《つて》がありましてな」

「つまり、この戦に関わる者すべてと話ができる、ということか」

「左様。長きにわたる戦で、中小の国人は属する陣営を問わず、誰もが疲弊しきっておりまする。ここで大宝寺にまで出張ってこられては、際限なき泥沼となりましょう」

「そこで、貴殿が和平の仲介を買って出ようということか」

「これ以上の戦は、誰も望んではおりますまい。最上様さえご承諾いただければ、それがしが骨を折ることは厭いませぬ」

笑みを絶やさず穏やかに話をする様は、武士というより善良な商人のようだった。

だが、純粋な善意から出た提案などではない。もしも調停に失敗すれば、長久の声望は地に堕ちる。成功しても、誰かが不利な条件を飲まされれば、怨嗟《えんさ》の声は長久自身に向くのだ。敢《あ》えて火中の栗を拾おうと名乗り出るからには、それなりの対価と成算を見込んでいるのだろう。

どこか信頼しきれないものを感じるが、和平を進めるのに長久以上の人材はいない。今は長久の思惑よりも、早急に和を結ぶことの方が先決だ。

「承知した。我が方の要望としては、伊達との国境の安定。中野の開城と父の隠退。そして寒河江の大江兼広殿の地位を、大江庶家が認めることだ」

「すべて確約することはできませんが、最大限努力いたしましょう」

「仔細は、氏家守棟と話し合ってくれ。苦労をかけるが、出羽の安定のためだ」

「ははっ」

それから長久は、最上、伊達、天童、寒河江の間を往来して、各陣営の利害を調整して回った。粘り強く、時には恫喝まがいの交渉も交えてそれぞれから譲歩を引き出し、ついには守棟と伊達の重臣、亘理元宗《わたりもとむね》の会見を実現させる。

直接交渉は、九月一日からはじまった。話し合いは十日間、四回の長きにわたり、ひとまずは伊達と最上の国境の画定と、双方の不可侵が決定した。伊達家と対等の和議を結ぶという義光の目標は、これで果たされたことになる。

この戦の発端となった栄林については、中野を開城し、栄林は再び龍門寺に入って隠退、中野衆は最上家中に組み込まれることで決着がついた。

だが、寒河江の内紛については譲歩せざるを得なかった。争いの解決は大江兼広と大江庶家の当事者に任せ、最上も伊達も介入しないという取り決めがなされたのだ。当然、義光と兼広の同盟も白紙に戻ることとなる。決して小さくはない挫折だが、兼広のためにまとまりかけた和平を潰すわけにはいかなかった。

問題は、天童八楯の帰順だった。天童頼貞は、最上の家督問題への不介入は飲んだものの、山形への出仕は断固として拒み、独立を手放そうとはしない。義光も、八楯に対して大きな勝利を挙げたわけではなく、これ以上の無理押しはできない。天童の帰順問題は棚上げとなった。

こうして各陣営の妥協のもと、九月十日に和平が成立、十二日には伊達勢が最上領から完全に撤退する。困難な和平を取りまとめた白鳥長久の声望は、飛躍的に高まることとなった。

結局、八ヶ月に及ぶ内乱で義光が得たものは、南の国境の安定だけだった。大江一門の統一も天童の帰順もかなわず、父と義弟と干戈を交えて多くの兵を死なせた。

「わしは本当に勝ったのだろうか、守棟」

「何を仰せられます。あの伊達勢の侵攻を食い止め、対等の和平を勝ち取ったのです。これで、お屋形様の家督に異議を唱える者は、どこにもおりませぬ」

「だがわしは、最上は、まだまだ弱い。ともに戦った者に、ろくに報いてやることもできん」

「焦らぬことです。お屋形様はまだ二十九。残された時は、多くございます」

「そうだな」

まだ、一歩を踏み出したばかりだ。着実に足場を固めながら、少しずつ進んでいくしかない。

ふと、康子の顔が見たくなった。戦続きで山形にもほとんどいなかったため、ろくに話もしていない。大崎の実家がまるで頼りにならないことを嘆いていたので、慰めてやらねば。

康子に会って、それから義に文を書こう。父や義の夫と争わねばならなくなったことを、詫びなければならない。

戦は終わったのだ。それくらいはきっと、許されるだろう。

第二章　鬼謀の先

一

氏家尾張守守棟は馬上から、最上郡随一の規模を誇る巨大な城郭を見上げていた。

天童城。山形からわずかに二里を隔てた舞鶴山を丸ごと城郭となし、東西南北に無数の郭《くるわ》を備えている。平野の真中に屹立《きつりつ》する山の頂から周囲を睥睨《へいげい》する様は、貧弱な山形城などよりもはるかに国主の城に相応しいと、守棟には思えた。

「あんな城が、落とせるのか」

轡を並べる義光が、消え入りそうな声で弱音を吐いた。

天正五（一五七七）年五月、最上家は総力を挙げて、この天童城下へ攻め寄せていた。

最上勢二千五百に対し、敵は一千余だが、義光はそれでも勝てる気がしないらしい。戦の経験はいくらか積んだものの、本格的な城攻めははじめてなのだ。

「そう不安げな顔をなされますな。総大将の弱気は、兵たちにも伝わりますぞ」

義光に馬を寄せ、守棟は小声で囁く。

「出陣前に申し上げた通り、勝つ必要はござらん。此度の出兵は、あくまで示威と牽制。天童八楯の本城を囲んだという事実があれば、それでよろしゅうござる」

「ああ、わかっておる。此度は義保《よしやす》と光直《みつなお》の初陣でもある。無理をすることもあるまい」

義光の弟の義保、光直は、それぞれ二十一歳と十九歳になっていた。先の戦では山形の留守居を命じられていたため、今回の戦が事実上の初陣である。

伊達との和平が成立して、二年と八月。これほどの規模の出兵ははじめてだった。と言うよりも、ようやくまとまった軍勢が動かせるようになったのだ。

この間、最上家はひたすら領国の経営に専念してきた。内紛で混乱した家臣団の所領の整理。山形城下の市の拡張、流通の奨励。同時に軍備の再編、増強も進め、鉄砲も新たに買い入れた。南の国境が安定したため、今や留守居を残しても動かせる軍勢は二千五百に達している。どれも骨の折れる仕事だったが、義光にとっては、戦場で刀槍を振るうよりもやり甲斐はずっと大きいようだった。

やはり血は争えないと、守棟は思う。義光の父栄林の才覚は、武勇よりも領国をつつがなく治めることに大きく傾いていた。そのために天童八楯の増長を招きはしたが、乱世に生まれなければ、まずまずの名君として称えられたことだろう。

義光も、その本領は治政にあると、守棟は見ていた。戦場ではたびたび陣頭に立つ勇猛さを見せているが、本心では戦を嫌っている。それは、戦の前の憂いを帯びた表情を見れば明らかだ。

だが、それは悪いことではない。戦好きの主君など、家臣や領民にとっては迷惑なだけだ。それに、どれほど戦を嫌っていようと、義光にはまぎれもなく将器が備わっている。

「適当に矢弾でも射ち込んで、さっさと帰ろう。示威と牽制なら、もう果たしただろう」

「御意」

攻撃を下知しようとしたその時だった。大手門が重い音を立てて開かれていく。

現れたのは、五十騎ほどの騎馬の一団だった。その後ろから、足軽が二百ばかり。先頭を駆けるのは、葦毛《あしげ》の馬に跨り、黒ずくめの具足を身に付けた武者。

「野辺沢満延か！」

味方の前衛に動揺が走った。凄まじい勢いで迫ってくる敵に向けてばらばらと矢を放つが、ほとんど効果を上げていない。鉄砲は、まだ弾込めも終わっていなかった。

前衛の中へ、敵が一丸となって突っ込んだ。満延の振るう鉄棒に、味方が次々と弾き飛ばされている。

「退け、退けぇ！」

前衛の指揮を執る志村高治の声が、守棟たちのいる本陣にまで聞こえてきた。

「慌てるな。敵は少数。囲んで突き落とせ！」

守棟は声を張り上げるが、満延とその麾下は味方の中を縦横に駆け回り、動きを止めない。

「前衛、いったん後退して陣を立て直せ。第二陣、槍衾を組んで敵の勢いを止めろ」

だが、下知が伝わるより早く、前衛を突き破った敵が第二陣の谷柏直家隊に殺到する。

さらにこちらの混乱を見て、大手門からは天童の後詰が押し出してきた。

「山崎十兵衛様、お討死」

「黒沢惣三郎殿、原田三蔵殿、野辺沢の手により討たれましてございます」

いずれも、名の知られた足軽大将だった。さらに、内藤三左衛門、大久保喜平次が討死の列に名を連ねた。

「お屋形様、もはや支えきれません。退却のお下知を」

義光が蒼褪めた顔で頷くと、退き貝が吹き鳴らされた。

幸い、敵は深追いしてこなかったものの、被害は惨憺たるものだった。わずかな間のぶつかり合いで百人以上が討たれ、その中には名のある武者も多数いる。

「申し訳ございませぬ。それがしの見通しが甘うございました。罰は、いかようなりと」

逃げ帰った山形で、守棟は義光に頭を下げた。

先の内紛では、天童頼貞は戦をほとんど伊達勢に任せ、自らは守勢に徹していた。その腰の重さから、本城を囲んでも打って出てくることはないと思い込んでいたのだ。

「頭を上げよ、守棟。まさか、あれほど激しく攻め立ててこようとは、わしも思ってはいなかった。あの野辺沢満延がいる限り、天童城を落とすことはかなわんだろうなあ」

「御意。八楯の結束もいくらか緩んでおるかと思いましたが、やはり自らの領地が侵されれば、手強く反撃してくるということにございましょう」

まだ、力攻めでは八楯は降せない。それをまざまざと痛感させられた。今後は、別のやり方を考えなければならないだろう。

結局、その年は再度の攻勢に出ることなく、大きなぶつかり合いもないまま暮れていった。

天正六（一五七八）年正月、上山城から里見越後の使者として、越後の次男、民部が訪ねてきた。

「馬鹿な。それはまことか」

民部の口上を聞き、守棟は思わず声を荒らげた。

「はい。我が主、上山満兼は最上様と手切れし、天童八楯に復帰する意向を固めましてございます」

伊達の脅威が去り、義光も敗退し、膠着状態が続いている。満兼はこの時期に八楯に復帰すれば、天童頼貞に大きな恩を売れると見たのだろう。さすがに、義光の表情も険しい。

「だが、越後殿がそれを我らに教えるということは」

「はい。父はすでに、上山家を見限っております」

何でもないことのように、民部は淡々と言ってのけた。

「もはや、一揆の時代は終わりました。器量ある惣領のもとに一族郎党が集わねば、今後ますます激しくなる時流を乗り切ることはできない。父は、そう考えておるのでしょう」

民部はまだ二十代半ばの若さだが、ふてぶてしいまでに落ち着き払っている。これは父以上の曲者《くせもの》だと、守棟は思った。

「わかった。上山の件、近日中には手を打とう。それまで、越後殿にはわしと通じていることを悟られぬよう、お伝え願いたい」

「ははっ」

民部が退出し、義光と二人きりの密談という形になった。

「すぐに兵を動かす、というわけにはいかんだろうな」

「てこずれば、再び伊達の介入を招きかねません。上山の動向には、輝宗も注視しております しょう」

「では、いかがすればよい」

「それがしに、考えがございます」

腹案を語ると、義光の表情は暗く沈み込んでいった。

その夜、守棟は自邸に谷柏直家を招いた。

「すまんな、このような夜更けに」

「いえ、おおよその察しはついております」

「上山の件は聞いておるな。ちと、厄介なことになっておる」

直家は頷いた。

この二十八歳になる義光の元近習は、今や最上家を支える柱石の一人だった。機略と沈着さを併せ持ち、戦場でも安心して一手を任せられる。今回の策には、まさにうってつけの人材だ。

とはいえ、役目が役目だけに、命じてすむことではない。失敗すれば命は危うい上に、成功しても悪名が残る恐れがある。

「そなたは重い病に罹る。山形に出仕することもかなわぬゆえ、上山の湯にて、しばらくは湯治に専念することになろう」

湯治とはいえ、最上の家臣がいきなり上山に現れれば、満兼も警戒する。直家重病の噂を広めてから、ある程度回復して湯治へ赴くという形にしなければならない。

「なるほど。病とあらば、見舞い客が訪れてもおかしくはありませんな」

「そうだ。まだ、上山ははっきりと敵対したわけではないからな。そして、羽州探題たるお屋形様への叛意を明らかにした時が、上山満兼の最期だ」

ほとんど感情を表に出さない直家の顔に、かすかな懸念の色が浮かんだ。

「この件、お屋形様は」

「承諾なされておる。今の最上家に、好悪で策を選ぶ余裕はない」

「そうですか」

「嫌な役目ではあろうが、これも……」

「気に入りませんな。まったくもって、気に入らない役目です。しかし、手を汚すのも家臣の務めというものでしょう。まあ、あの御方のためであれば、割り切れないこともない」

直家の屈折した物言いに、守棟は苦笑した。言わずもがなのことを言ったと、束の間後悔する。

確かに義光には、家臣たちに自分が支えてやらなければと思わせるような、不思議な人徳がある。それも器量というものだろう。

家臣領民のために最上を大きくしたいという義光の思いは、確かに甘い。だが少なくとも、己の利を守ることだけに意を砕く天童頼貞のような主に仕えたいとは、守棟は思わない。それはきっと、直家も同じだろう。

「では命じる。最上家の、お屋形様の御為、上山満兼を謀殺せよ」

「承知仕った」

直家の口元に、珍しく小さな笑みが浮かんでいた。


三月、隣国越後からもたらされた報せが、東国全土を揺るがした。

上杉謙信の急死である。享年四十九。厠《かわや》で倒れたまま、目を覚ますことなく息を引き取ったという。

実子のない謙信には、四人の養子がいた。そのうち二人が、後継者と目されている。一人は、小田原北条家から養子に入った三郎景虎《さぶろうかげとら》。もう一人が、一族の上田長尾家から迎えた喜平次景勝《きへいじかげかつ》である。

間もなく、両者の間に戦端が開かれた。北条家は当然景虎を支援し、北条と対立する常陸《ひたち》の佐竹義重《さたけよししげ》は景勝支持を表明する。佐竹と対立する会津《あいづ》の蘆名は景虎派につき、その同盟者である伊達輝宗も同様だった。

問題は、上杉謙信を後ろ盾としてきた大宝寺義氏の動向だった。義氏が選択を誤れば、上杉の次期当主との間に亀裂が生じ、大宝寺の勢いは失われる。

ただ、こちら側から何か仕掛ける余裕はなかった。伊達との繋がりから義光は景虎支持を表明したものの、越後の情勢については傍観するしかない。

上山に入った直家からは、十日に一度ほど報告が入っている。

上山満兼を殺せばそれですむというわけではない。混乱を最小限に抑えた上で、上山を最上領に組み込まねばならないのだ。そのため、直家は里見越後や民部としばしば密会し、上山家中への根回しを続けている。困難な役目だが、工作の資金も十分に渡してあるので、今のところこちらに靡《なび》く者は順調に増え続けていた。

事態が急転したのは、五月だった。越後の嫡男、内蔵助が土壇場で裏切ったのだ。

やむなく、越後と民部は自邸で内蔵助を討ち、家中の最上派に呼びかけて蜂起、上山城内に攻め入り満兼の首級を挙げる。これを受け、直家は軍勢を率いた成沢道忠とともに上山に入城、事態の収拾に当たった。

上山満兼と里見内蔵助を含むその一党は〝謀叛人〟として追捕を受け、首は城下に晒《さら》された。直家と道忠の迅速な処置で、上山領はさしたる混乱もなく最上勢に制圧されている。

「よくやってくれた」

騒動から三日後、山形を訪れた直家、道忠、里見越後、民部父子に向け、義光は声をかけた。

「此度の謀叛が速やかに鎮められたは、そこもとらの働きによるものである。里見越後」

「はっ」

「上山城とその領地は、そなたに安堵いたす。今後も最上家のため、しかと働いてもらいたい」

「ははっ。ありがたき幸せ」

家の存続のためとはいえ、肉親を手にかけた越後と民部の表情は暗い。いや、この場にいる誰もが同じだった。正面から上山城を攻めるよりも犠牲はずっと少なくすんだが、それでも後ろ暗さは隠しきれない。

「わしは、これ以上の流血は望まぬ。謀叛人一党の追捕は、これまでとせよ」

「承知いたしましてございます」

答えた越後の声には、安堵の色が滲んでいた。内蔵助の妻と幼い子らは、騒動の際に屋敷を逃れ、今も消息が摑めていないという。

「ともかく、これで上山は正式に最上の版図となりました」

里見父子が退出すると、守棟は言った。

「ようやく、八楯の一角を崩すことができ申した。天童に与する者たちの動揺は大きいかと」

「そうだな。こんなところで立ち止まっているわけにはいかん。八楯の切り崩し、さらに進めよ」

命じた義光の声音《こわね》は、やはり暗い。結果として肉親同士を殺し合わせたのだ、それも無理はなかった。

義光は、二児の父になっていた。内紛が終わった三年前の暮れに、大崎の方と呼ばれるようになった康子が待望の嫡男、永寿丸を産んだのだ。今年は、長女の松尾姫《まつおひめ》も生まれている。

義光の子らへの溺愛ぶりは尋常なものではなく、家中でも笑い話の種になっているほどだ。生き残るために我が子を討つなど、考えることもできないだろう。

父との抜き差しならない対立を経験したせいか、義光の肉親への思い入れは強い。いつか、それが義光の弱みになるのではないかと、守棟はひそかに危惧している。

その冬、最上郡をとある噂が駆け巡った。

天童頼貞が重い病に罹り、余命幾ばくもないという。事実だとすれば、跡を継ぐ嫡男の頼久《よりひさ》はいまだ十代。八楯を統率するにはあまりにも若すぎる。

すべてが雪に閉ざされた十二月、守棟はひそかに山形を発った。

目指す先は野辺沢城。昨年の敗北直後から縁故を辿《たど》り、粘り強く交渉を続け、ようやく満延が会うことを承諾したのだ。これも、頼貞重病が事実に近いという証だろう。

城は、見事な造りだった。決して大きくはないが、守り易く、実に攻め難い。城下には商家が多く、道を行く者の身なりも貧しくない。その背景には、南奥羽でも屈指の産出量を誇る野辺沢銀山がある。領内で採掘した銀を最上川の水運で酒田まで運び、莫大な利を上げているのだ。

城下の宿で衣服を改め、城へ入った。城内に張り詰めたものは感じない。満延の人となりはある程度調べがついている。ここで守棟を殺しても益などないとわかっているのだろう。

伝え聞く限り、満延は武勇だけの男ではなかった。八楯で天童頼貞に次ぐ地位を維持し、領内をこれだけ富ませている手腕は、並大抵のものではない。

「お待たせいたしました」

表書院に現れた満延の印象は、戦場での勇姿とはまるで違っていた。義光より二つ年長の三十五。中肉中背で穏やかな物腰、口元に髭を蓄えてはいるが、顔立ちは優しげにさえ見える。

「まさか、氏家殿自らおいでになるとは」

「意外でしたか」

「いえ。いつかはこういうこともあるだろうとは思っていました。それが、思いのほか早かったということです」

満延の口ぶりはやはり穏やかで、あの天童城の戦で見た猛将と話しているとはとても思えない。

「さて、本題ですが」

切り出したのは、満延だった。

義光は満延に、山形へ伺候して直接臣下の礼を取るよう求めていた。義光とあれほど激しく戦った満延でさえ受け入れられたという評判が広まれば、八楯の瓦解《がかい》は一気に進む。

無論、ただ臣従せよというわけにはいかない。野辺沢の居城、所領は子々孫々まで安堵すること。今後降ってくるであろう八楯諸将の処遇は、満延に一任すること。以上を記した義光の誓紙を与えること。それが義光の提示した、破格と言ってもいい条件であった。

「頼貞殿は、もう長うはござらぬ。しかし、跡継ぎの頼久殿は気位ばかり高く、その器量には少々不安がございましてな。我らとしても、身の振り方を考えねばならぬ時にござる」

「噂はやはり事実にござったか。して、野辺沢殿はいかに身を処されるおつもりか」

「頼貞殿亡き後、伊達や大宝寺と伍していける人物は、最上様の他にありますまい」

「賢明なご判断かと存じまする。では、早速山形へ」

「そう急《せ》かれますな。最上様には、それがしを高く評価していただき、実にありがたく存じております。そこで、ついでと申しては何ですが、今ひとつお約束賜りたいことがござる」

「ほう。お伺いいたそう」

「今年、最上様には姫御前が誕生なされたとか」

「さようにござるが」

「その松尾姫を、いずれ我が嫡男に貰い受けとうござる」

「それは」

事実上の人質である。こちらの条件が甘すぎ、逆に警戒を招いたということだろう。この男、やはり抜け目がない。

「ご無礼は承知しております。されど、幸か不幸か我が所領は実りが豊かにございます。ゆえに、いつ誰が狙ってくるかもわかりませぬ」

満延の念頭にあるのは、大宝寺義氏だろう。交易の拠点である酒田を敵対する大宝寺に押さえられているため、銀の商いはずいぶんとやりにくくなっているはずだ。

義光の目指す国造りに、酒田の湊は欠かすことができない。大宝寺の排除という点でも、義光と満延の利害は一致している。

「わかりました。その件、しかと主に申し伝えましょう」

「しかとお約束いただければ、我ら野辺沢一党、最上様の臣下となることに何の異存もございませせぬ」

最上としても、野辺沢家が一門に加わるのは心強い。あとは、子らを溺愛する義光を説得できるかどうかだ。

「して、野辺沢殿のご嫡男は、おいくつになられるのかな?」

「まだ、生まれてもおりませぬ」

悪びれることなく、満延は答えた。

「まあ、そのうち生まれてくれるでしょう。もしも男子ができなかったとしても、どこかから養子を請えばすむ話にござる」

騙された。そう思いつつも、悪戯《いたずら》っぽく笑う満延に、なぜか腹は立たなかった。

この男が味方につけば、最上はさらに強くなる。その予感は、守棟の心を若者のように騒がせた。

二

晴れ渡った野原に、続々と軍勢が集結していた。

天正九（一五八一）年、春。最上郡尾花沢の原野である。最上家の諸将はもちろんのこと、近隣の中小国人や元天童八楯の面々までもが集まることになっている。

「なかなか壮観だな」

原野を見渡す丘の上で、義光は満足げに頷いた。眼下に集う軍勢はすでに三千を超え、色とりどりの旗指物は目にも鮮やかだった。

この二年ほどで、最上郡の情勢は大きく動いていた。

一昨年の正月、野辺沢満延が山形に伺候し、義光に臣従の礼を取った。城下に屋敷も建て、今や重臣の一人として山形と野辺沢を頻繁に往復している。

守棟の読み通り、満延の離反を機に天童から義光に鞍替えする者が続出、八楯は一気に瓦解へと突き進む。翌年、追い打ちをかけるように天童頼貞が没すると、義光は即座に兵を動かし、八楯方の旗を下ろそうとしない東根、楯岡の両城を降した。

窮地に陥った天童家の新当主頼久は、それまでの強硬姿勢をかなぐり捨てて和を請うてきた。姉を義光の室に差し出すので、天童家の本領を安堵してほしいという。

虫のいい申し出ではあったが、義光はこれを受け入れた。満延が降ったとはいえ、天童城を力攻めで落とすとなれば多くの犠牲が出る。ここは、頼久を孤立させたことでよしとするべきだった。

昨年の暮れ、天童頼貞《よりさだ》の娘、竜子《たつこ》が山形に輿入れしてきた。当年十八、義光より十七も年下である。肌は雪のように白く端整な顔立ちの麗人だが、敵地に乗り込むその表情は険しかった。

頼久は理由をつけて山形への登城を拒み続けてはいるが、ひとまず最上郡には平穏が戻っている。この機に、義光は最上郡の諸将に呼びかけて馬揃えを催すことにした。

尾花沢には、さらに軍勢が集まり続け、じきに四千に届こうかというほどだった。

「これがすべて、我が軍勢か」

無論、原野を埋め尽くすほどの、とはいかない。だが、ほんの数年前までは二千を動かすのがやっとだったのだ。

「この程度で感慨に耽《ふけ》っておっては、先が思いやられまするぞ」

からかうような口ぶりで、志村高治が言う。だがその横顔には、今回の馬揃えを取り仕切った自負が滲み出ている。

「して、天童はやはり出て来ぬか」

「まあ、当主が病とあっては致し方ありますまい」

「まったく、頑固な男だ」

頼久は、病を理由に参加を断ってきていた。見え透いた手だったが、今回の目的はあくまで旧八楯の面々を従えることだ。無理押しする必要はない。

「代わりと言っては何ですが、天童家から酒肴が送られてきました。あちらとしても、正面きって我らと事を構えるつもりはないようです」

「今のところは、だろうな。ところで、野辺沢満延の姿がないようだが、いかがいたした」

「先ほど、仔細あって少しばかり遅参するとの報せがございましたが」

「そうか。ならばよいが」

満延がそう言うのであれば、それなりの理由があるのだろう。

「して、小国《おぐに》の細川直元はどうなった？」

「再三送った使いの者は、すべて追い返されました。どうあっても、お屋形様に従う気がないのでしょう」

八楯に属する細川直元は、村山郡東部の小国に所領を持ち、天童頼久に娘を嫁がせている。さしたる勢力も持たない小国人に過ぎないが、羽州探題たる義光の要請を敢然と無視したことは、軍を差し向けてくれと言い放ったに等しい。格別な理由なく参加を拒む者は敵と見做《みな》すと、あらかじめ触れてあったのだ。

「ついに、あれを披露する時がきたようだな」

「あれ、と申しますと？」

にやりと笑った義光が合図をすると、小姓が一本の棒を捧げ持ってきた。

城下の武具屋に命じて作らせた指揮棒だった。長さおよそ二尺八寸。重さは刀の二倍ほど。表面には「清和天皇末葉山形出羽守有髪僧義光」の文字が彫り込まれている。

「まったく、いつの間にこんなものを」

棒を眺めながら、守棟が呆れたように言う。

「どうだ、目立つであろう。これなら、どこにいてもわしだと一目でわかる」

それに、これを武器とすれば、よほど打ちどころが悪くなければ命を落とすこともない。

戦場には慣れたが、人を斬る時のあの嫌な手応えだけは、どうにも慣れることができずにいた。

「しかし、野辺沢殿の得物も同じ鉄棒ではありませんか。しかも、お屋形様のものより一回りも二回りも長く太い」

「野辺沢殿の得物と比べると、いかんせん貧弱に見えますなあ」

「ええい、うるさい。並の人間にあんなものが振り回せるはずなかろう。満延は特別じゃ」

「お屋形様は、野辺沢殿にずいぶんとひどい目に遭わされておりますからな。なるほど、それですっかり感化されて、野辺沢殿の真似をしようと思い立ったわけですか」

「真似をしたわけではないわ。たまたまじゃ」

「それにしても、あの時のお屋形様のお姿、考えただけで笑いが込み上げてまいります」

高治が見てきたことのように言うと、家臣たちは声を上げて笑った。

あれは一年ほど前、山形城下に野辺沢満延の屋敷が完成した折のことだった。

その際、義光は祝いの名目で、家中の剛の者を七人ばかり連れて屋敷へ押しかけ、相撲を挑ませた。満延の武勇が本物かどうか、試そうとしたのである。

今思えば、魔が差したとしか言いようがない。だがそれだけ、平素の満延は戦場の豪傑という印象から程遠かったのだ。

結果は散々だった。家中選りすぐりの剛の者たちは、満延に触れることもできないままことごとく投げ飛ばされ、最後に立ち合った義光は、庭の桜の木にしがみついて許しを請う羽目になった。

満延は詫びを受け入れ、このことを口外しないと誓ったものの、人の口に戸は立てられない。今では、家中でこの話を知らない者はいないほどになっている。

それにしても、主君を笑いものにするとは、何たる不忠の臣たちか。憮然とする義光の耳に、馬蹄の響きが聞こえてきた。

「おお、噂をすれば」

高治が、前方からこちらへ向かってくる五百ほどの軍勢を指した。その先頭を、黒ずくめの具足と見事な葦毛の馬の武者が駆けている。

「野辺沢殿ですな。さすが、一糸乱れぬ行軍をなさる」

高治だけでなく、周囲の者たち全員が感嘆の声を漏らす。満延はそのまま、数人の家来を連れて義光たちのいる丘へと登ってきた。

「遅参の儀、まことに申し訳ございませぬ」

義光の前で下馬した満延が、片膝をついて頭を下げる。

「仔細とやらを、聞かせてもらおうか」

「はい。行きがけに、此度の馬揃えへの参加を拒絶した土豪を三人ばかり討ち取ってまいりました。どうぞ、ご検分を」

満延の家来が、首桶を運んできた。確かに、かつて八楯に与していた、このあたりの土豪の首である。

「野辺沢殿。お屋形様のお下知もなく軍勢を動かすとは、いかなることにござろうか」

嚙みついたのは、長く義光の近習を務めてきた、北楯利長だった。計数に明るいところを買って奉行に取り立てたが、やや四角四面のきらいがある。

「これはしたり。八楯諸将の処遇は、それがしに一任する。それが、それがしとお屋形様との約束のはずにござったが」

悪びれることなく言ってのけた満延になおも食ってかかろうとする利長を制し、義光は小姓に床几を用意させた。

「まあ座るがよい、満延。ほれ、首桶などしまっておけ。晴れの日に、縁起でもない」

並べられた床几に、守棟や直家、成沢道忠ら主立った者たちが腰を下ろす。

馬揃えとは本来、麾下の将兵の馬を大将が検分する行事である。丘の上から麓を行き交う軍勢を眺め、義光は悦に入った。たったの四千余りとはいえ、これだけの軍勢を一時に見たことなどない。しかもこれがすべて、自分の軍なのだ。

「ところでお屋形様。小国攻めの先鋒は、もうお決めになられましたか?」

一通りの検分を終えると、満延が口を開いた。

「いや、まだ考えてはおらんが」

「では何卒《なにとぞ》、倉津安房守《くらつあわのかみ》殿にお任せなされますよう」

最上郡蔵増城主で、かつては八楯の重鎮だった男だ。無論、この馬揃えにも家臣を率いて参加している。

「それはよろしゅうございますな。倉津殿は武勇の誉れ高き御仁。先鋒を任せるに、何の心配もござるまい」

守棟が賛同し、義光も頷いた。

「よし、小国攻めは明日からといたす。今宵は、天童家からの酒肴もあるゆえ、馬揃えの成功を祝し、満延の城で宴とまいろう」

居並ぶ諸将から、歓声が上がった。

翌日、義光は倉津安房守を先鋒とする三千五百を出陣させ、自らは旗本とともに、後詰として野辺沢城にとどまった。細川直元の手勢はせいぜい三百程度。義光自らが陣頭で指揮する必要はない。

勝利の報せは、早くも数日後に届いた。

信じ難いことに、直元は籠城策を採らなかった。山刀伐峠《なたぎり》を越えて小国領に攻め入った最上勢を万騎ヶ原で待ち構え、堂々の野戦を挑んできたのだ。

細川勢はわずか三百五十。十倍の最上勢に敵うはずもなく、直元ら一族は自刃し、小国城はその日のうちに陥落。細川家は滅亡した。

意地を通した潔い最期かもしれないが、何の意味もない。道連れにされた三百五十の兵たちを、義光は憐れんだ。

小国領を倉津安房守に与えるよう下知すると、義光は守棟と満延を呼んだ。満延の帰順以来、大きな方針はこの三人で決めることが多くなっている。

「これで、天童八楯は崩れ去った。この勢いが衰えぬうちに、西村山へも兵を出してみようかと思うのだが」

「それはよろしゅうございます。大宝寺へのよき牽制ともなりましょう」

満延が賛意を示した。野辺沢家にとっても、当面の最大の脅威は大宝寺家である。村山郡は中小の国人が割拠しているが、その多くは大宝寺義氏の影響下にある。

「お待ちください。ちと拙速にすぎるのではありますまいか」

「そのようなことはあるまい、守棟。そなたの主導で、村山諸将の調略も進んでおるのであろう」

「無論、兵を出せばこちらに靡く者は多うございます。されど、最上郡はまだ、完全に治まったわけではありませんぞ。天童、寒河江、白鳥。この三家を放置したまま、村山へ兵を出すのはいかがかと」

伊達輝宗との和平の条件で、義光は寒河江の大江一門からは手を引いていた。その後、大江兼広は追放され、庶家の吉川家から入った高基が寒河江姓を名乗り、寒河江城に居座っている。和平を斡旋した白鳥長久も、谷地城一帯に勢力を張り、いまだ独立を保っていた。

「白鳥とは、今のところ友好関係を築いておる。寒河江も、独力で我らに抗する力はあるまい。むしろ、高基と繋がりの深い大宝寺を叩けば、寒河江は自然と立ち枯れる」

「お屋形様らしゅうござらんな。何をそれほど急いておられるのです」

「大きく動いておるのは、出羽だけではないぞ。急がねば、信長が来る」

最大の脅威であった上杉謙信が没し、頑強な抵抗を続けていた石山本願寺も、昨年ついに信長に降った。中国の毛利はじりじりと押し込まれ、甲斐の武田勝頼《たけだかつより》もどれほど持ちこたえられるかはわからない。少なくとも十年のうちには、織田家の大軍が奥羽へ押し寄せてくる。戦うにしろ従うにしろ、それまでに荘内を制し、確固たる地盤を築いておきたかった。

「そこまでお考えでしたか」

「無論、荘内へ攻め入って大宝寺義氏を討つような力がまだないことはわかっておる。だが、越後が混乱している今、大宝寺の力をでき得る限り削《そ》いでおきたいのだ」

越後では昨年、上杉景勝が激しい内乱を制し、上杉家当主の座を勝ち取っていた。だが、恩賞への不満から家臣の新発田重家《しばたしげいえ》が反乱を起こし、さらには織田勢に越中を侵されつつある。今の景勝には、荘内に介入する余力などないだろう。

また、義光は対大宝寺戦に備え、秋田の安東愛季《ちかすえ》と盟約を結んでいた。安東家と大宝寺家は由利郡の支配を巡って宿敵と呼んでもいい関係にある。北にも大敵を抱える義氏は、村山に十分な援軍を送ることはできないと、義光は踏んでいた。

「わかりました。そこまでお屋形様の決心が固いのであれば、村山出兵、同意いたします」

「よし。村山攻めの総大将は守棟、そなたに任せる。田植えが終わり次第、出陣いたせ。わしは山形にとどまり、天童、白鳥、寒河江に睨みを利かせておく」

「御意。ついては一つ、お願いの儀が」

「鮭延秀綱《さけのべひでつな》がことか」

真室《まむろ》の鮭延に所領を持つ地侍である。取るに足らない小勢力だが、多くの村山諸将が最上に靡く中、秀綱は頑として守棟の調略に応じないのだという。

まだ十九歳という若さだが、智勇兼備《ちゆうけんび》の良将という評判で、領内もよく治まっている。かつては大宝寺義氏の下で人質としての暮らしを送っていたらしく、その頃に恩義を受けたのだろう。若さゆえの愚直さというべきか。

「わかっておる。殺すには惜しい、ということだろう」

「それだけでなく、後々のことも考えれば、秀綱は殺さずにおくべきかと」

「よかろう、そなたに任せる。ただし、無理はならんぞ」

「ははっ」

伊達との戦以来、義光は調略に重きを置いてきた。

兵を用いての戦となれば当然、多かれ少なかれ犠牲が出る。それを避けるためだが、時には卑劣と言われても仕方のないような謀《はかりごと》も巡らさなければならない。献策したのが家臣だとしても、決断するのは当主であるこの自分だ。後世に誹《そし》りを受けるのならば、それも定めというものだろう。

小国討伐軍が帰還すると、義光は山形へと向かった。

今回の馬揃えの成功を周辺の諸大名に喧伝し、新たに恭順した諸将には本領を安堵する。同時に、白鳥や寒河江の動向にも目を光らせなければならない。

やらなければならないことは山のようにある。それでも、山形で待つ康子や子らのことを思えば、心はいくらか軽くなった。

三

まさに、怒濤《どとう》の如き勢いだった。

天正九（一五八一）年初夏。氏家守棟率いる最上勢二千は、ほとんど戦らしい戦をすることもなく、わずか十日ほどで村山郡の大半をその版図に収めつつあった。

鮭延越前守秀綱は、鮭延城の広間で半刻以上も絵図を睨み続けていた。

最上家の庶流である清水義氏はもとより、日野将監《ひのしょうげん》、庭月広綱といった有力な国人たちも、ろくに戦うことなく最上に膝を屈している。帰順した諸将の軍勢も加え、最上勢は今や四千を大きく超えていた。

「どうにもならんな」

誰にともなく呟き、自嘲の笑みを漏らした。

侵攻を予期していなかったわけではない。細川直元が討たれた時点で、義光がいずれ西村山にも手を伸ばしてくると見た秀綱は、日野や庭月と、協同で最上勢を迎え撃つという約定を交わしていた。だが、最上勢は予想をはるかに超えた速さで日野、庭月の居城を囲んで分断し、降伏に追い込んだのだ。

両者の背信は責められない。その時々の状況で従う相手を変え、生き残りを図る。自らの家名と所領を守るためならば、信義など弊履《へいり》の如く捨て去る。それが、小領主に生まれた者の背負った業《ごう》というものだ。

「殿。また、最上より使者がまいっておりますが」

郎党の馬淵《まぶち》伊織《いおり》の報告に、秀綱は顔も上げずに答えた。

「追い返せ。今更、仰ぐ旗を変えるつもりはない」

最上に降り、人質を差し出して本領安堵を得る。それが賢い身の処し方だと、重々承知している。だが、どうしても降伏という決断が下せない。これが、自分の若さなのだろう。

「寒河江に動きは？」

「山形を攻めるべく陣触れを発したとのことですが、いまだ動きはございませぬ」

山形城に、付け入る隙はないということだろう。寒河江高基は大宝寺家と同盟関係にあるが、やはり期待はできない。

　周辺の国人衆と連携して最上勢を攪乱、長期戦へ持ち込んだところで寒河江勢が山形を襲うという当初の目論《もくろ》みは、完全に潰えた。こうなった以上、五百の全軍で鮭延城に籠り、大宝寺の援軍を待つしかない。だが、北から最上と手を結んだ安東家の圧迫を受ける大宝寺が、どれだけの援軍を出せるかは疑問だった。

「やはり、どうにもならんか」

　再び呟き、秀綱は腰を上げた。

「城内を見回る。防備に手抜かりはないか、今一度確かめるぞ」

　この状況にあっても、秀綱の心はどこか浮き立っていた。


　秀綱が城主として鮭延に帰還したのは、わずか一年余り前のことだった。生まれて間もない頃に大宝寺家の人質となった秀綱は、父の顔も知らないまま、荘内で育ったのだ。

　鮭延家の歴史は浅く、近江の名門佐々木氏の流れを汲むと自称する父の貞綱が、鮭延の地を領有したのが始まりである。

　貞綱は出羽仙北地方の大名、小野寺家の客将として鮭延を治めながら、主家の内紛に乗じて自立を強めていく。だが今から十八年前の永禄六年、大宝寺義氏の父、義増が村山郡に侵攻し、貞綱は敗死する。残された一族郎党は義増に降伏し、乳飲み子だった秀綱を人質として差し出した。

大宝寺に忠義を尽くせ。それが、鮭延家が生きるただ一つの道だ。物心ついた頃から、周囲からそう教え込まれてきた。武芸や学問を授けられたのも、長じて後に大宝寺家を支えさせるためだ。

秀綱が元服した頃には、大宝寺家の当主は義氏に代替わりし、田川、櫛引、飽海の三郡を制する奥羽でも指折りの強豪となっていた。

それから数年間、秀綱は義氏に従って幾多の合戦に参加し、功を挙げてきた。兵の動かし方も策の立て方も、戦の要諦《ようてい》はすべて義氏に学んだようなものだ。そして昨年、秀綱はそれまでの戦功を認められ、鮭延城主に復帰した。

だが秀綱にとって、義氏は喜んで仕えたいと思える主君ではなかった。

用兵の手腕は抜群のものがあり、上方の織田信長といち早く誼《よしみ》を通じるなど、時勢を読む目も持っていた。これまで育てられ、城主に復帰させてもらった恩義もある。

だが、義氏のやり方はあまりにも武に偏りすぎている。外交や調略よりも、戦で決着をつけたがるのだ。その結果、配下の国人は過剰な軍役を押しつけられ、領民には軍費を賄うための重い税が課されている。そして、反抗する者には容赦なく武力を用いた。こうしたやり方が長続きするとは、秀綱には到底思えない。

それでも、最上に鞍替えするつもりはなかった。大宝寺への恩義でも、領主としての意地でもない。故郷を守るという思いすらない。

これまで身につけた戦の術を、誰憚《はばか》ることなく試してみたい。四千の大軍を相手にどこまで戦えるか、確かめたい。そんな思いがあるだけだ。

父母の顔も知らず、故郷に何の愛着も抱けない。生きていると感じることができるのは、戦の場に立っている時だけだ。いつ殺されるかもわからない人質としての日々が、自分をどこか歪んだ人間にしてしまったのだろう。

まったく度し難い。自分自身に呆れながら、秀綱は込み上げる笑みを押し殺した。


五月十日、最上勢およそ四千が城の前面に姿を現した。

報せを受け、秀綱は物見櫓に登った。

敵は性急に攻め寄せることはせず、城を遠巻きに持久戦の構えを取っている。敵勢の中には、日野や庭月の旗印も見えた。

氏家守棟は智略に長《た》けた人物だというが、陣の構え方を見る限り、戦の力量もなかなかのものがある。数を恃《たの》んで力攻めにしないあたりは、さすがといったところか。新たに臣従した国人たちは手柄を立てようと血気に逸《はや》っているだろうが、守棟はそれをしっかりと抑えている。敵陣を見渡しても、隙らしい隙は見当たらない。

　鮭延城は、真室川の西側に張り出した丘陵の上に築かれている。規模こそ小さいものの、天然の要害を利用して父が築き、秀綱が手を加えた堅城だった。

　北、西、南は急峻な崖で、東側の大手口にはいくつかの郭を設けて防御を高めている。敵が力攻めでくるならば打ち払う策はいくらもあったが、こうなると長期戦は避けられそうにない。

「面白い」

　思わず、口に出して呟いた。これまで大宝寺家臣として戦った相手は、取るに足らない小領主ばかりだった。畏敬の念を抱けるような将にも、出会ったことがない。

「これは長くなるぞ。皆の者、覚悟しておけ」

　城が囲まれたその日は何事もなく過ぎ、翌日から、敵は大手門正面の小高い丘の上に、付城の構築を開始した。やはり、こちらの兵糧が尽きるのを待つつもりのようだ。

　敵は城を遠巻きにしながらも、各陣は巧妙に配置されていた。兵糧の搬入路は閉ざされ、外部との連絡も取れなくなっている。城内に蓄えた兵糧は、もって一月。

　問題は、水だった。城内の井戸だけでは、五百人分の飲み水は到底賄えない。蓄えが尽きた時には、城外の真室川まで水を汲みに行かなければならない。

十日が過ぎた頃には、付城は空堀や物見櫓を備えた本格的なものになりつつあった。その間も、敵は時折矢を射かけてくるだけで、攻め寄せる気配はない。

そろそろ一つ、仕掛けてみるか。秀綱は腕の立つ者を百五十人選抜するよう命じた。

籠城十五日目、城内の水の蓄えが尽きた。秀綱は自ら二十人の兵を率い、夜陰に乗じて水汲みに出向いた。

城を出ると、麓の雑木林を抜けて川へと向かう。持参した甕《かめ》で水を汲んでいると、周囲から無数の足音が響いてきた。松明の灯り。やはり、水が不足することは読まれていた。

「いたぞ、囲んで討ち果たせ」

敵将の声。秀綱と兵たちは甕を捨て、林の中に逃げ込んだ。追ってくる敵は、百は下らないだろう。

不意に、後方で喚声が上がった。林に潜ませていた伏兵が、追手の横腹を衝いたのだ。

秀綱も足を止め、腰の太刀を抜いて乱戦の中へと飛び込んだ。

「我こそは、鮭延越前守秀綱」

名乗りを上げた途端、敵兵が群がってきた。槍を向けてきた足軽の首筋を斬り裂き、もう一人の腕を飛ばす。大宝寺義氏から拝領した太刀は、相変わらず見事な切れ味だった。

血の臭い。一歩間違えば命を落とす、張り詰めた緊張感。生きていると、心の底から思える。

「鮭延越前殿。最上家臣、武田《たけ》兵庫頭《だひょうごのかみ》がお相手いたす」

聞いたことのない名だった。軽い失望を覚えながら、太刀を構える。武田の得物は手槍。腕はそこそこに立ちそうだ。

雄叫《おたけ》びを上げながら、武田が槍を繰り出してきた。秀綱は後ろへ飛びながら、木々の密集するあたりへ誘い込む。

武田は槍を短く構え直し、素早い刺突を連続して繰り出してきた。かろうじてかわした秀綱は距離を取り、いきなり太刀を投げつけた。武田は槍で叩き落とすが、わずかに体勢が崩れている。秀綱は脇差を抜きながら、体ごと飛び込んだ。腿の内側、鎧の隙間に脇差を突き立てる。

折り重なるようにして倒れた時、武田の首筋には脇差が食い込んでいた。そのまま全体重をかけて押し込み、血飛沫《ちしぶき》を浴びながら首を切り取る。

「武田兵庫頭殿、討ち取った！」

叫ぶと、敵は背を向けて逃げ去っていった。

「勝ち鬨《どき》を上げよ。城へ戻るぞ」

城内の兵が、歓呼の声で出迎える。小さな勝利だが、将兵の士気は大いに高まった。
これで、もうしばらくは戦えそうだ。

将兵の士気は上がったものの、敵は相変わらず、城を遠巻きにしたまま動こうとしない。幾度か、警戒の薄い陣に夜襲を仕掛けたが、すぐに敵の増援が駆けつけ、ろくな戦果は得られなかった。離間策として、日野や庭月がこちらに内通しているかのような矢文を射込んでみたが、反応はない。家臣の名で内応を申し入れても、罠と見たのか無視されるばかりだった。

籠城開始から一月と十日。城内の米蔵がついに尽き、牛馬を一頭ずつ殺して兵糧に当てている有様だった。先日の小戦で懲りたのか、水汲みの妨害はなくなったものの、兵糧の不足で病に倒れる者も出はじめている。

大宝寺からの援軍は、一向に現れる気配がなかった。敵陣にいささかの揺るぎもないところを見ると、寒河江勢が山形を襲うこともできなかったのだろう。

「やはり、どうにもならなかったな」

苦い笑いとともに、吐き出した。策も兵糧も尽き、援軍も来ない。どれほど気張ってみたところで、地力の差は、一矢報いることもできないほどだった。

あとは、どう始末をつけるかだ。開城し、自分の切腹を条件に城兵の助命を約束させる。そんなところだろう。これ以上、家臣や兵たちを付き合わせるつもりはなかった。

「殿、敵本陣に動きが」

馬淵伊織が報告してきたのは、降伏の書状を認めている時だった。

敵が本陣とする付城に、五百ほどの軍勢が新たに合流していた。旗印からすると、最上義光本人とその旗本に間違いないという。

秀綱は急遽《きゅうきょ》軍議を開き、諸将に向けて言った。

「おそらく、この数日中にも敵の総攻めがあろう。皆、これまでよく戦ってくれた。この秀綱、礼を申す」

一同を見渡し、深く頭を下げた。この場にいる家臣の多くは、人質時代から秀綱の側《そば》に仕えてきた者たちだ。

「最早、勝てる見込みは失せ、これ以上の戦は無意味となった。わしは城を開き、将兵の助命を条件に腹を切ることにした」

言うと、座は途端に騒然とした。

「何を仰せになられる。潔く腹を切るなど、殿らしゅうもない」

「まだ負けと決まったわけではござらぬ。義光めの首さえ挙げれば」

「全軍をもって、敵本陣を襲うべし。主君に腹を切らせて生き延びるなど、末代までの恥《ち》辱《じょく》じゃ」

口々に喚き立てる一同に、秀綱はしばし唖然とし、やがて苦笑を漏らした。自分は存外、家臣たちに慕われているらしい。そしてこの連中は、俺よりもずっと頑固で、諦めが悪い。

「よかろう。皆の思いはわかった」

再び、一同を見渡した。

「今宵、残った牛馬をすべて殺し、城内の全員に与える。酒はないが、最期の宴とまいろう」

「では、殿」

「明日、夜明け前に敵本陣へ向け、出陣いたす」

家臣たちが歓声を上げる。愚かな主君には、愚かな臣がつくものだ。呆れながらも秀綱は、冷えかけた血が再び熱くなるのを感じていた。

翌未明、全軍で城を出た。馬の一頭もいない、総勢わずか四百二十の軍勢。夜明け前の深く濃い闇の中、胸の高さまで伸びた葦を掻き分け、敵の歩哨《ほしょう》を避けながら粛々と進んでいく。

地の利はこちらにある。秀綱は味方を二手に分けた。馬淵伊織の指揮する二百は、敵の本陣がある付城の正面へ。残りは秀綱が率い、付城の背後まで回り込む。

見えた。闇の中に浮かぶ小高い丘。麓から頂まで、煌々《こうこう》と篝火が焚かれていた。あの頂に、義光がいる。

彼方から、喊声が聞こえてきた。伊織の隊が、正面から攻めかかったのだ。

「殿、我らも」

「待て。まだ動くな」

茂みの中に伏せ、伊織が十分に敵の目を引きつけるまでじっと耐えた。その間にも、筒音が間断なく響く。これまで聞いたことのないほどの数だ。おそらく、二百挺は下らないだろう。

ゆっくりと一から百まで数え、また一に戻る。それを十回繰り返し、秀綱は立ち上がった。

「者ども、続け！」

太刀を引き抜き、一丸となって駆けた。

敵の反応は鈍い。寡兵を二手に分けるとは予想していなかったのだろう。ほとんど戦うことなく、付城の奥へと逃げ去っていく。

容易《たやす》く柵を乗り越え、狼狽する敵兵を蹴散らしながら斜面を駆け上がる。蹴り倒された篝火が燃え広がり、方々で火の手が上がった。

「雑兵に構うな。狙うは最上義光が首、ただ一つ！」

丘の頂は、すぐそこだった。あと一つ柵を破れば、義光の首に手が届く。

不意に正面の柵門が開かれ、中から数十人の一団が現れた。その中の一人が、声を張り上げる。

「ようまいられた、鮭延秀綱殿」

黒ずくめの具足に、五尺の鉄棒。率いる兵も、これまでの敵とはまるで違う。秀綱の背筋に、冷たい汗が流れる。

「なかなか見事な戦ぶりにござった。その蛮勇に敬意を表し、この野辺沢能登守満延がお相手いたす」

その名を聞き、味方に動揺が走った。野辺沢の武勇は、村山郡でも知らぬ者はない。

気づくと、逃げ散ったはずの敵兵が秀綱たちを取り囲んでいる。

すべてが罠だった。今更ながらに理解し、秀綱は込み上げた笑いを宙へ放った。

ひとしきり笑うと、秀綱は兵たちに呼びかける。

「皆の者、戦は終わりだ」

自らも太刀を鞘《さや》に納め、野辺沢に向き直った。

「野辺沢殿、それがしの負けにござる。この首、貴殿に差し出すゆえ、生き残った配下には寛大なご処置を願いたい」

「よかろう」

答えたのは、野辺沢とは別の声だった。野辺沢らが素早く左右に分かれ、その間を一人の背の高い男が進んでくる。秀綱の数間先で足を止め、男が口を開いた。

「最上出羽守義光じゃ。そなたの武勇のほど、しかと見せてもらったぞ」

こちらが拍子抜けするほど、威厳らしいものがない男だった。長身だが、それほど腕が立つようにも見えない。

「だが、己の意地にばかり執着し、多くの兵を死なせた罪、軽くはない」

不意に、義光の放つ気配が変わった。思わず身を竦ませそうになるほどの怒気。戸惑いながら、秀綱は地面に片膝をつく。

「配下の助命をお約束いただければ、この首、いかようにもなされませ」

「わかった、約束しよう」

義光が、腰の太刀の鞘を払った。

「そなたの罪、羽州探題の名において、裁いて進ぜる」

自ら手を下すつもりか。これは、思っていたよりも傑物かもしれない。

この男にならば、負けても悔いはない。言いようのない満足感を覚えながら、秀綱は目を閉じた。

四

天正十（一五八二）年三月。大宝寺出羽守義氏は、尾浦城の大広間で出陣の時を待っていた。

昨年の夏、鮭延城が陥落し、村山郡の全土が最上義光の手に落ちた。これで、大宝寺と最上は直接版図を接することとなった。

義氏は、この正月で三十二歳になった。義光は、義氏より五つ年長である。

二人はともに出羽守の官途《かんと》を名乗っているが、どちらも正式に叙任されたものではなく、自称にすぎない。だが、名乗るに相応しいのは自分だと、義氏は確信していた。自分以外に出羽守を称する男がいる。それだけで、義氏の腹は煮えた。

最上義光を侮っているわけではない。四面楚歌の状態から粘りに粘って伊達勢を追い払い、実際の戦では敗退しながらも調略で天童八楯を切り崩し、村山郡まで手中に収めた。その手腕には、見るべきものがある。

だが、それがすべて義光個人の力量によるものとは、義氏は見ていない。何代にもわたって最上に仕える譜代の臣と、羽州探題の名。その二つがあってこそ、義光は立っていられる。所詮は、名門の血筋に生まれた御曹司だ。

対する大宝寺家は、藤原摂関家の後裔《こうえい》を称しているものの、ただの地頭の家柄にすぎない。荘内には大宝寺、土佐林、来次《きすぎ》、砂越《さごし》の四家が並び立ち、互いに覇を競い合う中で次第に台頭したのが、義氏の父、義増《よします》だった。

苦しい戦いの末に他の三家を従えた義増は永禄八（一五六五）年、最上一族の清水義高を討ち取り、版図を村山郡にまで拡大するが、その三年後には越後の上杉謙信の侵攻を受け、嫡男の義氏を人質に差し出して降伏、隠居する。そして翌年、十九歳の義氏は荘内に戻され、上杉家の庇護の下に家督を継いだ。

義氏にとっては、屈辱の中での家督継承だった。謙信が義氏の後見に据えたのは、あろうことか、かつての宿敵だった土佐林家の当主、禅棟《ぜんとう》だったのだ。謙信の支持を背景に荘内の実権を握りかけた禅棟を、義氏はあらゆる手段を用いて追い詰め、家督継承の翌々年、ついに土佐林一族を滅ぼす。

その後も義氏は、上杉家に面従腹背《めんじゅうふくはい》しつつ、東の村山郡、北の由利郡へと勢力を伸ばしていった。

その一方で、義氏は一昨年、信長に対して使者を送り、馬や鷹を献上した見返りとして〝屋形〟の称号を与えられている。屋形号は単なる形式的な称号に過ぎないが、地頭職以外に公的な権威のない義氏にとっては大きな意味がある。どれほど武力を誇ったところで、中央から与えられた権威がなければ、在地の土豪や国人たちを御していくことはできないのだ。

とはいえ、義氏自身は信長に臣従するつもりなどさらさらない。誼を通じたのも、出羽を制するための方便にすぎなかった。

羽州の富のほとんどは、酒田の湊を擁する荘内三郡に集中している。その豊かさをもってすれば、南出羽の統一は難しいことではない。そして、その勢いで北出羽の秋田、南陸奥の伊達、蘆名まで切り従えれば、上杉や関東の北条とも対等の立場に立てる。信長はいずれ必ず、東国にも兵を進めてくるだろう。それまでに、織田家の圧倒的な兵力に対抗できる力をつける必要があった。

「出陣の支度、相整いましてございます」

近習の報告に、義氏は無言で頷いた。

今回の出陣は、大宝寺家の総力を挙げてのものだった。七千に及ぶ全軍を二手に分け、義氏自らが指揮する一手は、北の由利郡の完全制圧、もう一手は、最上川水運の中心である村山郡清水城の攻略を目指す。

昨年、村山へ援軍を出せなかったのは、義光と同盟を結ぶ秋田の安東愛季《あんどうちかすえ》に版図の北を脅かされていたからだ。まずは由利郡を押さえて安東を牽制し、同時に村山に楔《くさび》を打ち込む。最上川の水運を断てば、最上家の受ける打撃は大きい。しかる後に、弱った最上家を全軍で叩くというのが義氏の立てた戦略だった。二ヶ所を同時に攻めるのは危険も大きいが、最上と安東の連携を断つには、どちらか一方を攻めていては埒《らち》が明かない。

「お屋形様」

出陣を前に声をかけてきたのは、前森《まえもり》蔵人《くらんど》だった。義氏の直臣で、酒田の代官を任せている。義氏よりも七つほど年長で、領国経営の手腕には義氏も信頼を置いていた。今回の戦でも、領内の留守居を命じてある。

「軍費、兵糧はともに潤沢なれど、このところの外征続きで士民の間には不満が高まっております。此度の出陣、あまり長引けば国許で不測の事態が生じかねません」

ゆえに、戦果を挙げたら早々に帰還しろと言っているのだろう。有能だが、持って回った言い方が時折鼻につく。

「不測の事態が生じぬために、そなたのような代官がおるのではないのか。何があろうと、領内をしかと押さえておけ。酒田で一揆でも起きれば、全軍の崩壊に繋がるのだ」

「無論、そのように努めまするが」

言いかけた蔵人の鼻先に鞭《むち》を突きつけ、低い声で告げた。

「そなたの代わりはいくらでもいる。それを忘れるな」

「承知、いたしました」

蒼褪めた蔵人が立ち去ると、義氏は全軍の出陣を命じた。

蔵人に言われるまでもなく、長引かせるつもりなどない。義氏率いる四千は由利郡に雪崩《なだ》れ込むと、在地の国人衆を次々と降していった。

義氏はこの時のために、津軽の大浦為信《おおうらためのぶ》と盟約を結んでいた。安東愛季は北の大浦に対処するため、由利郡へは兵を出せない。その隙に、安東寄りの国人は徹底的に潰しておくつもりだった。

降伏を拒んだ者は、女子供にいたるまで斬り捨て、領内の村々も焼き払う。それが、義氏の戦だった。権威の裏付けのない大宝寺家が国人たちを従えるには、強大な武力を見せつけ、恐怖で縛りつけるしかない。そうしたやり方に不満を抱く者は、義氏のことを「悪屋形」などと仇名《あだな》しているが、義氏にとっては褒め言葉だった。本来、〝悪〟とは強い者を指す言葉なのだ。

出陣から十日ほどで、由利郡の大半を支配下に収めることができた。残るのは、新沢城の小介川《こすけがわ》家だけである。義氏は新沢城を囲むと、連日猛攻を加えた。

「もはや新沢城は陥落寸前。この勢いで、安東領まで攻め入ってはいかがか」

「さよう。秋田を落として安東愛季めの首を挙げれば、出羽は統一したも同然」

「あまり図に乗るでないぞ」

浮ついた家臣たちに向けて低く言うと、一同は押し黙った。

「小介川ごとき小領主が我らに抗うのは何故か、考えてもみよ」

安東の援軍が来るという見込みがあってこそ、敵は籠城を選んだのだ。おそらく、愛季は北の大浦を差し置いても、由利郡に兵を出すことを決断したのだろう。

「遠からず、安東の援軍が来る。それまでに、何としても目の前の城を叩き潰せ」

だが、新沢城兵の抵抗は思いがけず頑強だった。遠征と連戦の疲れもあって、味方の動きも鈍い。そしてついに、城を落とせないまま安東の軍勢が現れた。安東勢はおよそ三千。

愛季は名うての戦上手で、まともにぶつかれば犠牲は大きい。

睨み合いが続く中、さらに悪い報せが届いた。清水城を攻めていた味方の別働隊が、最上の援軍に大敗を喫したのだ。

「愚か者が！」

報告を受け、義氏は手にした采配をへし折った。

三千の別働隊は、周辺の諸城に見向きもせず清水城へ向かい、調略を仕掛けるでもなく漫然と城を囲んでいたという。三千の大軍で清水城を囲めば、村山諸将は恐れをなして包囲に加わるとでも考えたのだろう。だが、その甘い思惑は見事に外れた。村山諸将がこちらに靡くことはなく、最上の援軍が現れるとこれに呼応、味方の背後から襲いかかったのだ。

目も当てられない惨敗だった。別働隊は一度のぶつかり合いで四散し、荘内へ逃げ帰ったという。幸い、敵は深追いを避け、荘内へ攻め込んでくることはなかったが、この敗北の影響はとてつもなく大きい。

「城の囲みを解け。陣を払う」

他に、選択肢はなかった。別働隊の敗北で、兵の士気は大きく落ちている。ここは一旦、出直すしかない。安東勢も、追撃していたずらに犠牲を出すことはしないだろう。

あの男さえいれば。歯噛みしながら、かつて自分の小姓を務めていた男の顔を思い浮かべる。鮭延秀綱。昨年、最上勢の村山攻めで城を囲まれて以来、所在が知れなくなっていた。敵本陣に斬り込んで討たれたとも、身一つで何処《どこ》かへ逃亡したとも言われているが、自分のもとへ戻らないということは、討死したに違いない。

秀綱に別働隊を任せていれば、こんな無様な戦はしなくてすんだ。若いが、軍略に関してあれ以上に優秀な手駒はいなかった。

だが、死んだ者の不在を嘆いてもはじまらない。ろくな手駒がないのならば、王将自らが動くしかないのだ。


遠征の失敗から三月後、上方から信じがたい報せが届いた。

織田信長、信忠父子が、京都本能寺において家臣の明智光秀に討たれたという。光秀は、わずか十一日後に中国から駆け戻った羽柴秀吉なる武将と戦ってあえなく敗死したが、織田家が瓦解へと突き進むのは目に見えていた。

義氏は頭を抱えた。はるか上方の出来事とはいえ、影響は計り知れない。信長から授けられた屋形号は、義氏の唯一の権威の拠り所だったのだ。

加えて、越後の上杉景勝が織田の圧力から解放されたことは大きい。義氏は謙信の後継者争いで、負けた景虎を支援していた。景勝が態勢を立て直せば、荘内にまで手を伸ばしてこないとも限らない。

急がなければならなかった。配下には動揺が広がり、一旦は降った由利郡の国人たちも離反の動きを見せている。早急に手を打たなければ、荘内の支配まで揺らぎかねない。

天正十一（一五八三）年正月、義氏は雪解け前の出兵を決意する。雪が解ければ、村山郡から荘内へ、最上の手が伸びてくる。その前に由利郡を再征し、北方を固めておかなければならない。

予想はしていたが、家中の反対はやはり大きかった。砂越、来次の両家にいたっては、領内の疲弊を理由に出兵を断ってきた。

「構わん。由利郡を制した後に、あの両家は討ち滅ぼす」

砂越、来次の両軍を欠いたまま、義氏は出兵を強行した。兵力はわずか三千。それでも、敵は雪解け前の来襲など予想していないはずだ。勝算は十分にある。

だが、戦いは困難を極めた。行軍中稀《まれ》に見る猛吹雪に襲われ、新沢城に達した頃には、逃亡や脱落で五百近くを失っていた。民家を接収して陣屋に充てたものの、薪の不足で兵たちが次々と倒れていく。それでも将兵を叱咤して城攻めに向かわせるが、攻略は遅々として進まない。

「こんな小城に、何を手間取っておる！」

本陣に集う諸将へ怒声をぶつけても、誰もが疲労と寒気に蒼褪めた顔でうなだれるばかりだった。こうしている間にも、兵は寒さに倒れていく。凍え死ぬのが嫌ならば、城を落とすしかない。そんな簡単なことも、この連中にはわからないのか。

諸将を前線に追いやろうと口を開きかけた時、不意に無数の筒音《つつおと》が響き渡った。城の方角ではない。城兵が背後に回り込んだのかと思ったが、小介川ごときが持てる鉄砲の数ではないと気づき、義氏は戦慄した。

「敵襲、敵襲にございます！」

「安東勢じゃ。本陣の背後におるぞ！」

陣屋の外で、兵たちが口々に喚いている。筒音はさらに続き、吶喊《とっかん》の声も聞こえてきた。

近習たちが義氏を取り囲み、引き立てるように外へ連れ出す。そのまま、馬に乗せられた。

負ける。ここは退くしかない。唇を食い破るほど嚙みしめながら、馬に鞭を入れた。

逃げ出している。いや、負けたのか。悪屋形と称されたこの大宝寺義氏が、小城一つ落とせずに逃げ出している。

いや、まだ終わったわけではない。生きて荘内まで戻れば、挽回は可能だ。まずは砂越、来次を討って領内を引き締め、次こそは安東愛季の首を獲る。いや、その前に最上を討つべきか。

口の中に血の味が広がっていくのを感じながら、義氏は馬を走らせた。

十日近くも雪の中をさまよい歩き、ほとんど身一つでようやく荘内へ辿り着いた。

休む間もなく、義氏は砂越、来次討伐のため陣触れを発した。ここで守りに入れば、これまで築き上げてきた荘内の秩序は一気に崩れ去る。そして何より、あの両家を滅ぼさなければ、煮えたぎる腹は治まらない。

だが、兵が集まらないどころか、留守居に残していた者たちですら、尾浦城に出仕しようとはしてこない。直臣の前森蔵人でさえ、病と称して酒田から出てこないのだ。

三月に入ると、蔵人は義氏討伐を掲げて挙兵した。酒田を出陣した蔵人の軍には、砂越、来次の他、荘内のほとんどの国人が合流し、総勢三千以上にまで膨れ上がっているという。

「なるほどな」

すでに話はできていた、ということだろう。義氏の出陣中か、あるいはそれ以前から、謀叛は計画されていた。

「まったく、愚かなことよ」

呟き、義氏は笑った。企てに気づかず、のこのこと遠征に出かけた自分自身。保身のため、ようやく統一された荘内を再び混沌へと引き戻す蔵人たち。すべてを笑い飛ばす。

尾浦城に残していた留守の兵と、由利の陣から戻った兵を併せても、一千足らず。しかも、日が経つごとに脱走者が増えていく。何の手を打つ暇もないまま、城は包囲された。

三月六日、敵の総攻めがはじまった。城門はいとも容易く突破され、郭は次々と陥落していく。城兵のほとんどは戦うことなく投降し、残る手勢は、義氏の近習を中心とするおよそ三百。

「皆の者、最期の一戦とまいろう」

緋縅《ひおどし》の鎧をまとい、鍬形《くわがた》を打った兜《かぶと》の緒を締めると、本丸の館を出た。周囲はすでに、闘争の巷《ちまた》となっている。喊声と筒音、断末魔の悲鳴。義氏は刀を抜き放ち、そこかしこで繰り広げられる愚者たちの饗宴に飛び込んだ。

どこで間違えたのだろう。血刀を振るいながら、義氏は思った。

あの時、軍を二手に分けたことか。早々に最上を叩かなかったことか。それとも、雪解けを待って軍を進めれば、こんなことにはならなかったのだろうか。

いや、そもそもが身に過ぎた大望だったのか。荘内の一領主として、野心など抱かず慎ましく身を処していたならば、天寿を全うできたかもしれない。

「だが、そんなものに何の意味がある」

誰にともなく叫んで、刀を薙いだ。雑兵の腕が、血の糸を引いて宙を舞う。

どれだけ戦ったのか、刀は刃毀《はこぼ》れでぼろぼろだった。周囲の味方は数えるほどで、城の方々では火の手も上がっている。

そろそろ、館に戻って腹でも切るか。踵を返した時、見覚えのある兜をかぶった武者が目に入った。

「お久しゅうございます、お屋形様」

「ほう。生きておったか」

　鮭延秀綱。死んだとばかり思っていたが、すっかり欺かれていたらしい。

「蔵人を唆《そそのか》したは、そなたか。そういえば、そなたは砂越、来次とも顔見知りであったな」

「ご賢察《けんさつ》、恐れ入ります」

「最上義光は、出羽守を名乗るに相応しい男か？」

「出羽の士民に安寧をもたらすは、かの御仁をおいて他におらぬかと」

「士民の安寧か。しばらく見ぬうちに、ずいぶんと甘い言葉を吐くようになったものよ」

　まあいい。義光がこの荘内をどうするのか、地獄から見届けてやる。

「腹を切る。その太刀で、介錯いたせ」

「御意」

　鎧兜を捨て、地面に胡坐《あぐら》を搔く。戦はほとんど収まり、義氏と秀綱を敵兵が取り巻いている。

　秀綱が、かつて義氏が与えた太刀を構える。

　野心を抱き、ひたすら戦い抜いた。ここで果てるのも天命だろう。悔いはない。

　鎧直垂《ひたたれ》の前をはだけ、脇差を突き立てながら、義氏は笑った。

五

大宝寺義氏自害の報に、山形城内は沸き立っていた。

「あまり浮かれるでないぞ。義氏が死んだとて、荘内が丸ごと手に入ったわけではない」

どこか浮足立つ家中に、義光はしっかりと釘を刺した。若い家臣の中には、すぐにでも荘内に兵を出すべきだと息巻く者も多い。

挙兵の中心となった前森蔵人は酒田の東禅寺《とうぜんじ》城に入り、義光に臣従を誓った上で、名を東禅寺義長《よしなが》と改めている。

だが、鮭延秀綱の根回しで挙兵に参加した砂越次郎、来次氏秀《うじひで》ら荘内国人衆の多くは、義氏討伐に協力しただけで、最上家に属したというわけではない。さらに、義氏が死んだといっても大宝寺家が滅びたわけではなく、家督を継いだ弟の義興が、いまだ侮れない勢力を保持している。

当面は東禅寺義長を中心に、砂越、来次、大宝寺の四家で荘内を共同統治するという形を取るしかなかった。

「とはいえ、義氏を倒したは大きな前進。まずは、喜ぶべきでしょうな」

「まあ、それはそうだが」

山形を訪れていた野辺沢満延に、義光は曖昧な頷きを返した。

結果としては、義光が氏家守棟とともに立てた策がことごとく当たった形だった。

策は、二年前の鮭延攻めからはじまっていた。かつて大宝寺の家中にあって、荘内国人衆との人脈を持つ鮭延秀綱を配下に加える。そしてその秀綱を、将兵の助命と本領安堵を条件に大宝寺家の切り崩しに従事させ、荘内国人衆の手で義氏を討たせる。正面きって大宝寺と戦う兵力のない義光が、義氏を倒すにはこの方法しかなかったのだ。

だが、義氏のそのあまりにも呆気ない最期に、義光は複雑な思いを抱えていた。自分も一歩間違えば、瞬く間に配下に背かれ、同じ最期を遂げるかもしれない。そう、まざまざと見せつけられたような思いがしたのだ。

「案ずることはありますまい」

義光の思いを見通したように、守棟が言う。

「お屋形様の治政は、公平なものです。最上、村山両郡の士民に、大きな不満は見受けられません」

「そうか。それならよいが」

無駄な外征は控え、税もでき得る限り軽減してきた。山形城下には多くの商人が集まり、商いは以前よりもずっと活発になっている。

領国経営には、北楯利長が手腕を振るっていた。義光の近習上がりで、融通が利かないところもあるが、その才覚は確かなものだ。他にも、同じく近習上がりの坂光秀や、弟の義保らが内政面で頭角を現してきている。武の方では、満延や秀綱の他に、末弟の光直、丹与左衛門、江口光清《えぐちあききよ》などが、一手を任せられるほどに成長していた。守棟の嫡男光棟《あきむね》、成沢道忠の嫡男光氏も、それぞれの父の名に恥じない器量を見せはじめている。

自分は人に恵まれている。それが、天童や大宝寺を凌《しの》ぐことができた要因だと、義光は思っていた。

「それはそうと満延、天童城の様子はいかがじゃ」

「はい。依然として山形に出仕する意思はありませんな」

「まったく、どこまで意地を張れば気がすむのやら」

昨年の十月、天童家から輿入れしてきた竜子が、産褥《さんじょく》で没していた。生まれたのは男子だったが、これで天童家との縁は切れたことになる。

結局、竜子は義光にも最上家中の者たちにも心を開かないまま、嫁いでわずか二年でこの世を去った。務めとして子は生《な》したものの、夫婦らしい会話を交わした記憶さえ、ほとんどない。

乱世とはいえ、人としての幸福を何も味わうことなく死んだ竜子への憐れみと後ろめたさは、姉の葬儀にすら出席を拒む天童頼久への怒りとなって、心の奥底へと積もっている。

「来年中には、片をつけるぞ。天童だけではない。寒河江と、場合によっては白鳥もだ」

寒河江高基は先の戦で、義氏救援のために荘内へ出陣している。結局間に合わずに空しく引き上げたが、義光への明らかな敵対行為である。見過ごすわけにはいかない。

昨年の六月に織田信長が討たれ、天下は大きく動いている。荘内まで勢力を拡げ、確固とした地盤を築くには、いつまでも天童や寒河江にかかわってはいられない。

「満延は、引き続き天童との交渉、及び調略を進めよ。守棟には寒河江、白鳥を任せる。鮭延秀綱には、荘内の動きから目を離すなと伝えておけ」

「御意」

満延と守棟が退出すると、義光は奥御殿へ顔を出した。

康子は乳母たちとともに、子らの面倒を見るのに追われている。

昨年、竜子が産んだ男子を含め、義光は三男二女の父となっていた。庭では、九歳になる嫡男の永寿丸が小姓を相手に、剣の稽古に励んでいる。

「わしがあのくらいの頃は、剣の稽古など嫌で嫌で仕方なかったがなあ。これは将来、立派な大将になるやもしれんぞ」

自分は大名になどなりたくなかったくせに、我が子には期待をかける。親とは勝手なものだと、義光は苦笑した。

「まあ、永寿丸が大きくなった頃には、戦などなくなっておるやもしれんが」

「そのような世が、まことに来るのでしょうか」

三歳になる次女のお駒《こま》を抱きながら、康子が怪訝そうに訊ねる。

「天下は着実に、統一に向かって進んでおる。我らの代ではかなわずとも、戦のない世はいずれ必ずや来るだろうな」

「それは、待ち遠しゅうございますね」

康子が微笑むと、お駒も笑い声を上げた。


白鳥長久から使いが送られてきたのは、天正十二（一五八四）年春のことだった。今後の両家のさらなる繁栄のため、長久の娘を永寿丸に輿入れさせたいという。義光はその申し出に、長久の焦りを見た。

元々大した武力を持たない長久は、天童や寒河江、大宝寺との人脈を保持することで地位を得てきた。だが、天童、大宝寺の没落で長久自身の持つ価値は大幅に下落した。天正五年という早い段階で上方に使者を送って織田信長と誼を通じたものの、それも意味をなさなくなっている。そこで、今度は最上家次期当主の舅《しゅうと》という立場を得て、自身の価値を高めるつもりなのだろう。

「守棟。白鳥長久という男、大人しく最上の傘下に収まると思うか？」

「あり得ませんな」

間を置かず、守棟は断言した。

「あの者の頭の中には、自家の存続と勢力拡大、それ以外にありません。家中に取り込むには、あまりに危険かと」

守棟は、伊達家との和睦交渉で何度となく長久と会っている。人となりは、しっかりと見ているはずだ。

「わかった。縁談の件は、受けるでも断るでもなく、引き延ばしておけ」

「何か、お考えがおありにございますか」

「少し時がほしい。三日のうちには、答えを出す」

いかに危険な人物でも使いこなすのが、大将の器量ではないのかという思いもある。だが、家中の和を乱すような者を受け入れるわけにもいかなかった。それに、国人の独立をいちいち認めていては、秩序を打ち立てることなど到底覚束ない。

悩んだのは、一晩だけだった。最上、村山、荘内三郡は、最上家の旗の下に統一されるべきなのだ。例外は認められない。

「決めたぞ、守棟。わしは病にかかる。それも、命にかかわるような重い病だ」

察するものがあるのか、守棟の表情が厳しいものになった。

「お屋形様自ら、手を汚されますか」

「すでに汚れておる。今さら、それを厭うつもりもない」

束の間義光を見つめ、守棟はふっと息を吐いた。自分の考えは、とうに見抜いているのだろう。

「承知いたしました。では、数日中に、お屋形様重病の噂を流しまする。少しずつ、隠してはいるが、漏れてしまっているという形で」

「頼む」

やはり、自分は人に恵まれている。それは、天に感謝すべきことかもしれない。

五月半ばを過ぎたあたりから、義光は城の奥の寝所に籠りきった。妻子も遠ざけ、会うのは守棟、満延、谷柏直家、志村高治ら、ごくわずかな者だけである。食事も粥だけにし、外へは一切出ない。医師を日に何度となく出入りさせ、奥書院には護摩を焚かせている。

領内の寺では祈禱を行わせ、城の警護も厳重にした。

十日ほども引き籠っていると、頬はこけ、本当に病人のような気がしてきた。

思えば、家督を継ぐ前はよく熱を出して寝込んでいたが、当主となってからは、大きな病には罹っていない。それだけ、張り詰めていたということだろう。

ふと昔を思い出し、義光は小さく笑った。あの頃は、風邪をひくたびに義から「羽州探題たる最上家の跡取りが、そのようなことでは困ります」などと叱られたものだ。

妹との文のやり取りは、今も続いていた。伊達家との関係は今のところ良好で、諍いの種は何もない。義が産んだ梵天丸ももう十八歳になり、藤次郎政宗《とうじろうまさむね》を名乗っている。疱瘡で片目を失ったこともあり、家中から先行きを危ぶまれていたようだが、三年前には相馬家との戦で初陣を飾っている。義に似て気性は激しいというが、一部では相当な器量人という評価もあった。

いずれにしろ、輝宗はまだ四十一歳で、その治世はしばらく続くはずだ。よほどのことがない限り、伊達との協調関係が崩れることはないだろう。

情勢が落ち着いたら、義を招いて高湯の温泉に出かけるのもいいかもしれない。今は、あのあたりも最上の支配が行き届いていて、野盗が現れるようなことはない。豊かになった山形の城下を見せれば、義も少しは褒めてくれるだろうか。

そんなことを取りとめもなく考えていると、廊下から声がかかった。

「高治か。入れ」

招じ入れると、高治は声を潜めて言った。

「白鳥長久が、山形来訪を了承しました」

「そうか。よくやった」

永寿丸と長久の娘との婚姻の件も含め、今後について相談したい。高治はそう、長久に持ちかけていた。はじめのうちは渋っていた長久だが、義光重病の噂を耳にしたのだろう。山形に間者を放ち、情報の裏も取ってあるに違いない。

義光が存命のうちに縁組を確約しておけば、長久は最上家新当主の舅ということになり、その地位は格段に向上する。さらには、病床の義光から大幅な譲歩を引き出せるかもしれない。その好機を、長久が見逃すはずはなかった。

「会合は三日後の六月七日、山形城内にて。長久の警護の兵は、五十名ほどということです」

「よかろう。饗応の支度を整えておけ」

「御意」

平素は闊達《かったつ》な高治だが、口数は少ない。先のことを思えば、それも無理はなかった。

三日後、義光は主立った者たちを寝所に集めた。満延は野辺沢城で天童の調略に当たっているため、姿はない。

「白鳥家臣らの饗応は高治、守棟、二人に任せる。わしの側には直家だ。一同、ぬかるでないぞ」

「ははっ」

正午過ぎ、警護の兵を城外に待たせ、長久が数名の家臣たちとともに城内に入った。念のため、妻子や女たちは奥の台所や納戸に潜ませている。そこなら、巻き添えを食うことはない。

廊下から、足音が聞こえてきた。

「白鳥十郎長久様、おいでになられました」

直家の声。床に入ったまま、掠れた声で入るよう促す。

書院に入った長久の目が、一瞬鋭さを帯びる。病が真実かどうか、探っているのだろう。

義光は直家の助けを借り、上体を起こした。

「このような見苦しき姿にて、申し訳ござらぬ。ささ、お座りくだされ」

「では、ご無礼仕る」

長久が床の側に腰を下ろした。

「お呼び立てしたのは他でもない。それがしはもう長うはござらぬゆえ、先々のことを長久殿と話し合うておきとうござってな」

「何を気弱なことを。義光殿はまだ三十九。それがしより十以上もお若いではござらぬか」

「それゆえ、永寿丸の後見を託すに足る人物は、貴殿しかおらぬと見込んだのでござる。長久殿の経験と幅広い人脈を、最上、白鳥両家のためにお借りしたい」

後見という言葉に、長久はほんの一瞬、あるかなきかの反応を示した。

表の広間が騒がしくなった。長久の家臣たちの饗応がはじまったのだろう。酒も肴も、贅《ぜい》を尽くした物を用意してある。

「承知いたしました。そこまで申されるのであればこの長久、両家の繁栄のため、微力を尽くさせていただく所存」

「かたじけない。これで、思い残すことなく冥土へ旅立つことができまする」

身を乗り出し、左手で長久の腕を強く握った。長久が顔を顰《しか》めた次の刹那、義光は右手に握った抜き身の脇差を、渾身の力を込めて突き出す。

「何を……」

その先は、言葉にはならなかった。腹に突き立てた刃をさらに押し込む。口から血を溢れさせながら、憎悪に満ちた血走った目で義光を睨み据える。

長久が、驚くほどの力で義光の手を振り払う。そのまま義光の首に両手をかけた瞬間、背後の襖《ふすま》が開いた。踏み込んだ直家が、刀を一閃させる。肉を斬る音。刃は長久の背中を斜めに斬り裂き、天井まで血が飛ぶ。首にかけられた手から力が消え失せ、長久は赤く染まった床に突っ伏したまま、動かなくなった。

「お屋形様、お怪我は」

「ああ、大事ない」

荒い息を整える間もなく、広間の方でも物音が激しくなった。具足の鳴る音。怒声と悲鳴。城外では、鉄砲の筒音まで聞こえる。

「お屋形様。白鳥家臣七名、並びに護衛の兵およそ五十名、すべて討ち取りましてございます」

報告に来たのは、守棟の嫡男、光棟だった。まだ二十歳を過ぎたばかりで、さすがに表情は強張っている。

よほど激しく抵抗したのか、広間に残された死骸はひどい有様だった。床は赤黒く染まり、脇差を握ったままの腕まで落ちている。城の外も、似たようなものだろう。

遺体の始末を命じるより先に、義光は命を下した。

「これより谷地城に向けて出陣し、謀叛人の一党を殲滅《せんめつ》いたす」

長久は、病床の義光を見舞いにかこつけて殺害しようとしたため成敗した。当然、その罪は一族郎党にも及ぶ。事実はどうであれ、名目は必要だった。

唐突に、笑いが込み上げてきた。目障りな政敵を倒した喜びか、それとも自嘲の笑いか、それさえもわからない。

どうだ、義。これが、お前が誇りに思っていた羽州探題の姿だ。

あらかじめ戦支度を整えていた最上勢の急襲に、谷地城に籠った白鳥家郎党はなす術もなく、城は一日で落ちた。

「次は寒河江だ。者ども、気を緩めるな」

あらかじめ、谷地城の囲みは一方を開けてあった。そこから逃れた城兵の一部が、寒河江へと落ち延びたのはすでに確認してある。これで、羽州探題への謀叛人の一党を匿《かくま》ったという名分は成り立つ。

寒河江高基は、元は大江一門庶流の一人に過ぎない。その高基が義光の盟友であった大江兼広を追放して当主の座に就けたのは、大宝寺や白鳥との密接な繋がりによるところが大きい。そしてその両者が滅びた今、大江一門でも高基を支持する者はごく少数となっている。

「寒河江勢およそ一千、須川の対岸に陣を布《し》いております」

物見の報告に、義光は軽く驚きを覚えた。

「大江一門の大半はこちらに付くか、さもなくば日和見《ひよりみ》に徹している。その状況で、一千も集めてきたか」

「恐らくは、領内の男どもを手当たり次第に掻き集めたのでしょう。あの様子では、寒河江にも兵は残っておりますまい」

「何としても、我らに一矢報いようというつもりか」

味方は二千五百。兵力差は大きいが、敵は最上川支流の須川を楯にしている。力押しは犠牲が大きいが、長期戦になれば日和見の大江一門がどう動くかわからない。

「このまま攻める。あの一千を野戦で打ち破れば、寒河江は手もなく落ちよう」

翌朝、義光は総攻めを下知した。法螺貝《ほらがい》の音が響き渡り、江口光清を先鋒とする最上勢が前進を開始する。

江口隊が渡河にかかったその時だった。不意に左手から敵が湧き出し、味方の横腹に襲いかかった。

「おのれ、上流から一隊を渡らせておったか」

同時に、敵の主力が正面から川を渡って押し出してくる。義光は味方に後退を命じた。数ではこちらが勝っているのだ。囲んでしまえば、恐れることはない。

だが、味方が後退すると、敵の主力は別働隊と合流し、一丸となって包囲の薄い場所を突き破った。そのまま小高い丘に駆け上がり、こちらを見下ろすように素早く陣を布く。

「全軍を下げよ。中野まで退く」

　高所を占められた上に、半数以下の敵にあしらわれた味方の動揺が大きい。ここは仕切り直すしかなかった。

　こちらが後退をはじめると、敵も丘を下り、悠々と須川の対岸へと引き上げていく。

　思わず見惚れてしまうほどの、見事な用兵だった。弱兵としか思えない軍勢を、よくここまで統率できるものだ。本陣に控える守棟も、幾度となく感嘆の吐息を漏らしていた。

「あの敵の大将、何者だ」

「柴橋勘十郎《しばはしかんじゅうろう》と申す、寒河江高基の弟にござる」

「高基の弟ということは、まだ三十にもなっておるまい。あれほどの武者が、寒河江におったとはな」

　高基ではなく、勘十郎が寒河江の当主になっていれば、形勢は大きく変わっていたかもしれない。用兵の手腕だけなら、野辺沢満延や鮭延秀綱に勝るとも劣らないだろう。

　あの者が配下に加われば。だが、これまでの最上と寒河江の関係を考えれば、勘十郎が降るとは思えない。内紛に介入して一門同士の争いを激化させ、繋がりの深い大宝寺義氏、白鳥長久を討ち果たした。それでも信用しろと言うには、自分は謀《はかりごと》を用いすぎている。

　討つしかない。勘十郎さえ討てば、後は烏合《うごう》の衆。寒河江も時をかけずに落とせるだろう。決めると、諸将に策を伝え、明朝の出陣を命じた。

翌早朝、最上勢は再び敵の正面から渡河を開始した。敵も、今度は策を弄せず、守りに徹している。

やがて、先鋒の江口光清が攻め疲れたように後退をはじめる。すかさず、勘十郎は追撃をはじめた。一丸となって味方を突き破り、さらには義光の本陣へ向け、生い茂る葦を掻き分けながら真っすぐに突っ込んでくる。その陣頭に立って槍を振るう騎馬武者が、柴橋勘十郎だろう。

「かかりましたな」

守棟が呟くと同時に、夥しい数の筒音が巻き起こる。葦原の中に伏せた、百挺の鉄砲隊だった。勘十郎の体が、馬上でぐらりと揺れる。それでも踏みとどまり、軍勢をまとめて退却していく。

「それがしの放った弾は、確実に勘十郎の急所を捉え申した。どれほど頑健でも、明日まではもちますまい」

鉄砲隊を指揮する浦野源右衛門が、戻ってきて報告した。源右衛門の鉄砲の腕は、家中に並ぶ者がない。その言葉通り、対岸に引き上げた敵は夜半過ぎ、寒河江城へ向けて撤収を開始した。まるで統制が取れていないところを見ると、やはり勘十郎は死んだのだろう。

「お屋形様」

感慨を飲み込み、諸将に命じた。

「このまま追撃し、寒河江に雪崩れ込む。かかれ」

翌日、最上勢は追撃の勢いのまま寒河江城を占拠する。

高基はわずかな側近とともに貫見館に逃れ、翌二十八日にその地で自刃して果てた。寒河江に入城した義光のもとには、こちらに降った大江一門の面々が戦勝祝いと称して本領の安堵を得ようと詰めかけている。

何があろうと生き延びようとする者。命を捨て、名誉を選ぶ者。自分が信じられるのは前者だと、義光は思った。


谷地、寒河江の攻略という大戦果を挙げて山形に凱旋した義光は野辺沢満延を通じて、天童頼久に戦勝祝いのため、山形を訪問するよう要求した。

これが事実上の最後通告である。最上、村山両郡は天童城を除き、ことごとく義光の下に統一された。竜子が没したとはいえ、頼久は義光の義弟である。これ以上出仕を拒むようであれば、武力討伐も辞さない。満延は、頼久にそう匂わせているはずだ。

だがそれでも、頼久は要求を拒否した。

「やはり、時流の読めない愚か者にすぎなかったか」

ここまで意地を貫いてきたのだ。頼久が出仕すれば、それなりの待遇を与えるつもりだった。だがそれも、買い被《かぶ》りだったようだ。

九月、義光は自ら三千の軍を率い、天童城を囲んだ。どこからも援軍は来ない。義光の版図の中で、天童城は完全に孤立している。

城内には、銭で雇った忍びの者が数名、潜り込んでいる。その報せによれば、城に籠る兵はわずか三百。最上家と並び立とうとした名門の、それが末路だった。

それでも、天童城が要害であることに変わりはない。義光は城を遠巻きにしたまま、長期戦の構えを取った。

「お下知の通り、包囲にはところどころ穴を作っておきました」

城を囲んだ日の夜、満延が本陣を訪れて報告した。

「お屋形様のお心遣い、元八楯の者として、御礼申し上げます」

「気にするな。白鳥長久と違い、何があっても討たねばならん相手ではない」

穴は、城兵の逃亡を促すためだけでなく、頼久を逃がすためのものでもある。

「主従関係にはなくとも、天童家が八楯の盟主であったことに変わりはありません。これで、元八楯の者も後ろ暗い思いをせずにすみます」

「問題は、頼久が大人しく落ち延びてくれるかどうかだが」

「事ここにいたった以上、腹を切るか、城を抜けるか二つに一つ。これればかりは、頼久殿本人にしかわかりますまい」

一礼し、満延は退出していった。

それから半月以上も城を囲み、十月を迎えた。人が逃げるための道は空けてあるが、兵糧を運び入れる道は完全に閉ざしてある。相次ぐ逃亡で城兵は半数近くに減り、そろそろ兵糧も尽きるはずだ。

九日、城内の間者から、頼久がわずかな供を連れて城から落ちたとの報せが入った。それでもまだ、城にはわずかながら、降伏を肯《がえん》じない者が居座っている。

翌朝、義光は総攻めを命じた。城兵を指揮する者は、天童頼久と名乗って斬り死にしたという。

「草刈弥九郎。天童家家老、草刈将監の息子にございます」

山形への凱旋後、首実検の場で満延が言った。頼久を名乗って死んだ者の首である。

草刈将監が頼久とともに落ち延びたのは、忍びの報告で把握していた。忍びには引き続き、頼久主従の動向を監視するよう命じてある。

「そうか、頼久は落ち延びたか。まあよい。生きておったところで、頼久にはもはや何もできはせぬ。これにて、最上、村山両郡の統一は完成いたした」

「おめでとうございまする」

諸将が声を揃え、すぐに祝いの宴となった。

かつて八楯に与していた者たちは、一様に安堵の表情を浮かべている。頼久の首級を挙げていれば、この者たちの表情はもっと複雑なものになっていただろう。

連戦の疲れからか、酒がすぐに回った。

肩に重くのしかかるような酔いを感じながら、竜子の顔を思い浮かべる。

ろくに言葉も交わさなかったが、敵地で天童家のため、歯を食い縛って耐えているのは痛いほど伝わってきた。是が非でも頼久を討とうと思えなかったのは、そのせいかもしれない。それは気遣いでも優しさでもなく、後ろめたさの裏返しだ。

どこか鬱々とした気分を押し流すように、盃を呷った。

家臣たちは誰もが最上、村山統一という大業を為したことに浮き立っていた。満延は水汲み用の桶で酒を飲み干して喝采を浴び、成沢道忠は若い者に説教を垂れている。珍しく酔った守棟は下手な謡を披露し、周囲の笑いを買っていた。

今日くらいは、したたかに酔ってもいいだろう。義光は腰を上げ、家臣たちの輪へと向かった。

第三章　荘内争奪

一

戦場には、死の臭いが満ちていた。

流れ出た血と臓物と汚物の入り混じった、吐き気を催す臭気。積み上げられた死骸の山には、敵の将兵だけでなく、城内にいた女子供や老人、周辺の村々から逃げ込んだ百姓衆まで混じっている。

「万事、相済みましてございます」

やや蒼褪めた顔で報告する使い番に、伊達藤次郎政宗は無言で頷いた。

撫で斬り。しかも、戦からの流れではなく、一度降伏した相手の得物を取り上げ、一ヶ所に集めた上で皆殺しにした。命じたのは無論、政宗である。

降伏した相手にはそれなりの礼をもって遇し、必要以上の血は流さない。それが、奥羽の戦の慣例だった。だが、そんな生ぬるい時代はもう、とうに終わっている。伊達を愚弄する者は、一族郎党は元より、女子供にいたるまで許さない。それを全奥羽に知らしめるための殺戮だった。

天正十三（一五八五）年八月二十七日、陸奥伊達郡小手森《おでもり》城。小浜城主大内定綱に属する小城である。定綱は、伊達家の盟友で政宗の舅に当たる田村清顕《たむらきよあき》傘下の国人だったが、会津の蘆名盛隆の支援を受け、さらには近隣の二本松城主畠山義継と結んで田村家を離反、清顕と一進一退の戦を繰り広げていた。

だが、昨年十月に蘆名盛隆が衆道のもつれから家臣に斬殺されると、形勢は田村に俄然《がぜん》有利となり、定綱は伊達家への臣従を申し出る。しかし、一度は米沢に出仕しておきながら、定綱は所領に戻ったまま、言を左右にして約束の人質を送ってこようとはしない。時を稼ぎ、情勢が動くのを待っているのは明らかだった。

政宗は、盛隆暗殺の直後に突然隠居した輝宗の跡を継いだばかりだった。当主となって早々に、鼎《かなえ》の軽重を問われている。ここで甘さを見せれば、伊達家の領国支配は根底から揺らぎかねなかった。

「これで、大内方の諸城は腰が砕けましょう。数日のうちには、周囲の小城は挙《こぞ》ってお屋形様に降ってまいるかと」

城内の検分を終え、本陣に戻った片倉小十郎景綱が言った。十九歳の政宗より十年長で、その姉は政宗の乳母である。永井庄八幡神社の神職の息子だが、その才覚を認められて父の小姓から政宗の近習となった、腹心中の腹心だ。

「遠からず小浜も落とし、定綱めの首も刎《は》ねる。だがその前に、まずは此度の戦果を記した書状を、周辺の諸大名に送りつけねばならん」

「では、大内の一党だけで五百、女子供から犬畜生にいたるまで、およそ千数百を根斬りにしたとでもお書きなされませ」

「犬畜生までか」

呟き、政宗は苦笑した。

「よかろう。最上の伯父上の兵どもも、我が軍勢の恐ろしさをしかと目にしたことであろう」

今回の出陣には、伯父甥《おい》の誼で最上義光から五百ばかりの援兵が送られてきている。あの油断のならない伯父に、自分の戦ぶりを見せつける。そうした目的も、この撫で斬りには含まれていた。

「小十郎。お前だけは、止めなかったな」

　政宗が撫で斬りを命じた時のことだ。諸将は口々に再考を促し、武士の道、人の道まで説いた。そんな中、小十郎だけは涼しい顔で、淡々と下知を遂行したのだ。

「生半可なやり方では、奥羽の者どもの目は覚ませませぬゆえ」

　千数百は誇張にしても、降伏した城兵を逃げ込んだ民もろとも殺し尽くすなど、奥羽では前代未聞のことだった。だが、それをしなければ、若年の政宗は侮りを受け、離反の連鎖は止めようがなくなる。この先起きるかもしれない無数の戦を、小手森城の数百人の命で食い止めたと言ってもいい。

「快、不快かで言えば無論、不快に候。されど、お屋形様には時がございませぬゆえ」

「そうだ。俺には時がない」

　上方では、羽柴秀吉が信長の後継者としての地盤を固めつつある。十年、いや五年のうちには、秀吉は奥羽にまで手を伸ばしてくるだろう。それまでに大内、畠山を滅ぼし、蘆名も併呑《へいどん》して、秀吉に侮られないほどの力をつけねばならない。こんなところで足踏みしている暇などなかった。

　それから数日で大内方の諸城はほとんどが政宗に降り、九月になると、定綱は小浜城を捨てて畠山義継の二本松城、ついで会津の蘆名家を頼って落ち延びていった。

「撫で斬りの効果はあったようだな、小十郎」

無傷で落手した小浜城に入り、政宗は言った。大内領を版図に加えられたことで、気分はいい。

「御意。されど、このまま二本松を攻めれば、蘆名の援軍と戦うことになりまする。加えて、畠山義継は智勇兼備の将との由。ここはいったん兵を収め、旧大内領の支配を固めるがよろしいかと」

「一月余の遠征の後だ。ここで蘆名と戦うのは得策ではないか。まあいい。時はないが、焦りすぎは禁物だ」

「賢明なご判断かと」

「それにしても蘆名め、どこまでも我が家に祟《たた》ってくれる」

蘆名盛隆があんな間抜けな死に方をしなければ、輝宗が四十一という若さで隠居することもなかったのだ。

蘆名の先々代当主盛氏は、南奥の覇権をかけて幾度となく輝宗と争ったが、親伊達派の盛隆が当主となってからは、両家の関係は良好なものとなっていた。盛隆の嫡男、亀王丸の母は、輝宗の妹である。

だが、盛隆の死後に家督を継いだ亀王丸は、今年二歳になったばかりの幼児。当然ながら実権はなく、蘆名家の親伊達派は、輝宗に亀王丸の後見を依頼することで動揺する家中を抑え込もうとしていた。

だが、輝宗が隠居までしたのは、亀王丸の後見に徹するためだけではなく、遠く上方の情勢まで見据えてのことである。

輝宗は盛隆を通じて、越後の上杉景勝に叛旗を翻した新発田重家を支援していた。上杉の弱体化を狙う織田信長の依頼に応えてのことである。だが信長は本能寺で横死し、跡を継いだ羽柴秀吉は景勝と手を結ぶことを選ぶ。新発田を支援することは、そのまま秀吉への敵対行為となったのだ。

そんな中での、盛隆の暗殺だった。動揺する蘆名家中は新発田への支援どころではなく、輝宗も越後から手を引き景勝、ひいては秀吉と和を結ぶ方向へと舵《かじ》を切る。そのためには、自らが隠居して見せなければならなかったのだ。

輝宗の後見で落ち着くかに見えた蘆名家だが、これを伊達による乗っ取りと見做した蘆名家中反伊達派は、あろうことか常陸の佐竹義重を味方に引き入れようとした。関東の覇者北条家を長年にわたって苦しめ、常陸を中心に下野《しもつけ》の一部、南奥州の白河まで勢力を拡げた「鬼義重」と称される名将である。

この動きを知った政宗は五月、父の反対を押し切って蘆名領を急襲する。

蘆名家中の和を乱す反伊達派の粛清という名分を掲げ、一気に会津黒川城まで攻め入るつもりだったが、関柴《せきしば》の合戦で味方が大敗を喫し、政宗自身は戦うこともなく米沢に兵を引かざるを得なくなった。

衰えたとはいえ、長年にわたって蘆名が築いてきた地盤はいまだ固い。それを悟った政宗は方針を転換し、目標を大内定綱攻め一本に絞った上で、ようやく大内領の制圧に成功した。

「しばらくは小浜に腰を据える。旧大内領を固めながら二本松の畠山に圧力をかけ、同時に蘆名を牽制する。そんなところか」

「それでよろしいかと。小手森城で血は十分に流しましたゆえ、大内領の士民にはくれぐれも寛大なご処置を」

「わかっておる」

武力による恐怖だけで支配が成り立たないことは、大宝寺義氏の最期を見れば嫌でもわかる。だが、必要以上に甘やかすつもりもなかった。

自分を侮る者は、どんな手段を使ってでも叩き潰す。この乱世で生き延びるには、甘さなど必要ない。

幼い頃の自分は、常に何かに怯えていた。

すべては、五歳の時に罹った疱瘡が原因だ。命こそ取りとめたものの、右目の視力を失い、顔中にあばたが残った。幼い政宗は鏡に映る己の醜い姿に怯え、それを人目に晒すことを恐れた。

最上家から嫁いできた母は、政宗の家督相続に反対し、弟の小次郎を次期当主に推していた。そのせいで、父と母が言い争うこともあったという。母の反対は、今となれば政宗を案じてのことだと理解もできるが、その頃は自分が醜いせいで母に疎まれ、憎まれているのだと思い込んだ。

いつか廃嫡され、寺にでも入れられるのだろうか。いやそれどころか、禍根を絶つために殺されるかもしれない。そうした恐怖のせいで、政宗は人前でろくに喋ることさえできなくなった。それがさらに家臣の不安を膨らませ、小次郎を推す声が強まっていく。

家臣団の不安を察した輝宗は、天下に知られた名僧、虎哉宗乙を師に付けた上で、元服後の諱《いみな》に〝政宗〟の名を選んだ。伊達家中興の祖と称される九代当主、大膳大夫政宗にあやかったものだった。

だが、父の配慮は、政宗にとってさらなる重荷でしかなかった。学問や武芸に励んでみたところで、どうなるものでもない。なぜ自分は生きているのか。こんな思いをするくらいなら、疱瘡で死んでいたほうがよかった。あの頃の自分は、そんなことばかりを考えていた。

何かが変わったのは、初陣の時のことだ。天正九年五月、政宗は十五歳だった。相手は伊達家の宿敵、相馬家である。

どうということもない小競り合いではあったが、いざ敵と相見《あいまみ》えた刹那、恐怖に目が眩んだ。戦場を圧する喚き声。飛び交う矢弾。死は当たり前のようにそこにあって、兵たちはいとも簡単に命を落とし、勇士と言われた男たちが首を獲られていく。その圧倒的な恐怖の前には、これまで抱えていた苦悩などあまりにも小さかった。

気づくと政宗は、これまで出したこともない大声で麾下を叱咤していた。死にたくない。殺さなければ、殺される。その一心で敵の陣形を凝視し、隙を探してはそこを衝く。やがて、敵は算を乱して敗走していった。

それから間もなく敵の本隊が後詰に現れたため、輝宗は兵を引き、戦そのものは痛み分けに終わった。それでも、家中の評価は目に見えて変わった。

それからも、輝宗の下で戦の経験を重ねていくうち、いつしか家臣たちの政宗を見る目から不安や不信の色は消え、九代政宗に勝るとも劣らない大器と評する者まで現れるようになった。

自分を侮る者には、力を見せつけるしかない。掌《てのひら》を返して自分を褒めそやす家臣たちを眺めながら、政宗はそのことをはっきりと学んだ。

力を示して周囲を従え、逆らう者は容赦なく踏み潰す。そうして前へ進む以外に、自分の生きる道はない。その思いは、家督を継いだ今も変わることはなかった。

米沢から程近い館山城に隠居していた父が小浜の政宗を訪ねてきたのは、九月も半ば過ぎのことだった。

「小手森では、ずいぶんと惨たらしい戦をしたようだな。館山も米沢も、その噂でもちきりだぞ」

「父上は、それがしを叱りにわざわざまいられましたか」

「そうではない。あれは、必要な血であった。わしには到底できぬことだがな」

隠居したからといって、老け込むような歳ではない。むしろ、当主の重圧から解放されて、さらに研ぎ澄まされたように感じる。

「ここまで出向いてきたのは他でもない。畠山義継が、わしに泣きついてきた。そなたに降伏を申し入れても、相手にされぬと踏んだのであろうな」

「義継の見込みは当たっておりますな。降伏など、受けるつもりは毛頭ござらぬ」

「だが、考えてもみよ。義継は、幕府管領畠山家の血を引く名門。当人も、文武に優れた有能な男じゃ。味方に引き入れておいて損はあるまい」

「信用できませんな。畠山は蘆名と田村を天秤《てんびん》にかけ、その都度優勢な方へ従ってきた家。降したところで、いつ裏切るかわかったものではござらん」

「では、南奥を斬り従えるまで、すべての敵を滅ぼしていくつもりか。それでは、いたずらに時ばかりかかる。そなたにそれほどの猶予があるとは思えんがな」

「それは」

「畠山を攻めれば、蘆名との全面的な戦になる。だが、畠山が降ることで蘆名の結束は揺らぎ、伊達への帰参者も出てまいろう。どちらの利が大きいか、わからぬそなたではあるまい」

確かに一理ある。だが、自分を虚仮《こけ》にした大内定綱を裏で助けてきた畠山を、すんなりと許すわけにはいかない。

「わかりました。降伏は受け入れましょう。条件は、二本松城周辺の五ヶ村のみを安堵し、他は伊達領とすること。嫡男を人質に差し出すこと。この二つにござる」

「よかろう。いささか厳しいが、致し方あるまい。畠山には、わしの方から伝えておく」

「それがしは義継と話し合う気などござらぬゆえ、万事父上にお任せいたします」

吐き捨てるように言うと、父は軽く嘆息を漏らした。

「そなたはちと、気性が激しすぎる。少しは最上の伯父上を見習ってはどうじゃ」

「最上ですか。何やら、裏でこそこそと動いておるようですが」

小手森城での戦に援軍を送ってきたように、最上家との友好関係は、表面上は続いている。だが、政宗に代替わりしてからの急激な拡大政策を警戒したのか、義光は裏で蘆名や佐竹といった反伊達勢力に接触をはじめているらしい。

上杉家との対立を避けたい政宗としても、上杉の影響が大きい荘内に縁戚の最上が手を伸ばすのは望ましくない。ゆえに荘内進出を思いとどまるよう使いを送ったが、それが義光の機嫌を損ねたらしい。表面での友好とは裏腹に、水面下では伊達と最上の駆け引きは続いている。

「それはさて置いても、かの仁は、どれほど自分を苦しめた相手でも、降れば分け隔てなく重用し、重臣の列にまで加えておるというぞ。人の上に立つ者は、そのくらいの大らかさがあってもよいと、わしは思うがな」

「それがしには、それがしのやり方がありまする。他に御用がなければ、これにて」

父を残し、政宗は席を立った。

政宗の知る中でも、輝宗は傑出した人物だった。政戦両略に長け、温厚で人望も厚い。早くから織田信長と誼を通じるなど、先見の明もある。その治世の大半を祖父晴宗と曽祖父稙宗が争った天文の乱の後始末に費やさねばならなかったが、それさえなければ、今頃輝宗は南奥に覇を称《とな》えていただろう。

だが、ただ一つ欠点があるとすれば、甘すぎるところだった。小勢にすぎなかった最上義光にとどめを刺せなかったのも、妻の兄という思いがあってのことだろう。

自分にその甘さはないと、政宗は自負している。畠山の降伏は受け入れるが、いずれ何かしらの理由をつけて腹を切らせるつもりだった。

「最上か」

居室に戻り、政宗は呟いた。

政宗は隣国の伯父について、調べられる限りのことは調べ上げている。蘆名や佐竹などより、よほど油断のならない相手だった。

圧倒的に有利な伊達勢を相手に一歩も引かず耐え続け、和睦を勝ち取った。それほど戦が強いという印象もないが、いつの間にか南出羽随一の勢力を持つまでになっている。大宝寺義氏や白鳥長久を屠《ほふ》った謀略は、聞いていて背筋が寒くなるほどだ。

いずれは、戦わねばならない相手かもしれない。いや、すでに様々なところで利害がぶつかりはじめている。全面的な戦さえ覚悟しておく必要があるだろう。たとえ生母の兄であろうと、自分の進む道を遮る者は、すべて排除しなければならない。

その日以降、輝宗は小浜城に近い宮森城へ入り、畠山義継と降伏についての折衝を重ねた。政宗の出した条件を渋々受け入れた義継が、調停を謝すため宮森城の父を訪ねたのは、十月八日のことである。

「まこと、宮森へ行かずともよろしいのですな」

その日、鷹狩へ出かけようとする政宗に、片倉景綱が念を押した。

「構わん。義継は父上に会いに行ったのだ。何ゆえ、俺がわざわざ出向かねばならん」

いずれ殺すつもりの相手に会って、余計な言質を与えたくはなかった。降伏を受け入れたのはあくまで隠居した父。その形は、残しておきたい。

「小十郎、留守は頼むぞ。父上には、適当に言っておいてくれ」

言い捨て、政宗はわずかな近習とともに小浜を発った。

奥州の短い秋が終わろうとしている。風は身を切るように冷たいが、馬を駆けさせるうちに体は温まってきた。

鷹狩は戦の稽古になると同時に、領内を実地に検分する意味でも重要だった。時には身分を隠して百姓家で休息し、土地の者の話を聞いたりもする。

今のところ、旧大内領はよく治まっていて、大きな混乱はない。新たな支配者である政宗への反発も、思っていたほど大きくはなかった。そのあたりは、景綱がうまくやっているのだろう。

それはそれとして、鷹狩の方はまったくの不調だった。鳥獣の類には好かれていないようだと苦笑しつつ、帰り支度を命じた時である。

馬蹄の響き。小浜の方角から、一騎がこちらへ猛然と駆けてくる。

「一大事、一大事にございます！」

景綱の家臣だった。転げ落ちるように下馬し、片膝をつく。

荒い息を吐きながら使者が述べた口上に、その場にいた者全員が凍りついた。

なぜだ。なぜ、そんなことが起こり得る。義継という男はいったい何を考えているのか。

無数の疑問が、浮かんでは消えていく。

「主はすでに兵を整え、後を追っております。お屋形様も、ただちに合流されたしと……」

そうだ。今は考えている暇などない。政宗は馬に飛び乗り、二本松城へ続く道をひた駆けた。

輝宗は会見後、義継を労《ねぎら》うための酒宴を開いた。その席上、突然義継は輝宗に脇差を突きつけ、そのまま父を拉致《らち》したのだという。義継の供はわずか三十人。だが、宮森城の者たちは、輝宗の身を案じて動くに動けなかったのだろう。

家臣たちを責めることはできない。小身とはいえ大名の地位にあった者が、こんな野盗じみた挙に出るなど、誰も考えるはずがないのだ。

責められるべきは、父ではないか。伊達家前当主ともあろう者が、刀を突きつけられて拉致されるなど、油断も甚だしい。そもそも、輝宗が降伏を受け入れろなどと言いださなければ、こんなことにはならなかったのだ。

あるいは。馬を疾駆させながら、政宗は思う。自分がいずれ義継を殺すつもりでいることが露見したのか。いや、その意図は景綱にすら語っていないのだ。知られるはずがない。だが、政宗が会見の場に現れなかったことで義継が疑念を深めたとすれば、落ち度は自分にある。たとえ殺すつもりであったとしても、顔だけは出しておくべきだった。

繰り返し襲ってくる怒りと後悔を、頭を振って追い払う。馬の息が上がりはじめているが、構わず鞭を振るった。

やがて、前方に百ほどの軍勢が見えてきた。ほとんどが武装しているが、平服姿の者も交じっている。小浜から出陣した景綱と、宮森から追ってきた一族の伊達成実《しげざね》、留守政景たちだ。

「小十郎、父上は」

「あれに」

阿武隈川の畔《ほとり》、薄《すすき》の生い茂る河原に、三十人ほどの一団が屯《たむろ》していた。味方は輝宗に危害が加えられることを恐れ、敵は渡河中に襲われることを警戒し、互いに身動きが取れなくなっている。

馬を進め、目を凝らした。一町ほど先、後ろ手に縛られた父が、一人の男に刀を突きつけられている。その男が、政宗の姿を認めて叫んだ。

「そなたが政宗か。父の窮地に駆けつけるとは、なかなかの孝行者ではないか」

あの男が義継か。憤怒を堪え、義継を睨み据える。

「血も涙も通わぬ、悪鬼の如き男かと思うたが、父は大事と見える」

義継が声を上げて笑う。正気を保っているようには思えなかった。

「恨むなら、己の行いを恨むがよい。自らの強盛に驕《おご》り、弱き者たちを踏みつけにして恥じぬ、己の行いを」

「政宗」

父が、はじめて言葉を発した。

「討て。この愚か者どもを、一人残らず討ち果たせ。川を渡らせれば、取り返しはつかぬぞ」

恐怖でも、怒りに我を忘れているのでもない。父の声は、冷静そのものだった。

「わしに構うな。矢弾を浴びせ、皆殺しにせよ」

「お屋形様」

傍らの景綱が、囁くように言った。

「大殿のお身柄が二本松に移されれば、もはや取り戻すことはかないませぬ。さすれば、伊達家に反感を持つ者どもが一斉に蜂起し、収拾のつかぬ大乱となりましょう」

言われてはじめて、政宗は先のことに考えがいたった。このまま義継らを逃がせば、最悪の場合、父の身柄を蘆名や佐竹に奪われる恐れさえある。そうなれば家中は分裂し、伊達家の滅亡にも繋がりかねない。

「父もろとも皆殺しか。実にそなたらしいではないか。さあ、やれるものならやってみるがよい」

義継の哄笑《こうしょう》が響く中、政宗は命じた。

「弓、鉄砲衆、前へ」

「お屋形様、それでは大殿が」

言いかけた成実を無視し、下知する。

「弓、鉄砲の斉射後、全軍で斬り込め。一人たりとも、生かして帰すな」

刀を抜き放ち、前方へ向けて振り下ろす。

「放て」

筒音。悲鳴。立ち込める火薬の臭い。満足そうに笑みを浮かべる父の額に穴が開くのを、政宗の隻眼ははっきりと捉えた。

二

伊達輝宗が死んだ。その報せに、義光はしばし言葉を失った。

尋常な死ではない。病死でも討死でもなく、降伏した相手に拉致され、その相手もろとも息子に討たれたのだ。政宗は義継の遺体を切り刻んだ上で、藤蔓《ふじづる》で繋ぎ合わせて磔《はりつけ》にかけたという。

最初に頭に浮かんだのは、義のことだ。夫婦仲は睦まじく、輝宗は側室を一人も抱えていなかったという。

しかも、三月ほど前に弟の義保が病で没していた。まだ二十八歳の若さである。山形にいた頃は義も可愛がっていただけに、さらに夫まで亡くしたその苦しみは、察するにあまりある。

文を書こうか。何度も思ったが、こんな時にどんな言葉を綴《つづ》ればいいのかわからず、結局筆を措いた。

妹のことは置いても、輝宗の死が奥羽にもたらす影響は計り知れない。恐らく、政宗は報復のために二本松を攻め、それがさらなる大戦を引き起こすことになるだろう。

良くも悪くも、この数十年の奥羽は間違いなく、伊達家を中心に回っていた。義光にとっても、輝宗の伊達家は南にそびえる高い壁だった。敵にした時は大きな脅威で、盟友となってからは心置きなく北へ勢力を伸ばすことができたのだ。

一度、会ってみたい相手だった。隠居した今ならばそれもかなうだろうと、誘いの文を出そうとしたこともある。だが、戦や政務に追われて実現しないうちに、輝宗は死んだ。

「確かに、義様にとってはこの上ない不幸ではありましょう」

居室を訪れた氏家守棟が、遠慮がちに言った。

「されど、我らにとっては好機にござる」

「荘内か」

「御意。今の状況では、政宗殿も他家の行動に口を挟む余裕はありますまい」

荘内の情勢が急激に悪化したのは、昨年の夏のことだ。

大宝寺義氏の跡を継いだ義興が、露骨に反最上の動きを見せはじめていた。旧縁を頼り、上杉傘下の国人、本庄繁長から養子を求めたのだ。

繁長は謙信時代からの有力な国人で、かつて大宝寺義氏の父、義増と組んで上杉家に叛旗を翻し、謙信を大いに苦しめたこともある。その武勇と配下の精強さ、そして乱世を巧みに泳ぎ渡るしたたかさは、東国に鳴り響いている。

この話はすんなりとまとまり、勢いに乗った義興は兵を挙げ、村山郡清水城へ攻め寄せてきた。

戦は小規模なもので、義光が自ら援軍を率いて駆けつけると、義興はあっさりと引き上げていった。

義光はこの機に荘内への全面侵攻を考えたが、そこに政宗からの横槍が入った。最上と大宝寺の和睦を仲介しようというのだ。

仲介と言えば聞こえはいいが、実質は荘内に手を出すなという恫喝に等しい。若い家臣の中には、伊達との断交も辞さずという強硬な意見をとなえる者も出てきていた。義光も、裏で南奥の反伊達諸侯と誼を通じて政宗の牽制を図ってはいるが、同盟そのものを反故《ほご》にするつもりはまったくない。

ただ、守棟の言う通り、輝宗の死による伊達家の混乱は荘内に兵を進める好機ではある。

「お気持ちはお察しいたします。されど、荘内を制することなく、出羽に新たな秩序を打ち立てることなどかないませぬぞ」

「わかっておる」

「失礼ながら、政宗殿は少々若気のいたりが過ぎまする。あの苛烈さでは、いつ当家に牙を剝《む》いてこぬとも限りませぬ」

「わしの甥は、信じるに足りぬ男ということか」

「そこまでは申しません。されど、かの御仁の覇気は、弾みでどこへ向かうかわからぬ危うさを秘めております。くれぐれも、ご油断めされませぬよう」

「わかった。もうよい、下がれ」

守棟の物言いが、どこか癇《かん》に障った。義の息子のことだからか。それとも、政宗のような若さを自分が失っているからか。年が明ければ、義光はもう四十一になる。人の生が五十年として、あと十年足らずで志を遂げられるのか、時折不安になることもあった。

政宗が二本松城を囲んだとの報せが入ったのは、十月十五日のことだった。輝宗の死から、まだ七日しか経ってはいない。初七日の法要をすませ、すぐさま出陣したのだろう。

それだけ、政宗の怒りが激しいということだ。

だが、弔い合戦という意味では、畠山方も同じだった。畠山家臣たちは義継の遺児、国王丸を当主に立て、頑強に抵抗しているという。

城攻め初日の夜半から降り出した大雪の影響もあって、政宗は数日後には兵を引いたものの、翌十一月には一万三千という大軍を率い、再び二本松攻めを開始する。

だがそこへ、常陸の佐竹義重が大軍を率いて北上中という報せが入った。二本松城の救援という名目だが、この機に政宗を叩き、奥州に足掛かりを作ろうという意図は明白だった。

報せの届いた日、守棟が義光の居室を訪ねてきた。

「佐竹勢には相馬、蘆名、石川、二階堂、岩城、白川ら近隣の諸大名が合流し、三万近くまで膨れ上がっておるそうです」

「皆、節操のないことよ」

相馬家は、輝宗の隠居前に伊達と和議を結んでいる。蘆名の当主亀王丸は政宗の従兄弟で、輝宗の後見を受けていた。そして、石川家当主昭光にいたっては、輝宗の実弟である。

輝宗が生涯をかけて築き上げようとしていた南奥の秩序は、完全に崩れ去っていた。

「対する政宗殿は一万三千。どう足掻いても、政宗殿の勝ちはありますまい」

「守棟。何を言いにまいった」

「よもや、政宗殿を助けようなどと考えてはおられますまいな」

言われて、義光は答えに窮した。その考えが頭になかったと言えば嘘になる。

「今お屋形様がなさねばならぬのは、伊達の横槍が入らぬうちに、荘内をしかと版図に組み込むことにござる。情に流され、妹君の息子を助けるために家臣を戦場に送ることではござらぬ」

「そのようなことはわかっておる。だが、このまま政宗が討たれるようなことがあれば、伊達は滅び、奥羽はとてつもない混乱に見舞われる。それは、最上にとっても望ましいことではあるまい」

「政宗殿が討たれても、小次郎殿がおり申す」

撥《は》ねつけるように、守棟は言った。

「むしろ政宗殿より、温厚という評判の小次郎殿の方が、盟友としてはありがたい。この戦で万一、政宗殿が勝ちを拾えば、それはそれで奥羽は混乱いたしますぞ」

「黙れ」

思わず、声を荒らげていた。守棟に怒声を発したことなど、これまで一度もない。

情に流されている。確かに守棟の言う通りだ。だが、どうしても頭に浮かぶのは、夫に続いて息子を亡くした義の姿だった。

「政宗が死んだ方がよいなどと、二度と口にいたすな」

守棟は無言のまま、じっと義光を見据える。しばしの沈黙の後にふっと息を吐き、守棟は口を開いた。

「では、こうなされませ。政宗殿が敗れ、米沢まで落城しかねないという状況になった時、お屋形様が和睦の調停を申し出るのです。さすれば、遠征に疲れた佐竹、蘆名も受け入れざるを得ますまい。最上は一兵も損じることなく、政宗殿とお義様のお命も助かる。そして、我らは同盟相手に恩を売ることもかないまする」

そうなれば、さすがの政宗も金輪際、荘内の問題に口を出してはこないだろう。甥の窮地でさえ、政の駆け引きに利用する。嫌悪感は拭えないが、嘆いたところではじまらない。荘内を手に入れるために、これまで夥しい数の血を流してきたのだ。

「わかった。それでよい」

守棟が退出すると、義光は言いようのない疲れを覚えた。守棟とのやり取りにではない。権謀術数の世界で生きることそのものの疲れだった。

それから数日後、政宗と佐竹、蘆名連合軍の戦の結果がもたらされた。

両軍は十一月十七日、阿武隈川支流の瀬戸川に架かる人取橋付近で激突した。連合軍三万に対し、二本松城の押さえに兵を割かざるを得ない伊達勢はわずか七千。形勢は伊達勢の圧倒的不利で、佐竹勢は政宗の本陣にまで雪崩れ込んできたという。

政宗の窮地を救ったのは、伊達家宿老の鬼庭左月斎《おににわさげつさい》だった。殿軍となった左月斎はわずかな手勢とともに人取橋を越えて敵中に突出し、ことごとく討死して果てた。

かろうじて壊滅を免れた伊達勢は後方の本宮城へ下がり、一夜を明かした。だが翌朝、連合軍の姿は戦場から影も形も消えていたという。

優勢だった連合軍が突如撤退した理由は、佐竹義重の叔父、小野崎義昌が陣中で暗殺されたためとも、佐竹の本領に敵が攻め入ったためとも言われているが、真相は定かではない。確かなのは、政宗が九死に一生を得たということだけだった。

南奥全土を巻き込む大合戦の結末に、義光は声を上げて笑った。

「さすがは、義の息子だな。大した強運の持ち主だ」

負けに等しい引き分けとはいえ、数倍の敵を相手に正面から戦って生き残ったという事実は、政宗の武名を大いに高めるだろう。遠からず、伊達家はさらに大きくなる。その前に、こちらも動かねばならない。

「荘内を制するは、今この時ぞ」

雪が解けた天正十四（一五八六）年四月、義光は荘内への出陣を号令した。

荘内では、昨年の大宝寺義興の清水城攻め以来、酒田の東禅寺義長ら親最上派と、尾浦城の義興ら反最上派の間で小競り合いが頻発している。そうした中、義興は本庄繁長の子、義勝を養子に迎え、上杉傘下に入ることをはっきりと示した。すなわち、反最上派がそのまま上杉派ということになったのだ。これ以上放置すれば、荘内は上杉の手に落ちる。

だが、上杉景勝は新発田重家の討伐に手間取り、荘内に兵を出す余裕はない。伊達家も、人取橋の合戦で受けた痛手が大きく、二本松城の攻略も果たせていない。

この機に反最上派を一掃し、荘内を直接支配下に収める。そのために義光は、一万を超える規模の軍を動員した。家督を継いで以来、これほどの大軍を集めたことはない。

氏家守棟、光棟父子、谷柏直家、志村高治、江口光清、成沢光氏といった主立った家臣の他、野辺沢満延、里見越後、民部父子、楯岡満茂《たておかみつしげ》らの元天童八楯の面々、さらに村山郡から鮭延秀綱、日野将監らまでが加わり、総勢はおよそ一万二千。まさに、最上家の総力を挙げた出陣である。そしてその中には、この正月に元服させた嫡男、永寿丸改め義康《よしやす》の姿もあった。

「そう固くなるな、義康」

出陣を前に、息子に声をかけた。

「そなたが戦場で刀槍を振るうようなことにはならぬ」

「はい。承知してはおりますが」

義康はまだ、十二歳になったばかりだった。体こそ同じ年頃の子供よりもずいぶんと大きいが、顔にはまだあどけなさが残っている。気性は温和で、声を荒らげるようなことも滅多にない。武芸よりも学問を好むあたりは、自分の幼い頃によく似ていた。

義康を伴うことに、家中にも反対の声は少なからずあった。だが、戦場の気に慣れさせるには早い方がいい。自分にもしものことがあった場合、否が応でも最上の当主として立たねばならないのだ。

「義康、戦は恐ろしいか」

「い、いいえ、恐ろしくなどありません」

「強がることはない。わしも初陣の前には、恐ろしゅうて歯の根が合わなかったものよ」

戦を恐れるのは悪いことではない。少なくとも、戦を愉しむような者に、家を継がせたいとは思わなかった。

「では、まいるぞ」

出陣の儀式を終え、各隊が順次出発していく。

難しい戦ではない。この大軍を見れば、反最上派の国人たちもこちらに靡くはずだ。後は速やかに尾浦城を落とし、大宝寺義興を屈伏させればいい。

父から家督を譲り受けて十六年。苦しい戦ばかり続けてきたが、荘内さえ制すれば最上家の国力は飛躍的に増大し、伊達や上杉とも肩を並べられる。そうなれば戦は減り、領内を豊かにするための政に力を注ぐことができるのだ。

ようやく、志が形になりつつある。感慨を胸に、義光は馬を進めた。

鮭延秀綱は最上領の最北端、金山城で息を潜め、北に目を凝らしていた。

金山城には城主の丹与左衛門の他、二千ほどの軍勢が集結している。本来ならば荘内攻めに加わるはずの軍勢だが、出陣は中止せざるを得なくなっていた。

北方に不穏な動きがある。配下の間者がその報せをもたらしたのは、二日前のことだ。仙北横手城に、数千の軍勢が集結しているという。報せを受け、秀綱は居城の鮭延城から急遽、金山へ入った。今頃は、山形を出陣したばかりの義光のもとへも伝令が届いているはずだ。

「小野寺め。まったく、厄介な時に動いてくれる」

諸将を集めた軍議で、丹与左衛門が吐き捨てるように言った。最上譜代の臣で、義光からは北方の守りを一任されている。この場にいる村山諸将の多くも、与左衛門の与力という形だった。

仙北と呼ばれる雄勝《おがち》、山本、平鹿《ひらか》の三郡は、その大半を小野寺家が領有している。当主の義道は若く勇猛な人物だが、四年前の由利郡侵攻で大敗を喫し、それ以降は鳴りを潜めていた。

それが、義光の荘内攻めに合わせるように大軍を動員している。義道が何を狙っているかは、考えるまでもない。村山郡への侵攻である。元々、小野寺家は大宝寺義氏と同盟関係にあった。恐らくは、義興が救援を要請したのだろう。

「小野寺勢、横手を出陣し、南下を開始いたしました。その数、およそ六千」

間者の報せに、与左衛門は露骨に舌打ちした。六千といえば、小野寺家のほぼ全兵力だ。牽制でも様子見でもない。小野寺は、本気で村山郡を奪いにかかっている。

「ここは、お屋形様のご出馬を仰ぐしかあるまい。六千の大軍とあっては、我らだけでは押さえきれん」

与左衛門が苦渋の表情で言った。

翌五月七日には、本軍を率いた義光が金山に到着した。かなりの強行軍で疲れているはずだが、その表情からは静かな怒りがはっきりと感じられる。念願の荘内攻めを目前にして、予想外の横槍を入れられたのだ。それも無理はなかった。

「戦の場は、この有屋峠になるな」

絵図を見るなり、義光が言った。仙北と村山を結ぶ要所で、道は狭く険しい。大軍を動かすのは困難で、戦は長期戦とならざるを得ない。六千という敵の兵力を考えれば、兵を二手に分けて主力を荘内へ向かわせることも難しい。荘内攻めを妨げて大宝寺を援《たす》けるという点では、すでに小野寺の勝利だった。

「先にこの峠を占める。何としても、小野寺勢を叩き潰せ」

珍しく、義光が怒気を滲ませた。

翌朝、丹与左衛門を先鋒とする最上勢が、有屋峠を目指し進軍を開始する。秀綱も麾下の五百を率い、先鋒隊の最後尾についた。

細い道の両側は深い森で、日の光も遮られる。勾配はきつく、馬は曳いて進むしかなかった。

「思った以上に険しいな。これでは、各隊の連絡さえ難しい」

「絶えず物見と伝令を出すよう、申し伝えてはありますが」

配下の馬淵伊織が答えた刹那、遠方で筒音が響いた。山頂付近。先鋒が敵と遭遇したらしい。

「殿、いかがなさいます」

「迂闊に動くな。この場にとどまり、状況の把握に努めろ」

山頂まで物見を出したが、戦場はかなり混乱している。敵の待ち伏せを受け、かなりの損害が出ているらしい。

結局、戦況もろくに摑めないまま日没を迎え、味方はいったん麓まで後退した。

先鋒は敵の待ち伏せを受けたものの、すぐに態勢を立て直していた。だが、逃走した敵に釣られて追撃をかけ、隘路《あいろ》に誘い込まれた上で再び伏兵に襲われたのだという。与左衛門は事態の収拾に努めたものの、各隊は相互に連携の取れないまま立ち往生し、最終的には一千近い死傷者を出してしまった。敵は深追いすることなく峠の南側の中腹に兵を止《とど》め、野営に入っている。

麓に置かれた本陣は、重苦しい空気に包まれていた。最上の戦で、これほどの死傷者を出したことはない。しかも、与左衛門は家中でも名うての戦上手として知られていた。

「敵方には相当な将がいるらしいな」

怒りを押し殺した声で、義光が呟く。

「恐らく」

秀綱は口を開いた。

「八柏道為《やがしわみちため》なる、小野寺家随一の知者がおりまする。その者の策ではないかと」

「その者、こちらに靡かせることはできんか」

「若い義道を常に支え続けてきた忠義の臣との由《よし》にございます。よほどのことがなければ、離反はあり得ぬかと」

それに、離反を促そうにも、この状況では密使を送ることもかなわない。それは、義光も理解している。それ以上、八柏道為のことには触れなかった。

「野辺沢満延」

「はっ」

「明朝、先鋒となって出陣せよ。有屋峠を確保し、主力の到着を待て」

「承知」

「副将には鮭延秀綱、丹与左衛門を付ける。与左衛門、勝敗は武家の常である。明日の戦で挽回せよ」

「ははっ」

満延とその麾下は、紛れもなく最上家で最強を誇る。荘内攻めが不可能となった今、義光はここで小野寺勢を壊滅させる覚悟なのだろう。

軍議が散会し、諸将が腰を上げかけた時、本陣に伝令が駆け込んできた。

本軍の荘内侵攻に先立って尾浦城を囲んでいた東禅寺義長が、大宝寺勢に大敗を喫し、逆に東禅寺城を包囲されたという。大宝寺勢には数百程度だが、上杉からの援軍が加わっているらしい。

上杉の名に、本陣は騒然とした。謙信時代の勢力は失ったとはいえ、越後兵の精強さはいまだに天下に鳴り響いている。もしも上杉家からさらなる増援があれば、荘内の制圧どころか、逆に親最上派が一掃されかねない。

「わしは旗本を率い、至急荘内へ向かう。守棟、満延、直家。そなたらも手勢を率いてまいれ」

「しかしお屋形様、ここの采配は誰が」

「案ずるな、守棟」

義光は傍らに控える嫡男の肩に手を置いた。

「ここは義康、そなたに任せる。峠を押さえて小野寺勢を食い止め、できることならば痛撃を与えて追い返せ」

「な、父上。そのような大役が……」

「心得違いするな、義康。実際の戦は秀綱、与左衛門らに任せるのだ。そなたは名目上の大将として、本陣にあればよい。では皆の者、義康を頼んだぞ」

それだけ言うと、義光は呆気に取られる諸将を尻目に、さっさと本陣を出ていった。すでに夜は更けているが、このまま出立するつもりらしい。慌てて、守棟らが後を追う。

「何ということだ。十二歳の、しかも初陣の息子にこんな大事を押しつけるなんて」

顔を引きつらせながら言ったのは、当の義康本人だった。

「確かに、見事な決断の速さと言えなくもないが」

名指しされた与左衛門も、困惑を隠せない。他の諸将も、反応は似たり寄ったりだ。

そんな中で、秀綱は笑い出しそうになるのを必死に堪えていた。

この場に残されたのは、与左衛門や志村高治ら数人を除けば、ほとんどが元天童八楯や村山郡の新参の将たちだ。その中に嫡男を残し、軍勢の大半を預ける。そんな真似ができるのは、秀綱ら新参者をよほど信頼しているからに違いない。

いや、信頼しているというよりも、見切っているといった方が近いのかもしれない。配下の器量をすべて見切り、裏切ることはないと確信している。それどころか、小野寺勢を打ち払うことまで期待できると踏んだのだ。

いずれにしろ、決断の速さと図太さは並大抵のものではない。ならば、その期待に応えるのが、臣たる者の務めというものだ。

「若殿。一つ、策がございます」

悄然《しょうぜん》と項垂《うなだ》れていた義康が、幼さの残る顔を上げた。

「当たれば、小野寺勢に痛撃を与えることができますが、外れればそれなりの損害を蒙《こうむ》るでしょう。用いるかどうかは、若殿次第です」

義康はしばし秀綱を見つめ、答えた。

「聞かせてくれ」

ほんの数瞬前までの迷いや怯懦《きょうだ》は、きれいに消えている。追い詰められれば見事に開き直るあたりは、やはりあの御方の息子か。苦笑を押し殺し、秀綱は策を披露した。

翌朝、秀綱は麾下の五百の他、楯岡満茂《たておかみつしげ》、日野将監《ひのしょうげん》、小国光基《おぐにあきもと》らの総勢二千を率い、峠西側の急峻な斜面を這《は》うように進んでいた。

麓の本陣を出たのは夜明け前。兵たちの鎧兜には枯れ枝を結いつけて擬装し、馬は一頭も連れていない。邪魔な長槍は持たせず、旗指物も外させた。

「そろそろ、約束の刻限です」

馬淵伊織が声を潜めて言った直後、遠方から筒音が巻き起こった。

「さすがだな。刻限通りだ」

南側中腹の敵先鋒隊に、丹与左衛門の隊が奇襲を仕掛けたのだ。筒音はすぐにやみ、辺りには静けさが戻った。さらにしばらくすると、再び筒音が響いてきた。

奇襲を仕掛け、すぐに退く。敵は誘いだと見抜き、陣を固めたまま動かない。昨日、敵が使ったばかりの策なのだ。何度繰り返そうと、乗ってくるはずがない。

「これで、敵先鋒の動きは封じた。後は、山頂の敵本隊が動くのを待つ」

先鋒隊への奇襲を執拗に繰り返せば、損害は見過ごせないほどになる。敵は本隊を動かして反撃に転じるだろう。伝え聞く小野寺義道の性格ならば、このまま耐え続けるという選択はあり得ない。

「敵本隊、動きました」

物見の報告に、秀綱は頷いた。

「よし。手筈《てはず》通り、道の両側へ伏せる。射手は樹上へ。くれぐれも、敵の目の前で滑って落ちるようなへまはするなよ」

忍び笑いがいくつか漏れ、弓と鉄砲を携えた兵たちが手近な木々によじ登っていく。当主が不在で、総大将は初陣の、しかも十二歳の童。それでも、士気に衰えはない。これも、義光の威光というものか。

「来ました。敵本隊です」

藪《やぶ》の中に伏せたまま、秀綱は息を潜めて敵の接近を待つ。やがて、狭い道は敵の将兵で埋め尽くされた。ありがたいことに、敵将の多くは騎乗している。

十分に引きつけた。秀綱は伏せたまま、声を張り上げる。

「放てぇ！」

敵の頭上から、数百の矢弾が降り注いだ。敵兵は頭蓋を撃ち砕かれ、喉元を射抜かれ、暴れ出した馬の蹄にかけられていく。矢弾を避けようと道の脇に逃れた者は、伏兵の突き出した槍に貫かれた。

狙い撃ちに遭っているとわかり、敵の将たちは馬を下りた。声を張り上げ、後退を下知している。

もういいだろう。秀綱は立ち上がり、腰の太刀を引き抜いた。

「射ち方やめ。続けぇ！」

叫ぶや、腰まである藪を掻き分けながら敵中へ斬り込む。樹上の射手を除いて全員が続き、敵はいいように斬り立てられていった。

向かってくる敵を斬り伏せながら、秀綱は視線を左右に走らせる。見えた。小野寺義道の馬印。ひとかたまりになって山頂へ後退していく、三十人ほどの一団。その中で、義道の馬印が揺れている。

「義道はあれにある。突き崩せ！」

味方が襲いかかるが、さすがに堅い。道が狭い上、敵味方が入り乱れて攻撃を集中させるのも難しかった。

義道の馬印が遠ざかっていく。山頂の敵本陣にはまだ敵兵が残っているだろう。深追いは避けなければならない。

峠の中腹からも、筒音が聞こえてきている。本隊が襲われたと知って駆けつけようとする敵の先鋒に、与左衛門の隊が追い討ちをかけているのだろう。秀綱の策は、すべて当たっていた。

「兵をまとめろ。敵先鋒の背後を衝き、殲滅する」

夜明け前から動き回っているが、勝ちに乗っているぶん、疲労はまだ出ていない。加えて、高所から攻め下りる利もある。潰すのに、それほど時はかからないだろう。

だが、秀綱らが背後を衝くまでもなく、戦は終わっていた。ほとんどの敵は投降し、残りは逃げ散ったという。

「敵が崩れかけたと見るや、義康様が総攻めを下知なされたのだ」

自分の功を誇るように、丹与左衛門が言った。

「これ以上ないという機を捉えられた。あの御方は、見事な大将となられるぞ」

「そうですか。ならば、我らは全力で義道の首を獲りにいくべきでした」

「これは驚いた。そなた、そこまで考えておったのか」

大それたことだったとは、思わない。義光が不在でも、兵力ではこちらが大きく上回っていることに変わりはないのだ。

その日のうちに敵は峠を放棄し、領内へ撤退していった。

「皆の者、よく働いてくれた」

歓声に沸き立つ本陣で、義康は言った。さすがに疲労の色が濃いが、緊張から解き放たれたその表情には、十二歳のあどけなさが戻っている。

「まさか、ここまでやれるとは思わなかった。これも皆の働きがあってこそ。この義康、礼を申す」

何の飾り気もなく、義康は深々と頭を下げる。こんな真似ができる大名など、そうそういるものではない。そして、こうした主は得てして、臣の力を大きく引き出すものだ。

これは末恐ろしいな。秀綱は胸中で呟きながら、義康の成長を愉しみにしている自分を感じていた。

三

義光がおよそ二千の軍勢とともに荘内に入ったのは、有屋峠で義康が勝利した翌日のことだった。

小野寺勢を撤退に追い込んだことは、荘内の親最上派の士気を大いに高め、東禅寺城を囲んでいた大宝寺義興は、戦うことなく尾浦城へと引き上げている。

とはいえ、小野寺の脅威が完全に去ったわけではない。警戒を緩めることはできず、主力を荘内に移すことは困難なままだった。

「小野寺が動けぬよう手を打っておかなかった時点で、わしの負けか」

守棟を相手に、義光は嘆息を漏らす。

手持ちの兵力では、尾浦城を落とすことはできない。睨み合ったまま、すでに七月に入っていた。田植えの時季になれば、せっかく集めた軍勢も解散せざるを得ない。

「癪《しゃく》ではありますが、ここは和睦を受け入れるしかありますまい」

和睦の仲裁を申し出てきたのは、やはり伊達政宗だった。七月十六日には二本松城の攻略を果たしたものの、蘆名や佐竹、相馬の相手で手一杯と思っていたが、荘内についても一切妥協するつもりはないらしい。

「政宗め、人取橋の戦の折に、我らが佐竹、蘆名に与しなかったことを、何とも思っておらぬらしい」

あの時、義光が政宗を見限って米沢を衝いていれば、伊達家はとうに滅亡していたはずだ。義光にそんなつもりは毛頭なかったが、ここででしゃばられては、恨み言の一つも言いたくなる。

「しかし、ここで政宗殿が出てきたのも、義興の依頼があってのことでしょう。兄の義氏に似ず、相当な粘り強さですな」

「上杉から養子を迎え、臆面もなく伊達や小野寺に援けを求める。武辺一辺倒の義氏よりも、はるかに質《たち》が悪いな。だが、こうなっては致し方あるまい。和睦の件、受けると伝えよ」

「承知いたしました。されど、これで荘内を諦めるわけではありますまい」

「無論だ。和睦の成立までにはしばらく時がかかろう。その間を利用し、誰からも横槍が入らぬよう外交に手を尽くし、万全の態勢を整える。その上で来年の雪解け後、荘内攻めを再開する」

「お見事ですな。お屋形様も、悪うなられたものじゃ」

戯言めかして言うと、守棟が話題を変えた。

「しかし、有屋峠での一戦、若殿は期待以上のお働きにございましたな」

「そうであろう」

その話になると、義光の頬は思わず緩む。

「秀綱の策も見事であったが、それも義康に献策を容《い》れる器量があったればこそじゃ。これで、わしに何かあった時も最上家は安泰というものよ」

「若殿だけでなく、若い者たちも着実に育っておりますな」

守棟の声音には、いくらか感慨が籠っていた。今年で、守棟は五十三になっている。息子の光棟は二十代半ばで、ひとかどの将に育っていた。

「次の荘内攻めの策は、光棟に立てさせようと思う」

「左様にございますか。お役に立てるとよいのですが」

「そなたの息子だ、心配あるまい。だが、だからといって隠居などは認めんぞ。まだまだ、そなたには若い者たちの手本になってもらわねばならん」

「やれやれ、隠居も認められぬとは、まったく人使いの荒いことじゃ」

二人でひとしきり笑うと、義光は酒を命じた。

これまでにない大軍を動員しながら、荘内攻めは完全に挫折した。その敗北感や、もがいてもがいても前に進めないもどかしさは、互いに言葉にする必要もない。

「今宵は酔うとしよう。酒田では新鮮な鮭も手に入る。酒は、東禅寺義長が隠しておった京の酒を、厨《くりや》で見つけてきたぞ」

「まっこと、お屋形様は悪うなられた」

もう一度言い、守棟は声を上げて笑った。


十月、上洛を拒み続けていた徳川家康《とくがわいえやす》がついに重い腰を上げ、姓を豊臣と改めた秀吉に謁見、臣従を誓った。

それに先立つ六月には、上杉景勝が上洛し、改めて新発田重家の討伐を命じられている。

朝廷から関白に叙任された秀吉を頂点とする新たな天下の枠組みは、着実に形作られていた。

　海を持たない最上家では、上方の動静が伝わるのはどうしても遅れがちだったが、酒田を事実上支配下に収めたことで、その問題はほぼ解消されている。

　とはいえ、かなりの出遅れがあることに変わりはない。酒田の商人や、早くから秀吉と誼を結んでいた佐竹家などを通じて、上方に独自の人脈を築いていく他なかった。

「秀吉が、九州征伐の陣触れを発したそうです。総勢は、二十万とも三十万とも」

　天正十五（一五八七）年正月、主立った者全員を集めた評定の席で、外交の多くを任せている志村高治が報告した。弁が立つ高治は、これまで何度か上方へ出向き、情報の収集に当たっている。

「三十万とはな。関白得意の大言壮語ではないのか」

　守棟は、はなから本気にしていないようだった。

「ですが、秀吉は旧織田領に加え、上杉、毛利、徳川を臣従させ、四国の長宗我部《ちょうそかべ》も降しております。四国攻めに動員した軍はおよそ二十万。三十万というのも、あながち誇張とは思えません」

　三十万の大軍など、唐土《もろこし》の軍記物語でしか聞いたことがない。それがどれほどのものか、まるで想像が及ばなかった。評定に列席する重臣たちも、それは同じらしい。

「大坂には全国から武家や商人、職人らが集まり、京の都をはるかに凌ぐ繁栄ぶりです。大坂の城は、この山形城が優に十は入るほどの規模。もっとも、どれほど言葉を尽くしたとて、実際に目の当《ま》たりにせねば実感は湧かないでしょうが」

「つまりは、秀吉の天下統一は目前ということだ」

高治の後を受け、義光は口を開いた。

「我が最上としては、秀吉が本格的に東国へ打って出てくる前に、何としても荘内を制する必要がある。光棟、皆に此度の策を」

「はっ」

氏家光棟が進み出て、絵図を拡げた。山形から荘内、北越後にかけての城や道が、細かく描かれている。

「前回、我らは山形から最上川沿いに軍を進め、荘内を目指しました。そのため敵に察知され、小野寺の介入を招いたと言えるでしょう」

最上川沿いの道では、いったん清水まで北上し、それから西へ転進して荘内を目指す他ない。そのため行軍距離は延び、敵に備える猶予を与えてしまう。

「そこで、此度は敵に気取られる前に、速やかに軍を荘内へ送り込むことを考えました」

「口で申すのは容易いが、そのようなことができれば苦労はないぞ」

口を挟んだ野辺沢満延に、光棟はにやりと笑ってみせる。

「最上川沿いの他にも、道はあり申す」

光棟は、指で絵図の上をなぞった。

六十里越。月山《がっさん》、湯殿山といった修験道の聖地とされる山々が連なる一帯を通る、細く険しい道である。一歩踏み外せば命も危ういような難所の連続で、月山、湯殿山を詣でる修験者の他に、用いる者はほとんどない。

「馬鹿な。そのような道を行軍に用いるとは」

「荘内に着く前に、どれほどの犠牲が出るかわからんぞ」

予想通り、反対の声が口々に上がる中、光棟は一同を見回した。

「そのような道であればこそ、敵も予想してはおりますまい。これまでと同じことをしても、同じ結果が待つのみ。荘内を速やかに制するには、他に手立てはございませぬ」

決然とした声音に、重臣たちは押し黙った。守棟も、満足げに頷いている。

「光棟の申す通りだ。我らに残された時は少ない。次の荘内攻めには、六十里越を用いる」

義光が言うと、もはや異論は出なかった。

「光棟、すぐにでも月山衆徒の根回しにかかれ。雪が解ければ出陣ぞ」

「ははっ」

だが、出陣は大幅に延期せざるを得なくなった。蘆名亀王丸が、疱瘡で没したのだ。家督を継いでわずか二年、亀王丸は三歳だった。

名目だけの幼君とはいえ、蘆名家当主の死は南奥羽全体を極度に緊張させた。蘆名家中は再び親伊達派と反伊達派に分かれ、政宗の弟小次郎と佐竹義重の次男義広を、それぞれ次期当主に推した。

結果として佐竹義広が蘆名家新当主となったものの、今度は蘆名家家臣と、義広に従って会津入りした佐竹家家臣が対立し、騒擾《そうじょう》は止むことがなかった。

そこへさらに、安東愛季危篤という報せが飛び込んできた。

愛季が没するようなことがあれば、荘内へ北から圧力をかけることができなくなる。義光にとっては、大きな痛手だった。

「お屋形様、面倒なことになりましたぞ」

蘆名の騒動と愛季の病状で気が気ではない義光に、谷柏直家が声をかけてきた。

「次から次へと、今度は何だ！」

義光の剣幕に、直家が珍しく口ごもる。

「すまぬ。何であろうと怒りはせぬゆえ、申せ」

「鮎貝家《あゆかい》に内紛です。鮎貝宗重《むねしげ》の嫡男、宗信《むねのぶ》が父を幽閉し、伊達に叛旗を翻しました」

「何を考えておるのだ！」

あっさりと前言を翻し、義光は怒声を上げた。

「この時期に父子で争いなど。しかも、鮎貝だと！」

鮎貝家の領する最上川西岸の鮎貝城は、最上と伊達の版図の境に位置している。元々鮎貝家は平安の世から続く古い豪族で、先代宗重は伊達輝宗に属し信頼を得ていた。だが、息子の宗信とその家臣たちは、政宗の強硬路線を危惧して宗重と対立を深め、ついに宗重を幽閉するにいたったのだという。

「宗信はお屋形様への臣従、並びにお屋形様ご息女を正室に迎えたいと申しておりますが、いかがなさいますか」

この緊迫した時期に伊達からの離反者を受け入れれば、即座に政宗との全面衝突にもなりかねない。そんなことになれば、勝とうが負けようが双方ともに深手を負い、共倒れとなるのは目に見えている。

「今、伊達と事を構えるつもりはない。宗信にはよくよく慎重を期すべし、まずは父子が和解することこそ肝要、とでも言っておけ」

「承知いたしました。しかし、それで収まりがつくとは」

「今は他のことに構っている余裕はない。荘内攻めをこれ以上遅らせるわけにはいかん」

九月一日、病床にあった愛季がついに没した。跡を継ぐのは、弱冠十二歳の嫡男、実季《さねすえ》である。盟友としては甚だ頼りないが、どうすることもできない。

そして、愛季の死を待っていたかのように、大宝寺義興が動いた。安東家からの圧力が消えた今を好機と見たのだろう。九月下旬、上杉からも兵を借り、義興は東禅寺城を包囲した。

だが義光は、義興の方から動くのを待っていた。和睦を反故にした義興を討つという名目が手に入るのだ。直ちに軍勢を集め、村山の諸将にも東禅寺救援を命じた。

敵を荘内北部に引きつけ、義光の本軍が荘内南部へ雪崩れ込む。理想の形ができつつあった。

十月に入り、すべての準備が整った。本軍は総勢五千。深い山々を越えられる、ぎりぎりの数だ。これ以上多ければ行軍が滞り、少なければ荘内での戦が厳しいものとなる。

「義康、留守は頼んだぞ。守棟、直家。しかと義康を助けてやってくれ」

行軍路の厳しさを考慮して、今回の出陣は義光よりも若い者だけに限った。直家は鮎貝家との繋ぎのため、残さねばならない。

「皆の者、聞け」

山形城外に揃った総勢を前に、義光は馬上から声を張り上げた。

「この先で我らを待つのは、想像を絶するような険阻《けんそ》な山々である。されど、臆することはない。我らは羽州探題として、出羽の平穏を乱す逆徒を討伐するのだ。月山におわす神々は、足元を通る我らにこそ、加護を与えるであろう!」

一瞬の静寂の後、地鳴りのような喊声が沸き起こった。

「荘内の沃野《よくや》は目の前ぞ。いざ、出陣」

先鋒の氏家光棟から、野辺沢満延、江口光清、成沢光氏と、各隊が順次動き出す。村山郡からは、弟の光直の他、鮭延秀綱、楯岡満茂らの軍勢が出陣している。この布陣で、勝てないはずはない。

寒河江を経由して、六十里越の山道に入った。

実際の距離は、およそ十里。だが、道幅は馬が一頭やっと通れる程度で、勾配は厳しい。荷も兵糧も必要最低限しか携えていないが、すぐに兵も馬も喘《あえ》ぎはじめた。少人数の旅や参詣ならともかく、五千の軍勢では、やはり思うようには動けない。道幅はあまりに狭く、前を進む隊との伝令のやり取りさえ、思うに任せないのだ。

「お屋形様」

近習の新関久正《にいぜきひさまさ》が、荒い息を吐きながら言った。

「脱落者がかなり出ております。足を滑らせて谷底に落ちる者も、すでに二十名を超え……」

「犠牲は覚悟の上だ。今は、進むしかない」

もしも、こちらの動きを敵に察知されていたら。この場で敵に横腹を衝かれれば、五千の軍が全滅しかねない。それでなくとも、山を下りた途端に敵が待ち伏せしているかもしれないのだ。胃の腑《いふ》を刺すような恐怖と戦いながら、ひたすら足を動かす。

季節柄、日が落ちるのは早く、風は冷たい。兵糧を摂り、身を寄せ合うようにして夜を明かした。

翌日、日が高くなった頃にようやく視界が開けた。

庄内平野が一望のもとに見渡せる。麓に見えるのは、出口に当たる松根、黒川の村々だ。

「氏家隊より伝令。麓に敵の姿はなく、東根、黒川を制圧したとの由にございます」

安堵の息を漏らし、将兵に呼びかける。

「聞いたか。月山の神々は我らとともにあるぞ。目指すは尾浦城。大宝寺義興の首を、月山への供物とせよ！」

周囲の将兵から、雄叫びが上がった。

将兵の疲労は濃いが、士気は高い。義興が戻る前に尾浦城を囲み、城外で村山諸将の別働隊と挟撃できれば最高の形となる。疲れきった体に鞭打って、尾浦城へと急いだ。

「間に合わなかったか」

すでに、義興は城へ戻っていた。

「申し訳ございません。あと一歩のところだったのですが」

光棟が頭を下げた。

「しかし、東禅寺攻めに加わっていた国人衆は大半が離散し、我が軍に加わる者も多く出ております。城内に籠るのは、せいぜい一千足らずかと」

「だが、無理な力攻めは避けたい。付城を築き、全軍の集結を待つ」

上杉景勝は、秀吉の命で新発田攻めにかかりきりで、大規模な援軍の派遣はできない。だが、時はかけられなかった。冬は、もう目前にまで迫っているのだ。

数日後には、村山諸将の別働隊が合流した。荘内の有力国人のうち、砂越次郎は義光に降り、来次氏秀《きすぎうじひで》は居城に逃げ戻って逼塞《ひっそく》している。さらに、義光の呼びかけに応じた由利郡の国人衆も参陣し、尾浦包囲軍は一万を大きく超えた。大軍の圧力で、城からは脱走が相次いでいる。

半月後、義興が城兵の助命を条件に、降伏開城を申し出てきた。城内に残った兵は三百。矢弾も兵糧も尽きた状態で、よく耐えたと言っていい。義興の切腹を許し、城兵の助命を約束した。

「お屋形様、大宝寺義勝の姿がどこにもありません」

城内の検分から戻った光棟が耳打ちしてきた。本庄繁長から迎えた、義興の養子である。

「そうか。謀《はか》られたな」

義興の籠城は、義勝を越後に落とすまでの時間稼ぎだったということだ。義勝の身柄を押さえれば、繁長や景勝との交渉の余地もあったのだ。

「義興殿。貴殿の戦いぶり、見事なものであった」

義興を本陣に呼んで、義光は言った。義興は、半月近い籠城で頬こそ痩せこけているが、切腹を前に臆する様子もなく、その目はいまだ強い光を湛《たた》えている。

「それがしの切腹と城兵の助命を認めていただいたことには、御礼申し上げる」

「いかがじゃ、義興殿。これまでの経緯は水に流し、最上家の一員となる気はないか。貴殿が最上と上杉の間に立てば、これ以上の流血は避けられる」

「これは、異なことを」

義興は鼻で笑うと、堂々と胸を張って言い放った。

「我が兄義氏を薄汚い謀略をもって討ち果たし、荘内を流血の巷に陥れたは、他ならぬ貴殿でござろう。今更血を流しとうないなどと、どの口が仰《おっしゃ》るのやら」

家臣の何人かが腰を上げかけるが、それを手で制した。義興は血走った目で、さらに続ける。

「遠からず、義勝が上杉の大軍とともに、荘内から最上勢を一兵残らず追い払ってくれよう。それがしは、あの世でその時を愉しみに待つといたそう」

やはり無駄だったか。嘆息を漏らし、近習に義興の連行を命じる。義興はそれから一言も発することなく、従容として腹を切った。

これで、荘内全土が最上の版図に収まった。だが、実感はまるでない。

為すべきことは、まだ山のようにあった。大宝寺の所領を接収して最上領に組み込み、味方した国人衆には本領を安堵する。商人や百姓にも最上の支配を受け入れさせ、租税が上がる仕組みを作り上げる。加えて、大宝寺の残党にも目を光らせねばならない。

「荘内の支配はこれまで通り、東禅寺義長を中心に行う。氏家光棟、中山朝正《なかやまともまさ》。そなたたち二人がしかと補佐せよ」

中山朝正は大江庶家の出身で、天正十二年の寒河江攻めの際に義光に降っていた。戦よりも、計数や領国経営に手腕を発揮する能吏である。まだ三十手前という若さもあって、義光は期待をかけていた。

最上の支配が確立するまでは、しばらくは荘内に腰を据えるしかないだろう。義光が軍勢とともに荘内にあることで、上杉の牽制にも繋がるのだ。

そう考えていた矢先、山形の義康から火急の使いが送られてきた。

その口上を聞いた途端、義光は言葉を失った。幽閉されていた鮎貝宗重が城を脱出し、伊達の軍勢とともに鮎貝城に攻め寄せたという。

衝撃が過ぎ去ると、込み上げたのは怒りだった。鮎貝の件は、突き詰めれば父子間の不和に過ぎない。交渉の余地はいくらでもあったはずだ。だが、政宗は何の通告もなしに兵を動かした。最上との全面衝突も辞さないと宣言したに等しい。

「あの者は、どれだけ敵を作れば気が済むのだ」

鮎貝城が、伊達勢を相手に長く持ちこたえられるとは思えなかった。だが、援軍を出すかどうかの判断は、留守居の義康たちの権限でできることではない。ここは、義光自身が山形に戻るしかなかった。

「光棟、朝正は荘内に残り、領内の仕置きを続けよ。くれぐれも、上杉の動きから目を離すな」

「ははっ」

鮭延秀綱、楯岡満茂らは村山へ戻し、小野寺家の牽制と、万一の場合は即座に動けるよう備えを命じた。

もう、義の息子だからなどと甘いことは言っていられない。政宗は、奥羽に戦の火種を際限なくまき散らしている。ならば、伯父である自分が止めるしかない。

一歩進めば、必ずどこかから足を引っ張られる。ぶつけようのない憤りを抱えながら、義光は馬を飛ばした。

四

「鮎貝宗信、城と城兵を捨てて逃亡いたしました。恐らく、山形へ逃れたものと思われます」

本陣に入った注進に、政宗は舌打ちした。

「いかがなさいます。義光はいまだ、荘内より戻ってはおらぬと思われますが」

腕を組んで瞑目《めいもく》する政宗に、片倉景綱が問う。

「いっそ、この機会に山形を囲みますか。我が軍は四千。山形には一千も残ってはおりますまい」

それができないとわかっていて、景綱は訊ねている。他の家臣たちに聞かせるためだ。

「まずは鮎貝城を落とす。山形をどうするかはそれからだ」

政宗はその日のうちに鮎貝城を攻め落とし、置き去りにされた城兵を殲滅した。政宗が自ら望んだ戦ではないが、離反は許さないという姿勢は内外に示し続けねばならない。一度でも甘い顔を見せれば、調子づいて好き勝手に動く。それが、奥羽の武士なのだ。

だが、最上との全面衝突など論外だった。蘆名に相馬、佐竹と南奥は敵だらけで、数少ない盟友の田村清顕も昨年に死去し、家中は伊達派と反伊達派に割れている。この上さらに敵を増やすわけにはいかない。窮余《きゅうよ》の策として、速攻で鮎貝城を落として宗信を捕らえるつもりが見事に失敗したというのが、偽らざる本音だった。

鮎貝周辺だけでなく、伊達と最上の版図の境目でも軍勢の睨み合いが続き、一触即発の状態となっていた。

これ以上の戦は避け、なおかつ伊達家の威信に傷がつかない形で事を収める。困難だが、やるしかない。

「小十郎、山形へ使いせよ。謀叛人、鮎貝宗信の引き渡しを求めるのだ」

数日後、荘内から山形に馳せ戻った義光から、ようやく返答があった。

鮎貝家当主は宗信であり、此度の騒動が宗重による謀叛であることは明らか。よって、宗信を再び鮎貝城主として復帰させるべし。

「おのれ、俺の仲裁を反故にして荘内を奪ったばかりか、我が領地にまで手を伸ばすつもりか」

「最上殿としても、我らと同じく、懐に飛び込んだ窮鳥を見捨てるわけにはまいらぬのでしょう。ここは短気を起こさず、じっくりと落としどころを探る他ありますまい」

だが、互いに妥協点を見いだせないまま交渉は長引き、政宗は雪のため米沢まで撤収せざるを得なくなった。

「やはり、性急に鮎貝城を攻めたは拙速に過ぎましたな」

米沢への帰路、景綱が白い息を吐きながら言った。

「宗信が父を幽閉した際に交渉を持つべきでした。互いに兵を繰り出しては、まとまるものもまとまりません」

景綱は、鮎貝攻めに最後まで反対していた。だが、政宗は自分が調停した和睦を反故にされた怒りも手伝って、反対を押し切り出兵を命じたのだ。

「今さら小言はよせ。それより、あの伯父御に膝を屈させる手立てを考えろ」

「一つ、あるにはありますが」

降りしきる雪の中、景綱が策を語る。

悪くはない。上手くいけば、義光は足元から揺さぶられ、鮎貝どころではなくなる。

「よかろう。米沢に戻ったら、早速実行に移せ」

結局、今回の出兵は小城一つ落としただけで、他に何ら得るところなく終わった。

俺は、焦りすぎているのか。鮎貝から帰還してしばらく、政宗は居室で一人、自問した。

輝宗が横死してから、政宗は勝利らしい勝利を手にしていない。人取橋の合戦はほとんど敗北に等しい引き分けで、宿老の鬼庭《おににわ》左月斎《さげつさい》まで失った。二本松城は落としたものの、戦は十ヶ月にも及び、むしろ名を挙げたのは畠山の家臣たちだった。

外交でも、蘆名家の家督を佐竹にさらわれ、父が長い戦いの末に和睦した相馬家も、再び反伊達に回っている。そして今度は、最上との同盟が決裂寸前に陥った。気づけば周囲は敵だらけで、辛うじて味方と呼べるのは、父の代から交流のあった関東の北条家くらいのものだ。

だが、政宗はどの相手にも妥協するつもりはなかった。一歩でも引けばずるずると押し込まれ、やがては身動きすら取れなくなる。それに、この程度で弱腰になっていては、南奥を制するなど夢のまた夢だ。

米沢に戻って十日ほど後、待っていた二人の人物が政宗を訪ねてきた。

「ようまいられた、天童頼久殿。草刈将監殿も、壮健そうで何よりじゃ」

三年前の天正十二年に居城を追われて以来、頼久主従は輝宗の弟、国分盛重《こくぶんもりしげ》のもとに身を寄せていた。

「用件は片倉小十郎に伝えさせた通りだ。貴殿らが再び出羽に天童の旗を立てるならば、我ら伊達家が総力を挙げて助太刀いたそう」

「ははっ、ありがたきお言葉」

頼久は二十代半ばだが、天童家再興の機会が巡ってきた喜びを隠しきれていない。よくも悪くも、裏表のない男なのだろう。

使えるのはむしろ、この男か。政宗は、頼久の隣に控える天童家家老、草刈将監を見た。齢六十を過ぎているというが、目の奥の光には鋭いものがある。伝え聞く限り、孤立無援となった天童家が長く持ちこたえられたのも、この男の知謀があってのことだという。

「どうだ、将監殿。我らの兵を用いれば、天童城の奪還も容易い。事と次第によっては、山形を頼久殿にお任せすることもあるやもしれぬ」

頼久は顔を輝かせたが、将監の表情は動かなかった。こちらの思惑は読み切っているのだろうが、二人に選択の余地はない。

「承知いたしました。我ら天童一党、これまでの伊達様、国分様の恩義に報いるため、尽力いたしまする」

場合によっては捨て駒にされる。それも覚悟の上だろう。どれほど勢威を誇ろうと、所領を失えばこうなる。退出する二人の後ろ姿を、政宗は自分への教訓とした。

天正十六（一五八八）年が明けると、またしても別方面で騒動が起こった。大崎家宿老氏家弾正が、政宗に援軍を求めてきたのである。

最上の本家筋に当たり、代々奥州探題を務めてきた名門大崎家は、長い乱世の中で徐々に衰退し、政宗の祖父、晴宗に探題職を奪われるまでに弱体化していた。当主の義隆は伊達家にすり寄り、西隣の最上家には妹を義光に嫁がせることで生き残りを図っている。

だが、義隆が抱える最大の問題は内側にあった。宿老、氏家弾正の専横である。最上家家臣の氏家守棟と元は同族だが、弾正の一族は本拠の岩出沢城に根を張り、国人領主として成長してきた。そして、主家を凌駕するほどの実力を蓄え、たびたび大崎家への反乱を起こしている。

その氏家一族の討伐に、義隆が踏み切った。きっかけは義隆の寵臣同士の争いという些細なものだったが、各地に敵を抱える政宗に介入する余裕がないと見ていることは明らかだ。

好都合だった。最上との境目では膠着が続き、打開は難しい。だが、ここで義光の盟友である義隆に痛撃を与えれば、政宗は俄然優位に立つことができる。さらには内紛の仲裁を口実に、大崎領を併呑することも不可能ではない。義光は義兄である義隆の側に立つだろうが、こちらには天童主従という手駒もある。

問題は、大崎攻めに誰を派遣するかだった。政宗自身は、最上や蘆名らに対処するため米沢を動けない。思案の末、宿老の浜田景隆を陣代に任じ、大崎に近い名取の領主、泉田重光を先陣大将、叔父の留守政景を後陣大将として景隆の下に付けることにした。

それから間もなく、総勢五千の軍が大崎領へ向けて出陣していった。大崎家の貧弱な兵力と、氏家一党が味方に加わることを考えれば、五千も与えれば十分だ。

国分盛重から早馬が送られてきたのは、大崎攻めの軍を見送った翌日だった。

「草刈将監が、殺されただと」

将監を殺害したのは、同じく天童家臣の戸部三郎左衛門《とべさぶろうざえもん》、田村助左衛門《たむらすけざえもん》だった。二人は、元は最上家に仕える下級武士だったが、数年前に些細な諍いを起こして出奔し、将監のもとに身を寄せていたという。田村と戸部は将監の首を獲ると、そのまま姿を消している。

義光の指示であることは疑いようがない。天童主従は、浜田景隆らの軍が大崎領に雪崩れ込むと同時に、最上領で兵を挙げる手筈になっていたのだ。恐らく、戸部と田村は最初から間者として送り込まれていたのだろう。

頼久ではなく将監を討ったというのも、義光らしい深謀だった。頼久を討てば、元天童八楯の諸将に不信を抱かせることになる。そして、将監なくして天童主従の挙兵が成功するはずがない。

さらに悪い報せは続いた。一月下旬、義光がおよそ三千の軍勢で山形を出陣し、伊達領との境目に近い上山城の近郊に陣を張ったのだ。政宗もほぼ同数の軍勢を率いて出陣し、睨み合いがはじまった。

そして二月、大崎領での伊達勢大敗の報が届く。大崎方の中新田城を攻めていた泉田重光の先陣は、折からの大雪に見舞われ身動きが取れなくなったところを襲われ惨敗を喫した。軍監の小山田筑前は討死、新沼という小城に逃げ込んだ伊達勢は、逆に大崎勢に包囲されているという有様だった。

先陣を襲ったのは伊達、大崎の狭間に所領を持つ国人、黒川晴氏だった。そしてその軍勢の中には、野辺沢満延率いる最上勢も加わっていたという。

黒川晴氏は中立を保ち、伊達勢の通過も黙認していた。それが突如態度を翻したのは、義光の調略によるものだろう。

暗殺で天童主従の動きを封じ、自ら出陣して政宗を出羽に釘づけにした上で、配下を大崎方面で暴れさせる。すべての展開を見通していたかのようだった。

「おのれ……」

政宗は、手にした采配を地面に叩きつけた。外交でも謀略でも、一枚、いや二枚も三枚も上をいかれている。これが、落ちぶれた小領主から出羽一の大大名に成り上がった男の実力か。

「大崎での敗因は、数え上げればきりがありません」

余人のいない本陣で、片倉景綱が冷やかに言った。

「伊達領と大崎領の気候の違いを軽視したこと。寄せ集めにもかかわらずはっきりと大将を定めず、権限を分散したこと。地元国人への根回しを十分に行わなかったこと。そして……」

「もうよい！」

言われるまでもなくわかっていた。最大の敗因は、最上義光という男を甘く見たことだ。

大崎方面からは手を引くしかない。二月二十三日、留守政景は大崎、最上双方へ人質を出すという屈辱的な条件で和議を結び、新沼城から撤退した。

騒動の当事者の一人、氏家弾正は大崎家に帰参することが決まり、ようやく内紛は収まった。これに伴い、上山で睨み合う政宗と義光は、ともに兵を引いた。

南奥では、政宗の窮地を見た反伊達派が勢いづいている。政宗に居城の小浜城を追われた大内定綱が蘆名家の支援を受け、苗代田、高倉、本宮といった伊達方の諸城を攻め、小手森城を預けていた国人領主も離反した。佐竹義重が再び奥州に攻め入るという噂もしきりに飛び交っている。そうした動きの裏には常に、義光の影が見え隠れしていた。

政宗は米沢城の居室で一人、絵図を広げた。最上が敵に回ったことで、伊達の版図はことごとく敵に囲まれ、四面楚歌の状態に陥っている。

この包囲の網のどこかに、穴はないか。義光が予想もしない隙。どこかにあるはずだ。寝食も忘れ、政宗は絵図に見入る。

あの伯父を超える。それができなければ、伊達家に未来はない。

天正十六年四月。義光は山形城に腰を据え、事態の推移を見守っていた。

すべては、義光の狙い通りに進んでいる。天童主従の策動を封じ、大崎では伊達勢に大打撃を与えた。南奥では大内、蘆名らが反撃に転じ、佐竹義重の奥州討ち入りも現実味を増している。

あとは、政宗が音を上げるのを待つだけだった。政宗がこれまでの強硬路線を改め、近隣との和を重んじるとさえ約束すれば、これ以上締め上げる必要はない。

とても人には誇れないような策も用いた。後世の史家は、自分を卑劣な謀略家と評するかもしれない。だが、草刈将監を暗殺しなければ、領内で不要な戦が起こり、多くの兵が死ぬ。将監を討った戸部、田村の二人には改めて禄を与え、帰参させた。

義光としても、いつまでも伊達に構っている暇はなかった。

荘内の統治は端緒についたばかりで、一刻も早く義光が自身で赴き、支配を固めておきたかった。上杉に対する備えも、家臣には任せておけない。

昨年十一月、上杉景勝はついに、新発田重家の籠る新発田城を陥落させていた。実に足かけ七年にも及ぶ反乱を鎮圧したことで、上杉勢の荘内侵攻を妨げるものはなくなったのだ。伊達との睨み合いに兵力を割かれる中で上杉が荘内攻めを実行すれば、守りきることはできない。

だが、光明がないわけではない。関白豊臣秀吉が東国の諸大名に対し、私闘の禁止を通達してきた。『惣無事令《そうぶじれい》』である。

足利幕府の治世では、武家が武力を用いて紛争を解決することは当然の権利として認められてきた。外敵から領地を守り、野盗や謀叛人が現れれば討伐する。その権限なくして、大名領国は成り立たないのだ。

だが、秀吉は天皇から政を委ねられた関白として、その権利を否定した。さらには、諸大名の争いを〝私闘〟と断じた上、今後はすべての紛争を公儀、すなわち豊臣政権の裁定に委ねよと言っている。無論、逆らった者は叡慮《えいりょ》に反する逆賊として、豊臣家の討伐を受けることになるのだろう。

何とも身勝手な理屈ではあるが、これが実際に適用されるのであれば、上杉といえど安易に荘内へ攻め入ることはできない。秀吉の命令なくして戦を起こせば、それはまぎれもなく私闘ということになるのだ。

「問題は、秀吉がどの程度本気かということだが」

義光は、志村高治を呼んで訊ねた。

「九州の島津は、惣無事令違反を理由に討伐を受けました。東国の諸大名に対しても、徳川殿を通じて、北条や佐竹などに戦の停止を呼びかけています。口先だけのものとは思えません」

義光は一年ほど前から、徳川家康と書状のやり取りをするようになっていた。家康は秀吉に臣従後、東国の目付役とでも言うべき役割を担っている。

「秀吉は惣無事令を、麾下の大名にも適用しているというのだな」

「無論です。今や関東、奥羽を除き、大名同士の戦は絶えております」

ならば、上杉が勝手に兵を動かすことはできないはずだ。荘内の備えは後回しにしてでも、政宗を叩いておく方が先決か。南奥では、蘆名や大内が伊達方への攻勢を強めている。ここでさらなる圧力をかければ、さすがの政宗も対話に応じるだろう。

義光が再度の上山出陣を思案していると、廊下から慌ただしい足音が響いてきた。

「お屋形様、一大事にございます」

退出したばかりの高治だった。

「大内定綱、蘆名から離反し、伊達に帰順いたしたとの由！」

「馬鹿な！」

政宗と定綱の恩讐がどれほどのものかは、傍《はた》から眺めていてもはっきりとわかる。政宗は自分を虚仮にした定綱を憎み、定綱は配下の小手森城で撫で斬りを行った政宗を恨んでいた。定綱の離反がなければ、輝宗の横死もなかったかもしれない。

「それが、何ゆえ」

「詳しいことはわかりません。ですが、定綱が蘆名の支援で攻め取った領地もろとも伊達に寝返ったのは間違いございませぬ」

義光は頭を抱えた。今の弱体化しきった蘆名が攻勢に立てたのは、軍略に秀でた定綱があってこそだ。だが、定綱はいつまでも一枚岩になれない蘆名家中に、すでに見切りをつけていたのだろう。

いずれにせよ、これ以上蘆名に期待はできない。それどころか、蘆名の家臣たちが雪崩を打って伊達に寝返ることとさえ、あり得ない話ではない。頼みの綱の佐竹も、秀吉と懇意にしている手前、私闘と取られかねない出兵はしにくいだろう。

そこまで読んだ上で定綱を調略したのであれば、見事な手腕だった。窮地に追い詰められたことで、政宗の中で眠っていた謀才が目覚めたのかもしれない。

ほどなくして、定綱が蘆名から送られた討伐軍を敗走させたとの報せが届いた。五月には蘆名の重臣が伊達へ寝返り、政宗は離反した小手森城を攻めるため、自ら出陣したという。南奥に関しては、完全に攻守が逆転していた。

「これ以上、政宗を勢いづけるわけにはいかん。出陣だ。伊達領との境まで出張り、米沢を牽制する」

正面からの決戦は避けたいが、放っておけば蘆名は瓦解《がかい》する。境目の手前で軍勢をとどめれば、惣無事令にも違反しないだろうという、苦肉の決断だった。

氏家守棟、谷柏直家、志村高治、成沢光氏ら、譜代の臣で固めた精鋭だ。そこに、上山の里見越後、民部父子が加わり、総勢は五千ほどになった。米沢からも、四千ほどが出てきて陣を固めている。

「佐竹殿に、重ねて出馬を要請いたせ。蘆名ら南奥の諸侯にも、結束を呼びかけるのだ」

後手に回っているという自覚はあった。だが、苦しいのは政宗も同じだろう。あちこちが綻《ほころ》びかけていても、包囲の網さえ張り続ければ、息切れするのは政宗だ。

両軍は十町ほどの距離を保ったまま、周囲に馬防柵や土塁を巡らし、物見櫓まで掲げている。急拵《ごしら》えとはいえ砦の様相を呈したそれぞれの陣は、攻めかかったところで容易には抜けないだろう。対陣はすでに十日を超え、五月も半ばを過ぎた。

睨み合いといっても、小競り合いは方々で頻発し、五人、十人と手負いが出ることも珍しくはない。それでも、ここはじっと耐えるしかなかった。

「まったく、ひどい泥沼に嵌り込んだものよ」

本陣から初夏の青空を見上げながら、義光は嘆息を漏らす。諸将はそれぞれの陣に出払っていて、陣幕の内には数名の近習が控えているだけだ。

「まさか、このようなことになるとは」

義が男子を産んだと聞いた時は、これで伊達家との絆が本物になったのだと思った。だが、父との争いの際には輝宗と干戈を交え、今はこうして義の子と軍勢を率いて睨み合っている。

「しかし、いつかは和睦せねばならぬ相手でございましょう」

言ったのは、近習の新関久正だった。

「お屋形様も政宗殿も、互いの家を滅ぼそうとまでは考えておられぬはず。ならばこの戦は何のためなのか、それがしにはようわかりませぬ」

「決まっておろう。より有利な和睦を結ぶためじゃ。それに、ここまできたからには互いの面目もある。こちらから折れるわけにはいかんのだ」

まだ合点がいかない顔の久正から視線を外し、再び空を見上げた。

空には雲ひとつなく、地上の緊張をよそに鳥たちが気ままに飛び回っている。

歌でも詠みたい気分だった。そういえば、もうずいぶん歌など詠んでいない。戦が一段落したら、上方から歌の師を招いてみるか。流行りの茶の湯にも惹かれるものがある。俗事は義康に任せて、余生は風流の道に生きるのもいいかもしれない。

そんなことをぼんやり考えていると、陣幕の外がにわかに騒がしくなった。

「何事だ。久正、見てまいれ」

些細な小競り合いから全面的なぶつかり合いに発展することも珍しくはない。増して、敵味方ともに長い対陣で苛立っているのだ。

「お屋形様、敵陣に異変が」

駆け戻った久正が、要領を得ない報告をする。

「異変ではわからん。何が起こっているのだ」

「それが、敵陣が割れて道ができ、その間を……」

「わけがわからんぞ。もうよい」

義光は立ち上がり、陣幕をくぐって外に出た。

確かに、敵の陣に何か動きがあるようだ。物見櫓に登り、酒田の商人から手に入れた南蛮渡来の遠眼鏡を敵陣に向ける。

「あれは、いったい何じゃ」

　思わず、愚にもつかない言葉が漏れた。久正の言う通り敵陣が割れ、その間に道ができていた。その道を、女物の輿を中心とした行列が、こちらへ向かって進んでくる。輿の周囲には女が数人。その後ろに、米俵や木材を積んだ荷車を引く男たちが続いていた。

　何かの策だろうか。だが、敵陣の慌ただしさを見ると、伊達の将兵も動揺している。

　義光が困惑している間にも行列は足を止めず、敵陣を抜けて両軍の間に広がる原野へと進んでいく。

　行列が止まったのは、両軍のちょうど真ん中あたりだ。担ぎ手が輿を下ろし、中から一人の女が現れた。

「まさか！」

　叫んで、義光は手摺りから身を乗り出す。

　輿から降りた女は、真っすぐに義光を見つめていた。その堂々とした立ち姿。思わず背筋が伸びるほどの鋭い眼光。

　間違いない。あれは、義だ。

五

初めて嗅ぐ、戦場の匂いだった。

両軍合わせて一万近い男たちが、自分たちを注視している。それでも義は平静を装い、女たちにてきぱきと指示を出した。

周囲では、侍女や米沢から呼び寄せた大工、人足が小屋掛けの準備をしている。しばらくはここに滞在するため、雨風を凌ぐ小屋は必要だった。

戦場へ出ることは、米沢の家臣たちや政宗にも一切知らせていない。知れば、当然反対するだろう。義は誰にも考えを明かさないまま、今日を迎えていた。

「東の方様、この花入れはどこに置きましょうか」

「御方様、煮炊きに使う薪が、これだけでは足りぬやも」

義は米沢城の東館で起居しているため、東の方と呼ばれている。

「さあさあ、物見遊山にきたのではありません。急がねば日が暮れますよ」

侍女たちが「はい！」と元気よく声を揃えるが、その表情はどこか愉しげでさえあった。

苦笑しながら、義は矢立を取り出し、書状を認めはじめる。

ここへ到着した時、最上の陣からこちらを見ていたのは、まぎれもなく義光だった。会うのは実に二十四年ぶりだ。そういえば、最後に会ったのは義が米沢へ輿入れする途中、場所はやはりこの上山の近くだ。あの時、義はまだ十七歳で、見知らぬ相手に嫁ぐことへの不安に震えていた。

だが今は、懐かしさにかまけてなどいられない。自分には、為さねばならないことがある。

この戦を、何としてでも止める。

決心は固かった。両家が戦をやめるまで、この場所を動くつもりはない。たとえ一人になろうと、食糧が尽き果てて飢えることになろうとも、政宗と義光が音を上げるまで、居座り続けてやる。

義を衝き動かしているのは、怒りだった。

若さに任せ、方々へ戦の火の粉をまき散らす息子。それに対抗して骨肉の争いを繰り広げる兄。やむを得なかったとはいえ、息子に自分を殺させた夫。そして、今まで何もできなかった自分。そのすべてに対するやり場のない感情が、義をこの行動へと駆り立てた。

女の目から見ても、豊臣の天下はすでに定まっていた。だが、男たちはその現実を直視しようとせず、寸土を巡って争いを繰り広げている。そして、関白はそれを口実に、伊達からも最上からも領地を召し上げるだろう。

いや、それがわかっていても、男たちは戦をやめることなどできない。面目や威信などというつまらないもののために、一度はじめた戦は自分が有利になるまでやめられないのだ。

ならば、強引にでも和睦させるしかなかった。伊達も最上も、家名を保つにはそれしかない。

「東の方様、あれを」

侍女の一人が、悲鳴に似た声を上げた。見ると、最上の陣から騎馬武者が数人、こちらへ向かって駆けてくる。義光とその近習たちだろう。

「ちょうどよいところへ来てくれました。弓矢をこれへ」

差し出された矢に書き終えた書状を結わえ、弓を構えた。

矢を番《つが》え、弦を引き絞る。輿入れする前は、よく弓の稽古に励んだものだ。射ち方は体がしっかりと覚えていた。

十分に狙いをつけ、放つ。弦を放れた矢は弧を描いて二十間ほど飛び、地面に突き立った。義光の馬が驚いて嘶きを上げる。

「それより先へは、お近づきになりませぬよう。たとえ兄上といえど、容赦はいたしませぬ！」

義の大音声に、義光が馬上で体を震わせた。馬を下り、矢文を手に取る。

文には和睦の勧めと、これが政宗の意思ではないことを認めてある。一読した義光は、はっきりと怒りの表情を浮かべた。しばし義を見つめ、何も言わず馬に乗って引き返していく。

これでいい。兄妹の旧交を温めにきたわけではないのだ。

小屋はその日のうちに出来上がり、大工や人足たちは米沢へ返した。小屋は壁と屋根があるだけの簡素な造りで、地面には筵を敷いている。それでも、野宿するよりはよほどましだ。煮炊きに使う炉も作り、夕餉は全員で火を囲んで食べた。

翌日、今度は伊達の陣から馬が駆けてきた。従者も連れず単騎でやってきたのは、次男の小次郎だ。南奥に出陣中の政宗に代わって米沢の留守を預かっているが、居ても立ってもいられず駆けつけてきたのだろう。

「何をしにまいったのです、小次郎殿。そなたには、米沢を守るという役目があるはず」

「戦場へ出た母を捨て置いて、役目など果たせませぬ。兄上もこのことを聞けば、戦どころではありますまい。つまらぬ意地を張らず、米沢へお戻りください」

「つまらぬ意地を張っておるのは、政宗殿ではありませぬか」

言うと、小次郎は言葉に詰まった。

政宗が幼い頃は、この小次郎に伊達家を継がせるべきだと思った。片目を失ってからの政宗は自分の殻に閉じこもり、こちらが見ているのも辛いほど、周囲の大人たちに怯えていたのだ。この子をこれ以上苦しませるのはあまりにも不憫。その思いで、義は次期当主に小次郎を推した。

だが、輝宗は頑として譲らず、やがて政宗も自身で殻を打ち破った。

「このまま戦を続ければ、関白に伊達討伐の口実を与えるだけです。妾《わらわ》はこの地で果てたとて、伊達家の存続がかなうならば本望」

「しかし、それでは……」

輝宗の目に間違いはなかったと、義は思った。この子は人一倍優しいが、乱世を生き抜ける質ではない。だが、政宗も今のままでは生き残ることはできないだろう。

「米沢へ帰るのです。和睦が成るまで、顔を見せることは許しませぬ」

告げると、小次郎はうなだれたまま引き返していった。

それから義は、政宗と義光をはじめ、思いつく限りの両家の家臣たちに書状を認めた。豊臣の天下は決した。伊達、最上両家は惣無事令に従うべきである。さもなくば、両家の存続は覚束ない。

それらの書状は、侍女に託して送り届けたが、五日が過ぎ、十日が過ぎても返答はない。両陣営からは何度か説得の使者が来たが、すべて追い返している。

焦る必要はない。義はじっくりと腰を据えた。食糧は義が自ら手配した物が米沢から届くので心配はない。時に侍女たちと歌会や茶会を開き、退屈を凌いだ。

「お屋形様は冷とうございます。御母上が戦場にあるというのに、顔もお出しにならないとは」

ある日、侍女の一人が言った。

「政宗殿は南の戦で動けぬのでしょう。それに、顔を見せたとて妾の決意は変わりませぬ」

政宗に対する義の感情は、あまりにも複雑だった。

三年間も子に恵まれず、周囲の陰口や石女《うまずめ》という噂にも耐え続け、祈願の末にようやく生まれた我が子は、降伏した相手を男女問わず数百人も撫で斬りにし、自らの命令で父を死に至らしめた。

ああするより他になかった。頭ではわかっているが、わだかまりがきれいに消え去ったわけではない。政宗の顔を見ると、どうしても輝宗を思い出してしまう。政宗としても、気まずさはあるのだろう。米沢にいる時でも、義に顔を見せることはほとんどない。

も潰させない。

だが、政宗との関係がどうあれ、輝宗がその身を犠牲にしてまで守った伊達家は、誰にも潰させない。

「あやつは何を考えておるのだ！」

義光は、本陣に居並ぶ家臣たちに苛立ちをぶつけた。だが、主君の妹のこととあって、同調する者はいない。

義が戦場に居座って、二十日近くが経っていた。その間、小競り合いどころか喧嘩の一つも起こっていない。戦場の真中で女たちがのんびりと茶会など開いているのだ。敵も味方も、すっかり毒気を抜かれてしまっている。

「これでは、義の思う壺ではないか。誰ぞ、あやつを戦場からつまみ出してまいれ！」

「では、お屋形様がいま一度ご自身で説得いたしてはいかがです」

守棟が突き放すように言うと、義光はぶんぶんと首を振った。

これまで何人も説得の使者を出したが、すべて追い返されていた。中には、義の矢に鎧の袖を射貫かれた者さえいるのだ。齢を重ねても、陰で〝鬼姫〟と呼ばれていた頃の武芸の腕は衰えていない。

「いかがでしょう、お屋形様」

口を開いたのは、新関久正だった。

「ここは一つ、義様に免じて和議に応じてみては。いずれは和を結ばねばならぬ相手です。よい口実になるかと存じますが」

「ならん。女子に戦を止められたなど、聞いたこともない。武人にとって、これ以上の恥辱があるか」

だが、力ずくで追い払おうとすれば、義のことだ、どんな挙に出るかわかったものではない。伊達勢が手をこまねいているのも、義の気性を理解しているからだろう。

「まったく、二十四年ぶりに会うたというのに」

盛大な溜息を吐くと、義光は顔を上げる。ふと、思いつくものがあった。

「すぐに、山形へ使いを出せ」

翌日、山形から百人を超える護衛を従えた一丁の輿が、義光の陣にやってきた。輿から出てきたのは、八歳になる次女のお駒である。三つ上の長女松尾姫は、野辺沢満延の嫡男又五郎《またごろう》に嫁ぐことが決まっているので、戦場に連れ出すのは憚られた。

「母上はいかがしたのじゃ?」

「風邪が長引いて床に就いております。叔母上様にお会いできることを愉しみにしておられたのですが」

「そうか。病では仕方ないな」

このところ、康子は体調を崩しがちだった。気にはかかっているが、戦場を離れるわけにもいかない。

「ここは戦陣だが、今のところ戦は遠い。安心して叔母上と語らうがよい」

「はい。わたくしも、一度叔母上様にお会いしてみとうございました」

臆する様子もなくはきはきと答える愛娘に、義光はここが戦場であることも忘れ、満足げに頷く。さすがは我が娘だ。美しく利発で、肝まで据わっている。

「では、まいろうか」

「お待ちください」

言うと、お駒は輿から小さな籠《かご》を取り出した。覗き込むと、中から真っ白で小さな、ふわふわとした生き物がこちらを見つめている。仔猫だった。

「これは」

「兄上がこっそり飼っておられる猫です。叔母上様にも見せて差し上げようと思って」

「そうか、義康め。まあよい。きっと叔母上も喜ぶだろうな」

言いながら義光は、あの鬼姫と呼ばれた義が猫など喜ぶだろうかと危惧していた。仔猫を可愛がる妹の姿など、どうしても想像できない。

籠を抱いたお駒を馬の前に乗せ、わずかな供廻りのみを連れて陣を出た。

「よいな。叔母上に会ったら、わしが大層困っておると、しかと訴えるのだぞ」

「はい、承知いたしております」

八歳の娘が頼みの綱とは情けない限りだが、他に思いつく手立てがなかった。女には、女だ。

しばらく進むと、小屋の中から義が出てきた。前回と同じように、弓矢を手にしている。

「待て待て、早まるな！」

今にも矢を番えそうな義に、慌てて言った。剣呑《けんのん》な気配を読み取ったのか、籠の中の猫もみゃあみゃあと鳴き騒いでいる。

「手紙にも何度か書いたであろう。これはわしの二人目の娘、お駒じゃ。どうしても叔母上に会うてみたいと言って聞かぬゆえ、連れてまいった」

義の冷めた視線をひしひしと感じながら、さらに続ける。

「お駒はまだ八歳だが、わしに似て利発でな、少しばかり、話をしてはみぬか。そうだ、お駒は山形城で生まれた仔猫も連れておるぞ」

猫と聞いて、義の表情がかすかに動いた。

「わかりました。では、猫とお駒殿だけこちらへ」

弓矢を侍女に渡し、お駒を手招きする義は、二十数年ぶりに見る笑みを浮かべていた。

「せっかく久しぶりに会うたのじゃ。わしもそちらに……」

「兄上はなりませぬ！」

鋭い声に身を強張らせると、義は一瞬で笑顔に戻った。

「さあお駒殿、いらっしゃい。甘いお菓子もありますよ」

嬌声を上げるお駒を馬から下ろし、送り出す。さすがに、人質に取られたりはしないだろう。仕方なく、床几に腰を下ろしてこの場で待つことにした。

義は敷物を敷いて傘を立て、お駒や仔猫と戯れている。元々人見知りする質ではないが、お駒もすっかり叔母に懐いているようだった。

こんなところで、自分はいったい何をしているのだろう。男たちが命を懸ける戦の場でなぜ、娘と妹が仲睦まじく戯れるのをぼんやりと眺めているのか。

「それにしても、お二人ともよく似ておいでです」

義とお駒を見比べて、久正が感心したように言う。

「何を言うか。お駒があんな恐ろしい女子になるわけがなかろう」

「しかし、目鼻立ちも佇まいも、よう似ておられるかと」

確かに、見た目は昔の義に似ていなくもない。あくまで、見た目はだ。

「それにしても、義が猫好きとは知らなんだ」

昔から山形城にはやたらと猫がいるが、もしかすると、義がこっそり餌付けしていたのかもしれない。

「まったく、女子というのは不思議なものよ。伯父と甥が争うておっても、叔母と姪《めい》はあの通りじゃ。わしも、政宗に仔猫でも送ってみるか」

戯言を口にした時、ふと義と目が合った。義ははにかんだような笑みを浮かべ、すぐにお駒に視線を戻す。

不意に、二十四年前のことを思い出した。義が伊達家に嫁ぐその日、義光は城を抜け出し、一人で見送りに出た。場所はそう、この上山の近くだった。

あの頃抱いていた夢は、武士と民が今よりいくらか豊かで、穏やかに暮らせる国を作りたいという単純なものだった。

あれから今まで、自分は何をしてきたのか。父を隠居に追い込み、謀に手を染め、夥《おびただ》しい血を流しながらも、最上の家をひたすら大きくしようと努めてきた。

今や、本領の最上、村山両郡に敵はいない。まだまだ不安定だが、念願の荘内を制し、海も手に入れた。最上川の舟運を妨げるものはなくなり、関所も不要となっている。そこに、領内の鉱山や酒田での商いで得られるものを加えれば、民から余計な税を取らずにすむ。家臣や領民が貧しさに喘ぐようなこともなくなるだろう。

あの頃の夢は、気づけばすぐ目の前にあった。にもかかわらず、自分はいつからか意地や体面にばかりこだわり、こんな泥沼にはまり込んでいる。

「もう、十分ではないか」

義とお駒を見つめながら、義光は誰にともなく呟いた。自分が守るべきは、戦の場ではなく、叔母と姪があんなふうに仲睦まじく戯れていられる場所ではないか。

笑い合う二人の姿に、わけもなく視界が滲んだ。気づかれないよう立ち上がり、踵を返す。

「お屋形様？」

「戦は終わりだ。わしは本陣へ戻り、和議の算段に入る。お駒は、暗くなる前にそなたが連れて帰れ」

それだけ言い残し、馬に跨った。

女子一人の力で戦を止めたなど、前代未聞だ。武人にとって、これほどの恥辱はない。だが、他ならぬ妹に受けた恥辱だ。じっと堪えてやるのが、兄の務めというものだろう。

本陣で守棟らに和議を進めるよう命じると、義光は久方ぶりに妹に宛てた文を認めた。

『今回の和議について、言うべきことは何もない。そなたまで出てきたことだから、各方面に申し合わせて戦いを収めた。我らにとっては恥辱この上ないことだが、そなたのために捨て置くわけにもいかなかったのだ』

我ながら、何とも負け惜しみに満ちた大人げない文面である。

翌閏五月、豊臣秀吉の使者、金山宗洗《かなやまそうせん》が山形を訪れた。

宗洗の役目は一つ。奥羽諸侯の間を回り、惣無事令を徹底させることである。義光は伊達との対陣の傍らで宗洗をもてなし、惣無事令に違背《いはい》しないことを確約した。

宗洗が上方へ戻ると、義光は宗洗の来訪を諸方に伝え、「関白は、出羽の諸氏が羽州探題たる最上家の下知に従っているかどうか確かめるために使者を遣わしたのだ」と喧伝した。誇張どころか虚言に近いが、秀吉の使者が山形を訪れたという事実を利用しない手はない。上位権力を足場固めに使うのは、田舎大名の常套手段である。

また、義光は宗洗に、惣無事令に従い荘内の問題を豊臣公儀に委ねると伝えていた。秀吉が望む通り、武力は用いず公儀の裁定を待つと宣言したのだ。これで、上杉が荘内へ兵を出す心配はなくなった。

「あとは、公儀の裁定がどう下るかだが」

義光は志村高治を呼んで訊ねた。

「こればかりは何とも。上杉景勝はすでに上洛を果たし、近頃は石田三成《いしだみつなり》なる秀吉の側近と懇意にしておるそうです。こちらとしては、徳川殿に期待したいところですが」

石田三成は、この数年で台頭してきた豊臣家の奉行で、秀吉の懐刀とも呼ばれる人物だった。その三成が豊臣公儀の中でどれほどの力を持っているのかは、計りきれないところがある。

「秀吉が上杉と徳川、どちらの顔を立てるか、ということか」

「御意」

できることなら、義光が自身で上洛したいところではある。だが、奥羽は相も変わらずどこも戦の火種だらけで、山形を留守にするわけにはいかない。

「荘内の問題は、もはや我らの手を離れたか」

とはいえ、実際に荘内を手中に収めているのは最上である。この機に、しっかりと支配を固めておくべきだろう。

七月、伊達家との和議がようやく整うと、上山の戦場に居座り続けていた義も米沢へと帰っていった。その日数は、実に八十日にも及ぶ。山形ではしばらく、義の女傑ぶりの噂でもちきりだった。

和議が成立した数日後のことである。

義光が朝餉をとっていると、一匹の猫が近づいてきた。先日の、お駒が連れていた白い仔猫だ。

小姓が連れ出そうとするが、それより早く、猫は義光の膝に駆け上り、膳の上の菜に齧《かじ》りついた。

「むむっ！」

義光は思わず声を上げた。猫が齧ったのはあろうことか、義光が楽しみに取っておいた焼き鮭である。

「おのれ、無礼な！」

声を荒らげる小姓を、義光は制した。

「まあよいではないか。猫に分別を求めても仕方あるまい」

それに、此度の和議を成立させた立役者の一人でもあるのだ。叱りつけたのでは、罰が当たる。

美味そうに魚を食らう猫を一撫でし、義光は残った漬物で飯を掻き込んだ。

「まさか、女子一人に押し切られて戦をやめられるとはな。まあ、お屋形様らしいと言えばらしいが」

東禅寺義長が盃を片手に言うと、一同から笑い声が上がった。

「確かに、その通りにござるな」

「それがしは直接存じませんが、伊達に輿入れなさる以前は、陰で鬼姫などと呼ばれ恐れられておったそうですから」

酒田東禅寺城の広間で車座を作っているのは、義長と弟の勝正、そして最上家直臣の氏家光棟、中山朝正の四人だった。

「何はともあれ、和議が成ったのはめでたい。惣無事令のおかげで上杉も動けぬことゆえ、荘内も落ち着いてまいろう」

義長の言葉に、三人も頷く。

六

天正十六年八月。大宝寺義興を滅ぼしておよそ十ヶ月、義氏を討ってからは、実に五年以上の歳月が過ぎた。

その間、酒田東禅寺城を預けられた義長は、常に緊張を強いられてきた。上杉家の動向を警戒しつつ、大宝寺残党の動きにも目を光らせなければならない。今は息を潜めているものの、荘内にはいまだ親上杉派の国人も多くいる。

だが、義光が荘内の問題を豊臣公儀に委ねた以上、上杉が手を出してくることはなくなった。大宝寺の残党も、上杉の援軍が期待できないからには、おかしな動きはしないだろう。

「ようやく、荘内の統治に本腰を入れられる。氏家殿、中山殿、よしなに頼みまする」

四十五歳になる義長は、父子ほどに歳の離れた二人に頭を下げる。

義光が荘内に残した二人の家臣は、いずれもまだ若いが、極めて有能だった。氏家光棟は軍事、中山朝正は政事の両面で、義長を補佐するよう命じられている。

義長は、前森蔵人を名乗り大宝寺義氏に仕えていた頃から、酒田代官として荘内の統治に深く関わってきた。弟の勝正は、戦場では無類の勇猛さを発揮する。そこへ光棟、朝正の二人が加われば、荘内の統治を確固たるものにするのに、それほどの時はかからないはずだ。

文官としての己に、義長は誇りを持っていた。武芸は不得手で、戦になれば全身が震える。だが、吏僚《りりょう》として自分の右に出る者は、大宝寺家中には一人もいなかった。この酒田をさらに栄えさせ、ひいては荘内を奥羽、いや東国で最も豊かな土地にする。それが、義長の夢だった。

家格は低く、戦の役にも立たない義長の才覚を認め、酒田代官に任じたのは義氏だ。その点は恩義に感じていたが、義氏の治政は苛酷なもので、求められるのはどれだけの富を民から吸い上げられるかということだけだった。武士も民も、重税と度重なる軍役で疲弊していく。このままでは、荘内の富は枯れ果てる。そう確信した時、義長は最上への寝返りを決意した。

その後も、義氏の跡を継いだ義興や反最上派国人との小競り合いがいつ果てるともなく続き、内政に勤《いそ》しむ余裕などまったくなかった。

だが、義興は滅び、惣無事令も布告された。荘内はこれから安定へと向かっていくだろう。いや、荘内だけではない。百年に及ぶ戦国が終わり、これからは武から治の世へと移っていくのだ。

最上義光という人物は、自分の知る限り最も理想に近い主君だった。戦は極力避け、民に重税を課すこともない。商いを重んじ、国を富ませる術も理解している。大宝寺義氏の頃と比べて、荘内の民は格段に住みやすくなったはずだ。

この主君の下でなら、自分の力を存分に発揮できる。荘内だけでなく、最上領全土はいずれ、東国でも屈指の豊かさを誇る土地になるはずだ。盃を呷り、義長は年甲斐もなく騒ぐ胸を何とか鎮めた。

数日後、義長は酒田の町の検分に出かけた。

自分が治める土地を己の目で確かめるのは、当然の務めであり、また愉しみでもあった。

店棚に並ぶ品の種類と数。町を行きかう人々の表情。商人たちの噂話。酒田の町を直接治めるのは「三十六人衆」と呼ばれる商人たちだが、町を直接見て回ることで得られるものは、いくらでもあった。

城に戻ると、義長は居室に籠った。

部屋は、荘内の絵図や調べ上げたことを記した帳面の類で足の踏み場もない。

このところ、義長は庄内平野の灌漑《かんがい》について思案を重ねている。

酒田は富裕な湊で、最上川の水運も大きな富をもたらす。だが、土地自体は必ずしも豊かとは言えない。特に、最上川の左岸には広大な平地が広がっているものの、その多くは荒野で、水利が悪く地味に乏しい。米の収穫高は微々たるもので、いくつか点在する農村も、村人が食べていくのがやっとという状態だった。

この地に水を引き入れることができれば、荘内はさらに豊かになる。義長は灌漑についてて一から学び、荒野に水を引く手立てを考え続けていた。

それがようやくまとまりつつある。どこから水を取り、どう流せば効率よく行き渡らせることができるか、義長にはおぼろげながら見えはじめていた。実行するにはとてつもない労力と財力が必要になるが、得られるものの方がはるかに大きい。十年の後には、一面の荒野が広大な田畑に変わっているはずだ。その光景を想像するだけで、義長の心は浮き立ってくる。

不意に、廊下から慌ただしい足音が響いた。

「殿、一大事にございます！」

「何事か」

国境の警護に当たる兵から、急使が送られてきたという。その報告に、義長は耳を疑った。

越後、出羽国境に上杉勢が集結中。その数、およそ四千。明らかに、荘内へ攻め入る構えだという。

「馬鹿な。上洛までした上杉が、惣無事令に違背するというのか」

公儀の許しを得ての出兵であれば、大々的に触れ回るはず。そうでなければ、明らかに惣無事令違反だ。

「直ちに山形へ早馬を。我らもいつでも動けるよう、出陣の支度を整えるのだ」

矢継ぎ早に命じると、主立った者を集めて軍議を開いた。

「念のため人をやって調べさせたが、間違いない。上杉勢は、荘内へ攻め入る構えにござる」

義長が言うと、中山朝正がやや蒼褪めた顔で口を開いた。

「理解できませぬ。独断で兵を動かせば、関白の怒りを買うは必定。まこと上杉は、攻め入ってくるつもりなのでしょうか」

「こちらの反応を探るための、見せかけの軍勢なのでは。あるいは、こちらから手を出させるための罠ということも」

朝正も氏家光棟も、動揺を隠しきれないようだった。無理もない。山形の義光でさえ、このような事態は想定していなかったのだ。

「それがしには、わかるような気がいたしますな」

それまで黙っていた勝正が口を開いた。

「我らは長年、上杉と対してきました。あの家の対面へのこだわりは尋常なものではない。盟友の大宝寺を滅ぼされ、自領にも等しい荘内を奪われた以上、何を置いても報復するつもりなのでしょう」

「しかし、わざわざそのような危険な橋を」

「景勝は、長い内紛と叛乱を乗り切り、滅亡寸前だった上杉をここまで生き延びさせた男。

失礼ながら、若い貴殿らとくぐってきた修羅場の数が違う」

勝正はすでに、覚悟を決めているのだろう。気圧《けお》されたように、朝正も光棟も黙り込む。

「敵は四千か」

誰にともなく、義長は呟く。この場にいる者が動かせる兵は、せいぜい二千余。対する敵は、上杉の四千だけではない。大宝寺の残党や親上杉派の国人も、上杉勢に加わるだろう。日和見《ひよりみ》に走る者も多く出るに違いない。

「我らだけでは、どう考えても勝ち目はないな」

そこへ、山形から伝令が届いた。荘内を捨て、いったん山形へ撤退せよ。義光はそう伝えてきた。

伊達との長い対陣が終わったのは、つい先月のことだ。一度解散した軍を再び集め、荘内まで送り込むには時がかかる。それよりも、戦わず後退し、上杉の惣無事令違反を公儀に訴えた方がいい。義光の下知は、利にかなっている。

だが、義長は退くつもりなどなかった。勝正も同じだろう。

「氏家殿、中山殿。速やかに荘内から退去なされよ。上杉は、我ら兄弟がこの地にて食い止めまする」

「待たれよ。お屋形様は、お二人も山形へ退けと」

「ご厚意はかたじけない。されど、我らは大宝寺義氏、義興と二人の主君を討った謀叛人。この上、勝ち目がないからと家臣領民を置いて逃げ出すのは、さすがに気が引けるというもの」

軽口めかして言うと、光棟が意を決したように俯けていた顔を上げた。

「わかりました。では、朝正殿は城内の女子供を連れ、山形へ向かわれよ。それがしはここに残り、東禅寺殿の戦をお助けいたします」

「ほう、貴殿も我らとともに死ぬおつもりか」

勝正が口元に笑みを浮かべて言う。

「死ぬと決まったわけでもありますまい。死ぬための戦に兵を巻き添えにすることを、お屋形様はひどく嫌われます」

「では、勝てると？」

「死中に活を求める。それのみでしょう」

どこか硬いが、光棟は快活に笑った。

なるほどと、義長は思った。最上家は人に恵まれている。いや、こうした臣下が育つのも、当主の器量によるものか。

「よろしい。氏家殿のよきようになされよ。中山殿、我らが妻女、しかとお任せいたした」

「承知いたしました。ご妻女を山形へ移した後、必ずや援軍を引き連れて戻ります」

頷くと、朝正は立ち上がった。


国境を越えた上杉勢は、大宝寺残党や親上杉派を加え、五千以上に膨れ上がっていた。他にも、荘内北部の来次氏秀が呼応して兵を挙げている。

来次勢に押さえの軍勢を割いたため、義長の手元に残った軍勢は二千を割り込んでいた。義長直属の千三百に、光棟の率いる最上勢五百という陣容である。最上との繋がりが浅い国人たちは、ほとんどが日和見に走っていた。

「敵の総大将は、やはり本庄繁長か」

謙信の時代からその名を諸国に轟かせる猛将である。生半可な策が通じる相手ではなかった。

義長は全軍を一手にまとめ、尾浦城に近い十五里ヶ原に陣を布いた。前面に流れる千安川、湯尻川、八沢川という三つの川を天然の濠《ほり》に見立て、敵に消耗を強いる策だ。

上杉勢は、千安川の南岸に到達すると、そこで兵を停めた。決戦は明日になるだろう。

「兄上。一つ、詫びねばならん」

翌朝、馬上から敵陣を眺めながら勝正が言った。

「わしは、兄上のことを、頭は切れるが戦もできん臆病者と思うておった。幼い頃から、武芸も戦場の手柄も、わしの方が上じゃったからな。なぜ、わしの方が弟に生まれたのかと、腹立たしく思うたこともある」

確かにその通りだった。大宝寺義氏を討つ戦も、それ以後の義興との戦も、采配はほとんど弟に任せてきたのだ。

「だが、今は兄上を誇りに思う。生まれ変わることができたなら、また兄上の弟にしてくれ」

それだけ言うと、勝正は再び前方に目をやった。

「勝正」

声をかけ、義長は腰の刀を鞘ごと抜いた。

「これを」

摑んだ刀を、勝正に押しつける。父から受け継いだ、正宗作の名刀だ。

「わしよりも、そなたが持っていた方が役に立つ」

しばしこちらを見つめると、勝正は刀を受け取った。

「では、預かっておこう。これで本庄繁長の首を獲った後、お返しいたす」

言うと、馬に鞭を入れ、そのまま持ち場に戻っていく。弟の背中を見つめながら、義長は小さく笑った。

学問だけの男と侮られ、武勇に長けた弟を妬《ねた》ましく思ったこともある。だが、そんなわだかまりもいつか消えていた。文官として天寿を全うするつもりだったが、これも謀叛人の定めというものだろう。

庄内平野の灌漑についての資料は、朝正に託してある。もしも最上が荘内を取り戻すことができたなら、あれも役に立つだろう。

一面の沃野となった荘内の地。思い描きながら、義長は全軍に前進を命じた。


東禅寺勝正は槍を振るい、群がる敵を必死の思いで振り払っていた。

この槍で何人を倒したのかも定かではない。穂先には脂が巻き、勝正も全身に浅手を負っている。周囲は乱戦で、麾下の兵がどれほど生き残っているか、確かめる術もない。

戦がはじまって二刻、いや三刻は経っただろうか。

正面を流れる三本の川を濠とし、渡河中の敵を叩くという策は、開戦から間もなく潰えた。敵の先鋒が渡河を開始すると同時に、敵の別働隊が後方に現れたのだ。

別働隊は、昨夜のうちにはるか上流から渡河していたのだろう。背後を衝かれた味方はたちまち混乱に陥った。敵の主力は易々と川を渡り、こちらを押しまくっている。

勝正の隊は乱戦に呑まれ、全体の戦況は把握できない。兄の本陣や氏家光棟の隊がどうなっているのかもわからなかった。

それにしても、上杉勢の勢いは凄まじい。これまでも、少数だが上杉勢と干戈を交えたことはあった。噂に違わぬ強兵ぶりだったが、本庄繁長の麾下はさらにそのはるか上をいっている。一人一人の練度も集団での動きも、今まで戦ってきた相手とは桁《けた》違いだ。ぶつかったと思った時には前衛の備えが削り取られ、陣の綻びを繕う間もなく次の敵が突っ込んでくる。こちらが押せばあっさりと退き、気づけば囲まれている。本庄繁長の采配は、まさに変幻自在だった。

「だが、それでこそ面白い」

呟き、槍を横に薙ぎ、向かってきた足軽のこめかみを打つ。背後から殺気。間に合わない。槍を手放し、振り向きざまに抜き打ちを放った。敵の首筋から、鮮血が噴き出す。凄まじい切れ味に、全身が震えた。さらに二人、三人と斬り伏せたが、刃毀れ一つできていない。

「殿」

家臣が荒い息を吐きながら声をかけてきた。

「もはや、お味方は総崩れ。ここはいったん退くべきかと」

「どこへ退くと言うのだ。わしの死に場所ならば、すでに決まっておるわ」

叫びながら、敵兵を斬り倒して前へと進む。

気づくと、周囲には味方がいなくなっていた。いや、敵の姿もまばらになっている。戦は終わりつつあった。おそらく、兄はもうこの世にいないだろう。束の間天を仰ぎ、駆け出す。

残敵の掃討に当たっていた敵の武者に組み付き、首を獲った。その首に、脱いだ自分の兜をかぶせる。刀で自分の額に傷をつけ、顔を血で汚した。自分の顔を知る者が、どこにいるかわからない。

正宗を肩に担ぎ、首を小脇に抱えて千安川を渡った。目指す先は敵の本陣。自分の死に場所だ。

本陣を守る足軽が、槍を向けてきた。

「先ほど、東禅寺義長が弟、右馬頭勝正の首を獲った」

適当に名を名乗って言うと、本陣の中へと案内された。首を地面に置き、片膝をついて頭を下げる。

僅《わず》かに視線を上げた。床几に腰かけた壮年の男。距離は三間足らず。隣の若い男が、息子の大宝寺義勝だろう。

「東禅寺が弟の首を獲ったそうだな」

「御意」

「なかなかの豪の者であったと聞く。見せてみよ」

「ははっ」

首を摑み、そのまま投げつけた。跳躍し、一気に距離を詰めながら刀を引き抜く。その刹那、草鞋《わらじ》の紐が切れた。構わず、刀を振り下ろす。

刃は繁長の兜を割り、左の耳のあたりを斬り裂いた。浅い。もう一撃。思ったが、体が動かなかった。繁長が抜いた脇差が、喉元に突き刺さっている。

「我が兜を割るとは、大した刀だ。いずれ名のある将であろう。名を聞いておこうか」

答えず、込み上げた血を吐きつけた。繁長の顔が赤黒く汚れる。

繁長は表情一つ変えず、脇差を捻り、引き抜いた。視界が赤く染まり、背中が地面を打つ。

荘内の空が見えた。高く、澄んでいる。

この土地で生まれ、この土地で死ぬ。あと一歩のところだったが、最後に思う存分戦うこともできた。

悪くない生涯だったと、勝正は思った。

喧噪に包まれた山形城で、義光は押し寄せる後悔の波と闘っていた。

なぜ、伊達との戦で動員した兵を解散させたのか。なぜ、荘内の防備をもっと厚くしておかなかったのか。そもそも、なぜ惣無事令など信用したのか。

「悔やんだとて詮無きこと。今は目の前の戦のことのみを考えられよ」

守棟の厳しい口ぶりに、義光は頷いた。守棟の息子は、今まさに戦場で血刀を振るっているかもしれないのだ。

山形に集まった軍勢は、ようやく二千を超えた。

だが、これではまだ足りない。敵は大宝寺残党や親上杉派の国人も併せ、五千を超えるはずだ。勝ち目はあまりにも少ない。義光は荘内の味方に総撤退を命じた。

だが、荘内の東禅寺義長からは、妻女を中山朝正に託し、自身は弟の勝正や氏家光棟と共にとどまると言ってきた。内政だけの男と思っていた義長の見せた気骨に驚いたが、説得して退かせる猶予はなかった。

こうなった以上、戦うしかない。義長らが一月、いや半月でも持ちこたえてくれれば反撃の糸口も見えてくるが、その望みは極めて薄かった。

「お屋形様」

新関久正が、中山朝正らの帰還を報告した。

広間に現れた朝正の具足は泥に汚れ、返り血に染まっていた。女子供を抱え、落ち武者狩りを撃退しながら、六十里越を通ってきたのだという。その労苦は、察するに余りあった。

「よく無事に戻ってくれた。荘内の今の様子はわかるか」

訊ねると、朝正はうなだれ、嗚咽を漏らした。

「途中、氏家光棟殿配下の者が追いついてまいりました。お味方は十五里ヶ原にて上杉勢と決戦に及び、東禅寺兄弟並びに光棟殿、ことごとく討死なされた由」

守棟が、小さく呻き声を上げた。

義光は強く目を閉じ、込み上げる感情を何とか抑えようと努めた。

「国人衆はことごとく上杉に降り、尾浦城、東禅寺城はともに陥落。荘内は、上杉の手に落ちましてございます」

言うと、朝正は額を床に擦りつけた。

「かかる仕儀と相成り、お詫びのしようもございませぬ。せめて、腹を切って氏家様に……」

「よせ」

「されど、それがし一人がおめおめと」

「よせと言うておる！」

朝正に落ち度はない。責められるべきは、惣無事令に違背した上杉と、それを読めなかった自分だ。

「守棟。光棟は見事な働きであった。武門の誉れである」

「ははっ。ありがたき幸せに、ございまする」

掠れた声で言い、守棟が頭を下げた。その肩が、小刻みに震えている。

腹の底に、重みを感じた。怒りだ。凝り固まった怒りが、腹の底に沈んでいる。

「志村高治」

「ははっ」

「徳川家康殿のもとへ向かえ。此度の件は、上杉の明白なる惣無事令違反。徳川殿を通じ、関白へ訴えかけるのだ」

荘内を失った最上に、上杉を打ち払う力はない。口惜しくはあるが、関白の裁定に委ねる他なかった。

「山形に集まった軍勢はそのままとどめておけ。まだ、何があるかわからん。村山の鮭延秀綱に使いを出せ。もしも上杉勢が荘内を越え、村山まで攻め入った時は」

集まった家臣たちの目が、義光に注がれる。

「全力で反撃に討って出よ。一人たりとも、生かして帰すな」

上杉の狙いは荘内のみだ。村山まで攻め入ってくることはない。もしそうなったとしても、上杉に勝てる見込みはなかった。

だが、義光は心のどこかで、それを待ち望んでいる。

居室に戻ると、義光は朝正が持ち帰った包みを開いた。

中身は、十数冊に上る帳面や絵図、細々とした文字や数字が書き込まれた紙束。そのすべてが、東禅寺義長が遺したものだ。

その内容に、義光は瞠目した。庄内平野の灌漑についての覚書が多いが、他にも酒田の商人の名や商いの規模と扱う品、さらには、村々の田畑の様子やそこから上がる年貢の量なども、詳細に記されている。

義光は大きく息を吐いた。これがあれば、荘内の統治は考えていたよりもずっと速やかに運んだはずだ。

義長は、まだ死にたくなどなかったのだろう。これを読めば、何を考えていたのかはおよそわかる。荘内を、より豊かな地に。だが、義長は荘内の地で果てることを選び、これを義光に届けさせた。

とてつもなく重いものを、自分は託されたのだ。何としても、荘内は取り戻さねばならない。

改めて決意し、読み終えた帳面を閉じた。

第四章　豊臣公儀

一

天正十七（一五八九）年四月。義光は、徳川家康直筆の書状に目を通していた。荘内問題についての途中経過の報告である。

十五里ヶ原での敗戦から、半年余りが過ぎている。その間、義光は上方に家臣を送り、あらゆる伝手を使って裁定を有利にしようと工作を続けてきた。

義光の見たところ、豊臣公儀の東国政策は二つに割れていた。

すなわち、東国諸大名を穏便な形で政権に組み込もうとする徳川家康ら穏健派と、従わない者は武力討伐も辞さずという石田三成らの強硬派である。

家康と結んだ義光に対し、上杉景勝は強硬派の石田三成と手を組んでいる。事態は出羽の一隅の領地争いという枠をはるかに超え、豊臣公儀内部の派閥争いの様相を呈していた。

「して、徳川殿は何と」

訊ねた守棟に、義光は書状を渡した。

「おおむね順調に運んでいるようだ。この調子なら、近いうちに荘内は我らに返還されるだろう」

「やはり、律義者という評判はまことにござったな」

豊臣公儀で東国の監察役を担う家康は、いまだ豊臣に従おうとしない小田原北条家の説得と懐柔に奔走している。家康なりの打算もあるのだろうが、そうした中で最上のために動いてくれるのはありがたかった。

「此度の件は、明らかに上杉側に非があります。これで当家に不利な裁定を下せば、今後は惣無事令のみならず、公儀の法令に従う者などいなくなりましょう」

「そうだな。これで、光棟も浮かばれる」

「御意」

嫡男を失った守棟は、成沢家の光氏を養子に迎えていた。光氏は光棟と同年代で、その器量を疑う者は家中にはいない。

守棟は、もう五十六歳になった。このところ、体調が優れないことが多く、出仕も滞りがちになっている。光棟が死んでからは、ずいぶんと痩せたように思える。

「それはそうと、またぞろ南奥が騒がしくなっておりますな」

「ああ、その話か」

義光は溜息を漏らす。

伊達と蘆名の間に、再び戦雲がたなびいていた。きっかけは、蘆名の重臣猪苗代盛国《いなわしろもりくに》が、反伊達派の嫡男盛胤《もりたね》を追放し、伊達家に鞍替えしたことにある。

猪苗代周辺では小競り合いが頻発し、政宗も自ら大軍を率いて米沢を出陣し、大森城へ入った。蘆名、相馬の双方を睨む要衝である。南奥の緊張は極度に高まり、いつ大戦がはじまってもおかしくはなかった。

「まったく、この微妙な時期に、懲りぬ奴だ」

蘆名家は早い段階で秀吉への臣従を申し出ている。これに戦を仕掛けるということは、単なる惣無事令違反ではなく、豊臣公儀そのものに牙を剝くことになるのだ。

「まあ、そのあたりは政宗もわかっておろう。あまり無茶な真似はせぬはずだ」

だが、義光の読みは間もなく外れた。

五月、政宗は突如相馬領に進攻していくつかの城を落とすと、六月四日に猪苗代城に入った。そして、二万余りにまで膨れ上がった軍勢で蘆名領へ攻め入ったのである。

決戦は六月五日、猪苗代湖畔の摺上原《すりあげはら》で行われた。

伊達勢二万三千に対し、蘆名軍一万八千。当初、追い風を受けた蘆名勢が戦いを有利に進めていたが、俄《にわ》かに風が変わり、伊達勢が逆襲に転じた。

守りに回った蘆名勢は、あまりにも脆《もろ》かった。名のある将が次々と討たれ、三千余を失う大敗を喫する。当主義広は戦場から逃れたものの、本城の黒川を支える力も失い、実家の佐竹家へと落ち延びていったという。

十一日、政宗は周辺の掃討を終え黒川へ入城。ここに、南奥の名門蘆名家は滅び去った。

「何ということを」

報せを受け、義光は絶句した。

政宗にとっては、南奥を武力で制するという悲願を達成したことになる。だが、義光からすれば、あまりにも時勢が見えていない。

惣無事令を無視し、秀吉に臣従した家を滅ぼしたのだ。その先に何が待つかは、火を見るより明らかだった。豊臣公儀による、伊達家の追討。秀吉は間違いなく、その先鋒を義光に命じるだろう。

「あの愚か者が。自分が何をしでかしたかわかっているのか！」

伊達家の古くからの盟友である北条氏政が反豊臣に回ったとしても、伊達と北条の両家で天下の大軍を相手に勝てるはずがない。北条は滅び、伊達領も上方の大軍に蹂躙《じゅうりん》される。

「これでは、義が身を挺して戦を止めた意味がないではないか」

義はあの気性だ。伊達家が滅ぶとなれば、必ず息子と共に死ぬことを選ぶだろう。

蘆名家の滅亡から時を置かず、正室康子の実家で長年の同盟関係にあった大崎義隆が、最上に対し手切れを通告してきた。

今後、最上とは手を切り、伊達のみと盟約する。大崎領は伊達勢に対し、通行の自由を認める。盟約とはいえ、事実上、伊達の属国になると宣言したに等しい。

最上と伊達の和睦後も、義隆は家中の反対勢力に押され、他家に縋るより他ないほどにまで追い詰められていた。そして、縋るのであれば上杉に敗れ荘内を失った最上より、南奥を制覇しつつある伊達を選んだ、ということだろう。

「兄の不義理、お詫びのしようもございませぬ」

平伏する康子に、義光は頭を振った。

「よせ。そなたはすでに最上の女。これから先も、わしの正室であることに変わりはない」

それでも、康子の表情は晴れない。兄のたった一つの決断で、故郷と実家を失ったに等しいのだ。

だが、どうすることもできなかった。軍勢を動かすなど論外。外交でも、下手に動けば秀吉の心証を悪化させ、荘内の問題にも影響する。

「妹のみならず、妻さえも救えぬとは」

無力感に打ちひしがれる中、上方から最悪の報せがもたらされた。

大宝寺義勝が上洛し秀吉に謁見、荘内三郡を所領として安堵されたのだ。

建前としては大宝寺家の所領だが、実質は上杉の荘内領有を認めたことになる。安堵を与えた以上、上杉の惣無事令違反は不問に処されたということだ。

「力及ばず、申し訳ございませぬ」

上方から戻った志村高治が、精根尽き果てた様子で頭を下げる。

「つきましては、関白殿下より若殿に、豊臣の姓を名乗ることを許すというお言葉をいただいております。奥羽では、いまだ豊臣姓を許された者は少なく、若殿にとりましても
……」

「高治」

「はっ」

「豊臣の姓とは、それほどに重いものか」

「それは……」

高治は口ごもり、俯く。

「我らが荘内を手にするために費やした歳月。そのために失われた何百、何千の命。それと引き換えにできるほど、豊臣の姓とやらは重いのか」

自分でも意外なほど、低く、暗い声音《こわね》だった。広間に居並んだ重臣たちは、誰も一言も発さない。

結局、公正な裁きなど、期待するだけ無駄だった。仰々しく法令を発したところで、秀吉の考え一つでいくらでも覆される。

秀吉としては、東国情勢がいまだ不穏な中、上杉に餌を与えておいた方が得策と判断したのだろう。そしてその意図を、三成ら強硬派が、穏健派の追い落としに利用した。豊臣姓の下賜は、割りを食わせた最上へのささやかな褒美といったところだ。

数日後、徳川家康から今回の顚末を報告する書状が届いた。口惜しいだろうが執着は無用。上洛の必要もないとのことだった。裁定が下った以上、これ以上この問題を長引かせるつもりはないのだろう。

こうして、荘内奪回の道はすべて閉ざされた。これまでの努力も将兵の流した血も、秀吉の打算一つで無意味なものとなったのだ。

だが、義光が深い失望の淵にある間も、時勢は目まぐるしく動いていた。

十一月、北条家が軍を発し、上野名胡桃《こうずけなぐるみ》城を攻略した。名胡桃は、豊臣に臣従する真田家の領有する城である。北条氏政は十二月中の上洛を約束していたにもかかわらず、その配下の城を攻め落としたのだ。激怒した秀吉は北条家に対し、宣戦を布告する書状を送りつけ、軍勢の動員を開始する。

その書状の写しは、諸大名にも送り届けられた。言を左右にする北条家を厳しく批判したかと思えば、己の立身出世ぶりを誇らしげに書き綴り、北条家を「天下の勅命に逆らう輩」と罵っている。

「腑に落ちんな」

書状を携えてきた志村高治に向け、義光は言った。

「と、申されますと」

「上洛まで明言していたのだ。北条氏政は明らかに、関白への臣従を決めていた。それを、名胡桃などという小城一つのために覆すとは思えん」

氏政は、早い時期から織田信長と誼を通じ、臣従さえ申し出ていた。決して、先の見えない男ではない。それが、秀吉を徒《いたずら》に刺激するような真似をするはずがなかった。

「北条側では、家臣の一部が独断で為したことと言っているようですが」

「真田が意図的に挑発したか、北条家臣の配下を籠絡《ろうらく》し、名胡桃を攻めるよう仕向けたか。いずれにせよ、真相が明らかになることはあるまい。確かなことは、これまで見たこともないような大軍が、東国に乗り出してくるということだ」

秀吉は東国全土の諸大名に向け、参陣を命じている。この機に、関東だけでなく奥羽までもその支配に組み込むつもりなのだろう。

北条との戦になれば、上杉家の存在は俄然重みを増す。その意味でも、荘内を最上領とするわけにはいかなかったのか。そして、景勝はそこまで読み切った上で荘内侵攻に踏み切った。

「わしの、負けか」

景勝は早くから秀吉と結び、上洛して臣従を誓っていた。公儀内での己の価値を見極め、どう振る舞うべきかも学んだに違いない。

その間、義光は荘内だけを見据え、大宝寺や伊達を相手に小競り合いを繰り返してきた。どう足掻いても逆転できないほど、自分は出遅れていたのだ。

ならば、豊臣公儀の中に身を置き、わずかずつでも地位を高めていくしかない。そうすることで、いずれは荘内を取り戻す糸口が摑めるかもしれない。

「来春には、小田原に参陣いたす。支度を整えておけ」

家臣の血が染み込んだ荘内の地を取り上げたのがどんな男か、この目で確かめてやる。

翌天正十八年三月一日、秀吉本隊が京を出陣した。すでに、先鋒の徳川家康や上杉景勝、前田利家らの軍も動き出している。

何もかもが、桁外れの軍勢だった。東国、北国はもとより、中国の毛利、四国の長宗我部、九州の島津にいたるまでが参陣した豊臣軍は、その数実に二十万を超える。兵糧は二十万石を用意し、軍資金には黄金一万枚という、義光には想像もつかないような数字が並んでいた。

三月二十七日、秀吉が沼津に着陣し、両軍の戦端は今まさに開かれようとしている。

だが、義光はいまだ山形にとどまっていた。龍門寺に隠棲していた父、栄林が俄かに体調を崩したのだ。

栄林はすでに七十歳。医師の診立てでは、もって二月というところらしい。

その旨を言上すると、秀吉からは、大幅な遅参があっても咎《とが》めることはないという達しがあった。関白朱印状という、正式な命である。

温情などではない。秀吉の目は、すでに北条の次を見据えている。すなわち、伊達政宗の討伐である。

政宗は会津黒川城に腰を据えたまま、いまだ小田原に参じる意思を示していない。その政宗を牽制するため、義光を山形にとどめておきたいのだ。政宗が北条に付くようなことがあれば、即座に義光に出兵の命が下るだろう。

義光には、この期《ご》に及んでも動こうとしない政宗が理解できなかった。若さゆえの頑《かたく》なさか、奥羽の名門の矜持《きょうじ》か。

「まったく、誰に似たのやら」

だが、妹譲りの頑固さも、この場合は命取りになる。参陣を促す使者を送ってはみたものの、なしのつぶてだった。

四月、義光は政務の合間を縫って、龍門寺を訪れた。供は、氏家守棟とわずかな近習だけである。

父に会うのは、実に十六年ぶりだった。あの泥沼の内紛以来、顔を合わせたこともない。その間、父は仏事や風流の道に勤しみながら日々を過ごしていたという。

最後に会ったのは、戦場だった。若木城を巡る攻防で、互いの顔がわかる距離まで肉薄して戦ったのだ。あの時の、父の自分を見る目は、今も脳裏に焼き付いている。憤怒と憎悪。殺気すら籠っていたかもしれない。あの目を思い出すと、龍門寺へ向かう足取りは重くなる。

「お屋形様」

何か言いたげな守棟に首を振り、無言で馬を進めた。

門前で出迎えたのは、母だった。父の出家に倣《なら》って髪を下ろし、永浦尼《えいほに》と名乗っている。

母も、もう六十半ばを過ぎていた。腰は曲がり、足腰も不自由そうだ。涙を流して来訪を喜ぶ母の姿に、義光は胸を衝かれたような痛みを覚えた。

母の案内で、守棟とともに栄林の寝所へ入った。

「父上、お久しゅうございます」

「うむ、よく来てくれた」

父は夜具の上で上体を起こし、義光を待っていた。

痩せ衰え、ほとんど肉がない。肌に刻まれた皺《しわ》は深く、歯もほとんどが抜け落ちている。

「このような時に、すまぬ。本来ならば、真っ先に小田原へ参じねばならぬ身であろうが」

「いえ」

父がどうであろうと、秀吉は自分を山形へとどめるつもりだったろう。むしろ、父が倒れたことは格好の口実になる。が、それは口にはしなかった。

「そなたに家督を譲った時、約束を交わしたのを覚えておるか」

「はい。忘れたことはございませぬ」

この山形を、決して戦の場とせざること。益無き戦は、必ずやこれを避けるべきこと。

「そなたとは、実に色々なことがあった。だが、そなたはその二つの約束だけは、しかと守った。礼を申す」

はじめて、父が自分に頭を下げた。

「もう、見舞いは無用じゃ。わしはもう、長うはない。この老いぼれのために、これ以上時を費やすな」

軽く咳き込み、口を拭って続ける。

「荘内を失ったとて、そなたには山形がある。この、父祖代々の血が染み込んだ山形の地を守り、子々孫々にまで伝えること。それが、そなたの為すべきことと心得よ」

「承知、仕りました」

対面はそれで終わりだった。もう、父に会うことはないだろう。

山形の城下に戻ると、義光はゆっくりと馬を進めた。

義光が家督を継いで以来、山形の町は広がり続けていた。多くの人が行き交い、物売りの声がそこかしこから聞こえてくる。天下がどれほど激しく動いていようと、民の営みは常と変わらない。

荘内は失った。だがこの営みだけは、何としても守らねばならない。

二

父が余命幾ばくもないという報せを、義は兄からの書状で受け取った。

父とは、文のやり取りこそあったものの、伊達に嫁いで以来一度も会っていない。山形を発つ日、目を潤ませていた父。あの日から、もう二十六年が過ぎていた。

見舞いに行くべきか迷った末、義は諦めた。自分は伊達家の女なのだ。親の死に目に会えないことは、嫁いだ時から覚悟している。

そしてそれ以上に、伊達家が置かれた状況の厳しさが義を思いとどまらせた。伊達家は今、滅亡の淵に立たされているのだ。

五代百年にわたって関東の地に君臨した北条家は、間もなく滅びる。二十万余という空前の大軍が相手では、どう足掻いたところで勝ち目などない。それは、女の身である自分にも理解できた。

秀吉の次の狙いは、この奥羽だ。政宗が小田原参陣を拒み続ければ、二十万の大軍が伊達領を蹂躙するだろう。その中には、たぶん最上家の軍勢もいるだろう。妹や甥のために最上家を滅ぼすような道を、兄が選ぶはずはない。

摺上原の合戦後、政宗は会津黒川城にとどまり、一度も米沢に戻っていない。蘆名家の残党が、各所で抵抗を続けているのだ。

やはり、蘆名を討つべきではなかった。政宗の頭には、惣無事令を破って荘内を攻めた上杉家の例があったのだろうが、自分と繋がりの薄い政宗を赦《ゆる》すほど、秀吉は甘くはなかった。秀吉は伊達家追討を明言し、上杉家を通じて蘆名残党を支援している。小田原への参陣命令は、秀吉の最後通告だった。

だが、小田原攻めがはじまった今も、家中は二つに割れていた。片倉景綱を中心とする恭順派と、伊達成実らの抗戦派である。政宗はいまだ決断を下してはいないが、気持ちが抗戦に傾いているのは明らかだった。

政宗も、豊臣の大軍相手に勝算などないことは理解しているはずだ。だがそれでも、秀吉に膝を屈する決心がつかない。今さら小田原に参じても、その場で捕らえられ、腹を切らされるかもしれない。それぐらいならいっそ、乾坤一擲《けんこんいってき》の大勝負に出た方がまし。そんな考えが捨てられないのだろう。

政宗を説得するため黒川へ使いにやっていた山家河内《やんべかわち》が戻ったのは、三月下旬のことだった。

山家河内は元々最上家臣で、義の輿入れの際に随身して伊達家に仕えている。息子の清兵衛はその才智を評価され、政宗の近習を務めていた。

「ついに、お屋形様がご決断なされました。小田原へ参陣いたすとの由にございます」

「そうですか」

義は安堵の吐息を漏らした。少なくとも、奥羽が戦場となることは避けられる。

「参陣の支度のため、お屋形様は近々、米沢にお戻りになられます。出立は、四月六日との由」

「よくやってくれました、河内」

「それがしは何も。豊臣と戦うことの愚かさを片倉景綱殿が懇々と説き続け、ついにお屋形様が折れたのです」

「そうでしたか。小十郎が」

「されど、これですべてが丸く収まったとは申せませぬ」

抗戦派を納得させることができたわけではない、ということだろう。だが、全員を説き伏せるだけの時はなかった。家中の統一を欠いたまま、政宗は自領を留守にしなければならない。

「恐れながら、小次郎様では少々、不安が残りまする」

河内の言うことはもっともだった。

小次郎は、政宗と一つ違いの二十三歳。だが、武将としての実績があまりに少ない。政宗は小次郎を蘆名家に入れて家督を継がせようとしたが、蘆名当主の座は佐竹義重の子に奪われた。当主の弟とはいえ、家中を取りまとめるだけの武将としての格が、小次郎には足りないのだ。

「何かあれば、妾が家臣たちを説得いたします。政宗殿の留守中に騒動を起こすことは何としても避けねばなりません」

我ながら、不孝な娘だと思う。父の見舞いにも行かず、家の安泰ばかりを考えている。だが、あの父ならば、きっと許してくれるはずだ。

河内が再び目通りを願い出てきたのは、その二日後のことだ。

「いかがしたのです。顔色が優れぬようですが」

「それが」

河内が蒼褪めた顔で語った内容に、義はしばし言葉を失くした。

米沢で留守を預かっている小次郎が、あろうことか謀叛を企てているという。小次郎が自ら河内に参加を求めてきたというから、間違いはない。

温厚で争いを好まず、誰にでも優しい息子だった。それが原因で戦にも加えられず、米沢で留守居ばかり務めることになってはいるが、それを口惜しく思っている素振りもなかった。

「小次郎殿を、ここへ」

震える声で、何とかそれだけ言った。

しばらくして現れた小次郎は、すでに何かを決断した表情だった。

「小次郎殿。何ゆえ」

「謀叛、と受け取られましたか、母上」

「当主に弓引くことが謀叛でなくして、何を謀叛と呼ぶのです」

「これは、伊達家を救う義挙《ぎきょ》にござる。兄上が小田原に参じたところで、伊達家が残るかどうかはわかりませぬ。それよりも、兄上にすべての責めを負っていただき、新たな当主が関白に詫びを入れた方が、望みはずっと大きい」

この子なりに、家の先行きを思ってのことだろう。だが、ここで内乱など起こせば、伊達家は確実に滅びる。

「ご懸念には及びませぬ。それがしの策と母上の協力があれば、命を落とすことになるのは兄上ただ一人。戦になるようなことはありませぬ」

兄の殺害を平然と口にするばかりか、口元には笑みさえ浮かんでいる。

どんな策なのか、訊こうとも思わない。人変わりしてしまった息子が、ただただ無念だった。

当主の弟という立場にありながら、伊達家のために何ら貢献できず、ただただ米沢の留守居役を務める。そんな日々が、小次郎の心を少しずつ蝕《むしば》んでいたのかもしれない。

「政宗殿を討てば、家臣たちがことごとくそなたに靡くと？」

「兄上亡き後、家臣たちが生き延びる道は、それがしを守り立てる他にござらぬ」

甘いと、義は思った。理屈としてはそうでも、その通りには進まないのが人の世だ。状況次第で、人はどれほど愚かな行いも為す。これまで、戦でも政でも矢面に立ってこなかった小次郎は、そのことをわかっていない。

「名は明かせませぬが、それがしに賛同する者は多くおります。どうか、ご理解のほどを」

誰かに乗せられてのことではない。小次郎自身が考え、悩み、出した結論なのだ。ならば、言うべきことはない。

「それで、そなたはこの母に、何をせよと？」

小次郎は懐から小さな袋を取り出し、義の前に置く。

聞かずともわかった。毒殺。

「卑劣な手段ではありましょう。されど、家中の混乱を最小限にとどめるには、他に手立てがございませぬ」

「わかりました。政宗殿が米沢を発つ前に、母子水入らずの場を設けます」

「これも、父上の遺された伊達家のため。このような役目を託す不孝を、何卒お赦し下さいますよう」

深く頭を下げる小次郎が、義の目にはなぜか、見知らぬ他人のように映った。

小次郎が退出すると、義は密かに河内を呼んだ。

「そなたに至急、使いを頼みたい。それも、内密に」

「承知いたしました。して、何処へ」

「山形城の、兄のもとへ」

もう、義一人の力ではどうすることもできない。縋ることができるのは、兄しかいなかった。


饗応の用意は、すでに整っていた。

料理の味にうるさい政宗のため、材料は厳選し、味も義が自身で確かめた。酒も、米沢で手に入る最も上等なものを選んでいる。

この数日、義はろくに眠れなかった。目の下のくまを隠すため、化粧は普段よりもいくらか濃くした。

四月五日、すでに日は暮れていた。数日前に米沢に戻った政宗は、参陣の支度で忙殺され、まだ義に一度も顔を見せていない。

忙しいからというだけではないだろう。一昨年に義が戦場に居座って和睦を促して以来、政宗とはほとんど口も利いていない。女子に、しかも自分の母に戦を止められたのだ。政宗の誇りは大きく傷ついたことだろう。それでも、ああしなければ伊達家は滅びていたはずだ。

そして、伊達家は再び存亡の危機に立っている。生き延びられるか否かは、義の決断一つにかかっていた。

これから自分は、ひどい裏切りを為そうとしている。だがそれも、輝宗の遺した伊達家を守るためだ。どんな結果になったとしても、責めを負うのは自分一人でいい。

躊躇《ためら》うな。己に言い聞かせ、政宗が訪れるのを待った。

「お屋形様がまいられました」

侍女の声。頷き、義は居住まいを正した。

「お久しゅうございます、母上」

腰を下ろした政宗の声には、いくらか疲れが滲んでいた。顔つきも、憔悴の色が濃い。

「よもや、母上がそれがしをもてなしてくださるとは」

声も表情も、どこか硬さが感じられる。二十万の大軍の只中に乗り込む緊張か、それとも、別の何かを案じているのか。

「何を申すのです。母が我が子を労《いた》わるは、当然のことにございましょう。さあ、今宵はそなたの好物をたんと用意してあります。しかと英気を養われませ」

義が手を打つと、侍女たちが膳を運んできた。義は膝を進め、政宗の盃を満たす。

「では、お言葉に甘えて」

一息に干すと、数拍の間を置き、吐息を漏らす。

「美味《うも》うございます。母上から酌をされるのは、はじめてのことにござるな」

かすかに、口元が緩んでいた。やはり、警戒していたのか。胸に去来する複雑な思いをおくびにも出さず、義は微笑んでみせた。

膳が次々と運び込まれた。舌鼓を打ちながら、政宗はきれいに平らげていく。好むわりには酒は弱く、頬はすでに赤みが差している。

こうして間近で見れば、どこにでもいる二十四の若者だった。ただ、人の上に立つ身に生まれ、将才に恵まれていたにすぎない。そして、いくらか血気に逸りすぎたのだ。

「小田原に参じたところで、命まで取られることはありますまい」

盃を舐めながら、政宗は言った。

「同じく惣無事令違反に問われ征討を受けた島津義久も、秀吉に直接謝罪し、領地を安堵されております。秀吉とて天下人を名乗る以上、詫びを入れに来た者を討ち果たすような無粋な真似はいたしますまい」

政宗はいつになく饒舌に語る。それは紛れもなく、秀吉に対する恐怖の裏返しだった。

「政宗殿」

給仕の侍女を下がらせると、義は再び居住まいを正した。

「小次郎が、謀叛を企んでおります」

政宗の隻眼が、すっと細まった。

「あろうことか、小次郎はこの母に、そなたに毒を盛るよう頼んでまいったのです」

懐から小次郎に渡された袋を取り出し、床の上に置いた。政宗は、素早く膳の上の皿や盃に視線を走らせる。

「案ずることはない。使うてはおりませぬ」

「では、何ゆえ、そのことをそれがしに？」

「小次郎では、この難局の舵取りはできますまい。小次郎が新たな当主となったところで、家中の動揺が鎮まるはずもない。必ずやどこかで戦が起こり、関白はこれ幸いとばかりに伊達家を潰しにかかる。ならば、小次郎の謀叛を許すわけにはまいりませぬ」

「わかりました。母上の伊達家を思うお気持ち、この政宗、しかと引き受けましょう」

政宗の表情はいささかも揺るがない。

「馳走になりました。では、これにて」

話はこれで終わったと思ったのか、政宗が腰を上げた。

「お待ちなされ」

振り返った政宗に向け、訊ねた。

「そなたはすでに、小次郎の謀叛を察していた。そして、小次郎を斬る覚悟を決めている。違いますか？」

「だとしたら、どうだと？」

「そなたが小次郎を斬ることもまた、母は認めませぬ」

「小次郎を斬らずして、いかに家中を治めよと仰られる」

「斬らずとも、政より遠ざける方法はありましょう」

「禍根を絶ち切るのも、当主たる者の務めにござる」

「なりませぬ。腹を痛めて産んだ子らの殺し合いなど、見たい母がどこにいようか」

「ならば、伊達家が滅んでもよいと？」

「母に、考えがあります。この考えを容れるも容れぬも、そなた次第。されど、どうあっても聞けぬと申すのであれば……」

義は、床に置かれた毒の袋を手に取った。

政宗の目が、じっと義に注がれる。怒り、苛立ち、憐憫《れんびん》。そのいずれともつかない、複雑な色を成した視線。

「わかりました。では、お話だけは伺いましょう」

どれほどの時が経ったのか、政宗は何も言わず、軽く頭を下げて部屋を後にした。

粛清は、その二日後だった。

政宗は旗本を率いて小次郎の傅役《もりやく》、小原縫殿助《おばらぬいのすけ》の屋敷に踏み込むと、小次郎を手打ちにし、縫殿助とその郎党もその場で斬り捨てたという。

さらに政宗は、正室愛姫《めごひめ》の乳母とその侍女たちを捕縛し、小次郎の謀叛に加担したかどで死罪を命じた。愛姫の実家は、三春の田村家である。田村家当主の宗顕《むねあき》は、政宗と共倒れになることを避けたかったのだろう。

当主に逆らう者は、たとえ弟であっても容赦はしない。その強固な意志を、政宗は内外に示した。これで、どうにか家中は鎮まるだろう。

五月九日、政宗は謀叛の後処理を終えると、片倉景綱以下百名ほどを従え、米沢を発った。北条の版図を避けて越後、信濃、甲斐を経由したため、小田原に到着したのは六月五日のこと。参陣するやいなや、豊臣奉行衆から惣無事令違反に関する尋問を受け、ようやく秀吉への謁見を許された。

「あと少し遅れていれば、この首、胴から離れておったぞ」

謁見の場で、秀吉はそう言って笑ったという。

蘆名から奪った会津は没収されるものの、本領は安堵されるという。その報せに、張り詰めていた米沢の空気もいくらか緩んでいた。

だが、義の心は晴れなかった。五月十七日、山形の父が没したのだ。享年七十の大往生ではあるが、結局死に目には会えなかった。

兄に敗れて隠居した後は、仏事や風雅の道に精を出していたというが、父の生が幸福なものだったのかどうか、義にはわからない。

七月五日、北条氏政、氏直父子がついに降伏を決断、小田原を開城する。氏政は切腹、氏直は高野山へ追放され、五代百年にわたり関東に君臨してきた北条家は、跡形もなく滅亡した。

小次郎では、伊達の家中を統制することはできない。混乱を最小限に抑えるには、小次郎を犠牲にするしかない。それが、義光からの助言だった。

確かに、小次郎の謀叛が実行されていれば、伊達家も北条と同じ運命を辿っていただろう。義光の助言は正しかった。

謀叛を企てた弟を、兄が成敗する。乱世では、ありふれた事件だった。

だが、そんな世もじきに終わろうとしている。それが義の、せめてもの救いだった。

三

地を埋め尽くす大軍というのはこのことかと、義光は思った。

広大な坂東の原野に、夥しい数の軍勢が屯していた。

いや、軍勢だけでなく、義光のように各地から秀吉に伺候する者が集まり、それを目当てに商人たちも群がっている。俄作りの家々が建ち並び、遊女の集まる店などもできているようだ。北条との戦で荒れ果てていたはずの宇都宮は今や、東国随一の巨大な町と化している。

天正十八年七月末。父の葬儀を終えた義光は、奥州へ向かう途上の秀吉に謁見するため、宇都宮へと馬を進めていた。

「何もかもが、桁違いにございますな」

言ったのは、轡を並べる野辺沢満延だった。わずか百名ほどの供廻りで、天下の大軍の中に飛び込むのだ。満延の存在は心強い。

だがさすがの満延も、奥羽ではあり得ない光景に気を呑まれているようだった。

「兵の数、軍装、動かす銭や資材の量。どれをとっても、奥羽の諸侯に敵う者はおりますまい」

「まったく、我らが戦ってきた戦がどれほど泥臭いものだったか、嫌というほど思い知らされる」

この大軍が相手では、天童八楯も小野寺や大宝寺も、十日と持ちこたえられはしないだろう。義光は己の二十数年間を思い、空しさに似たものを覚えた。

秀吉は奥羽征伐を布告したものの、政宗をはじめ大浦為信、南部信直、安東実季、戸沢盛安、小野寺義道と、奥羽諸侯のほとんどは小田原に参陣し、秀吉に臣従している。名のある大名でいまだ秀吉との謁見を果たしていないのは、義光のみである。

「しかし、伊達政宗という御仁は大したものですな。この大軍の中で、関白を相手に堂々と申し開き、御家の存続を勝ち取ったのですから」

伊達家は、きわどいところで命脈を繋いでいた。小次郎一派の粛清があと一歩遅れていれば、収拾のつかない混乱に陥り、小田原参陣どころではなかったはずだ。

「ところで、小次郎殿の一件、お屋形様も一枚噛んでおられるので？」

「馬鹿を申すな。あれは、伊達家の内々の話だ」

否定すると、満延は意味ありげな笑みを浮かべた。

「しかし、あのお屋形様の妹君が、我が子を討つことをお認めになられるでしょうか。小次郎殿については、何やら妙な噂も……」

「そのへんにしておけ。さあ、関白殿下にお目通りぞ」

前方から騎馬武者が数騎、こちらへ向かってくる。出迎えにきた秀吉の家臣たちだろう。

着到の挨拶を述べると、迎えの者の案内で宛《あて》がわれた陣屋へ通された。仮のものとは思えないほど、しっかりとした造りである。しばらく滞在しても、不自由はなさそうだった。

「苦労をかけるな、康子」

今回の参陣には、秀吉の求めに応じて康子も伴っていた。豊臣公儀の大名は、妻子を京に居住させることになっている。屋敷は、秀吉が京に建てた聚楽第《じゅらくだい》の中に用意されるという。

「何のこれしき。京の都がこの目で見られようとは、思うてもおりませなんだ」

康子は明るく言うものの、慣れない旅の疲れと戦陣の中にあるという緊張は隠しきれない。

「すまぬ。心細くはあろうが、わしもいずれは京に上ることとなろう。それまで耐えてくれ」

義光は衣服を改め、徳川家康の陣へ挨拶に向かった。

「よくぞまいられた、最上殿」

小具足姿で出迎えた家康は、とても〝海道一の弓取り〟と称される戦上手には見えなかった。

剣や弓、馬術に長じると聞くが、頬にも腹のあたりにもずいぶんと余計な肉がついている。表情は穏やかで物腰も低く、律義者という評判は頷けた。

だが、ただの律義者であるはずがない。家康は、義光より四つ年長の四十九歳だが、幼い頃は人質として他家をたらい回しにされ、長じて後は信長の下で忠実な盟友として生きてきた。信長の命により、嫡男に腹を切らせたことさえあるという。そして、信長死後の混乱を生き延び、多くの諸侯の中でただ一人、秀吉に戦で土をつけた男だ。

遅参の儀を詫びると、家康は鷹揚に頭を振った。

「なんの。殿下御自ら朱印状まで下されたことゆえ、お気に召されますな。むしろ、伊達殿が参陣を決めたのも、最上殿が出羽に残ってくれたおかげと、殿下は考えておいでじゃ。最上殿が、安東殿や大浦殿に参陣を勧められたことも、殿下は高く評価しておられる」

「それならばよろしゅうございますが」

やはり秀吉は、自分を政宗の牽制に使っていたのだ。理屈はわかるが、あまり愉快なやり方ではない。

「さて、奥羽の国割りのことにござる。正式な発表は殿下が奥州に入ってからのこととなろうが、最上殿にはお伝えしておきましょう」

「はっ」

「最上殿の本領安堵は間違いござらぬ。荘内の件については口惜しいかと存ずるが、ここは堪えてくだされ」

「無論、殿下の裁定に異議はござらぬ」

心にも無いことを口にすると、家康はゆっくりと頷いた。大名同士、家臣の血を流して手にした土地を奪われる辛さは理解しているだろう。

「小野寺、安東、戸沢の諸氏も、いち早く小田原に参陣したことを考慮し、本領は安堵されまする。従って、出羽については大きな変化はござらぬ」

「では、陸奥は」

「伊達家については、蘆名の旧領を没収いたし、米沢等の本領は安堵。相馬、岩城の両家も本領安堵。されど、参陣のなかった留守、黒川、葛西、田村、大崎の諸家は、その所領をことごとく没収と決まり申した」

「なんと」

留守や黒川、田村らは、伊達家に外交権を預けた属国と言ってもいい。その領地を没収することは、伊達家の力をさらに削ぐことになる。

「大崎家も、にございますか」

「さよう。そういえば、大崎義隆殿は貴殿の義理の兄上に当たられましたな。されど、関白殿下の採決にござれば」

これで、本当に康子の実家は消え去ることになる。どう伝えたものか、気が重い。

「召し上げた領地には、殿下の股肱《ここう》の臣が入られる。会津には蒲生氏郷《がもううじさと》殿。留守、黒川、葛西らの旧領には、木村吉清《きむらよしきよ》殿」

蒲生氏郷は、織田信長にもその才を愛されたという勇将だ。その名は、遠く奥羽にも鳴り響いている。だが、木村吉清という名に聞き覚えはなかった。

そもそも、戦に敗れたわけでもない者たちが、所領を没収すると言われたところで唯々諾々と従うはずがない。戦となれば当然、最上勢も動員されるだろう。自身と直接関わりのない奥州の戦に駆り出されるのか。先行きを思い、内心で嘆息を漏らす。

「とりあえずは、本領が安堵されただけでもお喜びなされ。それがしなど、今の所領すべてを召し上げられ、新たに北条の旧領をいただくことになったのですぞ」

「それは」

北条の旧領となれば、家康の所領と比べれば大幅な加増となる。だが同時に、父祖伝来の地を追われることも意味していた。

「無論、異議などござらぬ。殿下は我ら徳川を信頼して、旧北条領を下されたのです。とはいえ、国替えとなれば大仕事。なかなかに難儀なことよ」

苦笑しつつ、家康は続ける。

「殿下は心の広き御方なれど、配下の懈怠《けたい》は許されぬ。御家にも様々な事情はあろうかと存ずるが、割り当てられた務めをしかと果たすことこそ肝要にござる」

戦で勝ったにもかかわらず秀吉に膝を屈し、三河の地まで追われた。だが、家康の表情はあくまで穏やかだった。

特別な話をしたわけではない。それでも義光は家康に対して、どこか底の知れなさを感じた。これが上方の戦乱を生き抜き、秀吉とも互角に渡り合った男か。

翌朝、義光は秀吉との謁見のため、宇都宮城へ入った。

広間には、錚々《そうそう》たる顔ぶれが並んでいる。徳川家康をはじめ、石田三成、前田利家、蒲生氏郷、浅野長政、大谷吉継。探したが、上杉景勝はいないようだ。

「殿下の御成りである」

小姓の声に一同が平伏し、義光もそれに倣った。

「面を上げよ」

恐縮の体《てい》で顔を上げると、そこにいたのは、金糸銀糸で彩った煌《きら》びやかな衣装をまとった、貧相な中年男だった。猿。禿鼠《はげねずみ》。信長がつけたという仇名は、確かに相応しい。

「そなたが出羽守義光殿か。〝出羽の狐〟というからには、もっと人相の悪い男かと思うておったが、なかなかの偉丈夫じゃ。さすがに、代々羽州探題を務めた家柄だけあるのう」

早口にまくし立てると、いきなり立ち上がり、義光の前に腰を下ろして満面の笑みを浮かべる。

「そなたが山形にとどまってくれたおかげで、伊達の小童《こわっぱ》が燻《いぶ》り出されてきおったわ。安東、大浦も、そなたの勧めで参陣を決めたそうじゃの。奥羽の平定がつつがなく成ったのも、そなたの働きによるものぞ」

「ははっ、もったいなきお言葉にございまする」

「皆の者、よう見ておけ。ここにおわすのが、独眼竜政宗の親父殿を打ち負かし、凋落《ちょうらく》しておった最上の家を羽州一にまで押し上げた名将、最上出羽守殿ぞ」

恐縮する義光に、秀吉は顔を近づけて続ける。

「大宝寺義氏、白鳥長久を葬った調略、実に見事じゃ。されど、少しばかり伊達の小童に振り回されすぎたのう。妹御が戦を止めてくれたというが、それがなければ今頃どうなっておったか」

秀吉は、傍らに控える満延に顔を向けた。

「こちらはもしや、野辺沢満延殿かな」

「はっ、申し遅れました……」

「よいよい、そなたの武勇のほどはこの秀吉、よう存じておる。大崎での伊達との戦では、見事な働きであったな。よき主君にはよき臣がつくと申すが、野辺沢殿は我が直臣に欲しいくらいじゃ」

よく調べている。義光だけでなく、傘下に入った大名のことは、その家臣に至るまで細大漏らさず調べ上げているのだろう。そして、あからさまに家臣の引き抜きまで示唆してみせる。背筋に冷たい汗が流れるのを、義光は感じた。

「荘内のことは、わしも申し訳なく思うておる。されど、天下のために己が不利を呑んでくれた最上殿には、いずれ何かの形で必ず報いる所存じゃ」

言うと、秀吉は立ち上がり、上座へ戻った。

「義光殿が参じた今、奥羽は平定されたも同然。わしは近いうちに会津に入り、仕置をいたす。各々方、これが天下統一の総仕上げと心得られよ」

一同が再び平伏し、謁見は終わった。

「まったく、よく喋《しゃべ》る御方じゃ。本領安堵の御礼もろくに述べられなかったわ」

陣屋に帰ると、満延相手に愚痴をこぼした。

「だが、言葉に無駄はなく、隙もない。何とも恐ろしい思いをしたぞ。あれが、天下人というものかのう」

「さて、それがしなどには測る術もございませぬなあ。されど」

満延がこちらに向き直って言う。

「それがしの主はもはや、お屋形様の他にはおりませぬ。そのことだけは、お覚え願いたく」

「わかっておる。そう生真面目に受け取るな。そなたらしゅうもない」

笑い飛ばしたものの、秀吉の些細な言葉で主従の不和を生じた家もあることだろう。

「天下は広い。そして、恐ろしいな」

坂東の空を見上げながら、義光は呟いた。

八月九日、会津黒川城に入った秀吉は、正式に奥羽の国割りを発表した。続けて奥羽統治の方針を矢継ぎ早に示すと、十六日には慌ただしく帰京の途につく。

奥羽全土を豊臣公儀の枠組みに組み込むという大仕事は、秀吉の甥で養子となった秀次《ひでつぐ》以下、前田、上杉、浅野といった重臣たちが引き継ぐこととなった。

秀吉が最も重視した政策が、検地と石直《こくなお》しだった。領内の田畑を統一した物差しや升で調べ直し、税収を銭の単位である貫高《かんだか》から、米の単位である石高《こくだか》へと改めるのだ。

山形へ戻った義光のもとへも、領内の村々の貫高をまとめた台帳を提出するよう通達が来ていた。

元々、税は銭納が主だった。だが、一口に銭といっても、永楽銭《えいらくせん》や洪武銭《こうぶせん》、宋銭《そうせん》など様々なものが流通し、摩耗したり破損したりした悪銭も多い。そのため秀吉は、不安定な銭よりも、米の生産高を税の基準としたのだ。

また、田畑の広さの単位は、従来は三六〇歩で一町としていたが、新たな基準では、三〇〇歩で一町とすることとなった。

「つまり、新たな基準を適用すれば、この国のすべての田畑が、帳簿の上では広くなったということになります」

暗澹《あんたん》とした顔つきで言ったのは、守棟に代わって政務を担うようになった氏家光氏だ。

「帳簿の上だけのことでも、田畑が広くなれば、その分納める税も増える。基準を変えるだけで、税収は大幅に増える。まったくもって、上手いやり口を考えたものです」

「そして、負担を押しつけられるのは農民か」

さらには、土地に対する複雑な利権を整理し、実際に土地を耕作する者が年貢を負担することとなった。土地の所有を認める代わりに、年貢はしっかりと納めろということだ。これにより、農民は土地に縛りつけられ、逃散《ちょうさん》や耕作放棄という政に対する抗議の方法は封じられた。役人が実際に田畑を調べることで隠し田は摘発され、刀狩で武器も奪われる。

村は、田畑を耕し年貢を納めるだけではない。周囲の村との水争いや、領主の苛政などがあれば、村人たちは武器をとり、自らの利権や生存のために戦う。この〝自力救済〟という広く認められた手段を、秀吉は否定しようとしていた。大名同士の戦であろうと村同士の諍いであろうと、争いはすべて公儀が裁定し、自力での解決は認めない。

「ゆえに百姓は、耕作だけに専念していろということか」

「関白は、百姓から成り上がった人物。百姓の秘めた力をよくご存じなのでしょう」

確かに、土地の権利を整理し、逃散や一揆の術を奪えば、為政者としては支配が容易になる。だが、義光は豊臣公儀の政が好ましいものとは思えなかった。

奥羽仕置にあたり、秀吉は「国人ならびに百姓どもの合点がゆくようよくよく申し聞かせ、従わぬ者は一郷でも二郷でも、ことごとく撫で斬りにせよ」と命じている。

戦国の世は、間もなく終わろうとしている。

だが、新しい世も、それはそれで息苦しいものになりそうだった。

八月から九月にかけ、奥羽に残った豊臣軍は、仕置で取り潰しとなった大名の所領を接収し、それぞれが担当する地域の検地を終えると、順次帰国の途についた。

所領の召し上げに対して大きな抵抗がなかったのは幸いだが、大崎や葛西、田村の旧臣たちが、このまま大人しくしているかどうか。すでに、会津には蒲生氏郷、葛西、大崎の旧領には木村吉清が入っているが、豊臣軍の大半は帰国しているのだ。いつ、何が起こってもおかしくはない。

だが、事が起こったのは奥州ではなく、羽州仙北の地だった。

九月下旬、仙北で検地に反対する国人、百姓が一揆を結び、領主である小野寺家と検地を担当する豊臣家臣に牙を剝いたのだ。折悪《あ》しく、当主の小野寺義道は上洛中で、小野寺家臣の対応は後手に回った。

一揆勢は、担当地域の検地を終えて越後へ帰国しようとしていた上杉勢に鎮圧されたものの、十月には検地役人との諍いから一揆が再燃、小野寺領は騒乱状態に陥る。

仙北の検地を担当する大谷吉継は事態を憂慮し、上杉に出兵を求めるとともに、小野寺家臣たちを説き伏せ、義光へも援軍を要請してきた。

「好機ではありますまいか」

不敵な笑みを浮かべて言ったのは、氏家守棟だった。

「そうだな。確かに、好機だ」

義光の命で出陣した鮭延秀綱は、有屋峠を越えて小野寺領に入るや、一揆に与した小野寺領南部の湯沢城を攻略。周辺の村々にも軍勢を派遣し、一揆を抑え込んだ。

十月十四日、一万の軍勢を率い自ら出陣した上杉景勝は、一揆勢の籠る増田館を攻撃、二百余の討死を出しながら、一揆勢千五百余りを討ち取る勝利を挙げた。

増田館の陥落で仙北一揆はほぼ鎮圧されたものの、一揆は荘内、由利へと飛び火、上杉勢はさらに転戦を余儀なくされる。

一方、秀綱に領地を掠め取られた形の小野寺側は、上杉家を通じて最上勢の撤退を求めてきた。だが、秀綱は豊臣公儀からの正式な出兵要請を口実に、湯沢に居座り続けた。秀綱と小野寺の間を使者が幾度も往復し、そのたびに緊張の度が高まっていく。

「もうそろそろよかろう」

十月も終わりにさしかかり、義光は秀綱に撤退を命じた。

公儀の命を忠実に果たし、その上で短期間ながら湯沢一帯を支配したという実績を作った。上方から見れば、役目に励んだ最上に小野寺が抗議し、撤退させたと映るだろう。さらには、秀綱は小野寺家旧臣だった亡父の人脈を使い、水面下で小野寺家中への調略も進めている。このあたりが潮時だろう。

駆け引きの相手は、小野寺などではない。遠く上方にいる、秀吉である。

力を示して最上家の価値を認めさせ、羽州における優位を揺るぎないものとする。そうして公儀の中で地位を高め、いずれは荘内を取り戻す。それが、義光の新たな目標だった。

秀吉の仕置に対する反抗の火の手は、奥州でも上がっていた。

仙北や由利、荘内の一揆と時を同じくして葛西、大崎でも大規模な一揆が起こったのだ。

原因は、明らかに新領主木村吉清の失政にある。

吉清は元々明智家臣で、豊臣家の中では新参に近い。明智家滅亡後に秀吉に仕官したものの、その後目立った活躍もなく、禄は五千石にとどまっていた。

それが一躍、葛西・大崎十二郡という大領を得たのだ。石高にして三十万石にはなるだろう領地を治めるのに、手持ちの家臣団では人手が足りない。にもかかわらず、吉清は葛西、大崎の旧臣を登用することなく、上方出身の牢人を新たに雇い入れた。

さらに、吉清は領民に対しても厳しい態度で臨み、反抗した百姓三十余名を磔にかける。これが直接の引き金となり、十月十六日、一揆勢が領内の要衝、岩出沢城を奪取する。一揆はさらに広がり、吉清は居城の寺池城も追われ、佐沼城へ籠ったまま動くこともできずにいる。

「しかし、この程度の人物に三十万石もの大領を与えるとは、関白殿下も迂闊でしたな」

「そうとも限らんぞ、守棟」

木村吉清の器量は、明らかに三十万石の領地を治めるには不足だった。秀吉ほどの男が、その事実に気づかないはずがない。激しい反発が起こるのは織り込みずみだったはずだ。

「つまり、木村吉清はあえて一揆を起こさせるための捨て駒だったと？」

「おそらくはな」

反抗的な国人や百姓を叩き潰しておけば、その後の統治は容易になる。一郷も二郷も残さず撫で斬りにしろ。その秀吉の命は、これから実行されることになるだろう。

「まったく、恐ろしい御方じゃ。それがしのような老いぼれには、底が見え申さぬ」

「付かず離れず。その都度、加減を見極めながら従っていく他あるまい。北条のように、跡形もなくすり潰されたくなければな」

十一月末、義光は野辺沢満延や新関久正ら、わずかな供廻りを連れ、石高に換算し直した最上領の安堵状を拝領するため、二十七年ぶりに上洛の途についた。

奥州ではいまだ一揆が続いているものの、最上への出兵要請はない。木村領をほぼ制圧したとはいえ、伊達と蒲生が援軍を送れば十分に鎮圧できる。留守も、義康と守棟らに任せておけば大過ないだろう。

一揆が跋扈《ばっこ》する荘内を避け、東山道経由で京に入ったのは、十一月二十六日のことだった。

「これが、京の都にございますか」

満延や久正は、その繁栄ぶりに半ば呆然としていた。

だが、義光の驚きはその比ではない。二十七年前の京は人家もまばらで、寺社も公家屋敷も見るも無残なほどに荒れ果てていた。往来には物乞いが屯し、道端に屍が転がっていることさえも珍しくはなかった。

だが、義光がかつて見た寂れた都の面影など、どこにもありはしない。今目の前にあるのは、唐天竺《からてんじく》の絵物語と見紛うような、絢爛《けんらん》で華やかな都の姿だった。

聚楽第に伺候すると、秀吉から茶に誘われた。

広大な庭に設《しつら》えられた狭い茶室に入ると、秀吉の他に老いた茶人が一人いるだけだった。

「そなたは運がよいぞ。上洛早々、利休《りきゅう》の茶が飲めるとは」

老人が静かな笑みを湛えながら頭を下げた。かつて信長の茶頭も務めたという、千利休だろう。

「それがし、田舎大名にて茶の湯の心得はございませぬが」

「気にいたすな。作法などより、この茶室で語ることに意味があるのじゃ」

なるほど、この場であれば、密談には最適だ。

「仙北の一揆討伐、まずはようやってくれた」

「ははっ、ありがたき幸せにございます」

「しかし、出羽の片隅からこのわしに、駆け引きを挑んでくる者があろうとはのう」

秀吉は愉快そうに膝を叩き、声を上げて笑う。

「小野寺こそ、よい面の皮よ。一揆に見舞われた挙句、かつて手痛い敗北を味わわされた相手の踏み台にされたのじゃ。小野寺義道め、本領の騒動に、慌ててわしに泣きついてきおったわ」

「はて。それがしは仙北の一揆を鎮めよというお言葉を忠実に果たしたのみにござる。その証拠に、一揆が収まって後は速やかに兵を退き申した」

「ほう、そのような言い逃れがこの関白秀吉に通じると、まことに思うておるのか」

秀吉は背を丸め、義光の顔を覗き込む。その笑みから陽気さは消え、目の奥には、獲物を弄《もてあそ》ぶ獣のような酷薄《こくはく》な光が灯っている。膝が震え出しそうになるのを、義光は必死に堪えた。

息が詰まりそうな茶室に、湯の沸く音だけが響く。利休はまるで別の世界にいるかのように、黙々と己の仕事だけをこなしている。

畳に額を擦りつけて、詫びを入れるべきか。脳裏に浮かんだ考えを、義光は即座に消し去る。この男の決断一つで、光棟や東禅寺兄弟、そして多くの将兵の死が無意味なものとなったのだ。

どれほどの時が経ったのか、今度は茶筅《ちゃせん》を使う音が聞こえる。

不意に、秀吉がふっと息を漏らした。

「何とも強情な男よ」

言うと、秀吉は再び大笑する。

「いや、さすがは羽州探題の家柄と申すべきかな。これぐらいでなくては、あの厄介な奥羽で大名など務まらぬか」

ひとしきり笑うと、秀吉は懐から一枚の書付を取り出す。

「最上出羽守義光、出羽山形二十四万石を安堵いたす。また、仙北雄勝郡一万五千八百石を蔵入地とし、その代官に任ず。ほれ、取っておけ」

「は……ありがたき幸せ」

蔵入地は豊臣家の直轄領だが、代官となれば、その地に直接支配を及ぼすことができる。

「わしは、強情者は嫌いではない。されど、意地を張りすぎた者がいかが相成るかは、北条の末路を持ち出すまでもなかろう」

「ははっ、肝に銘じましてございます」

頭を下げながら、義光は安堵の吐息を漏らす。背中も腋の下も、汗で濡れていた。

「わしはこれ以上、国内の些事に関わっておる暇はない。次なる戦は、もう目の前ゆえな」

「次なる、と仰いますと」

「決まっておろう、唐入りよ。高麗《こうらい》、唐《から》、そして天竺《てんじく》。こうして日の本を平らげた以上、向かう先は海の向こうにしかあるまい」

一瞬、義光は秀吉の言葉が理解できなかった。

唐入りとは、明国《みん》に攻め入るということだろうか。ようやく戦国乱世が終わったというのに、この男の目は朝鮮、明、さらには天竺にまで向いているというのか。気宇《きう》壮大《そうだい》どころか、あまりに荒唐無稽だ。到底、正気の沙汰とは思えない。

「亡き信長公も、天下を制した後は唐入りを望んでおられた。信長公の果たせなんだ夢を、このわしが叶えて差し上げるのじゃ」

利休に勧められ、茶を啜《すす》った。正直、味わうどころではない。

「そなたは知るまいが、朝鮮は文官の国にて、戦に慣れておらん。少しばかり脅せば、こちらに尻尾を振ってまいろう。明国とて、図体は大きいものの、乱世を生き抜いてきた我が日の本の兵には太刀打ちできまい。南蛮の伴天連《ばてれん》どもには軍船を差し出させ……」

童のように語り続ける秀吉を、義光は呆然と見つめるしかなかった。


天正十九年の正月を、義光は京の屋敷で迎えた。

正月八日には、従四位下侍従に叙任されている。かつて足利義輝の推薦で従五位下右京大夫に叙されて以来、二十八年ぶりの昇進である。今後、公儀で義光は、「出羽侍従」と呼ばれることとなった。

奥州では、葛西大崎一揆が予期せぬ方向へと進んでいた。

一揆を煽動したのは伊達政宗であり、さらには共に鎮圧に当たるべき蒲生氏郷の暗殺をも目論んでいたと、伊達家家臣から訴えがあったのだ。

これにより伊達、蒲生は一触即発の状態となり、一揆の鎮圧どころではなくなっていた。

政宗が人質を差し出すことで、伊達と蒲生の戦は何とか避けられたものの、政宗の京都召喚が決定し、特使として石田三成が派遣されている。

そうした中、義光は一揆のさらなる拡大を抑えるため帰国を命じられ、正月早々慌ただしく支度に追われていた。

「満延が、倒れただと？」

山形へ向けて出立する、まさにその日の朝のことだった。

あの満延が病にかかったなど、聞いたことがない。せいぜい軽い風邪程度だろうと思ったが、症状は重く、命にも関わるほどだという。

卒中だった。意識ははっきりしているものの、体が動かず、言葉も思うように発することができない。医師の診立てでは、もう一度発作が起きれば、命はないらしい。

「出発は延期いたす」

満延の寝所の前には、野辺沢の郎党たちが集まっていた。一様に押し黙り、嗚咽《おえつ》を漏らしている者もいる。

「入るぞ、満延」

褥《しとね》に横たわる満延に、病の陰は見えない。だが、その目がわずかにこちらへ向けられただけで、体を起こすこともできないようだった。

唇が、震えを帯びたようにかすかに動いた。聞こえるのは掠れた呻き声だけだが、詫びているのはわかった。まるで言うことを聞かない体で、出立を遅らせたことを必死に詫びている。

満延の唇が、一語一語を確かめるように、ゆっくりと動く。

どうか、先に山形へ。そう口を動かしただけで、満延は荒い息を吐いた。

まだ、四十八になったばかりではないか。自分よりずっと頑健で、戦でも相撲でも、まるで敵わなかった。満延に相撲勝負を挑んだ時、負けた義光は木の幹にしがみついて許しまで請うたのだ。そんな羽州一の豪傑が、なぜ病などで倒れなければならないのだ。

視界が歪み、零《こぼ》れ落ちそうになる雫《しずく》を乱暴に拭った。大きく息を吸い込み、笑みを作る。

「なんじゃ、だらしないのう。奥州ではそなたの大好きな戦が待っておるというに、羽州一の豪傑が聞いて呆れるぞ」

満延の口の端が、わずかに上がった。

「わしは一足先に山形へ戻っておる。あまり遅参いたすようなら、一番槍はわしがいただくぞ」

満延は小さな息を漏らして笑った。

「よいな。必ず恢復《かいふく》し、山形へ戻れ。死ぬことは、このわしが許さぬ」

声が震えそうになるのを堪え、それだけ言うと寝所を出た。

「延期はやめじゃ。山形へ向かう」

廊下に控えていた新関久正に言った。

「よろしいのですか」

「満延が、己のために戦に遅れるのを喜ぶと思うか」

「それは」

「満延の在京と養生の費用はわしが持つ。不足のないよう手配しておけ」

久正は小さく頷き、駆け出した。

義光らが京を発つのと入れ違いに、政宗が初の上洛を果たした。とはいえ、目的は一揆の煽動と蒲生氏郷暗殺計画の釈明である。秀吉との謁見の場に、政宗は白装束をまとった上、磔柱《はっつけばしら》を先頭に押し立てて出向いたという。

その芝居がかった申し開きが功を奏したかどうかは別として、秀吉は政宗の釈明を受け入れた。今は雪で一揆の動きも封じられているが、ここで伊達家を取り潰せば、旧臣たちが一揆に合流し、さらに厄介なことになるのは目に見えている。

一揆の煽動は事実だろうと、義光は見ていた。少なくとも、どこかの時点で政宗は一揆勢と通じていたはずだ。義光が秀吉に駆け引きを挑んだように、政宗もまた、この一揆を利用して失った領地の一部でも取り戻そうとしたのだろう。

それを見透かした上で、秀吉は政宗を許し、米沢などの本領を没収した上で、旧木村領を与えた。七十二万石から、五十八万石への大幅な減封である。政宗は自らが煽動した一揆を鎮圧しない限り、新たな領地に入ることもできない。

「自らが招いたこととはいえ、気の毒なことよ」

久しぶりに戻った山形城の居室で、守棟相手に言った。

「まあ、切腹や改易を免れただけでもましにござろう」

このところ、守棟は実務を離れ、義光の相談役といった地位についている。実際の政務や氏家家の切り盛りは、養子に入った光氏が遺漏なく務め上げていた。

「留守の間は苦労をかけたな」

「なんの。若い者たちが、上手くやってくれ申した」

今のところ、領内に一揆が波及する兆候はない。公儀の要請に従いつつも、領民には極力穏健な態度で接している。国人や地侍の既得権も、可能な限り認めた。木村吉清の例を見るまでもなく、急激な変化は動揺と混乱を招くだけだ。

「しかし、今後お屋形様の在京が増えるとなると、費用は馬鹿になりませんな。京屋敷の維持や、公儀の要路への贈答などにも、相当な額がかかりまする」

「そこへさらに、唐入りじゃ。難儀なことよ」

「出費は最低限に切り詰め、領内に余計な混乱を起こさぬこと。他にできることはありますまい」

過大な負担をかけ続けることで、諸大名の公儀への依存を強めていく。大名と妻子の京都集住や唐入りも、突き詰めればそのための手段だろう。

だが、そんなやり方がいつまで続くのか。義光の胸には、早くも先行きへの不安が湧き上がっている。

この正月、温厚な人柄で信望の篤かった秀吉の弟、秀長が病没した。そして二月には、千利休が秀吉の逆鱗に触れ、切腹に追い込まれている。

京から満延の訃報が届いたのは、三月の下旬のことだった。

お屋形様のもとへ。それが、最期の言葉だった。死の前日まで、動かない体を動かそうと励んでいたという。

野辺沢家の郎党が聞き取って記した遺言状も届いていた。

最上家に仕えて以来、御恩は数えきれない。上洛の供を命じられたのも、末代までの名誉。くれぐれも、又五郎《またごろう》のことをお頼み申す。

満延の嫡男又五郎は、まだ十歳だった。満延が最上に仕える際の約束で、義光の長女松尾姫を娶《めと》ることが決まっている。

義光は又五郎に自身の一字を与えて光昌《あきまさ》と名乗らせ、野辺沢家の相続を認めた。

「そなたの父は、羽州一の豪傑であり、我が腹心の友でもあった。野辺沢家当主として、また我が娘婿として、父の名に恥じぬ男となれ」

「ははっ」

目に涙を浮かべながら、光昌が平伏する。

光昌が独り立ちするまでには、まだしばらくかかる。その間は、野辺沢家の差配は郎党たちに委ねるしかない。

「守棟。そなたももう年じゃ。体を厭え」

いつものように憎まれ口を返すこともなく、守棟はただ頭を下げた。

大きな柱を一本失った。それでも、最上家はこの地に立ち続けなければならない。

四

天正十九年六月、秀吉は徳川家康、上杉景勝、秀吉の甥、豊臣秀次を主力とする奥州再仕置軍の派遣を決定した。

葛西大崎一揆に加え、南部家中の権力争いから、南部一族の有力者九戸《くのへ》政実《まさざね》が、当主信直に対して兵を挙げたのだ。

義光も出兵を命じられ、上杉の組下として参戦することとなった。腹に据えかねるものはあったが、公儀の正式な命とあっては拒むことはできない。

葛西大崎の一揆は七月、先陣を命じられた伊達政宗の重臣数名が討たれる激戦の末に鎮圧された。政宗は撫で斬りを多用し、投降した一揆の首謀者も皆殺しにしている。新領地の地ならしと、一揆を煽動した証拠の隠滅を兼ねての行いだろう。

九月四日には、九戸政実の乱が平定される。結末は、助命を条件に降伏した九戸主従を、約束を反故にして残らず処刑するという陰惨なものだった。

手段はともかく、これでようやく豊臣公儀による天下統一が名実共に成し遂げられた。もはや、秀吉に表立って兵を挙げるような者は、大名であれ一揆であれ、現れることはないだろう。

旧木村領に移った政宗は、陸奥玉造郡の岩出沢城を岩出山と改め、新たな居城とした。木村吉清は改易、蒲生氏郷の預かりとなっている。その蒲生氏郷は、政宗の旧領長井、伊達、信夫郡などを新たに与えられ、最上領と版図を接することとなった。会津と合わせて九十二万石という、奥羽きっての大大名である。

また、荘内についても大きな変化があった。秀吉から荘内領有を認められていた大宝寺義勝が、一揆発生の責を問われ大和へ配流、領国を没収されたのだ。

新たに荘内を与えられたのは、やはり上杉景勝だった。荘内は事実上の上杉領ではあったが、今後は上杉家の直接統治下に置かれることとなる。

「結局、ただ働きさせられた上に、上杉と直接隣り合うことになっただけか」

山形に戻ると、義光はいつものように、守棟を相手に愚痴をこぼした。

今回の戦では後方支援が主だったため将兵に死者こそ出なかったものの、兵を出すだけでも、軍費や兵糧は消耗する。湯沢の代官職だけでは割りが合わないというものだ。

「そう申されますな。徳川殿と、より親密な関係を築けることとなったのです。それは、今後に生きてまいりましょう」

「そうだな」

出陣中、義光は家康に、次男の太郎四郎を徳川家に仕えさせたいと申し入れた。康子の産んだ太郎四郎はまだ十歳。快諾した家康は太郎四郎の元服を待ち、小姓として迎えると約束した。

我ながら、卑屈だとは思う。だが、上杉に対抗して荘内奪還を目指す上で、徳川家との繋がりは欠かすことができない。

「それに、駒姫様にもよきお話が転がり込んできたそうではござらぬか」

「その話か」

再仕置軍の総大将を務めた豊臣秀次が、義光にお駒を側室に迎えたいと言ってきたのだ。

秀次は当年二十四。秀吉の姉を母に持ち、尾張、伊勢などで百万石もの所領を持つ。この正月に秀吉の弟秀長が没し、男子の少ない豊臣一族の中では最年長となっている。

だが、相手がいずれ公儀の重鎮となることが約束されているとはいえ、お駒はまだ十一歳なのだ。嫁ぎ先のことなど、まだろくに考えてはいなかった。

義光はお駒の幼少を理由に固辞したものの、八月になって事情が変わった。秀吉の唯一の子、鶴松《つるまつ》がわずか三歳でこの世を去ったのだ。

天下人が跡継ぎを失った今、秀次の存在はこれまでよりもはるかに大きな意味を持つようになった。場合によっては、秀次が豊臣の天下を継ぐかもしれない。それでも義光は、決断できずにいた。

「お屋形様が駒姫様を溺愛なさっておるのは、家中の誰もが承知の上。しかし、お屋形様の在京も増えました。嫁に出せば、一生会えなくなるというわけではござらぬぞ」

「それはわかっておるのだが」

「何を迷う必要があるのです」

いつになく真剣な表情で、守棟が続ける。

「関白殿下は御年五十五。もはや、子が生まれる見込みはありませぬ。次の天下人が秀次卿となり、その側室が駒姫様となれば、荘内を取り戻すことも夢ではござらぬ」

訴えかけるような目は、義光が思わずたじろぐほどだった。

「生きているうちに、必ず荘内を取り戻す。それがしは愚息の墓前で、そう約束いたしました。果たせなければ、あの世であ奴に笑われまする」

嫡男光棟の命とともに失った荘内の地。守棟の思い入れは、義光以上のものがあるのかもしれない。義光はこれまで、そのことに考えも及ばなかった。

いや、光棟だけではない。荘内の地で命を落とした者は、家中に数えきれないほどいる。その者たちのためにも、自分は何を犠牲にしてでも荘内を取り戻さねばならない。婚姻一つでそれが叶うのならば、躊躇う理由などなかった。

「わかった」

己を恥じながら、義光は言った。

「お駒を、秀次卿のもとへ嫁がせる」

「ありがとうございまする。光棟も、あの世で喜んでおりましょう」

頭を下げた守棟の目から、雫が落ちた。

それから間もなく、義光は秀次に、お駒が十五の歳になった後に輿入れさせると約束した。

そして十一月、秀次は正式に秀吉の養子となり、翌月には官職を辞した秀吉の跡を継いで関白職に就いた。聚楽第は秀次に譲られ、秀吉は大坂へと移った。秀吉は、秀次を後継に据えると内外に示したのだ。

何年先かはわからないが、秀吉が死ねば、秀次は天下人となる。側室とはいえ、自分は天下人の義父となるのだ。

知らず知らずのうちに、義光は秀吉の死を望みはじめていた。


翌天正二十年五月。義光は出羽を遠く離れ、九州は肥前、名護屋《なごや》の地にいた。

元々一介の漁村にすぎなかったという名護屋には、大坂城に勝るとも劣らないほどの巨大な城郭が築かれていた。その周囲には広大な町が広がり、湊には無数の船が出入りしている。

「太閤《たいこう》殿下に臣従する前ならともかく、もう驚くのにも慣れたな」

割り当てられた陣屋に入ると、義光は軽口を叩いた。秀次に関白職を譲った秀吉は、太閤を称している。

秀吉念願の唐入りは、この春からはじまっていた。最初の目標は、唐入りへの協力を拒んだ朝鮮国である。

四月十二日、小西行長《こにしゆきなが》の一番隊が釜山《ふざん》に上陸し、戦端が開かれた。今のところ日本軍は破竹の勢いで、五月三日には早くも朝鮮の都、漢城《かんじょう》が陥落した。朝鮮に渡った日本軍は、およそ十六万。この名護屋にも、さらに数万の軍勢が控えている。

義光が課された軍役は五百名。命じられたのは、多くの東国諸大名と同じく、後方支援である。国許で兵糧や弾薬、材木などを集め、酒田の湊から名護屋を経て朝鮮の戦地へ送るという役目だが、それでも大きな負担であることには変わらない。

「それにしても、これだけの城と町を短期間に築き上げるとは、やはり驚きです」

言ったのは谷柏直家だった。その隣では、志村高治が頷いている。

野辺沢満延が没し、守棟が一線を退いた今、山形を離れる際にはこの二人を供にすることが多い。国許の政は義康や氏家光氏が預かり、高治が主に担ってきた外交も、坂光秀に任せることが増えていた。

長く近習を務めてきた新関久正には、山形で政の実務を担当させている。久正の資質は武将よりも文官向きで、算勘に長けた北楯利長と組ませれば力を発揮するだろう。時勢は、戦場の豪傑よりも、治政の能吏を求めている。

久正に代わって側近に取り立てたのは、義光が京にいる時に仕官を求めてきた、堀喜吽《ほりきうん》という牢人だった。生まれは九州で、歳は三十半ばを過ぎているが、この歳になるまで諸国を歩き、兵法修行に明け暮れていたという。

「奥羽を歩いておる頃、最上様の噂をずいぶんと聞き申した。いかなる人物かこの目で確かめ、不足であればお暇をいただきたく存じます」

仕官を求めながらそう言ってのける図太さを気に入り、義光は喜吽を召し抱えることにした。

だが、それ以上に義光が買ったのは、喜吽が武芸だけでなく、歌や茶の湯にまで通じているという点だった。

上方で諸大名と付き合うのに、文事は欠かせない。歌も詠めず、茶の湯にも疎いようでは、周囲に侮られ、軽く見られてしまう。それでなくとも、遠国の大名は上方の大名から、露骨な蔑みを受けることが多いのだ。

義光は元服前から『源氏物語』や『伊勢物語』を読み漁って歌を学んできたが、家臣にその道を嗜《たしな》む者は多くない。最上家中全体の教養を底上げするためにも、喜吽のような人材は必要だった。

義光自身も、一昨年の上洛以来、在京中に暇を見つけては文事に励み、連歌の会を通じて細川幽斎《ほそかわゆうさい》や里村紹巴《さとむらじょうは》、高野山上人の木食応其《もくじきおうご》といった当代一流といわれる人物たちとの親交を深めていた。公儀内で幅広い人脈を持つ彼らとの付き合いは今後、最上家にとって大きな財産となるはずだ。そうした、いわば政としての連歌であっても、公儀での息詰まる日々の中で歌を詠むことは、義光の数少ない慰めになっている。

「では、出かけるとするか」

在陣の態勢が整うと、義光は喜忰らわずかな供を連れ、陣屋を後にした。

名護屋城には百を超える陣所が設けられ、野も山も空いた場所がない。その中でも、目指す陣所はきらびやかな軍装の兵たちが屯し、他の陣より大いに目立っている。

「まったく、派手好きなのは太閤殿下によう似ておる」

伊達政宗の陣だった。政宗も割り当てられた軍役は五百名だが、その六倍の三千を引き連れて参陣している。その軍勢は一兵卒に至るまでが華やかに着飾り、京、大坂ではずいぶんと話題になったらしい。

「お待ちいたしておりました」

年の頃三十半ばの、怜悧《れいり》な目つきをした男が出迎える。男は、片倉小十郎景綱を名乗った。政宗の腹心である。

「急に押しかけてすまんな、片倉殿。一度くらいは伯父と甥、水入らずで盃など酌み交わしてみとうてな」

「なんの。本来ならば、主の方から出向くべきところにございますが」

「政宗殿もご多忙であろう。わしは五百の兵しか連れておらぬゆえ、身軽に動けるのじゃ」

義光を見る兵たちの目は険しい。直接干戈を交えてはいないものの、包囲網を敷いて政宗を苦しめた義光には、含むところがある者も多いだろう。

だが、太閤の膝元で刃傷沙汰など起こせば、今度こそ伊達家は取り潰される。義光は悠々と陣の中を進んだ。

陣屋に入ると、小具足姿の政宗が頭を下げた。

これまで、宇都宮や会津黒川、聚楽第などで顔を合わせることはあった。だが、交わした言葉は挨拶程度で、腹を割って話したことはない。

「戦陣ゆえ、このような格好にてご無礼仕る」

義光は平服姿である。軽く受け流し、義光は腰を下ろした。

改めて、義光は甥の姿を見つめた。やむを得なかったとはいえ、父を射ち殺し、弟までを手にかけ、長きにわたって義光を苦しめてきた男。

政宗も、義光の一挙手一投足に目を凝らしている。その隻眼には、独眼竜の仇名も頷けるだけの気迫が籠っていた。

「そう怖い顔をなされるな。我らは伯父と甥の間柄。確かに、これまでは色々とあったが、天下は公儀の下に統一され、我らはその下で生きてゆかねばならぬ。隣国の主同士、いがみ合う必要はあるまい」

「さて、先の一揆の折には、隣国の混乱に乗じて代官職をせしめた御方もおられると聞きますが」

「ほう。その一揆を煽《あお》っていた御仁のお言葉とも思えぬな」

「これは異なことを。それがしが一揆と無関係であったことは、太閤殿下もお認めになられましたぞ。伯父上は、太閤殿下のご裁定に異議があると？」

視線がぶつかった。よく通った鼻筋も、勝ち気な言動も、見れば見るほど妹に似ている。

しばしの沈黙の後、義光は耐えきれず、声を上げて笑った。

「もうよそうではないか。過去はどうあれ、我らは生き残らねばならん。御家にも、これ以上他家との諍いを抱える余裕はござるまい」

政宗もふっと息を吐き、ようやく笑みを見せた。

「確かに、伯父上と争ったところで得るところなどござらぬ。いつぞやのように、母上に乗り込まれてはたまりませぬな」

「さよう。あれは、伊達に嫁入りする前から恐ろしい女子であったぞ。わしなど、始終小言を言われておったわ」

「さようにござったか。実に母上らしい」

ひとしきり笑うと、政宗は手を叩き、酒肴を運ばせた。

「手元不如意ゆえ大した物も用意できませぬが。なに、毒など入ってはおりませぬ」

運ばれてきた膳には、鶴や鮑《あわび》、白鳥といった山海の珍味が惜しげもなく用いられている。

政宗は、改易された田村、留守、石川といったかつて伊達に属していた諸家の旧臣を大量に召し抱えている。加えて、一揆の鎮圧に今回の唐入りと、台所は火の車のはずだ。

「これはかたじけない。ありがたくいただくとしよう」

それからは、盃を交わしながら互いの家中の様子、奥羽諸侯の動静、朝鮮の戦況といった情報を交換した。

互いに心を許し合ったわけではない。わだかまりのすべてを水に流せたわけでもないだろう。それでも、最上も伊達も、新たな世で生きていかねばならない。

天正二十年は、十二月八日をもって文禄元年となり、ほどなくして文禄二（一五九三）年が明けた。

義光が単調な後方支援と諸侯との付き合いに精を出し、山形と上方、名護屋を忙《せわ》しなく往復する間も、玄界灘を挟んだ朝鮮では苛酷な戦が続いている。

開戦当初は快進撃を続けていた日本軍だが、時を経るに従って、兵糧の欠乏と、義兵と称する朝鮮民衆の蜂起に悩まされるようになっていた。各隊の損害は日に日に増え、諸将は功名争いから連携を欠き、義兵の跳梁《ちょうりょう》を抑えることができずにいる。加えて、朝鮮の要請を受けた明の大軍が参戦し、朝鮮北部の要衝平壌《へいじょう》を奪回した。

ここに至り、日本軍の進撃は完全に止まった。玄界灘の兵站路は朝鮮水軍によって途絶寸前、慣れない土地で冬を越した各隊では疫病が蔓延し、脱走も相次いでいる。秀吉は見せしめのため敵前逃亡した豊後の大友義統《よしむね》を改易処分とするが、国内外を覆う厭戦気分にさらなる暗い影を落としただけに終わった。

ここまで戦況が悪化すれば、名護屋在陣の諸将にもいつ渡海命令が下るかわからない。実際、伊達勢にも渡海が命じられ、三月には政宗自ら朝鮮へと出陣していった。手柄を立てる好機とばかりに意気揚々と渡海した政宗だったが、戦よりも前に多くの将兵が疫病に倒れ、重臣の何名かも失ったという。

ひとたび渡海を命じられれば、再び山形へ戻れるかどうかもわからない。

二十年以上も最上の家臣領民のためひたすら戦い、その挙句に、最上を遠く離れた土地で、何の大義もない戦に駆り出されている。

義光は、国許への書簡で不安を吐露した。


命のうちにいま一度、最上の土を踏み申したく候。水を一杯飲みたく候。

五

文禄二年八月、上方からもたらされたその報せに、暗く沈んだ名護屋の陣はにわかに活気を取り戻した。

秀吉の側室淀《よど》殿が、男子を出生したのだ。欣《きん》喜雀躍《きじゃくやく》した秀吉は、赤子を拾丸《ひろいまる》と名付けるよう命じ、急遽大坂へ取って返す。諸大名にも大坂へ戻る許可が下り、朝鮮への追加派兵は沙汰止みとなった。

だが、義光は拾丸誕生を言祝《ことほ》ぐ心境とは程遠い。

秀吉に跡継ぎができたとなると、その養子である関白秀次の立場は微妙なものとなる。年長の甥よりも、実子に跡を継がせたいと思うのは人の性だ。こうしたことがきっかけで家が二つに割れ、戦にまで発展した例は枚挙にいとまがない。

いや、秀吉はそこまで愚かではない。実子に跡を継がせたいと願ったとしても、しばらくは秀次を後見に立て、拾丸の成人を待つはずだ。

いずれにしろ、お駒が十五になるまではまだ間がある。それまでは、秀吉と秀次の間に何事も起こらないことを願うしかない。

「光秀。そなたは諸侯や公儀要人との親交を、これまで以上に深めておけ。何かおかしな動きがあれば、すぐにわしの耳に入るようにしておくのだ」

だが、大坂へ戻った義光は、早くも不穏なものを感じることになった。秀吉が、拾丸に大坂城を譲り、自らは京からも大坂からも手近な伏見に隠居城を建て、そこへ移ると宣言したのだ。

京の秀次への牽制か、あるいは本気で隠居するつもりなのか。秀吉の意図は読みきれない。少なくとも、新たな城の普請で諸侯への課役がさらに重くなることだけは確かだった。

普請役、唐入りの軍役、秀吉と秀次の関係。それだけでも十分に厄介だが、義光は国許にもう一つ難題を抱えていた。仙北雄勝郡における、小野寺家との紛争である。

雄勝郡は元々小野寺領だったが、仙北一揆の後に豊臣家の蔵入地となり、その代官には義光が任じられていた。だが、小野寺は雄勝郡の国人や百姓を使嗾《しそう》し、最上の支配を頑強に拒み続けている。

そうした最中、小野寺はさらに争いの火種を抱えることとなった。由利郡の国人、矢島《やしま》満安《みつやす》が所領を追われ、小野寺領内に逃げ込んできたのである。

由利郡は、由利五人衆と称する有力な国人たちが、それぞれ秀吉から本領安堵を受けている。だが、矢島満安は以前から五人衆と鋭く対立し、秀吉への謁見もしていない。

だが、満安は名うての戦上手で、五人衆が束になっても勝てる相手ではなかった。五人衆の仁賀保《にかほ》氏にいたっては、三代にわたる当主を満安に討ち取られている。

義光は一昨年の十一月、その満安を山形へ招いていた。由利五人衆の要請を受け、満安に上洛と秀吉への謁見を勧めるためである。

満安が上洛を受け入れればそれでよし。拒んだ際には、山形城内で謀殺する。それが、五人衆との約束だった。満安を公儀の体制内に取り込むか、さもなくば殺すしかない。そこまで、五人衆は追い詰められていた。

義光はその要請を快諾した。どちらに転んでも、由利郡への最上の影響力は大きくなる。由利郡に勢力を伸ばせば、荘内の上杉に対する無言の圧力となるのだ。

満安は、噂通りの堂々たる偉丈夫だった。身の丈六尺余、筋骨は逞《たくま》しく、顔には無数の傷跡が残っている。その愛馬も見る者を圧倒するほどの巨軀で、戦の前には大豆八升を瞬く間に平らげることから、〝八升栗毛《はっしょうくりげ》〟と名付けられたという。

満安の人となりも、まさに豪傑と呼ぶに相応しかった。警護の兵も付けずわずか数人の供廻りのみで山形を訪れ、饗応の席では、用意した料理を実に六人前も平らげるという見事な食べっぷりを見せた。

結局、満安は上洛を拒んだものの、義光は謀殺を取り止めにした。それどころか、謀を洗いざらい打ち明け、由利へ帰らせた。これほどの豪傑を殺すのが惜しくなったのだ。由利五人衆との約束は反故にすることになるが、後悔はない。

だが、五人衆は満安の留守を狙い、満安の弟を調略して居城の矢島城を乗っ取らせた。山形から戻った満安は持ち前の武勇を発揮して城を奪還したものの、五人衆が総力を挙げた軍勢の前に敗れ、由利郡から落ち延びていった。

本拠を失い、さらには公儀への謀叛人とされた満安が頼ったのは、妻の実家である西馬音内《にしもない》城の小野寺茂道だった。茂道は小野寺家当主、義道の一族である。茂道は主君義道の同意も得ず、武士の情けから満安を受け入れた。

当然、由利五人衆は小野寺家に抗議し、一族との間で板挟みとなって進退に窮した義道は、茂道と満安の討伐を決意する。だが、小野寺の内紛はすんでのところで避けられた。己のために一族が殺し合うことを憂いた満安が、自刃して果てたのである。

内紛は回避されたものの、小野寺家中はいたるところに亀裂が入り、修復は不可能なほどだった。特に、軍勢を差し向けられそうになった小野寺茂道の不満は大きい。

「もうひと押ししておくか」

文禄三年春、上方にあった義光は、国許の鮭延秀綱らに指示を出した。

ほどなくして、秀綱から事が成ったとの報せが届いた。小野寺義道と宿老の八柏道為に対する、離間の計である。

道為は、かつて有屋峠の合戦で最上勢を大いに苦しめた小野寺家中随一の知恵者だった。雄勝郡がいまだ最上の支配下に入らないのも、道為の働きが大きい。

秀綱は、その道為が最上に内通しているかのような偽の書状を作成し、義道の手に渡るよう仕組んだ。そして、それを信じた義道は、道為を謀叛の疑いで上意討ちにしたのである。

「時は来た。秀綱、満茂を出陣させよ」

すぐさま、秀綱と楯岡満茂を主力とする最上勢二千が有屋峠を越え、雄勝郡に雪崩れ込んだ。雄勝郡の小野寺方はほとんどが主家を見限り、最上勢に与した。秀綱が仙北一揆の最中から仕掛けてきた調略が、ここへきて生きた格好だった。

秀綱、満茂は抵抗の構えを見せた要衝、湯沢城を攻略し、周辺の諸城砦も傘下に収めていった。名目上、雄勝の代官は義光であり、義道が援軍を送れば公儀への謀叛ということになる。こうして、雄勝郡はようやく最上の支配下に入り、義光は戦功のあった満茂を湯沢城代に任じた。

「小野寺義道は、さぞやわしのことを恨んでおろうな」

京都最上屋敷で、義光は康子を相手に嘆息混じりに言った。

「大きな戦にはならなかったものの、一連の騒動で少なくない人数が命を落とした。矢島満安も、死なせずに済む方策はいくらもあったはずだ」

「致し方ありますまい。お屋形様は、山形から遠く離れておいでだったのです。むしろ、留守居の方々を褒めてさしあげるべきではありませんか」

「そうだな。確かにその通りだ」

一つ間違えば、小野寺との全面的な戦にもなりかねないような、危ない橋だったのだ。最小限の犠牲で目的を達した秀綱と満茂の手腕は評価するべきだろう。

若い者たちは、着実に育ってきている。山形を任せた義康も、今のところ留守居役を大過なく務め上げていた。

「できることなら、わしも早々に隠居して、日がな歌でも詠んで暮らしたいものよ」

「何を申されます」

戯言と取ったのか、康子はころころと笑った。

「お駒の輿入れも近うございます。楽隠居は、親の務めを果たしてからになさいませ」

「親の務めか」

康子は、お駒の上洛を心待ちにしていた。義光が京に腰を据えることはあまりなく、康子はほとんど一人で京屋敷を切り盛りしている。秀吉の正室北政所には目をかけられているようだが、慣れない京での暮らしに心労も重なっているのだろう。康子はもう、四年近くも子らの顔を見ていない。

「わかった。いつとは言えぬが、できるだけ早くお駒を上洛させよう。久しぶりに、母と娘で語り合うがよい」

言うと、康子は童のように顔を綻ばせた。


その年の秋、秀吉は大坂から落成した伏見城へと移った。朝鮮での戦はひとまずの落ち着きを見せ、今は明国との和平交渉が続いている。

とはいえ、長い戦で国内は疲弊し、働き手を奪われ年貢を納められなくなった村々では、逃散が相次いでいる。兵となる男子のみならず、医師や漁師も戦に取られ、米は庶民の手が届かないほどの高値になっている。民は、塗炭の苦しみに喘いでいた。

だが、秀吉はそうした民の現状に、温情ではなく厳罰をもって報いる。

京大坂や名護屋では連日のように、誰かが磔刑に処された。逃亡を企てた足軽、秀吉を批判する落首を掲げた町人。大名屋敷から財物を盗み、貧しい民に分け与えた盗賊などは、京都三条河原で父子ともども釜茹《かまゆ》でにされたという。

豊臣公儀の足元には細かな、しかし深い亀裂が無数に入りはじめていた。

だが、苦しみに喘いでいるのは民だけでなく、多くの武士も同じだった。ほとんどの大名が、公儀の定める課役に苦しんでいる。唐入りに加え、京大坂での滞在費、そして伏見での新たな普請。課された役をこなせない者は大名失格の烙印を押され、御家取り潰しの憂き目に遭う。誰もが歯を食い縛り、苦役に耐える。それが、秀吉の作り上げた天下だった。

「やはり、光明は関白殿下お一人か」

京屋敷の自室で、義光は呟いた。

秀次は、表向きは秀吉に従順に見えるが、内心では朝鮮の戦を早急に収めるべきだと考えている。今後は苛烈さよりも、穏健さをもって天下を統べるべきだというのが、秀次の構想だった。

秀次と接する機会が増えるにつれ、義光はその人物を評価するようになっていた。

秀次は当年二十七。秀吉とは正反対の物静かな人柄で、和歌や茶の湯といった文事を好み、『源氏物語』や『伊勢物語』を愛読するなど、義光とも趣味が近かった。特に能については、自ら注釈書を著すほど造詣が深い。

　領国の治政にも大過なく、領民には大いに慕われているという。小牧長久手の戦では家康に大敗を喫したものの、決して戦下手というわけではなく、その後の四国攻めや小田原征伐、九戸の乱では武功も挙げている。木村重茲《きむらしげこれ》、田中吉政、山内一豊といった付家老も、やや小粒ではあるが不足はない。

　もはや、荘内を取り戻せるかどうかという問題だけではない。この際限の無い苦役を終わらせ、天下に安寧をもたらすには、秀次が天下人となるしかない。その思いが確信に変わりつつあった頃、朗報が舞い込んできた。

「それは、まことなのだな？」

　報せを持ち込んだ坂光秀に、義光は念を押した。

「はい。木村重茲様、里村紹巴様の他、複数の筋から同じ話を聞きました。まず間違いはないかと」

　秀吉が、三歳になる秀次の娘を拾丸の正室に欲しいと持ちかけたという。そしてそれだけでなく、日本を五つに割り、そのうちの四つを秀次に、残る一つを拾丸に与えたいと提案したのだ。

「して、関白殿下は何と？」

「御意のままに、と返答なされた由にございます」

罠ではないのか。まず、その疑念が頭に浮かんだ。だが、公にはされていないものの、秀吉はこのところ、激しく咳き込んで床に伏せることが増えているという。自身の健康に不安を感じ、秀次に権限を譲りはじめたと考えることもできる。

熟考した後、義光は筆を執り、国許へお駒の上洛の支度を進めるよう命じた。

それから数日後、義光に一通の書状が届く。国許からの返事ではなく、義からだった。

「あれは、何を考えておるのだ」

一読して、義光は頭を抱えた。義は、近々伊達家を出奔し、京で髪を下ろして尼になるつもりなので、どこか寺を紹介してほしいと言ってきたのだ。

「伊達家の内情は、傍から見ているよりもはるかに深刻だということでしょうな」

義光から受け取った書状を読み終え、谷柏直家が言った。

米沢七十二万石から葛西、大崎五十八万石という大幅な減封処分を受けた伊達家は、唐入りや手伝い普請も重なり財政難に喘いでいた。さらに、石川や田村の旧臣を多く召し抱えることになったために譜代の禄は削られ、新参衆との間で対立も生じている。

そうした中で、一つの噂が広まっていた。四年前に謀叛を企てた小次郎は、義の命で動いていたというのだ。小次郎が斬られる直前に、義はあろうことか、政宗の毒殺を図ったのだという。

政宗は一命を取りとめたが、母を斬るわけにはいかず、やむなく弟の小次郎を斬った。そしてあろうことか、義を背後から操っていたのは、義光だという。

「埒もない」

濡れ衣もいいところだった。だが、伊達の家臣たちが、義光ならばやりかねないと思ったとしても無理はない。

「政宗様不在の中、周囲から疑いの目を向けられる。まさに針の筵でしょうな。さすがの東の方様も、耐えきれなくなったのでしょう」

「だが、なにも伊達家を出奔することはあるまい。政宗に頼んで家臣たちに言い聞かせればすむ話であろう。出奔などいたせば、噂が事実であったと認めるようなものではないか」

そこまで言って、義光は言葉を呑んだ。

義は敢えて、伊達家中の憎悪を義光に向けさせるつもりなのだ。

家臣同士の不和が行くところまで行けば、戦騒動にもなりかねない。そうなれば、今度こそ伊達家は取り潰しとなる。それを避けるため、伊達家の外に身を置こうというのだろう。

「まったく、あ奴はどこまで」

伊達家のために己を犠牲にするつもりなのだ。それほど、亡き輝宗や政宗への想いが強いということか。

いずれにせよ、放っておくわけにもいかない。嘆息しながら、直家に命じた。

「関白殿下、ならびに太閤殿下に帰国を届け出よ。許しが出次第、山形へ戻る」

「はっ。しかし、名目は」

「来年の雪解けを目途に、お駒を上洛させる。大切な関白殿下のご側室ゆえ、わしが自ら警護に付くとでも申しておけ」

「承知いたしました」

直家が退出すると、義光は妹への返書を認めた。

数日後に帰国の許可が出ると、すぐさま京を発ち、若狭から船で出羽へ向かった。

酒田の湊につくと、休むことなく山形へ向けて出立した。季節はすでに真冬に入っている。風は身を切るほどに冷たいが、歯を食い縛って馬を飛ばし続けた。

「お帰りなさいませ」

義康はじめ、留守居役の家臣たちが総出で出迎える。その中には、義の姿もあった。

「他家に嫁いだ身でありながら、恥を忍んで帰ってまいりました。兄上のご厚情、感謝のしようもございませぬ」

義光の居室で二人きりになると、義は深々と頭を下げた。

「小次郎謀叛の際にはお知恵を拝借しておきながら、恩を仇で返すような次第となり……」

「もうよせ。山形へ来いと言うたのはこのわしじゃ。感謝される筋合いではないぞ」

義への返書に、義光は山形へ身を寄せるよう認めていた。たとえ、一部の伊達家臣から反感を買ったとしても、京の寺に一人で置いておくよりは、義光も安心できる。

文のやり取りは続けていたが、こうして間近で顔を見るのは六年ぶりだ。もっとも、あの時は戦場で、ろくな話もできなかった。いざ膝を交えて向き合うと、何を話せばいいのかわからなくなる。

ふと、廊下から小さな足音が聞こえ、襖を引っ搔くような音が続く。

いいところに来てくれた。感謝しつつ襖を開くと、白い大きな猫が、のっそりと中に入ってきた。抱き上げ、義に見せる。

「覚えているか。あの戦の折、お駒が連れていた猫だ。もうこんなに大きくなったぞ」

「もちろん、覚えております。あの時はまだ、掌に乗るほど小さかったのに」

「こやつは食い意地が張っておってな。時々、わしの膳の魚を勝手に齧りおる。おかげでこの様だ」

大きな腹をつまんでみせると、義ははじめて笑い声を上げた。

「そなたの輿入れの際、わしは一人で見送りにいった」

「はい」

「あの時、わしが大声で何と叫んでいたか、覚えておるか」

「さあ、遠くにいらしたので、しかとは聞こえませんでした」

「そうか。ならばよい」

辛くなったら、いつでも帰ってこい。義光はそう叫んでいた。あれから、実に三十年の時が過ぎた。

「これまでよく耐えたな。この城は、そなたの生まれ育った家じゃ。誰にも遠慮などいらん。いつまでなりと暮らすがよい」

「はい。ありがたき、幸せ……」

はじめて見る妹の泣き顔から、義光は目を逸らした。

膝の上では、猫が我関せずとばかりに大きな欠伸《あくび》をしている。

六

生まれてはじめて見る海に、駒は思わず歓声を上げた。

羽州を覆う雪がようやく解けた文禄四（一五九五）年三月、駒は父義光とともに山形を発ち、上洛の途についた。すでに、駒は関白の側室として周知されている。五百名もの武装した兵が護衛につき、行列は物々しい。

それでも駒は、はじめての長旅に浮き立っている。山形の北を流れる白川を越え、最上川を舟で降り、酒田の町に入ったのが昨日のことだ。

早朝の湊には、活気が溢れていた。材木や米俵を運ぶ人足たちの掛け声や、魚を売る商人たちの威勢のいい声。船着場には、最上川を行き交う川舟などとは比べ物にならないほど大きな船が、何艘も係留されている。

「おこちゃ、わたくしの乗るのはどの船です？」

訊ねると、侍女のおこちゃは眉間に皺を寄せていた。

「大きな声を出されてはなりませぬ。姫様は、関白殿下のご側室となられるのですよ」

「わかっておる。同じことを何度も申すでない」

「いいえ、何度でも申し上げます。姫様の都での振る舞いに、最上の御家の行く末がかかっているのですよ」

二十歳になるおこちゃは、輿入れの後も駒付きの侍女として聚楽第に上がる予定だった。物心ついた頃から側近くに仕える姉のような存在だが、何かにつけて口うるさいのが玉に瑕《きず》だ。

なおも続く小言を聞き流しながら、駒は大きく息を吸い込む。今まで生きてきた中で、一度も嗅いだことのない香り。これから、あの海に乗り出すのだ。

「お駒は、船が好きか」

家臣と話し込んでいた父が、こちらへ来て言った。

「はい。絵草子などで見たことはありますが、どんなものかと心待ちにしておりました」

「そうか。わしのように、船に弱い体でないとよいがのう。ああ、毎度のことだが気が重い」

よほど船に乗るのが嫌なのか、父は体を震わせた。三十余年前の上洛の折、父は船旅の間、始終蒼褪めた顔でぐったりしていたと、叔母から聞かされていた。

「父上。京の都は、まことにこの酒田よりも栄えているのですか」

「ああ。酒田など足元にも及ばん。絵草子に描かれておる唐天竺の都よりも、ずっと栄えておるぞ」

とても信じられなかった。ずっと昔の話だが、叔母が言うには京は荒れ果て、すっかり寂れていたという。

父から都の繁栄ぶりを聞きながら、船に乗り込んだ。父が懇意にしている商人の、帆柱が二本もある大きな船だ。

三月の穏やかな風を受けながら、駒は甲板に立った。

この海の向こうに、都がある。大名家の娘に生まれなければ、一生目にすることのできない世界が待っている。そう思うと、逸る心が抑えられなかった。

関白秀次のもとに嫁ぐと決まって以来、言葉遣いや立ち居振る舞いといった礼法から、歌や舞の稽古と、目の回るような忙しさだった。

無論、秀次に会ったことなど一度もなかった。武家に生まれた女の身では、珍しくもない。いずれは重臣の子弟か近隣の大名の家に嫁ぐのだろうと思っていたが、まさか次の天下人のもとへ嫁に出されるとは、さすがに考えたこともない。話が決まるまで、豊臣秀次という名さえ聞いたことはなかったのだ。

父の話では、秀次が自分を側室に迎えたいと言い出したのは、九戸の乱征伐の総大将として奥羽に下向した際、叔母の噂を耳にしたことがきっかけだった。最上と伊達の戦をたった一人で止めた鬼姫。その姪である自分に興味を抱いたのだという。

父は、当初は駒の年少を理由に話を引き延ばしていたものの、ほどなくして受け入れた。そこには当然、次の天下人と縁を結んでおこうという打算もあったに違いない。だが、父を恨む気持ちなどない。むしろ、どれほど感謝しても足りないくらいだ。

四方を山に閉ざされた山形を出て、京の都に上る。それは、幼い頃から絵草子を読み耽りながら育《はぐく》んできた、ひそかな夢だった。駒が山形の城下から出たのは、あの上山の戦折だけだ。せっかく天下が統一されたというのに、海も知らず、都も目にしないまま死ぬのは嫌だった。

船が沖に出た。帆が下ろされ、船はぐんと速さを増す。頰を撫でる風が、どこか心地い。

「父上、あれは何という鳥でしょう?」

船の真上を飛び交う海鳥を指して訊ねた。

「う、うむ……」

振り返ると、父は船縁にもたれかかり、必死に何かを堪えている。船に弱いと聞いてはいたが、まさかこれほどとは思わなかった。

蒼褪めた顔でぐったりする父の姿に、駒は忍び笑いを漏らした。

父の言った通り、京の都の繁栄ぶりは駒の想像をはるかに超えるものだった。

叔母が言っていたような荒れ果てた場所などどこにもない。都大路は美しく整備され、名だたる寺院仏閣は絵草子と同じ、いやそれ以上に人で賑わっている。道の両側に建ち並ぶ武家屋敷は、どれも山形の城などよりずっと勇壮だった。

「あれが、聚楽第」

輿の窓に張り付くようにして、駒は目を凝らす。

都の只中に、周囲を睥睨するようにそびえる五層の天守。あの下に、自分の夫となる人物がいるのだ。

不意に、不安が胸をよぎった。あんな壮麗な屋敷で、一生を過ごすことになるのか。秀次や他の妻たちと、上手くやっていくことができるのか。

頭を振り、もう一度天守を見上げた。あれこれ思い悩んだところで仕方ない。あの場所で生きていくしかないのだ。おこちゃもついてきてくれる。もしも居心地の悪い場所だったとしても、自分の力で変えていけばいい。

中立売通りを西へ進むと、右手に最上家の京屋敷はあった。西隣が伊達家で、通りを隔てた向かいが上杉家の屋敷というのは何とも皮肉な感じがする。

屋敷に入ると、母の康子と京屋敷詰めの家臣たちが揃って義光と駒を出迎えた。

「見違えました。このように美しく育ってくれるとは」

会うなり、母はそう言って目を潤ませた。

母に会うのは、およそ五年ぶりだ。まだ四十一だが、髪には白いものがずいぶんと増え、以前よりも少し痩せたように思える。山形を遠く離れて京屋敷を切り盛りするのは、相当な苦労があるのだろう。

「父上、輿入れの日取りはいつ決まるのです？」

「そう急くでない。長旅の疲れもあろう。まずはこの屋敷でゆるりと過ごし、京の水に慣れることじゃ」

船旅がよほど応えているのか、父はすっかり疲れ果てた顔で言った。これで、山形と上方、名護屋を何度も行き来させられているのだから、何とも気の毒なことだった。

それはともかくとして、すぐに輿入れとならないのは、駒としてはありがたかった。輿の中からではなく、京の町を自分の足で歩いてみたい。物語で読んだ寺社や、清水《きよみず》の舞台といった名所も見ておきたかった。

だが、それからしばらく経っても、父は屋敷の外に出ることを許してはくれなかった。おこちゃの目を盗んでお忍びで出かけようとしても、警護が厳重で抜け出す隙がまるでない。

二月が経ち、三月が過ぎると、屋敷の中に張り詰めた気が満ちているのがわかってきた。父に輿入れはいつなのかと訊ねても、「関白殿下はお忙しい御方だ」と繰り返すばかりだった。

駒が歩くことを許されているのは、屋敷の中と庭だけだった。見上げれば、聚楽の天守がそびえている。

これほど近くにいながら、夫の顔を見ることもできない。たまたま秀次が天守に登ってこちらを見ていたとしても、その姿は豆粒ほどにしか見えないだろう。それでも、いつしか駒は、庭に出て聚楽の天守を見上げるのが毎日の習いのようになっていた。

歌を詠み、舞の稽古をし、秀次が好むという『源氏物語』を読んで無聊《ぶりょう》を慰める。そんな日々が、延々と続いた。季節はすでに、夏の盛りである。

駒が父に呼び出されたのは、七月三日の夜のことだった。

ようやく日取りが決まったのか。駒は軽い足取りで父の居室へ向かう。だが、父は苦渋に満ちた表情で言った。

「輿入れは、中止と相成った」

言葉の意味が飲み込めず、父の顔を見つめた。頬はこけ、顔色も悪い。憔悴しきった様子は、戯言を言っているようには見えなかった。

「今日、石田三成、増田長盛らの奉行衆が太閤殿下の意を受け、聚楽の秀次卿のもとを訪れた。秀次卿の、太閤殿下に対する謀叛を糾明するためだ」

「謀叛、にございますか」

秀次は太閤の養子で、次の天下人のはずだ。それがなぜ、謀叛など起こさねばならないのか。

「秀次卿は奉行衆に対し、誓紙を差し出して潔白を訴えた。だが、事ここに至った以上、そなたを秀次卿に嫁がせることはできん」

「関白殿下は、まことに謀叛を企てたのでしょうか」

「あの御方は、そこまで愚かではない！」

声を荒らげた義光に、駒はびくりと体を震わせた。父が怒声を発するところなど、これまで一度も見たことがない。

「だが、秀次卿は引き時を誤られた。もっと早くに、関白の職を返上すべきだったのだ。関白を辞して時を待てば、いずれ秀吉は死ぬ。そうなれば、天下は秀次卿のもとで自然とまとまったであろう。しかし、時はもう戻りはせぬ」

父は、太閤を〝秀吉〟と呼び捨てにした。その鬼気迫る目に、自分はもう入っていない。

さらに独言を続けながら、握り締めた拳で床を打ちつけている。

やがて、父は顔を上げてようやく駒を見た。

「お駒。そなたはほとぼりが冷めたら山形へ帰す。都見物は、いずれ折を見て存分にさせてやるゆえ、それまで辛抱いたせ」

秀次が謀叛の罪に問われたのならば、最上家も危うい。折を見てとは、この難局を乗り切ったらということだろう。

「わかりました。約束にございます」

「ああ、約束じゃ」

それから五日後の七月八日、秀次は釈明のため、伏見城へと向かった。

だが、秀吉に会うことはかなわず、その場で高野山へ入って出家するよう言い渡された。秀次はその命に従い、わずかな供を連れて高野山へ入ったという。父は、秀次の縁戚であることを理由に屋敷での蟄居《ちっきょ》閉門を命じられ、木村重茲ら秀次家臣や、伊達政宗・里村紹巴のように秀次と親しくしていた者たちも、同様の処分を受けている。

これで、秀次は完全に失脚した。もう、秀次に会うことは一生ないだろう。その落胆は、自分でも意外なほどに大きい。

騒動が決着を見たかに見えた七月十日、駒はおこちゃと共に、父に呼び出された。

「先ほど、石田三成ら奉行衆がここを訪れた」

「まさか、最上家にも……」

謀叛の罪が及んだのか。そう言いかけると、父は首を振った。

「いや、そうではない。これはそなたの身にかかわる話だ」

奉行衆は、駒の身柄を引き渡すよう申し入れてきた。秀次の妻妾と子らは、聚楽第を出て丹波亀山城へ送られることとなった。形の上ではすでに秀次の側室である駒もそちらに移すよう、秀吉の命が下ったのだという。

「それで、父上は何と?」

「無論、拒んだ。一度も顔を合わせたこともない夫婦などあるものか、とな。だが、奉行どもは納得せぬ。それゆえ、そなたは重い病にかかったということにいたす。よいな、おこちゃ」

「は、はい。承知いたしました」

「お駒。窮屈ではあろうが、どこに間者が潜んでおるかもわからぬゆえ、今後は庭へも出てはならんぞ」

しばし思案すると、駒は居住まいを正して言った。

「お断りいたします」

「なに？」

おこちゃが慌てて袖を引くが、無視して続けた。

「駒は、亀山城とやらへまいりまする」

「そなたは、自分が何を申しているのかわかっておるのか。亀山へは、謀叛人の妻として送られるのだぞ。いつ出られるかもわからん。そのまま出家させられ、寺に押し込まれるかもしれん」

「わかっております。されど、病などと偽ったところで、世間も太閤殿下も、父上が娘を匿っているとしか見ますまい」

「そのようなことは、そなたが考えることではない」

「いいえ。駒は父上のためではなく、御家のため、家臣領民のために申しております」

太閤から父に疑いの目が向けば、何かしらの理由をつけて最上は取り潰されるかもしれない。そうなれば、最上家の誰もが、山形にはいられなくなる。兄や姉、まだ幼い弟に妹。そしてようやく故郷へ戻った叔母。家臣や領民も、父の政に慣れ親しみ、父を慕っている。自分一人のために、最上の家を潰すわけにはいかない。

考え込む父に、駒は笑顔を向けた。

「それに、秀次様の奥方たちにもお会いしてみとうございます。秀次様がどんな御方なのか、お聞きしたいのです」

しばし駒の顔を見つめると、父は諦めたように大きく息を吐いた。

「わかった。わしは諸方に手を回して、すぐに処分が解かれるよう努めよう。おこちゃ。すまぬが、駒に付き添ってやってくれ」

「はい。姫様は、わたくしがこの身に代えてもお守りいたします」

毅然と答えたおこちゃに、駒は黙って頭を下げた。


亀山城での暮らしは、思っていたほど悪いものではなかった。

謀叛人の妻子とはいえ、仮にも前の関白の一族である。扱いは丁重で、外出がままならないことを除けばそれほどの不自由はなかった。

亀山城には、四十人近い女たちが幽閉されていた。中には、三人のまだ幼い秀次の子らや、おこちゃのような単なる侍女までもが含まれている。

秀次の妻たちの出自は、駒のような大名家から公家、下級武士、さらには京の町で秀次に目をかけられた捨て子までと様々だ。そして、妻たちは不思議なほどに仲睦まじく、いきなり現れた駒とおこちゃにも分け隔てなく接するばかりか、その境遇に涙を流して同情する者さえいる。

話すことは、ほとんどが秀次のことだった。顔立ちや背丈、どんな声で、衣服や食べ物は何を好んだか。彼女らは秀次がすぐ近くにいるかのように語り、絵が得意だという公家の姫は、秀次の肖像まで描いて見せてくれた。

不思議なものだった。亀山に移されて数日だが、駒はずいぶん前から秀次を知っているような気さえする。会ってみたい。決してかなうことはないであろうその思いが、駒の中に募っていく。

だが、その願いはすぐに断ち切られた。七月十五日、秀次は高野山青巌寺において切腹して果てたのだ。

出家した者の罪をさらに問い、切腹を申し付ける。それが異常なことであるのは、駒にもわかった。そして同日、秀次を支えていた重臣の木村重玆が息子ともども切腹、その妻子は磔にかけられた。

秀次の妻妾たちが茫然自失する中、駒は一人、覚悟を定めた。

家臣でさえ、その妻と子まで罪を問われたのだ。秀次本人の妻子が赦されるはずはない。

そして八月一日、伏見の秀吉から遣わされた使者が、妻子の処刑を告げる。

その時、駒の脳裏に浮かんだのは、山形の景色だった。城の庭から眺める山々、城下の町並み、白川の清らかな流れ。ほんのわずかに見た京の景色よりも、ずっと美しく感じる。

うつつとも夢とも知らぬ世の中に　すまでぞかへる白川の水

駒は筆を執り、辞世を認めた。夢とも現《うつつ》とも知れぬ世に長く住むこともなく、この身は彼岸へと帰る。寄せては返る、白川の水のように。

翌二日、駒と秀次の妻子らは、京の都にあった。

全員が白装束で、市中引き回しのため、牛の曳く荷車に分乗させられている。車は七台。駒が乗るのは前から二番目の車だった。右大臣菊亭晴季の娘で三十二歳になる一の台の他、二人の側室が同乗している。

亀山を発つ前、おこちゃは声をひそめて駒に言った。

「姫様、お心をしかとお持ちください。必ずや、お屋形様がお救いくださいます。若御前様の例もございますれば」

行列の中に秀次の正室、若御前の姿はない。彼女の父は、かつての織田家宿老、池田恒興《いけだつね》《おき》。兄は秀吉子飼いの武将、池田輝政《てるまさ》だった。そのためか、若御前は助命され、三河の実家に戻っている。

だが、自分が助かることはないだろうと、駒は思っていた。

新参の田舎大名に過ぎない最上家に、秀吉に思い止まらせるほどの力はない。父は今も、娘の助命を求めて奔走しているだろうが、それもきっと徒労に終わる。最上程度の家ならば、見せしめにはちょうどいい。秀吉は、そう考えているに違いない。

沿道には見物人が鈴なりとなっているが、声を上げる者はほとんどいない。引き回しの行列は一条からはじまり、三条河原へ向け、ゆっくりと時をかけて進んだ。

三条河原には、すでに多くの人が見物に詰めかけていた。刑場の周囲には柵が巡らされ、武装した兵が警護に当たっている。三十一人の女と三人の幼子は、地面に敷いた筵の上に座らされた。

刑場には、二十間四方はありそうな深い堀と、掘り出した土で築かれたらしい大きな塚があった。側室の一人がその塚の上を凝視し、震える声で言う。

「あれは……」

塚の上に、何か置かれている。人の頭だった。

「秀次様」

一の台の声。側室たちが嗚咽の声を漏らしはじめる中、駒は泣くことができなかった。

塚の上に目を凝らすが、遠すぎて顔もはっきりとはわからない。

やがて、一人の男がお駒たちの前に姿を現す。男は、石田治部少輔三成と名乗った。

「はじめよ」

罪状の読み上げもなく、三成は冷めた声音で命じた。

三成配下の武者が、母の手から幼い男子を奪い、堀際まで抱きかかえていく。乱暴に地面に下ろされた男子は次の刹那、脇に控えた処刑人の手で、一刀の下に首を落とされる。

母たちの泣き叫ぶ声が響く中、残る二人の幼子が引き立てられていく。抵抗する者は蹴り倒され、幼子は泣きじゃくりながら胴を刺し貫かれた。手を合わせることさえせず、処刑人は屍を無造作に堀の中へ蹴落としていく。

刑場を囲む群衆がざわめきはじめた。奉行や処刑人に罵声を浴びせる者たちに、警護の兵が槍を突きつけている。

周囲が騒然とする中、三成は冷めた声音で手にした書付を読み上げた。

「一番。一の台」

武者たちが一の台へ歩み寄る。一の台は引き立てられることを拒み、自らの足で立ち上がると、毅然とした足取りで堀際まで進み出る。秀次の首に向けて手を合わせると、処刑人の刀が振り下ろされた。

続いて、秀次の子を産んだお長、お辰、おさこが首を刎ねられた。

処刑は淡々と進められた。あまりに凄惨な光景に、女たちの中には気を失って倒れる者もいる。我を失ってしまえば楽になれるかもしれない。そう思いながらも、駒は目を見開き、眼前で繰り広げられる惨劇をじっと見つめ続けた。ここで目を逸らせば、この理不尽に屈することになる。

秀吉という男は、何のためにこの日の本を統一したのだろう。漂う血の臭いを嗅ぎながら、駒は思った。武士や民に苦役を押しつけ、異国にまで兵を送り込んで屍の山を築く。我が子の地位を危うくする者は、女子供にいたるまで殺し尽くす。

「所詮は、己の欲か」

呟き、駒は嗤《わら》った。ならば、こんな天下など、滅びてしまえ。

「十一番、お駒」

大きく体を震わせたのは、駒ではなく隣に座るおこちゃだった。

「姫様」

「うろたえてはならぬ」

言うと、駒は立ち上がった。

「奉行の方に申し上げる」

声を張り上げると、三成がこちらに顔を向けた。群衆も声を上げるのをやめ、河原が静寂に包まれる。

「これなるおこちゃは我が侍女にて、秀次卿とは縁もゆかりもなき者。かような者まで死を賜る道理がありましょうや」

「姫様、おやめくださいませ」

必死に縋るおこちゃに構わず、三成を睨み据えた。三成も、感情の窺えない目でこちらを見つめる。情を押し殺しているのか、それとも何も感じるところがないのか、駒にはわからない。

「太閤殿下のお下知。それが、この天下の道理に候」

それだけ言うと、三成は再び手元の書付に視線を落とした。

「すまぬ、おこちゃ。救うてはやれなんだ」

「姫様」

「罪なき子女に向けた刃は、いずれ必ず豊家へと向かう。あの世で、ともにその様を眺めようではないか」

泣き崩れるおこちゃに笑いかけ、駒は歩き出した。

堀際に敷かれた筵に座り、秀次の首を見つめる。

話に聞いていた通りの、よく整った美しい顔立ち。不思議と、はじめて会うような気がしない。

すぐにまいります。はじめて対面した夫に、駒は手を合わせて読経した。

「首を前へ」

傍らの処刑人が、刀を手に喚く。体が震え出しそうになるのを、歯を食い縛って耐えた。

目を閉じ、首を前に差し出す。

父上。必ずや、この仇を。

念じた直後、風がうなじのあたりを打った。

七

駒が死んだ。

死の恐怖に取り乱すこともなく、清らかな声音で読経し、従容として首を刎ねられたという。

駒が何とか救おうと石田三成に掛け合ったおこちゃも、最後に斬られた。

「駒が、死んだ」

誰もいない京屋敷の書院で、義光は呟いた。

何かの間違いだろう。今からお駒の部屋に行けば、普段と何も変わらず、そこにいるのではないか。京見物がしたいなどと言って、義光を困らせるのではないか。思ったが、確かめようという気にはなれなかった。

はじまりは、些細と言ってもいい意見の違いだった。

今年二月、会津の蒲生氏郷が病没した。だが、残された嫡男の秀行はいまだ十三歳。若年に加えて蒲柳《ほりゅう》の質で、九十二万石もの大領を相続させることに不安を覚えた秀吉は三月後、蒲生家の知行目録に不正があったとして秀行から会津を取り上げ、近江二万石への転封を決定した。

だが、これに秀次が反対した。転封を命じる朱印状の発行を拒み、独断で秀行の会津相続を認めたのだ。

名目上、公儀の頂点は天皇に代わって政務を執る関白である。秀吉個人の命令は、関白の発行する朱印状が揃ってはじめて効力を持つ。

諸大名の多くは、表向きはともかく、内心では秀次の処置に喝采を送った。跡継ぎの出来不出来で所領が召し上げられてはたまらない。大名たちが公儀に望むのは、自らの所領安堵と、穏便な相続を保証することである。そして秀次は、その期待に応えようとした。

徳川家康や前田利家らの説得もあり、秀吉は蒲生秀行の相続を認める。だが後から考えれば、この蒲生問題が秀吉と秀次の間に決定的な溝を作った。

やがて、奇怪な噂が流れはじめた。

秀次が戦稽古と称して道行く百姓を鉄砲で射ち殺し、夜な夜な辻斬りに励んでいる。殺生禁断の比叡山で鹿狩を催し、僧たちに狼藉を働いた。妊婦の腹を裂いて胎児を取り出した。義光と伊達政宗が、秀次を担いで兵を挙げるという落書が掲げられたこともある。

「そこまでするのか」

義光は慄然とした。噂は反秀次派、あるいは秀吉自身の意を受けて流されたものだろう。どれも根も葉もない雑説にすぎないが、義光はそこに、秀次を追い落とそうと目論む者たちの暗い執念を感じた。

駒を山形へ帰すことも考えた。だがそれは、秀次を見限ったと宣言するようなものだ。秀次や周囲の者たちが、それを認めるはずもない。やむなく、長旅の疲れということにして屋敷に匿い続けた。

そして七月、秀次は高野山に追放され、義光ら秀次に近い者には蟄居閉門が命じられる。

義光は、八方手を尽くして駒の助命を訴えた。だが、誰もが己が生き残ることに必死で、頼みの綱の家康も折悪しく江戸に帰国中だった。

秀次切腹後の七月二十日、義光は有力大名二十余名が連署する誓紙に署名、血判を捺《お》した。内容は秀吉、拾丸、そして子々孫々に対する忠誠の誓いである。駒が助かるのなら、血判など何百枚でも捺してやる。この身の血が尽き果てても構わなかった。

だが、すべては徒労に終わった。

三条河原の刑場には塚が築かれ、〝秀次悪逆塚〟と記した石塔が置かれているという。聚楽第は破却と決まり、その作業は今も続いている。

秀次を葬ったものの、拾丸はまだ三歳の幼児に過ぎず、関白職に就くことはできない。そこで、公儀は徳川家康、前田利家、毛利輝元、小早川隆景、宇喜多秀家、上杉景勝の六名と、石田三成らの奉行衆の合議によって、拾丸の成人まで天下を運営するという新たな仕組みを整えた。朝廷の職制を拠り所とした体制から、豊家がすべてを決する体制へ舵を切ったということだ。

公儀は五ヶ条の『御掟《おんおきて》』、九ヶ条の『御掟追加』を制定し、政情の安定に躍起になっているが、義光にはどうでもいい話としか思えなかった。

「お屋形様」

坂光秀が、声をかけてきた。

「もう何日も、何も召し上がっておられぬと聞きました」

駒が死んで、何日が経ったのだろう。それすらも、義光にはわからなくなっていた。とてつもなく長い時が過ぎたような気もするし、まだ昨日のことのようにも思える。食事を摂った記憶はないが、空腹などまるで感じない。

「このような時こそ、お屋形様の身に何かあれば一大事。お体をいとわれませ」

「ああ、わかっておる。腹が減ったら食う。それだけのことではないか」

「お屋形様……」

しばし困惑したような表情を浮かべると、光秀は頭を下げて出ていった。

気づくと、駒の死から十四日が過ぎていた。二七日《ふたなのか》の法要を終え、義光は再び無為の時に身を委ねる。

脳裏に浮かぶのは、尽きることのない後悔だけだった。駒を山形へ帰していれば。関白への輿入れを断っておけば。秀吉に臣従などしなければ。

義光を現実に引き戻したのは、その日の夕刻に響いた慌ただしい足音だった。

「御方様が……」

侍女が、蒼褪めた顔で報告し、泣き崩れる。

義光は立ち上がった。足がふらつき、壁に寄りかかる。そんなことがあるはずがない。何かの間違いだ。念じながら、覚束ない足取りで康子の部屋へ向かう。

部屋の前には、侍女や家臣たちが集まっていた。女たちのすすり泣く声が聞こえる。

「お屋形様、今はまだ……」

遮ろうとする光秀を押しのけ、震える手で襖を開く。

部屋には西日が射し込んでいた。その光の中、康子は何かに怯えるかのように背を丸めてうずくまっている。

「康子、いかがした。何をいたしておるのだ」

咎める響きにならないよう、穏やかな声音で呼びかけるが、答えはない。康子の両肩に手をかけ、上体を起こす。

康子は、両手で何かを握り締めていた。短刀。その切っ先は、左の胸に深く突き刺さっている。床には、血溜まりができていた。

「ああ、そうか」

掠れた声で、義光は呟いた。苦しんでいたのは、自分一人ではない。己を責め、尽きることのない後悔に苛《さいな》まれていたのは、康子も同じではないか。なぜ、気づいてやれなかったのだろう。

「お屋形様、後は我らが」

「入るな！」

声を張り上げ、義光は康子の体を横たえた。硬く握られた両手を解き、短刀を抜いてやる。

すべての苦しみから解き放たれたような、穏やかな顔つき。だが、そこに生の色はない。

「すまぬ……許してくれ」

かすかに温もりの残る頬に手を当て、義光は駒が死んでからはじめて嗚咽を漏らした。


数日後、石田三成が屋敷を訪れた。義光の謹慎が解かれたことを報告するためである。

「最上家二十四万石、並びに雄勝郡蔵入地の代官職は、これまで通り安堵されます」

駒を亀山に幽閉すると告げた時と同じ感情の窺えない声で、上座についた三成は告げた。

この三成こそが秀次を失脚に追い込んだ黒幕なのだと、世間では囁かれている。だが、それは単なる噂にすぎないと義光は見ていた。

三成が反秀次派であることに間違いはないが、あれほどの粛清を行えば豊家の屋台骨自体が揺らぐことを、この三十六歳になる稀代の能吏が予想できないはずはない。秀次に腹を切らせ、妻子を皆殺しにしたのは、秀吉の妄執以外の何物でもない。三成は立場上、それに従わざるを得なかったのだろう。

だが、この男が駒の処刑を指揮したことに変わりはない。内心の憎悪を押し殺し、義光は神妙に頭を下げた。

「これより、太閤殿下のお言葉をお伝えいたす」

「はっ」

「娘を処刑いたしたこと、不快に思うこともあろう。されど、前関白が謀叛を企てた上は、やむなき仕儀と心得るべきである。汝の罪科は赦すゆえ、一層の奉公に励むよう。以上にござる」

傍らに控える光秀の肩が、小刻みに震えた。

義光は、笑い出しそうになる自分を何とか堪えていた。やむなき仕儀。罪科は赦す。戯言を言っているのか。そうでなければ、秀吉は呆けたとしか思えない。

「出羽侍従殿。太閤殿下のお言葉にござる」

「ははっ。ありがたき御上意に候」

待っていろ、お駒、康子。額を床に擦りつけながら、義光は心の中で呼びかけた。

あの男は、わしが殺してやる。


その後も、秀次の死による公儀の動揺は続いた。

すでに、前野長康や服部一忠、渡瀬繁詮《わたらせしげあき》といった秀次付きの家臣は腹を切り、改易処分となった。浅野幸長《よしなが》は能登に配流となり、丹波亀山城主の小早川秀秋は所領を没収されている。里村紹巴は三井寺で蟄居、秀次に仕えた医師の曲直瀬玄朔《まなせげんさく》は追放された。

嫌疑は、秀次と親しかった伊達政宗にも向けられた。だが、政宗は公儀の訊問に対し、「両目の見える秀吉でさえ、秀次の人物を見誤った。隻眼の自分にどうして見抜けようか」と突っぱねたという。

実に政宗らしい開き直りだった。結局、政宗への嫌疑は晴れ、伊達家は窮地を脱している。結局、事件は皮肉にも、秀吉の築いた天下がいかに不安定なものであるかを世に示す結果となった。関白の地位にある者さえ、秀吉の意向一つで跡形も無く叩き潰される。諸大名の公儀に対する信頼は大きく損なわれ、少なくない者たちから恨みを買った。京の町には、公儀を批判する落書が幾度となく掲げられているという。

遠からず、豊臣の天下は崩れはじめる。その時を、義光は心待ちにしていた。

秀次が誅《ちゅう》され、聚楽第が破却されたことで、公儀の中心は秀吉のいる伏見へと移った。義光も、京よりも伏見に築いた屋敷にいることの方が多くなっている。

伏見屋敷の普請は大きな出費だったが、義光個人としては悪いことではなかった。京の屋敷は、駒や康子の記憶が色濃く残りすぎている。

「それにしても、華やかなことよ」

今なおいたるところで槌音《つちおと》の響く伏見の町を眺めながら、義光は皮肉を口にした。

ただの隠居城だったはずが、指月の丘に築かれた城は、高い石垣や天守を備えた本格的なものとなっている。外堀には宇治川の水が引かれ、その周囲を無数の武家屋敷が固めていた。新たに移り住んだ商人や職人も多く、城下には大坂へ通じる湊まで築かれている。

近々、秀吉はこの城で、明の使節を迎えることになっていた。和平交渉は難航していたものの、石田三成や小西行長の尽力で、ようやく使節の派遣にまでこぎつけたのだ。

秀次事件の動揺がようやく収まりを見せた十一月、秀吉が病に倒れた。咳の病で、起き上がることもままならないという。明けて文禄五（一五九六）年となっても病は癒えず、正月の参賀は取りやめとなった。

六十という年齢を考えれば、何が起きてもおかしくはない。諸大名はすでに、秀吉没後を見据えて動きはじめている。

二月になってようやく恢復した秀吉は、諸大名から誓紙を取るのに躍起となった。いずれも、豊家に忠誠を尽くし、拾丸を支えていくといった内容である。

その年の夏は、天変地異が相次いだ。六月末、関東の浅間山が噴火し、その灰が上方にまで降り注いだ。その二日後、天に赤く光る禍々しい星が現れ、十日以上も消えることがなかった。ある者は大乱を予言し、またある者は、豊家の失政に対する天の怒りだと評した。

閏七月十三日、義光は日の出前に目覚めた。

体が、かすかに揺れたような気がする。疲れているのだろう。そう考えて再び目を閉じた刹那、真下から突き上げるような、凄まじい揺れがはじまった。

立ち上がることもままならない。調度が飛び跳ね、柱が軋《きし》む。揺れは縦から横へと変わったが、それでも収まる気配がない。襖が倒れ、女たちの悲鳴が上がった。天井の梁が竹細工のように歪み、大きな亀裂が入る。どこかから、建物の崩れる音も聞こえた。

天の怒りか。民を苦しめ続ける公儀への怒り。ならば、その一角を占める自分にも、罰は下って当然だ。

だが、ほどなくして揺れは収まった。天はまだ、自分を殺すつもりはないらしい。

「お屋形様！」

倒れた襖を踏みながら、光秀が姿を見せた。

「大事ない。手分けして屋敷を調べよ。女たちは、庭に集めるのだ」

「はっ」

庭に下りると、いたるところから水が噴き出していた。塀はほとんど崩れ、蔵は潰れている。

幸い、深手を負った者はいなかった。屋敷も、蔵を除けば何とか倒壊を免れている。ただ、町全体ではかなりの被害が出ているだろう。時刻が時刻だけに火が出る恐れは少ないが、死傷者は相当な数に上るはずだ。

再び、大きな揺れがきた。かろうじて屋根を支えている柱が、悲鳴にも似た音を立てる。揺れはすぐに収まったものの、屋敷はもう使えそうにない。

「水と食糧を運び出しておけ。しばらくは、外で小屋掛けすることになるぞ。それと、人をやって周辺の様子を見てまいるのだ」

陣頭に立って潰れた蔵から食糧を運び出していると、物見に出した近習が駆け戻ってきた。

「一大事にございます。伏見の天守が崩れ落ちた由！」

「まことか！」

頭に浮かんだのは、たった一つのことだった。

「して、秀吉は」

天下人を呼び捨てにしたことにも気づかず、近習は答えた。

「仔細は不明にございます。辛くも難を逃れたとも、瓦礫に押し潰されてお亡くなりになられたとも。皆、動揺し、様々な噂が飛び交っております」

ここで秀吉が死ねば、天下はどう動くか。

いや、生きていたとしても、この混乱を衝けば、討ち取ることも不可能ではない。駒の、康子の苦しみを、あの男にも味わわせる。考えただけで、暗い喜びが全身を駆けた。

「お屋形様！」

別の近習の声が、義光を現実に引き戻した。

そうだ。秀吉を殺したところで、得る物など何もない。逆賊として諸大名から攻撃を受け、最上家を滅ぼすだけだ。それは、駒も康子も望んではいない。

「どうだ、何かわかったか」

「はっ。周囲の大名屋敷も、多くが倒壊。特に、伏見城に近い屋敷ほど被害は甚大な模様にございます」

義光は目を見開き、近習の胸倉を摑んだ。

「徳川は、徳川邸はどうなった！」

「わ、わかりませぬが、被害は小さくはないかと」

近習を離し、義光は命じた。

「屋敷の警護を固めよ。わしは徳川邸に向かう。光秀、後はそなたに任せた」

「徳川邸にございますか？　太閤殿下のもとではなく」

答えず、義光は駆け出した。近習の数名が慌ててついてくる。

秀吉がどうなろうと、知ったことではない。徳川邸には、息子がいるのだ。

康子が産んだ次男の太郎四郎は一昨年、徳川家康のもとで元服し、家親《いえちか》と名乗っていた。歳の近い家康の三男、秀忠の小姓を務め、今は伏見にいる。家親にまでもしものことがあれば、あの世で康子に合わせる顔がない。

ようやく日が昇りはじめると、義光は周囲の光景に息を呑んだ。

天下人の膝元として繁栄の極みにあった伏見の町が、完全に廃墟と化していた。町を睥睨する天守は上層部が崩れ落ち、見るも無残な姿を晒している。倒れた塀や倒木が道を塞ぎ、方々から水が噴き出して泥濘《でいねい》を作っていた。方々で火の手が上がり、煙が幾筋も立ち上っている。小さな揺れは断続的に続き、その度に悲鳴が上がった。

どれほどの人数が命を落としたのか、見当もつかない。京は、大坂は、山形はどうなったのか。このまま、天下が瓦解してもおかしくはない。不安に慄《おのの》きながら、義光は瓦礫を踏んで歩き続けた。

徳川邸は全壊こそ免れたものの、相当な被害を受けていた。混乱はしているが、武装した兵が屋敷の周囲を固めている。

「出羽侍従、最上義光である」

槍を突きつけてきた兵に名乗り、敷地に入った。

「なんと、最上殿か」

家康は無事だった。庭で、主立った家臣たちに囲まれている。その中には、秀忠の姿もあった。

「内府殿、大事ございませぬか」

家康は今年、正二位内大臣となり、内府と呼ばれている。

「さすがに驚き申したが、大事ござらぬ。秀忠。家親をこれへ」

「はっ」

秀忠に呼ばれ、家親が駆けてきた。衣服はあちこちが破れ、左腕を布で肩から吊っている。

「父上、わざわざおいでくだされたのですか」

「その腕は、いかがした」

「はい。倒れてきた柱に挟まれましたが、大事はございませぬ」

「家親は、それがしを庇《かば》って手負うたのです。申し訳ござらぬ」

秀忠が口を挟み、頭を下げた。

「さようにござったか」

「家親には、倅《せがれ》の命を救われ申した。礼を申しますぞ。最上殿は、立派なご子息をお持ちじゃ」

どこか線の細い、目立たない息子だった。だが、しばらく見ないうちにずいぶんと逞しくなっている。

康子が聞けば喜ぶだろう。そう思った途端、視界が滲んだ。

「父上？」

「いや、何でもない。それより」

目元を乱暴に拭い、家康に向き直る。

「徳川殿、しばらくの間は何が起こるかわかりませぬ。徳川殿の御身に何かあれば、天下の一大事。それがしはここで、徳川殿の警護に当たる所存にござる」

しばし、家康は義光の目を見つめ、口元を緩めた。

「かたじけない。では、お言葉に甘えるといたそう」

秀吉の生死。今後の政情。家康はすでに、あらゆる事態を想定しているはずだ。次の天下人を巡る戦は、すでにはじまっている。


地震の被害は京、大坂はもとより、畿内全域に及んでいた。

死者は、少なく見積もっても数万。大坂城は辛うじて持ちこたえたものの、京の被害は伏見よりも大きく、夥しい数の人々が住む家を失った。近く落慶《らっけい》の法要が営まれるはずだった方広寺《ほうこうじ》は甚大な被害を受け、刀狩で集めた武具を鋳直《いなお》して作った大仏も崩れ落ちた。

天守が崩落した伏見城では、上臈《じょうろう》女房七十三人、仲居五百人が圧死したという。

だが、秀吉は生きていた。近臣がその姿を見つけた時、虚ろな目で自身が築き上げた町の残骸を見つめ続けていたという。そして被災した者たちへ救いの手を差し伸べることもなく、翌日には倒壊した伏見城に程近い木幡山《こはたやま》に、新たな城を築くことを命じる。

いまだ余震の収まらない八月一日、昼日中にもかかわらず、日輪がその姿を隠した。人々がさらなる災いを予感したわずか四日後、今度は上方を猛烈な野分が襲い、洪水と山崩れを引き起こした。

九月一日、文字通り崩壊しつつある公儀を嘲笑うかのように、明の正使一行が日本を訪れた。秀吉は地震と野分を何とか耐え抜いた大坂城で正使一行を迎える。せめて、誰もが納得する実を得て、明と和睦する。それが秀吉に残された、自身の権威を保つ唯一の方策だった。

だが、その和平交渉も呆気なく破れる。秀吉が出した過大な講和条件を、小西行長が握り潰していたことが露見したのだ。激怒した秀吉は、即座に朝鮮再出兵を命じた。

最上家に課せられたのは、またしても後方支援の任だった。大きな負担ではあるが、実際に朝鮮で戦う西国大名と比べれば天と地の差だ。

翌年からはじまった再征は、すぐに泥沼に嵌り込んだ。

各将の連携はばらばらで、互いに足の引っ張り合いが絶えない。前線で戦う福島正則、加藤清正、黒田長政らの武断派と、後方の石田三成ら奉行衆の軋轢《あつれき》も、日に日に深まっていた。

慶長三年一月、会津の蒲生秀行が突如、宇都宮十二万石への減転封を命じられた。表向きの理由は、軍勢を集めて睨み合うほどになった家臣団相互の対立である。

だが実際は、徳川家康の娘を娶っていた秀行の勢力削減が狙いだろう。一朝事あれば背後から徳川領に攻め入る役目が、家康の娘婿に果たせるはずがない。

そして数日後、新たに会津へ移る大名が発表された。

「そうか」

その名を聞き、義光は小さく笑った。

上杉景勝。佐渡、荘内は据え置きで、越後と北信濃に代えて旧蒲生領の会津、米沢を与えられるという。合わせて、百二十万石にはなるはずだ。これで、最上領は西と南を上杉領に挟まれることになった。

「上杉か。あの男とわしは、前世からよほど因縁があるらしい」

次の乱は近い。そしてその時、自分は上杉景勝と戦うことになる。

それは、予感ではなく確信だった。

第五章　激流

一

慶長三（一五九八）年八月十八日、秀吉が死んだ。

露と落ち　露と消えにし我が身かな　なにわのことも　夢のまた夢

辞世の歌である。すべては夢にすぎない。そう言い切って、秀吉は死んでいった。

「夢、か」

伏見の最上屋敷で、義光は吐き捨てるように呟く。奪われた荘内も、駒と康子の死も、唐入りや天下普請の負担も、義光にとってはあまりにも大きな痛みを伴う現実だった。

「して、諸侯の反応は？」

義光は主立った者たちを集めると、坂光秀に訊ねた。

「今のところ、目立った動きはございませぬ。公的には、太閤はいまだご存命です」

秀吉の死は、まだ公にはされていない。朝鮮にはいまだに十万を超える軍勢がいる。それを撤退させるまで、秀吉の死は伏せられるだろう。

拾丸改め秀頼《ひでより》は、まだ六歳の幼児に過ぎない。秀吉亡き後の公儀は、昨年の六月に没した小早川隆景を除き、前田利家、徳川家康、毛利輝元、宇喜多秀家、上杉景勝の五大老と、石田三成、浅野長政、増田長盛、長束《なつか》正家、前田玄以《げんい》の五奉行の合議によって運営されることになる。

「まずは、朝鮮からの撤兵。何か大きな動きがあるとすれば、それ以後でしょう」

志村高治が言い、谷柏直家が後を受ける。

「今後、公儀は前田派、徳川派の二つに割れますな。いや、すでに割れていると言ってもいい」

秀吉亡き後、官位では内大臣の家康が最高位となり、五大老筆頭と目されている。対する利家は、亡き秀吉の信任も厚く、秀頼の傅役を託されていた。

「前田派には石田三成ら五奉行、毛利に宇喜多、そして、上杉景勝。徳川派には伊達政宗様の他、福島正則様、加藤清正様ら、三成らを憎む太閤子飼いの武将たち」

「そして、このわしだ」

最上が徳川に近いことは周知の事実だ。政宗も上杉への対抗上、徳川に与する。だが、五大老のうちの四人と五奉行全員を敵に回した家康は、いかにも劣勢だった。

「一度だけ、お屋形様に確かめておきまする」

直家がこちらを見つめて言った。

「我らは西と南を上杉に挟まれ、北の小野寺義道も、雄勝郡奪還を目論んでおりましょう。残る伊達様は、表裏常なき御方。形勢次第でどちらへ転ぶかわかりませぬ」

「それで、何を確かめたい？」

「御家の安泰のみを考えるならば、徳川様とは距離を置き、表向きだけでも上杉との和親を図るべきでしょう。それでも敢えて、徳川様に付くと仰せにございますか」

「確かに、直家の申す通りだ。今後、時勢はこれまで以上に速く、激しく動く。一歩でも舵取りを誤れば、我らは四面楚歌に陥り、最上の家は滅ぶやもしれん」

直家だけでなく、全員を見回して続けた。

「だがわしは、これ以上豊臣の世が続くことに耐えられん。荘内を奪い、駒と康子を死に追いやり、天下の士民に塗炭の苦しみを与え続けた豊家を、赦すことはできんのだ」

「お屋形様のご存念、しかと承りました。ご無礼の段、平にご容赦を」

直家が言うと、全員が頭を下げた。


それから義光は、伏見屋敷で息を潜め、情勢をじっと見つめた。

朝鮮からの撤兵が完了すると、公儀は慶長四（一五九九）年一月五日、ようやく秀吉の死を公表する。前田利家は、秀吉の遺言に従い、秀頼を擁して大坂へと移っていった。今後、利家は大坂で秀頼を後見し、家康は伏見で政務を執ることとなる。多くの大名が大坂へと移っていったが、義光は伏見にとどまった。

その直後、家康を除く四人の大老と五奉行は、家康に問罪使を送りつけた。家康は公儀の許しなく、伊達政宗、福島正則、加藤清正、蜂須賀家政らと縁戚関係を結んだのだ。公儀に無断での大名同士の婚姻は、秀吉が生前に発した『御掟』により禁じられている。

だが、家康は問罪使に対し、「失念していた」と居直り、さらには「難癖をつけて自分を大老の座から追い落とそうと企む輩こそ、太閤の遺命に背く者である」とまで言い放った。

ここに至り、事態は急速に動きはじめる。公儀が徳川討伐令を出すとの噂が広がり、大坂には諸侯の軍勢が集結した。一方、伏見徳川邸にも義光をはじめ、徳川派の諸侯が参集している。

だが、形勢はかなり、徳川方に分《ぶ》が悪い。兵力的にも劣勢の上、前田方は秀頼を擁している。徳川寄りと見られていた浅野長政や、家康の娘を娶ると約束した加藤清正さえ、利家の下に参じているのだ。

「これは、伯父上」

騒然とする伏見徳川邸で、声をかけられた。

「おお、政宗殿か」

「母が、ご迷惑をおかけいたしております。岩出山へ戻るよう、再三催促はいたしておるのですが」

「まあ、あれにも思うところが色々とあるようです。しばらくは、好きにさせておくのがよろしかろう」

「かたじけない。しかし、ようやく朝鮮の戦が終わったというに、またぞろ戦騒ぎとは」

政宗は、娘の五郎八《いろは》姫を家康の六男忠輝に嫁がせると約束していた。公儀の詰問に対しては「すでに許可を取ったものと思っていた」と居直っているが、騒動の張本人の一人だけあって、さすがにその表情は硬い。

「そう険しい顔をなされるな。おそらく、戦にはなりますまい」

「戦にならぬと？」

「さよう」

声をひそめ、義光は続けた。

「ここだけの話だが、前田殿はご自身の健康に、かなりの不安を抱えておられる」

連歌で築いた人脈から得た情報だった。連歌師や公家衆の伝手を辿っていけば、大名に仕える医師にも繋がることがある。

「到底、乾坤一擲の勝負に出る気力はあるまい。今頃は三成らの突き上げを抑えながら、落としどころを探っておろう」

「しかし、三成らが独断で動くことも考えられましょう」

「大老の同意なく兵を動かせば、それこそ逆賊。それに、大坂方には浅野長政殿、加藤清正殿といった徳川寄りの大名もおる。三成とて、迂闊には動けまい」

腕組みし、政宗は思案する。

「まあ、そう深刻に考えぬことじゃ。いざとなれば、我らは内府殿を擁し江戸まで一目散に逃げればよい。上杉景勝は大坂にあり、会津は切り取り放題じゃ」

「なるほど」

政宗の隻眼に光がよぎった。口元には笑みが浮かんでいる。

自業自得の面は大きいが、政宗も公儀に領地を奪われ、朝鮮では多くの家臣を失った。豊臣公儀とそれに与する者たちに思うところは、自分と同じだろう。

結局、騒動はわずか二十日足らずで呆気なく収まった。

二月十二日、家康は掟を失念していたことを詫び、四大老と五奉行に誓紙を差し出す。同月末、利家は和解のため、伏見の徳川邸を訪問した。

それからほどなくして、利家は病に倒れ、床から起き上がることさえかなわなくなった。今度は家康が見舞いのため大坂の前田邸を訪れるが、閏三月三日、利家は没する。

その翌日、武断派の加藤清正、福島正則らが大坂の石田邸を襲撃するという暴挙に出る。辛くも難を逃れた三成は伏見へ入り、家康に仲介を依頼するという奇策に出た。三成は命こそ拾ったものの、奉行職を解かれた上、居城佐和山での蟄居に追い込まれる。これにより、家康の公儀簒奪を阻む者はいなくなったかに見えた。

六月、義光は久しぶりに山形へ戻った。

国許の政務は義康に一任してある。唐入りの課役でいくらか疲弊してはいるものの、大きな乱れはなかった。

「国境の防備を強化する。畑谷、上山、長谷堂、湯沢。これらの城は、特に備えを固めておけ。近々、大坂の商人を通じて集めた鉄砲、弾薬が届く。光直、鉄砲隊はそなたに預ける。しかと鍛えておけ」

「ははっ」

十三歳年下の弟である。華々しい武勲はないが、沈着冷静で、堅実な指揮を執る。遊軍となる鉄砲隊は適任だった。事態はまだどう動くか見えないが、戦なしで決着がつくとは思えない。財政事情は厳しいが、多少の無理をしてでも備えは固めておくべきだった。

重臣たちに方針を伝えると、義光はすぐに城下の氏家屋敷へ向かった。

守棟が病に倒れていた。ただの風邪だというが、だいぶ長引いているらしい。守棟はもう、六十六になっている。何が起こってもおかしくはなかった。

居室を訪《おとな》うと、守棟は起きて書見をしていた。

「寝ていなくてよいのか」

「はい、もうずいぶんとようなりました」

「何を読んでおったのだ？」

守棟は黙って、一冊の帳面を寄越してきた。開くと、荘内の村々の名と、人の数や田畑の収穫高など、細かな数字がびっしりと書き込まれている。

「東禅寺義長の遺したものか」

「はい。読めば読むほど、かの者の思いが伝わってまいりまする」

「死なせるには、惜しい男であったな」

「まことに」

十五里ヶ原の敗戦がなければ、義長は今頃、荘内代官として辣腕を振るっていただろう。人や物の往来は活発になり、最上領は今よりずっと豊かになっていたはずだ。

「一つ、お屋形様にお詫びを申し上げねばなりません」

居住まいを正すと、守棟は深々と頭を下げた。

「駒姫様の一件、この守棟、死んでもお詫びしきれませぬ」

額を床に擦りつけ、震える声で言う。駒を秀次の側室にという話を受けるよう進言したのは、守棟だった。

「目先の利に、目が眩み申した。駒姫様と奥方様を死に至らしめたは、それがしの落ち度にございます」

「よせ。進言を容れたのはわしだ。そなたに罪はない。責められるべきは、わしと、駒を殺した秀吉だ」

できることなら、自分の手で首を刎ねてやりたかった。だが、それもかなわなかった。

守棟が、頭を上げた。しばらく会わない間に、ずいぶんと年老いたように思える。六十六ともなれば当然だが、守棟が老いて、いずれは死んでいくということが、義光には信じられなかった。

出された茶を、しばらく無言で啜った。

「乱が、近うございますな」

季節の話でもするように、守棟が言った。

「わかるか」

「離れていた方がわかることも多うございます。流れは徳川へと向かっておりますが、このままでは済みますまい」

「であろうな。遠からず、戦は必ず起こる。その時こそ、荘内をとり戻す千載一遇の好機だ」

「お屋形様。それがしはもう、長うはござらん」

「何を申すのだ」

「最後に、お願いの儀がございます。それがしの遺言と思うて、お聞きくだされ」

数拍の間を置き、守棟は義光を見据えて言う。

「もう、荘内にこだわるのはおやめください」

「なに？」

「領内の士民は荘内が無くとも、十分豊かに暮らしていけますする。若い者たちは皆有能で、民はお屋形様の政に心服いたしております。さらなる豊かさを求めて血を流す必要はありますまい」

「ゆえに、荘内は諦めよと？」

確かに、父の代から考えれば、最上領はずっと豊かになっている。唐入りが終わり戦がなくなれば、民は耕作や商いに専念でき、より豊かになれるだろう。

だが義光は、荘内を制するために様々な謀に手を染め、守棟の息子、光棟をはじめ多くの家臣と兵を死なせてきた。そして、それを取り戻すために秀次に近づき、駒と康子までを失った。今さら、諦めることなどできない。

「そなたが、それを申すのか。光棟を、犬死のままにするつもりか」

「生者が為すべきは、死んだ者に縛られ、新たな死者を作ることではござらん。息子も、荘内のためにこれ以上の犠牲を出すことは望んでおりますまい」

守棟の言うことは、確かに正しい。だが、頭では理解できるというだけだ。

「わかった。荘内にこだわり、無理な戦に臨むような真似はせぬ。だが、訪れた機会を逃すつもりもない」

話を打ち切るように、義光は腰を上げた。

「まだ、そなたの知恵を借りねばならぬ時はあろう。しかと養生いたせ」

それだけ言うと、義光は部屋を後にした。

義光が山形にいる間も、情勢は目まぐるしく動いていた。

最大の政敵を排除した家康は、なりふり構わず公儀の切り崩しに出ている。

九月、重陽の節句の挨拶を口実に大坂城へ入ると、家康謀殺の陰謀をでっち上げ、秀頼警護を名目にそのまま大坂へ居座った。そして、その陰謀に加担したとして浅野長政を失脚させ、翌十月には、加賀前田家征伐の号令を発する。利家の跡を継いで前田家当主となった利長は、生母を人質として江戸へ送り、家康の軍門に降った。

慶長五年が明けた頃には、上方は徳川の天下となっていた。上杉、毛利、宇喜多ら有力な大名は領国へ下り、家康の専横に異を唱える者はいない。

「まったく、見事なものだ」

義光は、家康の老獪《ろうかい》な手腕に改めて感嘆の念を抱いた。四大老五奉行へ詫びを入れて、まだ一年と経ってはいない。利家の死という幸運はあったものの、そのわずかな間に家康は、公儀の政をほぼ掌握している。

だが同時に、義光は家康の焦りも感じた。あまりに露骨なやり方は、鈍重だが誠実な律義者という家康の評判を落とすことになる。そして、反徳川派の不満を煽ることにもなるだろう。

「なるほどな」

確かに、家康は煽っている。

自身に不満を抱く者たちに兵を挙げさせ、一網打尽に叩き潰す。それが家康の考えだろう。懐に飛び込んだ三成を生かしておいたのは、そのためだ。徳川への不満を結集できる者は、あの男しかいない。

ならば、家康は三成が兵を挙げるための隙を作るはずだ。家康が大坂に居座ったままでは、三成も動くに動けない。恐らく家康は、遠国の大名に難癖をつけ、自ら討伐軍を率いて大坂を留守にするだろう。そして、その大名を討伐した後に反転し、挙兵した三成一党を討つ。

前田はすでに屈し、宇喜多は家臣間の争いで一門や有力家臣が致仕し、国力は衰退しきっている。自然、家康が狙うのは毛利か上杉となるが、中国の毛利は江戸からあまりにも遠い。

家康は、上杉に戦を仕掛ける。そう確信した刹那、肌に粟が生じた。危険といえば、これほど危険な賭けはない。討伐に手間取れば、精強な上杉軍と秀頼を擁する石田軍に挟撃され、江戸城を枕に討死することにもなりかねない。

だが、家康は二十数年前、最強を誇る武田軍に半数の軍勢で突撃した男だ。この程度のことは、賭けとも思っていないのかもしれない。

いいだろう。その賭け、乗ってやる。

義光は氏家光氏を呼んで訊ねた。

「上杉の動きはどうなっておる」

「はっ。去る八月二十二日に景勝が帰国して以来、活発に動いております。領内の街道を整備し、城の普請も盛んに行っておるとの由。新たな領国の仕置を名目としておりますが、戦備えであることは疑いありません」

「そうか」

上杉にも、家康の思惑を読んでいる者がいる。そして、読んだ上で、家康を正面から迎え撃とうというのだろう。

義光は、一人の男の名を思い浮かべた。直江兼続。景勝の腹心にして、太閤秀吉に「日本の宰相が務まる」とまで言わしめた能吏である。あの男ならば、三成と共謀して家康の挟撃を目論むくらいのことはやりかねない。

「光氏、わしは大坂へ上る。留守は頼んだぞ」

家康が上杉に戦を仕掛けるにしても、口実は必要だ。ならば、自分がそれを与えてやる。

義光は久方ぶりに、血が騒ぐのを感じていた。

それからほどなくして、大坂の義光のもとに、国許の義康から使者が送られてきた。

「そうか。守棟が逝ったか」

眠るような、穏やかな死だったという。義光は、しばし瞑目して手を合わせただけだった。

今はまだ、感慨に耽る時ではない。立ち止まれば、時の流れに取り残されるだけだ。

二

東の空が、白みはじめている。

直江山城守兼続は筆を措《お》き、大きく伸びをした。書院の縁に出て、早朝の清らかな気を吸い込む。

室内に戻ると、書き上げた書状を最初から読み直した。誤字脱字がないか丁寧に見直し、ふっと息を吐くように笑う。

これを読んだ家康は、どんな顔をするだろう。激怒するか、それとも一笑に付すのか。

後世の史家は、この書状が家康の会津攻めを決定づけたなどと記すかもしれない。だが、書状の内容がどうであろうと、家康はいずれ、会津へ軍を向けてくるはずだ。

上杉と徳川の交渉を受け持つ、西笑《さいしょう》承兌《じょうたい》への返書だった。だが、この書状は当然、家康も目を通すことになる。

昨日、四月十三日に承兌から届いた書状は、上杉家謀叛との噂が流れていることを受け、上洛して釈明するよう勧めるものだった。丁寧に、上洛に応じなければ軍勢を差し向けるとまで記してある。

謀叛の噂は、事実といえば事実だった。景勝が上方から帰国した昨年の九月から、街道を整備して橋を架け、武具や兵糧、牢人衆を集め、重要な城は改修して防備を高めている。この三月には、対徳川宥和《ゆうわ》派の重臣、藤田信吉《のぶよし》が出奔するという事件も起こった。

上杉家はすでに、家康との戦に向けて、すべてが動いている。だが兼続に言わせれば、秀吉の遺言を無視し、あからさまに天下取りを狙う家康の方こそが謀叛人である。

兼続は書状に、思いつく限りの皮肉をぶつけた。
一、景勝に逆心が無いことは、起請文を書くまでもなく申し上げられます。去年以来、何通もの起請文が反故にされているので、さらに重ねる必要もないでしょう。

一、前田利長を思いのままに従えた内府のご威光は、まったく大したものです。

一、道を造っているのは越後を攻めるためだと堀秀治が言っているそうですが、秀治ごときを踏み潰すのに、道など必要ありません。かの者は、戦も知らぬ無分別者です。

一、逆心が無ければ上洛せよとの仰せですが、昨日まで逆心を抱いていても、素知らぬ顔で上洛すれば褒美を貰えるような風潮は、景勝には似合いません。逆心を噂される中で上洛などすれば、上杉家代々の弓矢の誇りまで失うことになります。

自分で書いておきながら、これほどまでに無礼な書状は見たことがない。苦労して書き上げた甲斐があったというものだ。

身支度を整え、朝餉を済ませて屋敷を出た。

会津黒川城は、蒲生氏郷が領主であった頃に、若松と名を改めている。名将氏郷が縄張りして改修されただけあって、なかなかの城だった。堅牢な石垣の上に七重の天守がそびえ、漆黒の瓦のあちこちに、金箔が惜しげもなく使われている。

だが、百二十万石に及ぶ上杉領を治めるには、いささか手狭だった。若松は会津盆地南東の端で、山に近いため町を拡げるにも限界がある。そのため景勝は、若松の北西一里ほどにある神指《こうざし》という台地に新たな城の普請を進めていた。

城地の選定と築城総奉行を任されたのは、兼続だった。戦のための城ではない。上杉が会津の地に根を下ろし、子々孫々にいたるまで繁栄するための城を築くのだ。

本丸の普請はすでに、三月十八日からはじまっている。周辺の十三の村は移転させ、普請のために領内から八万人を動員した。

台地の周辺には広大な平野が広がり、大国上杉の首府たるに相応しい。この地に、兼続は奥羽、いや東国一の城と城下町を築くつもりだった。これほどやり甲斐のある役目には、なかなか出会うことはできない。

だが、普請は途中で断念せざるを得なくなるだろう。家康が天下を狙っている以上、上杉は戦の他に選ぶ道がない。

「義、か」

若松の町を馬で進みながら、兼続は呟く。

謙信以来標榜し続けてきた〝義〟が、上杉家を縛っている。豊家に恩義のある景勝が戦わずして家康に屈することは、上杉の義が許さない。家康に尻尾を振れば、景勝の威光は地に堕ち、家中はたちまち統率を失い、内乱騒ぎにまで至った宇喜多家の二の舞となる。

思えば、厄介なものを抱えてしまったものだ。だが、謙信の後継者である景勝が家中をまとめていくには、義の旗を掲げ続けるしかない。

若松城には、朝から上杉家に仕官を求める牢人衆が多数詰めかけていた。

すでに、山上道及、水野藤兵衛、上泉主水《かみいずみもんど》といった名のある武人が新規に召し抱えられ、その噂を聞いた者たちが全国から殺到してきている。

とはいえ、貧窮の中で糊口を凌ぐためだけに会津へやってきた者も多い。今日集まっている中でも、残るのはほんの一握りだけだろう。

「ほう、あれは」

牢人たちが作る列の中に見知った顔を見つけ、兼続は声を上げた。背中に「大ふへん者」と大書した旗を指した老人である。

「前田慶次郎《まえだけいじろう》殿ではござらぬか」

「おお、直江山城殿か！」

「このようなところに並ばずとも、前田殿ほどの御仁ならば」

「いやいや、わしももう還暦を過ぎ申した。このような年寄りが大きな顔をしてしゃしゃり出るのもいかがなものかと思うてな」

慶次郎との出会いは三年ほど前の、京での連歌の会だった。細川幽斎の主催する、里村紹巴や名だたる公家衆が顔を揃えた会に、この老人がいた。

聞けば、慶次郎は織田信長の宿老滝川一益の一族で、前田利家の義理の甥に当たる人物だった。幾多の合戦で手柄を挙げたものの、利家と仲違いし、前田一門の地位も妻子も捨てて金沢を出奔、京で気ままな牢人暮らしをしているという。連歌や茶会の席で幾度か顔を合わせるうち、兼続は慶次郎の飄々とした人柄や人を食った言動、和歌や漢詩の並々ならぬ知識と教養に惹かれ、親交を深めていった。

「それにしても、〝大武辺者〟とは大きく出たものですな」

冷やかすように言うと、慶次郎は大きな口を開けて笑う。

「何を申される。これは〝大不便者〟と読むのじゃ。長年の牢人暮らしで銭も無く、女房もおらぬゆえな。文字の清濁くらい弁《わきま》えねば、一国の宰相など務まりませぬぞ」

こうした減らず口も、慶次郎の口から出ると不思議と不快には感じない。この歳で武功は期待できないだろうが、上杉の家中にはいささか生真面目すぎるきらいがある。こうした人物を一人召し抱えておくのも悪くはない。

「では、前田殿にはご不便の無きよう取り計らいましょう。さしあたり、一千石ではいかがかな」

相場をはるかに上回る高禄に、周囲の牢人たちからどよめきが上がった。

「承知いたした。では戦の場にて、一千石に恥じぬ働きをお見せいたしましょうぞ」

牢人たちの列を掻き分け、本丸の表書院へと向かった。

景勝はすでに文机に向かい、政務に当たっていた。国替えから二年、やるべきことは、まだ山のように残っている。

「できたか」

「はい」

西笑承兌への返書を差し出した。苦笑くらいは漏らすかと思ったが、一読する間も、景勝の表情はまったく変わらない。

「よかろう」

「では、早速大坂へ送りまする」

景勝は、兼続より五つ年長の四十六。常に言葉は少なく、喜怒哀楽を表情に表すこともない。それは生来のものではなく、家臣たちから神の如く崇められる謙信の跡継ぎとして、演じているにすぎない。だが、その演技を二十年近く続けているうちに、生得のもののようになっている。兼続も、この主君が笑ったところなどほとんど見たことがなかった。

「内府は、いつ来る」

景勝が、ぼそりと呟くように言う。まるで、心待ちにしている客人について訊ねるかのようだった。

「遅くとも、七月には」

「そうか」

そして、家康が上方を留守にすれば、石田三成が兵を挙げる。密約を交わしたわけではないが、必ずそうなる。三成も、そして家康自身も、それを望んでいるのだ。

そこから先の展開は、兼続にも見えなかった。三成と上手く連携し、家康を挟み撃ちにできれば勝利は疑いない。だが家康も当然、東西の挟撃を最も警戒しているだろう。関東に留守居の軍勢を残した上で、主力を率いて上方へ反転することも十分に考えられる。

「事態がどう動こうと、古今類を見ない大戦となろう」

「御意」

「天下の耳目は我らに集まる。見苦しき振る舞いだけはすまいぞ」

実際のところ、この主君が心の底で何を望んでいるのか、兼続にもわかりかねた。家康を討って天下を狙うのか、あるいは上杉の誇りを保ったまま生き残ることか。それともただ単に、上杉の義を天下に示したいだけなのかもしれない。

いずれにしろ、自分は景勝の命を忠実に果たすまでだ。

兼続の書状は、五月三日に家康のもとへ届いた。

家康は一読するや激怒し、会津討つべしと明言したらしい。ただし、直ちに陣触れが出されたわけではない。家康は再び承兌を通じて景勝に上洛を求め、再度の拒絶に遭う。

「天下の執政が、紙切れ一枚で軍を起こすというわけにもまいりませぬからな」

兼続と盃を交わしながら、慶次郎が言った。仕官以来、慶次郎は兼続の屋敷に居候を決め込んでいる。牢人衆を取りまとめる組外衆筆頭という地位にあるものの、武芸の鍛錬をするでもなく、歌を詠むか酒を飲むかという暮らしぶりだが、話し相手がいるのは悪いことではない。

六月二日、家康はついに会津征伐の触れを出し、六日には大坂城で八十名以上の諸侯を集めた軍評定《いくさ》を開いた。

会津征伐軍の主力は東国諸侯で、朝鮮に出兵していた西国諸侯の多くは従軍を免除されている。

主力は白河口の家康、秀忠父子。仙道口は佐竹義宣。信夫口は伊達政宗。津川口は前田利長、堀秀治の他、村上、溝口の諸氏。米沢口は最上義光を大将に、南部利直、秋田実季、戸沢政盛、小野寺義道らが与力に付く。荘内の押さえには、由利衆が当たることとなった。総勢、十万にも及ぼうかという陣容である。

面白いことに、この報せを寄越してきたのは、米沢口の大将、最上義光だった。義光は上方留守居役の上杉家臣千坂景親に宛てた書状で、評定の詳細を報せてきたのだ。日付は、評定の行われた六月六日だった。

「最上がこちらへすり寄ってくるとはな」

義光の行動は、景勝にも意外なようだった。義光はこの三月に大坂へ上り、家康へ「上杉に叛意あり」と注進しているのだ。

上杉は最上から、騙し討ちにも等しいやり方で荘内を奪い、多くの最上家臣を討ち取った。さらには、石田三成ら奉行衆と結託し、秀吉の裁定で荘内の安堵を勝ち取っている。すべては、兼続の献策によるものだった。

「最上義光には、我らに対する深い恨みがありましょう。されど、恨みは恨みとして、最上も生き残りを図らねばなりませぬ」

「我らと正面から戦いたくはない、ということか」

「佐竹、南部、秋田など、我らと内府を両天秤にかける者は多うござる。最上も、その例外ではないかと」

徳川領と境を接する常陸の佐竹義宣は、早くから景勝、三成と親密な関係を築いている。表向きは家康に従っているが、三成が兵を挙げれば必ず味方につく。

南部や秋田は国内に問題を抱え、外征どころではない。伊達政宗も、情勢の展開次第では味方に引き込むことが可能だと、兼続は見ている。最上義光が噂通りの切れ者ならば、三成が兵を挙げることも読んでいるはずだ。ここで上杉と干戈を交えることの不利は、十分に理解しているだろう。

兼続自身は、義光と面識はない。だが、その家臣の江口光清とは連歌の会で幾度か顔を合わせ、それが縁で深い交流があった。

兼続よりも十四年長の光清は、勇猛な武人という評判だったが、詠む歌もなかなかのものだった。光清の詠んだ朴訥だが、どこか温かみのある歌のいくつかを、兼続は今も諳《そら》んじることができる。仇敵の家臣同士という間柄を超え、兼続は光清との交友を心から愉しんでいた。最上が過去の恩讐を捨てて景勝に従うのであれば、その交友は今後も続けられるだろう。

「越後の件は？」

「はっ。すでに、準備万端整っております」

越後には、かつて上杉家に仕えていた者が多く残っている。その者たちと連絡を取り合い、会津攻めがはじまった暁には一揆を起こさせる手筈になっていた。

「よし。南部や秋田のような小物はよい。最上と伊達の調略に力を注げ。その両家を味方とすれば、我らは家康本隊に全力を注げる」

「承知いたしました」

景勝は、六月十日をもって神指新城の普請を中止させると、重臣たちに宛てて書状を出し、徳川と一戦を交えるにいたった経緯を示した。その書状の中で、景勝は徳川と戦うことの不利を述べた上に、これが理不尽な滅亡と考える者は、遠慮なく会津を去るようにとまで記している。

見事なものだった。重臣たちは会津を去るどころか、続々と妻子を若松城へと送ってきている。天下の大軍を前にしても、決して裏切ることはないという忠誠の証である。

これが、上杉という家だった。頑ななまでに義を重んじ、名を惜しむ。だが厄介なことに、その愚直さが兼続は嫌いではない。

六月十六日、家康が大坂を出陣した。家康は余裕を見せつけるように、途中で鷹狩などをしながら悠々と進み、江戸に入ったのは七月二日である。上方には、伏見に宿老の鳥居元忠とわずかな兵を残しているだけだった。

この戦は勝てると、兼続は確信している。諸方への調略は順調に進んでいた。家康が近づけば近づくほど、将兵の士気も高まっている。最上と伊達がこちらへ靡けば、江戸を攻め落とすことさえ不可能ではない。

できることなら、三成には兵など挙げず、上杉と徳川の決戦を見守ってほしいものだと、兼続は思った。

三

奥羽の地に、戦雲がたなびいていた。

慶長五年七月。家康の会津征伐は目前に迫っている。家康はすでに江戸に入り、征伐軍に加わる諸将の集結を待つばかりだった。

義光は、家康に先立って大坂を発ち、山形へ戻っていた。

七月半ば過ぎには、最上勢七千が山形に集結した。米沢口の諸将も、続々と最上領内へ向かっている。あとは、家康の攻撃開始の下知を待つのみだった。

二十四日には、信夫口で戦端が開かれた。政宗が上杉領の白石、河俣の両城へ攻めかかったのだ。

「政宗め、ずいぶんと気張っておるな」

氏家光氏に向け、義光は苦笑しながら言った。

「太閤殿下に奪われた旧領を取り戻す、絶好の機会ですからな」

「我らも、そろそろ腰を上げるとするか」

だが、江戸の家康からは七月二十三日付の書状で、会津攻めを当分見合わせる旨の下知が届いた。書状には、三成ら奉行衆が上方で不穏な動きをしているとだけあるが、あるいはすでに兵を挙げているのかもしれない。

下野小山《おやま》まで陣を進めていた家康から、再度書状が届いた。石田三成らが決起し、家康はその討伐のため上方への反転を決した。福島正則、黒田長政ら、会津征伐に従軍していた豊臣恩顧の諸将も三成討伐に賛同し、それぞれの居城を家康に献じたという。書状の日付は、七月二十九日である。

その報せを受け、山形へ向かっていた与力の諸侯たちは無断で帰国を開始していた。津川口の諸将も、二十五日に越後柏崎で大規模な一揆が起こったため、撤退を余儀なくされている。

「何たることだ！」

評定の席で怒声を放ったのは、氏家光氏だった。谷柏直家、志村高治、鮭延秀綱といった重臣たちも、一様に重苦しい表情を浮かべている。

「内府は、我らを捨て殺しにするつもりか」

「そうではない」

激昂する光氏を、義光は制した。

「まず三成を叩かぬことには、内府は豊家に弓引く逆賊となり、上杉どころではない」

会津攻めの中止と家康の反転は、予想の内にあった。与力の脱落も織り込み済みだ。兵力が減少しても、この混沌とした情勢下で、他家の軍勢を領内に置いておくよりはいい。

「しかし、上杉が江戸に攻め入れば」

「それをさせぬために、我らはここにおるのだ。三成ごときでは、内府には勝てまい。内府が勝利を得るまで、我らは上杉が江戸を衝けぬよう足止めする」

義光一人ではなく、家康と話し合って決めたことだった。上杉の南進を止める代わりに、上杉領は切り取り次第という言質も得ている。

「ですが、我らのみで……」

「皆の力があれば、できる」

一同を見渡し、続けた。

「わしは二十六年前、父上や天童、伊達を相手に絶望的な戦に臨んだ。あの時、わしは二千の兵を集めるのがやっとであった。だが、皆や、皆の父たちの働きにより、粘りに粘ってこの山形を守り抜いた。あの時できたことが、今できぬはずはない」

家臣たちの目に、覇気が蘇ってきた。直家や高治は口元に静かな笑みを湛え、弟の光直はようやく出番が来るとばかりに、何度も頷いている。

「一つだけ、お聞かせください」

それまで黙っていた鮭延秀綱が口を開いた。

「申せ」

「内府が三成に敗れた時、お屋形様はいかがなさるおつもりか」

誰もが思い止まっていた問いをあっさり口にする秀綱に、義光は苦笑を漏らす。

「その時は、わしの賭けが破れたことになる。潔く負けを認め、腹を切ろう」

「父上」

義康が声を上げた。それを制し、義光は続ける。

「わしは、すべてを徳川殿に賭けた。だが、それはわし一人のことじゃ。破れた時は義康、そなたが最上の惣領となり、何としてでも生き残れ」

何か言いかけた言葉を飲み込み、義康は頷いた。

我ながら、勝手な父だとは思う。それでも、これ以上豊臣公儀の中で生き続けることはできない。

「よいな。いかなる手立てをもってしても、上杉の関東討ち入りを阻止する。恐らくこれが、わしの最後の戦となろう。すまんが、しばらく付き合ってもらうぞ」

笑みを浮かべながら言うと、一同は「ははっ」と声を揃えた。

八月三日、伊達政宗は攻め落とした白石城で、会津征伐軍反転の報を聞いた。報せてきたのは徳川家臣、井伊直政である。

「考え得る限りで、最悪の展開だな」

己の立場のあまりの滑稽さに、笑いすら込み上げてくる。

政宗としては、家康の下知の通りに上杉領へ攻め入っただけだった。白石城は一日で攻め落としたものの、ほぼ同時に落とした河俣城は、ほんの数日で奪い返されている。払った犠牲も、少なくはない。

政宗はすぐさま筆を執り、家康に会津侵攻を急ぐよう勧める書状を送った。

上杉を放置して主力を上方へ向ければ、上杉は必ず関東へ攻め入る。そうなれば、家康は本拠地を失い、野辺に屍を晒すことになるのだ。

いや、家康のことなどこの際どうでもいい。秀吉に奪われた旧領を回復するには、上杉を倒すしかない。そのために政宗は、徳川の力をとことんまで利用するつもりだった。

だが、家康からは「自重しろ」の一点張りだった。本拠地の後方に当たる奥羽で戦が激化することを、家康は望んでいないのだ。

やがて、江戸に戻っていた家康から政宗に対し、加増の沙汰があった。会津と米沢を含む奥羽の上杉領およそ五十万石を、政宗に与えるというのだ。

「これで、上杉と事を構えるのを控えろということらしい」

片倉景綱を呼び、家康の書状を手渡す。

「悪い取引ではありますまい。無論、内府が勝った場合の話ですが」

「小十郎。上方での戦、どう見る」

「さて。福島、黒田ら豊臣恩顧の諸将を味方に付けた以上、内府有利と言えますが、戦は水物にござるからな」

「そうだ。戦は終わってみるまで、どうなるかなど誰にもわからん」

かつて、数倍の兵力を擁する蘆名、佐竹連合軍と人取橋で戦った時、政宗は死を覚悟した。だが、一戦して夜が明けてみると、敵は雲散霧消していた。あの戦から、蘆名は滅亡への坂道を転がり出したのだ。徳川が同じ道を辿ったとしてもおかしくはない。

「では、いかがなさいます」

「家康も江戸へ引き上げたことだ。ここは、我らも引くとしよう。ただし、白石には相応の兵を残す」

「要するに、両天秤にかけると?」

「そういうことだ。腹立たしいが、直江兼続あたりに使者を送っておけ。無論、誰にも知られぬようにだ」

兼続の名を口にするたび、胸中には苦々しいものが込み上げてくる。あの男は、政宗が手に入れた天正大判を、「不浄な物ゆえ手を触れたくない」などと言い放ったのだ。兼続が家康へ送った書状も、皮肉に満ちた無礼なものだった。兼続は武人としても吏僚としても評判が高いが、政宗に言わせれば、あの男が最も優れているのは、人の神経を逆撫でする才だ。

「今さら申すまでもありますまいが」

「わかっておる。人の好悪で進退を決めたりはせぬ。直江は気に入らんが、内府にすべてを賭けて、身ぐるみ剝《は》がされるわけにもいくまい」

苦笑しながら一礼し、景綱が退出していった。

政宗が対上杉戦の拠点、北目城に戻ると、それを追いかけるように家康から書状が届いた。正式な、所領宛行状《あてがいじょう》である。伊達、信夫、苅田、二本松、塩松、田村、長井の計六郡、石高は四十九万五千八百石。これが実際に加増されれば、現在の五十八万石と合わせ、伊達家の所領は百万石を超えることになる。

「百万石か」

悪くない。だが、家康の約束した褒美をじっと待っているつもりなどなかった。加増の沙汰を押し戴きながら、政宗は一方で上杉との和睦を進めていた。白石城は家康の命で攻めたこと、これ以上戦を続ける気はないことを伝え、場合によっては上杉と共に関東へ攻め入ってもよいとまで匂わせてある。上杉は了承し、伊達勢の白石城占拠も、今のところ棚上げとなっていた。

奥羽は膠着状態だが、上方の戦況は今なお流動的だった。

三成率いる西軍は、八月一日に伏見城を落とし、伊勢や北陸にも兵を出している。畿内はほぼ西軍の手に落ち、美濃の要衝岐阜城も西軍に付いた。

対する東軍は福島正則、池田輝政らの先鋒軍が尾張まで進出しているが、肝心の家康はいまだ江戸にとどまっている。家康が動かない理由は、西軍諸将への調略と、上杉への備えの徹底といったところだろう。

だが、家康はいずれ、上方へ出陣せざるを得ない。先鋒の豊臣恩顧の諸将だけで三成を倒してしまっては、戦後の家康の立場はなくなるのだ。

家康が勝てば、それでいい。だが、もしも旗色が悪いようなら、上杉とともに江戸を攻めることもあり得る。

できるだけ長引いてほしいものだと、政宗は思った。もしも家康と三成、そして景勝が共倒れになってくれれば、自分が天下に躍り出ることも夢ではない。

脳裏に、亡き父の面影が浮かんだ。

伊達家が奥羽どころか天下の覇者となれば、父は喜んでくれるだろうか。


直江兼続は、多忙を極めていた。

家康が会津征伐のため江戸を出陣して以来、ほとんど眠る暇もない。諸方からもたらされる情報を分析し、上方の西軍と連絡を取り合い、奥羽諸侯を味方に取り込むべく一日に何通もの書状を認めている。

越後の攪乱は順調に進んでいた。蜂起した一揆勢は八千に及び、堀秀治ら越後の諸侯は鎮圧に躍起になっている。とりあえず、西からの脅威は去ったと言っていい。常陸の佐竹義宣も、会津征伐が中止になった途端、家康との手切れを報せてきた。

伊達政宗との和睦交渉も上手く運んでいる。白石城は奪われたままだが、伊達家五十八万石を味方に付けられるのであれば、小城一つにこだわる必要はないのだ。

政宗は、「上杉が関東に討ち入るならば、自分もそれに従う」とまで言ってきている。どこまで信じられるかわかったものではないが、利に敏《さと》い男だけに、考えていることはわかりやすい。人としては反りが合わないが、利用できるだけは利用するつもりだった。

さらに兼続は、南部や秋田、小野寺といった奥羽諸侯にも調略の手を伸ばしていた。今のところ、反応は悪くない。誰もが形勢を観望し、勝ち馬に乗ろうと身構えるばかりで、積極的に上杉と戦おうという胆力などありはしない。謙信以来、天下に喧伝された上杉軍の精強さは、今なお諸侯を震え上がらせているのだ。

奥羽諸侯を糾合し、関東へ攻め入って家康の首を獲る。それが、景勝と何度も話し合って決めた上杉の方針である。

「残る問題は、あと一つにございます」

景勝に向け、兼続は報告した。

「最上か」

「御意」

最上義光は八月十八日付の書状で、「上杉と敵対する意思はない。その証に、嫡男義康を人質に差し出す。自分は最上勢一万を率い、景勝に奉公するつもりである」とまで言ってきた。

景勝は、その申し出を受け入れた。義康は先年、景勝が会津へ下った際に挨拶に訪れ、臣下同然の礼を取ったこともある。義光は、次男を家康に仕えさせているように、長男を上杉に近づけておこうと考えたのだろう。

だが、その後の最上との交渉は、一向に捗《はかど》らなかった。

幾度となく使者をやり取りしたものの、義光は言を左右にしてこちらの要求をかわし、義康の入質を先延ばしにしている。そのくせ、兼続が最上領侵攻を匂わすと、途端に卑屈な態度に出てくるのだ。ならばと、旧知の江口光清に義光を説くよう依頼したが、それもなしのつぶてだった。

義光が時を稼ごうとしているのは明らかだった。だが、膝を屈している相手を踏み潰すことは、上杉家の義が許さない。兼続は最上侵攻軍の編成を急がせながら、再び使者を山形へ送っていた。降るか戦うか、いずれかを選べという、最後通牒《つうちょう》である。

「なおも返答をはぐらかすようであれば、もはや兵を用いる他ありません」

「誰を連れていく？」

「水原親憲《すいばらちかのり》、春日元忠、横田旨俊の他、前田慶次郎、上泉主水らの牢人衆を。兵力は二万二千。さらに、西からは荘内の志駄義秀、北からは小野寺義道を攻め入らせます」

かつて最上と戦ったことのある家中一の猛将、本庄繁長を加えるべきか迷ったが、関東には今なお徳川軍の主力が残っている。これに備えるためにも、繁長は動かせない。

「最上勢を侮ってはならん。繁長の顔に、傷を付けた相手だ」

「十五里ヶ原の戦ですな」

あの時、最上勢にはどう考えても勝ち目などなかった。それでも、上杉家中最強の誉れ高い繁長を相手に、果敢に野戦に打って出た。結果は圧勝に終わったものの、繁長は最上の部将に襲われ、今もはっきりと跡が残るほどの重傷を負っている。

「此度の戦は、最上を滅ぼすためのものではない。最上を我が方へ引き入れるための戦いだ。そのことを忘れるな」

「承知いたしております」

最上のために、すでに多くの時を無駄にしている。これ以上、時をかけるわけにはいかなかった。

九月七日、江戸に放った間者から、家康が上方へ向けて出陣したという報せが届いた。関東へ攻め入って家康に決戦を挑むという目論みは崩れたことになる。

歯噛みする兼続のもとへ、山形へ送った使者が戻った。

「よくよく考えてみたが、義康を差し出すのはやめた。従わなければ兵を用いるというが、最上は一兵たりとも上杉に膝を屈することはない。直江殿にお目にかかるのは、戦場ということになるだろう」

義光は使者に対し、そう臆面もなく述べたという。

兼続は一瞬呆気に取られ、やがて声を上げて笑った。

なるほど。あの男は、ただ保身のために時を稼いでいたわけではない。徳川と上杉を両天秤にかけていたわけでもない。最初から、上杉の関東討ち入りを遅らせることだけを目論んでいたのだ。

義康を挨拶に寄越したことも、大坂での軍評定の様子を報せてきたのも、すべては上杉を騙すための布石にすぎなかった。下手に出れば、義を掲げる上杉が攻めてはこないとわかった上で降伏を申し出てきたのだ。そして自分は、義光の狡知《こうち》を頭に入れながらもまんまと手玉に取られ、貴重な時を無駄にした。

「まんまと踊らされたわ」

笑いながら、兼続は腹を決めた。

いいだろう。それほど戦いたいのであれば、戦ってやる。ここまで虚仮にされた以上、最上を屈伏させない限り、上杉の武威は地に堕ちる。上杉の義を弄んだ代償は、しかと払ってもらう。光清を討つことになったとしても、それも武人の定めというものだ。

その日のうちに、景勝は諸将に命じた。

「明日、山形へ向けて出陣せよ。速やかに最上を降し、返す刀で家康を討つ」

四

米沢に放った間者から、続々と報せが届いていた。

九月八日には上杉勢の先手、翌日には総大将直江兼続率いる本隊が米沢を出陣したという。敵が最上領に攻め入るのは、恐らく十二日か十三日になるだろう。

江口五兵衛光清は、山形から西へ一里余の畑谷城で絵図を睨んでいた。

米沢から山形へ攻め入るには、南の中山口から上山を経由する羽州街道が最短で、道幅も広い。西へ大きく迂回して山形の西方へ出る狐越街道《きつねごえかいどう》は、山道で難所も多かった。畑谷城は、その狐越街道を扼《やく》する位置にある。

「兵法の常道からすれば、敵本隊は羽州街道を進んでくる。我らの相手は、別働隊となるであろう」

広間に集まった息子の時直、甥の松田忠作ら一族郎党に向け、光清は言った。

「恐らく、別働隊はせいぜい五千というところだ。敵の本隊と当たれぬのは残念だが、我ら江口一族の名を上げるまたとない機会ぞ。おのおの、心してかかるがよい」

一同が「おおっ」と声を揃える。

光清の麾下は三百余。これに、山形から一千ほどの増援が加わる予定になっている。

義光の策は、南の上山と西の畑谷、北の湯沢に兵力を集中して敵に消耗を強いた後、山形に温存した主力で反撃に転じるというものだった。

畑谷城は規模こそ小さいものの、小高い館山の頂上に築かれた主郭の四方に帯郭や空堀を巡らせた堅固な山城である。位置的にも、この城を放置して山形へ進むことはできない。ここでどれだけ粘れるかが、この戦の鍵となるだろう。

久方ぶりの戦に、光清は昂《たか》ぶっていた。戦は光清にとって生き甲斐だったが、雄勝郡を巡る小野寺との小競り合いにも出陣の機会はなく、朝鮮に渡海することもなかったのだ。

自分はこのまま天寿を全うし、畳の上で死ぬのだろう。そう考えただけで、たまらなく嫌な気分になった。負け戦とはいえ、雄々しく散っていった氏家光棟が羨《うらや》ましい。

退屈な日々の中で、光清は手すさびに連歌を学びはじめた。義光から勧められたということもあるが、学んでみると、これほど奥の深いものはない。どういうわけか、自分には歌才があるらしく、詠んだ歌を見せると、義光はしきりと感心した。

それからしばしば上方への供を命じられ、名だたる歌人たちの集まる連歌の会へ連れていかれるようになった。

この頃から、光清は歌の世界に没頭していった。歌学の書物を読み漁り、優れた歌人がいると聞けば辞を低くして教えを乞い、一人でも方々の連歌の会に出席する。歌を通じて直江兼続と交流するようになったのも、その頃のことだ。

「まったく、皮肉なものよ」

誰にともなく、光清は呟いた。ようやく戦に代わる生き甲斐を見出したと思った矢先に、その連歌で出会った友人と戦うことになったのだ。

だが、やはり戦となれば血が騒ぐ。後世に残るような名歌は詠めそうにないが、後々まで語り継がれる戦ぶりならば、自分にもできそうな気がする。

その相手が兼続のいる上杉家というのも、何かの巡り合わせだろう。

山形から早馬が送られてきたのは、九月十一日のことだった。

「この城を捨てよ、だと？」

使者の堀喜吽に向け、光清は声を荒らげた。

「狐越街道からこちらへ向かっているのは、別働隊ではなく敵の本隊、一万八千であることが判明いたしました。畑谷城は放棄し、後方の長谷堂城へ退くべしとのお屋形様の下知にござる」

「一万八千か」

思いきった用兵だった。さすがは、若かりし頃から上杉の執政を務める男だ。

「時がござらぬ。速やかに城内の武器兵糧を運び出し、長谷堂城へ移られませ」

「断る」

「江口殿、何を」

「常々この城を預かってまいったは、このような時のため。危ういからと逃げ出したのでは、後世の笑い者となろう」

「江口殿、冷静になられよ。逃げ出すのではなく、反攻の機を待つために、一時退くのです。他の諸将も、それぞれの城を捨てて山形まで退いておられるのですぞ」

「皆には皆の考えがあろう。だが、一人くらいはこんな頑固者がおってもよかろう。わしはもう、五十五になった。死は、もとより覚悟の上よ」

喜吽の目が、真っすぐ光清を見つめている。

父子ほども歳は離れているが、喜吽とは連歌を通じて親しくしている。もう共に歌を詠み合えないのは残念だが、光清はやはり武人だった。

「わかりました」

しばしの沈黙の後、諦めたように喜吽が言った。

「城内の女子供と城下の民は、それがしが責任をもって山形へ移しましょう」

「すまんな。お屋形様に、最後のわがままをお許しくだされと伝えてくれ」

喜呼を見送ると、光清は城内を見回った。

改めて検分するまでもなく、備えは万全だった。この戦に敗れれば家族が危険にさらされるとあって、将兵の戦意も高い。この分なら、満足のいく戦ができそうだった。

翌十二日の夕刻、敵の大軍が姿を現した。

城を遠巻きに囲んだ敵を大手門脇の物見櫓から見つめながら、光清は肌が粟立つのを感じていた。これまで戦ってきた相手とは、発する気がまるで違う。全軍が一糸乱れず統率され、どこにも隙が見えない。だが、それでこそ死に花を咲かせるのに相応しい相手だ。

「父上、あれに」

隣の時直が、前方を指した。

見ると、敵陣から一人の騎馬武者が進み出てくる。兜に〝愛〟の一字を象《かたど》った前立。直江兼続だった。

「江口殿」

兼続は馬を止め、大声で呼ばわった。その気になれば、鉄砲で狙える距離だ。

「無駄な血を流すのは我らの本意ではない。城を開き、降伏なされよ。貴殿の勇名に恥じぬ待遇でお迎えすることを約束いたす」

「父上、好機ですぞ」

耳元で囁いた時直の胸倉を摑み、殴りつけた。兼続に向き直り、答える。

「ご厚情、痛み入る。されど、この城が欲しくば戦って奪われることじゃ。上杉の習いはいざ知らず、最上の武士は最後の一兵にいたるまで敵に降ることはござらぬ」

敵兵の発する怒気が、ひしひしと伝わってきた。

「さすがは江口殿、見事なお覚悟にござる。では、明日からは遠慮なく攻めさせていただくとしよう。今宵は最後の宴でも開かれるがよい」

言うと、兼続は馬首を翻した。

兼続の言葉通り、翌朝、敵陣から法螺貝の音が響いた。敵兵が鉄砲除けの竹束を連ね、粛々と前進を開始する。

「まだ射つでないぞ。存分に引きつけた上で、矢弾の雨を浴びせてやれ」

城壁際で構える弓鉄砲衆に命じた直後、轟音が響いた。光清のいる物見櫓の柱が、弾を受けて木片を散らす。鉄製の弾除けに身を潜め、敵との間合いを窺う。

「よし、放てぇ！」

耳を聾する銃声。火薬の臭い。懐かしさを覚えながら、光清は物見櫓の梯子《はしご》を滑るように下りた。馬に跨り、小姓から十文字の手槍を受け取る。

「敵に一撃を浴びせ、すぐに城へ戻る。戦はまだはじまったばかりじゃ。つまらぬ死に方をするでないぞ」

周囲に集まった旗本に言って、開門を命じる。重い音を立て、門が開きはじめた。その向こうに、斉射を受けて後退していく上杉勢が見える。

「さて、どれほど持ちこたえられるか」

せめて、その日のうちに落城という無様は避けたいものだ。

しまった。辞世の句を詠むのを忘れていた。やはり、自分は粗忽《そこつ》な武辺者か。苦笑しつつ、光清は馬腹を蹴った。


九月十四日早朝、畑谷城陥落の報せが山形の義光のもとへ届いた。

江口光清、時直父子の他、主立った将は奮戦の末ことごとく討死し、城兵の大半も失った。

義光は谷柏直家に千二百の兵をつけて援軍に向かわせたが、上杉勢の包囲は厳重で付け入る隙はなかった。逆に直家の隊は、残兵の収容中に上杉勢の攻撃を受け、飯田播磨守という勇将を失う損害を出している。

やはり、上杉は強い。寡兵とはいえ、畑谷という要害に籠った光清が、二日と持ちこたえられなかったのだ。

「面目次第もございませぬ」

具足を返り血に染めた直家が、平伏して詫びた。

「よい。そなたの働きがなければ、犠牲はもっと増えていただろう。下がって休むがよい」

「ははっ」

直家はわずかな手勢で殿軍に立ち、播磨守が討たれると、その首を敵兵から奪い返すという働きを見せていた。

光清の籠城は誤算だったが、直家が言うには、敵にも一千近い犠牲を強いている。そしてそれ以上に、光清が意地を貫いたことは、全軍の戦意高揚に繋がるはずだ。

義光は、小姓に命じて山形周辺の絵図を広げさせた。

各城砦の兵力や兵糧、細かい地形や山中の間道にいたるまでがびっしりと描き込まれているが、すべて義光の頭に入っている。義光は筆を執り、畑谷城と江口光清の名に×印をつけた。

戦は、畑谷城だけではない。南の中山口からは、横田旨俊率いる上杉勢の別働隊四千が里見民部の籠る上山城に迫り、荘内方面では義光が煽動した一揆衆が、志駄義秀の率いる上杉勢三千に戦いを挑んでいる。小野寺義道が失地挽回のため動き出すのも、時間の問題だろう。

味方はどれほど掻き集めても、七千をいくらか超える程度。しかも、各拠点に兵力を分散しているので、山形に残るのは四千だけだった。対する上杉勢は、小野寺勢も含めれば三万にも達するだろう。まともに戦えば、どう考えても勝ち目はない。

畑谷城を失っても、湯沢、長谷堂、上山の三城に敵を引きつけて時を稼ぎ、疲弊した敵に主力をぶつけるという策に変わりはない。問題は、上方の戦にいつ、どのような形で決着がつくかだ。すべては、その一点にかかっている。

山形に残る主立った将たちを集め、義光は言った。

「我が股肱の臣にして当家の誇る勇将、江口光清は死んだ。だが、これは犬死ではない。敵勢の歩みを一歩でも遅らせるため、あえて死地に踏みとどまったのだ。その思いを、我らは決して無駄にはすまいぞ」

諸将が「おお」と声を揃えた。堪えきれず、涙を見せている者もいる。

「しばらくは、耐える戦が続く。だが、父祖伝来の地と領民の安寧を守るため、我らは勝たねばならん。そして、皆が心を一つとすれば必ず勝てると、わしは信じておる」

上杉が攻め入ってくるよう仕向けたのは、義光自身だ。その上、家臣の死まで利用している。その苦い思いを顔に出さないよう、義光は唇を噛みしめた。

散会すると、義康を引き止めた。人払いをして訊ねる。

「そなたは、この戦に不満か？」

「いえ、そのようなことは」

否定するが、義光が話している間、義康はずっと俯いたままだった。

「何を思い悩んでおるか、おおよその察しはつく。わしに言いたいことがあれば、敵を打ち払ってから、存分に聞いてやる。だがその前に、そなたに一つ、重大な役目を与える」

「それは、いかなる」

「そなたでなければ務まらぬ、最上家の存亡がかかった役目だ。場合によっては、不本意な形で命を落とすこともあり得る」

しばし床の一点を見つめ、義康は顔を上げた。

「お命じください。必ずや、果たしてご覧に入れます」

役目の中身を話すと、義康はすぐに旅装を整え、わずかな供廻りを連れて山形城を後にした。

義康の出立を聞くと、義光は奥の居室に戻って酒を命じた。

待つ間、領内の絵図を頭の中に思い描く。

畑谷城を落とした直江本隊は、明日にでも東へ軍を進めるだろう。そこには長谷堂城がある。大将は志村高治、副将に鮭延秀綱と氏家光氏。兵力は一千に過ぎない。それで、どこまで粘れるか。

将兵の配置は、考えに考え抜いて決めた。だが、本当にこれでよかったのか。どこかに穴はないか。実際に、いくつかの誤算が生じている。敵は、あの直江兼続だ。こちらの予想もつかないような隙を見つけ、そこを衝いてくるのではないか。考えるたびに、不安に襲われる。

「お待たせいたしました」

膳を運んできたのは、康子の死後に迎えた正室のお辰《たつ》だった。膳には酒だけでなく、飯を盛った椀や焼いた鮭も添えられている。

「酒だけでよい」

「なりませぬ。このところ、お屋形様はろくに食べておられぬではありませんか。そのようなことで、戦などできませぬ」

童に言い聞かせるような口ぶりに、義光は苦笑した。お辰はまだ二十歳をいくつか過ぎただけだが、康子よりもずっと闊達《かったつ》で、物怖《ものお》じするところがない。

このところ、眠れない夜が続いていた。食欲も湧かず、無理に食べても後で吐いてしまう。小便に血が混じることさえ、しばしばあった。それだけ、自分は上杉を恐れているということだろう。

「さあ、お召し上がりください。お屋形様にはしかと精をつけていただき、清水を守っていただかねばなりません」

「わかったわかった」

お辰は山形北方の要衝、清水城を領する有力国人、清水義氏の娘で、家臣からは清水夫人と尊称されていた。義氏の死後、清水家は義光の三男義親を当主に迎えている。家は最上家に併合された形だが、お辰の故郷に対する想いには強いものがある。

いや、誰でもそうなのだろう。己の生まれ育った土地が戦場となることを望む者など、いるはずがない。

「案ずるな。この戦、必ず勝ってみせる」

お辰の視線に背中を押されるように、義光は箸を取った。

五

山は深く、道は険しかった。人目につかないよう、騎乗のまま進むのも難しいような間道を使わざるを得ない。

最上義康は自分の馬を曳きながら、慎重に歩を進めていた。ただでさえ樹木が頭上を覆う暗い道だが、すでに日も沈みかけている。山中に吹く風は、凍《い》てつくように冷たい。出羽と陸奥の間に横たわる山々だった。できることなら、今日中に奥州側に出てしまいたい。だが、道は進めば進むほど険しくなっていく。

義康は懐に手を当て、二通の書状を確かめた。何があろうと、これを手放してはならない。自分の役目には、最上家の存亡がかかっているのだ。

道はやがて、下りにさしかかった。道幅も、いくらか広くなってきている。

「若殿。あとは、ずっと下りが続くそうです」

荒い息を吐きながら近習の一人が言う。供廻りは、案内の者も含めて五人。いずれも、腕に覚えのある者たちだ。

「あそこに、樵《きこり》の使う小屋がございます。そこで夜を明かすといたしましょう」

先頭に立つ案内の者が、振り返って言った。藤兵衛という小柄な男で、二十代にも四十代にも見える。父に仕える中間で、このあたりの道に詳しいという。

「しかし、わしは急がねばならん」

「まだまだ山道が続きまする。山で、急ぎ過ぎるのは禁物にございますぞ」

「そうだな。わしは山には詳しくない。そなたに任せよう」

小屋は六人が使うには狭いが、贅沢は言えない。馬を繋いで鞍を下ろし、水と飼葉を与える。

囲炉裏で起こした火に当たると、ようやく人心地ついた。持参した干し魚を炙《あぶ》り、握り飯に食らいつく。

こうしている間にも、またどこかの城が落ち、多くの家臣が命を落としているのではないか。そう考えると、居ても立ってもいられなかった。

そもそも、義康にはこの戦が本当に必要なものなのかどうか、理解ができなかった。なぜ、家の存亡をかけてまで、敢えて上杉と戦わねばならないのか。この戦はもともと、徳川と石田のものだ。父が徳川に勝たせたいという思いは理解できるが、それでもあまりに危険過ぎる。たとえ上杉を退けたとしても、石田が勝ってしまえば最上は取り潰されるかもしれないのだ。

父を動かしているのは、恨みだ。長い歳月と多くの血を流してようやく手にした荘内を奪われ、娘は殺され、妻は自害した。豊臣の世がこれからも続くことなど、父には耐えられないのだろう。

駒と母のことを考えれば、義康も胸が痛む。秀吉や三成を憎んだことも、一度や二度ではない。豊家など、滅びてしまえばいい。

だがそれは、あくまで個人の感情に過ぎない。家の安泰と家臣領民の安寧を願うならば、日和見に徹し、どちらが勝つか見極めてから動けばいいのだ。

「若殿。あまり張り詰めていてはお体に障ります。我らが交代で見張りにつきますゆえ、夜が明けるまではお休みください」

近習の一人が言った。

そうだ。自分が納得しようとしまいと、戦はもうはじまってしまっている。まずは、この戦に勝つことだ。

「わかった。少し休ませてもらおう」

家臣にまで心配されるとは。やはり自分は、あまり出来のいい主ではないらしい。苦笑しながら体を横たえた。明日は、一日中駆け通さなければならない。

「方々、休むわけにはいかなくなりましたぞ」

不意に、藤兵衛が声を潜めて言った。

「申し訳ござらぬ。囲まれ申した」

「何を……」

「少なくとも、十人はおりまする」

「野盗か、野伏《のぶ》せりの類か。ならば、我らが」

そう言った近習に、藤兵衛は首を振る。

「忍びにござる。恐らくは、軒猿《のきざる》。山形を出た時から、つけられていたのでしょう」

その名は聞いたことがある。謙信の代から上杉家が使っているという、忍びの集団だ。

「そなたも忍びか」

義康が訊ねると、藤兵衛が頷いた。

「見張りの方は、もう殺されておりましょう。それがしの不覚にござった」

「ここに籠っていても仕方ない」

刀を腰に差しながら、義康は言った。

「何とか突破口を開こう。ここで殺されるわけにはいかん」

藤兵衛の指示で、それぞれが持ち場についた。

まず、藤兵衛が外した板戸を楯に飛び出した。矢が突き立つような音が、続けざまに起こる。

周囲の森から、声もなくいくつかの影が現れた。薄墨色の装束。いずれも、反りのない短い刀を手にしている。

板戸を捨てた藤兵衛が、刀を抜いて斬り結ぶ。続けて近習たちが飛び出し、藤兵衛を囲む敵に斬りかかった。

月明かりの中、何本もの刀が閃《ひらめ》いた。互いに無言のまま、刀を打ち合う音だけが響く。一人を斬り伏せた藤兵衛が、一瞬だけこちらに目を向ける。それを合図に、義康は刀を抜いて駆け出した。

一人が正面に立ちはだかる。次の刹那、顔のすぐ脇を何かが掠めていった。正面の男の喉に、何か棒のような物が突き立つ。藤兵衛が放ったものだろう。悲鳴も上げることなく、男が倒れた。

視界の隅に、見張り役の近習が倒れているのが映った。かっと、腹の底が熱くなる。だが、立ち止まるわけにはいかない。

馬のいるところまで、全力で駆けた。藤兵衛と二人の近習が後に続く。斬り合いの音はまだ聞こえていた。残る二人が殿《しんがり》に立っているのか。

鞍もつけず、馬に跨った。鬣《たてがみ》を摑み、両腿に力を籠める。先を駆ける藤兵衛は、見事に裸馬を乗りこなしていた。二人の近習たちも、何とか駆けている。

いきなり、後方で凄まじい轟音が響いた。煙の中で、馬も近習たちも倒れている。その後ろから、三騎が追ってくるのが見えた。

「若殿、ここはそれがしが」

藤兵衛が馬首を巡らせる。ここで死ぬつもりなのは、顔を見ればわかった。頷き、馬腹を蹴った。

何があろうと、死ぬわけにはいかない。自分がこの手で書状を届けることに意味があるのだ。

後ろから、爆音がさらに二つ、三つと続いた。焙烙玉《ほうろくだま》というやつだろう。藤兵衛も近習たちも、恐らく誰も生きてはいない。唇を噛み、苦心しながら馬を駆けさせた。

どれほどの時が経ったのか。東の空が明るくなりかけた頃、ようやく平坦な場所に出た。目の前を流れる川が、名取川だろう。このまま河原沿いに進めば、目指す場所へたどり着ける。馬に水を飲ませ、義康も竹筒に汲んだ水を喉へ流し込んだ。

不意に、うなじのあたりがひりつくような気がした。

視線を左右に走らせる。二つの影。前後を挟まれている。

「まだ生きておったか」

答えず、二人は刀を抜いて低く構えを取った。

足が竦んだ。戦は何度も経験したが、この手で人を斬ったことなどない。それでも、戦うしかなかった。

刀の柄を握り、鞘を払う。最上家伝来の、「笹切」の太刀。父から拝領したものだ。父も、この刀を祖父から与えられた時、はじめて人を斬ったという。ならば、自分にもできるはずだ。

「いざ」

呟き、地面を蹴った。

九月十五日夜半、北目城の奥書院で書見をしていた伊達政宗を、片倉景綱が訪れた。

「伯父上からの使いか」

「御意」

しかも、嫡男の義康がたった一人で現れたのだという。

「山中で上杉の軒猿に襲われ、供廻りはことごとく討たれたとの由」

「そうか。よく生き延びられたものだ」

「全身に浅手を負っており、今は薬師に手当させております」

「して、用向きはやはり、援軍か」

景綱が頷く。それにしても、まさか嫡男を寄越してくるとは思わなかった。場合によっては、人質にされる恐れもあるのだ。それほど、伯父は窮地に立たされているということだろう。

「して、そなたの意見は」

「応じるべきかと。ただし、最上と上杉が死力を尽くしてぶつかり合った後で」

「それが、最善手であろうな。援軍要請は受諾し、出陣はできる限り引き延ばす」

「それでよろしいかと」

山形が陥落寸前まで追い詰められたところで、直江を討つ。直江のいない上杉など、主柱を失ったも同然だ。上杉領はいくらでも切り取れる。そして、それを阻止する力は最上には残されていない。

「着替える。義康は広間で待たせておけ」

衣服を改め、景綱とともに広間へ向かった。頭に晒しを巻いた義康が一礼する。

「最上義光が嫡男、修理大夫義康にございます」

「貴殿が我が従兄弟か。左京大夫政宗である」

政宗がこの八つ年下の従兄弟に会うのは、これがはじめてだった。二十六歳というが、それよりもいくつか若く見える。だが、修羅場を潜り抜けたばかりだからか、その目には獣じみた色も窺えた。

「事は急を要します。まずは、これを」

義康は懐から二通の書状を取り出した。

一通は、伯父からのものだ。内容は無論、援軍を要請するものだった。

もう一通は、母からだった。母らしい強気な筆遣いで、早く援軍を寄越せと催促している。

読み終え、政宗は書状を畳んだ。

「伯父上もお年を召された。援軍を頼むのに、理ではなく肉親の情をもってするとはな」

「そうでしょうか。叔母上のご気性は、伊達様がもっともよくご理解なされているはず」

「何が言いたいのだ」

「ご自身が山形に身を寄せていながら伊達様の援軍が得られなかったとなれば、叔母上は我が子の不孝を深く恥じ、我が父に顔向けできぬと考えるでしょう。場合によっては」

「自害する、と申すか」

「それはわかりませぬ。されど、もしもそうなった場合、伊達様の名に大きな傷がつくことは避けられません。加えて、我ら最上衆からも深い恨みを受けましょう」

「援けを求めにきておきながら、ずいぶんと居丈高な言い草だな」

左の目に力を籠めた。だが、義康に怯んだ気配はない。

「今この時にも、上方では東西の決戦が行われているやもしれません。このまま東軍の勝利と相成れば、徳川様は必ず、伊達様に疑いの目を向けましょう。早急に援軍を派遣しておくことは、伊達様にとっても益無きことではありますまい」

確かに、徳川と石田の決戦は近い。つい先刻、上方へ向かった家康から、岐阜城を落としたという書状が届いたばかりだった。東西両軍の主力は美濃に集結しつつあり、決着がつくのはそう遠くはないだろう。

「だが、わしはすでに、上杉と和を結んでおる。援軍を派遣した後に西軍が勝てば、違約を責められることになろう。上杉の軍勢が、今度は我が領内に雪崩れ込んでくるのだ」

「その時は、山形を攻められませ」

何でもないことのように、義康は言った。

「西軍が勝ったとなれば、父も諦めがつきましょう。城を開き、ただちに降伏するはず」

「降るだけでは済むまい。義光殿は、腹を切らされるぞ」

「それがしが生きてある限り、最上は滅びませぬ」

はじめて、政宗は気圧されるものを感じた。珍しく、景綱もかすかな驚きの色を見せている。

「最上義康は、父の方針に反発して山形を出奔、伊達様を頼った。そう、石田三成に申し上げればよろしゅうございます」

「貴殿はわしを後ろ盾に、最上家を再興するつもりか」

「伊達様にとっても、上杉が山形まで領することを望んではおられますまい。石田三成とて、上杉が第二の徳川になることを警戒するはず」

政宗は腕組みし、思案した。

最上領をすべて与えては、上杉があまりにも強大になり過ぎる。自分が三成ならば、上杉に対抗する勢力は残しておきたいと考えるだろう。そして、義康にいくらかの領地を与えて最上家を存続させる。

「それは、伯父上が仰られたことか」

「いいえ。すべてはそれがし一人の考えにて」

政宗は、目の前の従兄弟に空恐ろしさを覚えた。英邁《えいまい》という噂は聞いていたが、これほどとは。

だが、どう転んでも伊達家に損はない。

「よかろう。出陣の支度が整い次第、直ちに援軍を派遣いたす。遅くとも数日中には、我が軍が最上領へ入れるよう努めよう」

「伊達様の賢明なるご判断、父に代わり厚く御礼申し上げまする」

義康が深々と頭を下げた。

殺しておくべきか。一瞬脳裏をよぎった考えを、すぐに振り払った。生かしておけば、まだ使いどころはあるだろう。

「小十郎。白石の留守政景に使いを出せ。兵三千を率い、山形救援に向かえ、とな」

広間を出て居室へ戻る道すがら、景綱に命じた。

「ただし、正面から上杉と戦う必要はない。もしも上杉が敗れるようなら、追撃に加わる程度でいい」

「最上が敗れた場合には」

「その時は、山形から母上を救出する。抵抗するようであれば、無理やりにでも連れ出せ」

助けるのは義光ではない。あくまで、母一人だけだ。

六

「来たな」

長谷堂城の物見櫓で、鮭延秀綱は誰にともなく呟いた。

晩秋の朝の静寂を、大軍の放つ気が掻き乱している。畑谷城で多くの損害を出したというが、それでも一万七千だ。それほどの大軍をこの目で見るのは、秀綱にとってはじめてのことだった。

敵は城の北方、菅沢山《すげさわやま》に本陣を置くつもりらしい。ここからはわずか十一町の距離で、目を凝らせばさらに先の山形城までが見える。陣地の構築に当たる兵の動きを見る限り、上杉勢はやはり精強だった。

「隙は見えませんな」

隣に立つ家臣の鳥海勘兵衛《とりみかんべえ》が、感嘆したように言う。三十手前と若いが、戦を見る目に優れ、雄勝郡を巡る小野寺との小競り合いでもいい働きをした。

「このまま腰を据えてくれるとありがたいのですが」

「これまでの戦ぶりを見る限り、直江兼続という男は大胆さと同時に、慎重さも持ち合わせている。この城を捨て置いて山形へ向かう愚は犯すまい」

「なるほど。では、ようやく我らの働きどころがきたということですな」

そう言いながらも、勘兵衛の表情はどこか硬い。一万七千という大軍、しかも、天下に聞こえた上杉勢を迎えるのだ。それも無理はない。

「お屋形様より受けしご厚恩を返す機会が、これほど早く訪れるとは」

敵陣を睨みながら、勘兵衛が笑う。

勘兵衛が義光に格別な恩義を感じているのは、今から半年ほど前に山形城で起きた、ちょっとした騒動のためだった。

義光の正室清水夫人の侍女に、花輪という娘がいる。勘兵衛は山形に伺候した際、その花輪に一目惚れし、二人は恋文を送り合う間柄になった。

だが、どうした手違いがあったのか、勘兵衛が認めた文が別の侍女に見つかり問題となった。大名の奥に仕える侍女との密通は、重罪である。切腹を申し付けられたとしても、文句は言えない。

だが、事態を知った秀綱が、義光に勘兵衛のこれまでの功績を訴えて助命を嘆願すると、義光はあっさり勘兵衛の処罰を取りやめにした。さらには、花輪を清水夫人の侍女から外し、勘兵衛の妻とするよう命じたのだ。この戦が一段落したら、勘兵衛は晴れて花輪との祝言を挙げることになっている。

「まあ、そう気負うな。先は長いぞ」

敵の陣地構築は着々と進んでいるが、長期戦を視野に入れた陣の構えではない。恐らく、畑谷城と同じように速戦で落とせると踏んでいるのだろう。

長谷堂城は、山形の南西二里に位置し、狐越街道からはやや南に外れた場所にある。捨て置いて山形へ直進することもできるが、そうすると背後に敵を抱えることになる。慎重な将ならば、必ずこの長谷堂を落としてから山形へ向かうという義光の読みは、ひとまず当たった。

この城の役目は、ひたすら時を稼ぐことだ。そのためには、ただ守りを固めるだけでは足りない。押さえの兵力を残して主力が山形へ向かったのでは、ここに兵を割いた意味がなくなる。

敵をこの城に釘づけにするためには、相当な脅威になるということを相手に認識させねばならなかった。そのための策は、城将の志村高治と何度も話し合ってある。

高治が敵の降伏勧告を撥ねつけると、ほどなくして攻撃がはじまった。

城は、独立した小高い山全体を使って築かれていた。小ぶりながらも、水堀や枡形虎口まで備えた堅城で、地形的に大軍で一度に攻め寄せることは難しい。背後は大森山、見駒山に守られているため、主な攻め口は北の八幡崎口と北西の大手口の二つに絞られる。

山頂の本丸で全体の指揮を執る高治に代わって、大手口は秀綱、八幡崎口は氏家光氏が守ることになっている。割り当てられた兵は五百。そのほとんどが、秀綱が自身で選んだ精鋭だった。

敵は弓鉄砲を放ちながら、じりじりと前進してくる。小城と侮って一気呵成《いっきかせい》に攻め寄せないあたりはさすがだと、秀綱は思った。

敵を十分に引きつけた上で、秀綱は攻撃を下知した。二百挺の鉄砲から一斉射撃を受け、敵の前進が止まる。こんな小さな城に、これだけの鉄砲があるとは思いもよらなかったはずだ。

「弾も火薬もたんとある。遠慮はいらん、撃ちまくれ！」

激しい銃撃戦がはじまった。城壁に敵の弾がめり込み、運の悪い兵が鉄砲狭間から飛び込んだ弾に頭を撃ち抜かれる。瞬く間に煙が立ち込め、血と火薬の臭いがあたりを覆う。

視界が効かなくなったところで、秀綱は射撃をやめさせた。兵をまとめ、細く急な坂を上って後退する。やがて、門に丸太を打ちつける重い音が響いた。それが十回ほど続き、破られた門から敵兵が突入してくる。

「よし、やれ」

坂を上る敵の頭上に、無数の岩が落とされた。混乱する敵に、さらに矢弾の雨が降り注ぐ。狭い坂道は、たちまち地獄と化した。悲鳴が幾重にも重なり合う。恐慌を来して逃げ出す者もいた。

「見ろ。天下に聞こえた上杉兵とて、所詮は同じ人間だ。血を流せば怯え、背を向けて逃げ出す」

兵たちに覇気が満ちていく。

「今度はこちらが攻める番だ。我らの恐ろしさを、上杉兵にとくと見せつけてやろうではないか」

自分の顔に笑みが貼りついているのを感じながら、秀綱は腰の刀を抜いた。

「江口殿の弔い合戦ぞ。いざ、続けぇ！」

先頭に立って、坂道を駆け下りる。後続の味方が上げる雄叫びに押されるように、死体を踏んで跳躍した。恐怖に身を竦ませる敵の足軽を斬り倒し、すぐさま次の敵へ向かう。槍を向けてきた足軽の腕を飛ばし、隣にいた鎧武者の喉を貫く。大宝寺義氏から拝領した刀の切れ味は、いささかも衰えてはいない。

やはり、ここが自分の居場所なのだと秀綱は思った。死と隣り合っていなければ、生きている気がしない。まったく、厄介な病だ。

北の八幡崎口に目をやった。あちらは、周囲に深田が広がっている。光氏は動きの制限された上杉勢に矢弾を浴びせ、まったく寄せつけていない。

「敵が、退いていきます」

荒い息を吐きながら、勘兵衛が言った。

「こちらの損害は」

「足軽が十名ほど。討たれた将は、一人もおりません」

ざっと見ただけで、百人以上の敵が倒れている。緒戦にしては、上出来だろう。

「追撃はいかがなさいます」

「今日のところは見逃してやろう。大手門を修復して死体を片付けたら、兵たちは休ませてやれ。まだまだ、愉しみはこれからだ」

言いながら、これから何人が死ぬことになるのか考えた。

できることなら、その死者の列の中に、直江兼続も加えてやりたいものだ。

「兵を退かせろ。このままでは損害が増えるだけだ」

菅沢山の本陣で、直江兼続は命じた。珍しく怒気を滲ませた主君に驚きながら、家臣が陣幕をくぐって駆け出していく。

ほんの半刻足らずの戦闘で、実に二百人を失った。そのほとんどが、大手門を攻めた隊が出した犠牲だ。

あの城には、恐らく一千以上の軍勢が籠っている。城の規模から考えれば、過剰とも言える兵力だ。籠城を指揮する将も、かなりの戦上手に違いない。それだけ、最上義光はこの城を重視しているということだ。

畑谷城を落としても、敵の士気に衰えは見えない。むしろ、江口光清の死が敵の戦意を高めているような印象さえ受ける。光清のことだ、最上家中でも慕う者は多かったのだろう。やはり、何としてでも生け捕りにすべきだった。

目を凝らし、正面の長谷堂城を睨む。力攻めで落とすとなれば、かなりの犠牲を覚悟しなくてはならない。ならば、押さえの軍勢を三千ばかり残し、自分は山形城を目指すべきか。手持ちの兵力で山形城を落とすのは難しいが、いずれは別働隊も合流してくるはずだ。

「なかなか厄介な戦になっておりますな」

他人事のような声音で言ったのは、前田慶次郎だった。この老人は、本陣の末席にのんびりと控えるだけで、今のところ何の働きもしていない。

「前田殿」

「老婆心ながら、ちと急ぎ過ぎてはおられぬか。直江殿らしからぬことじゃ」

言われて、兼続ははじめてこれまでの戦を振り返った。今までは、先々のことしか頭になかったのだ。

急いでいるという自覚はない。だが、確かに慶次郎の言う通りかもしれない。上方の戦に伊達の動き。気にかかることはいくらでもある。それが、気づかないうちに焦りに繋がっていたのだろう。

畑谷城攻めでは、一千近い犠牲を出した。今思えば、緒戦での鮮やかな勝利に拘《こだわ》りすぎたのだ。ここはいったん落ち着き、腰を据えてかかるべきだろう。

そうだ、焦る必要はない。兵たちは移動と戦で疲れている。今日はこれ以上の城攻めを取りやめ、全軍に休息を命じた。

兼続は夕食を摂ると、急ごしらえの陣屋に籠った。燭台を引き寄せ、絵図を広げて戦況を整理する。

中山口から北上する横田旨俊の別働隊は、すでに上山城に達している。報告では、城兵は五百程度で、落とすのにそれほど時はかからないということだった。

荘内方面では、志駄義秀が最上に煽動された一揆衆を敗退させている。さらに、下《しも》吉忠の隊が六十里越で最上領内へと向かっていた。小野寺の動きは相変わらず緩慢だが、遠からず雄勝郡の湯沢城へ攻めかかるはずだ。

山形には、周辺から避難した民の中に軒猿を紛れ込ませ、動きを逐一報告させている。昨夜には、数騎が東へ向かったという報せが入っていた。伊達家に援軍を要請する使者だろうが、軒猿にはあらかじめ、伊達・最上国境に網を張っておくよう命じてある。使者は、伊達領へ入る前に殲滅されるはずだ。

「申し上げます」

下吉忠からの伝令だった。

六十里越を抜けた下吉忠の二千が、寒河江、白岩の両城を接収した。城に守兵はおらず、武具兵糧の類もすべて運び出された後だったという。

「わかった。吉忠には兵を休めた後、北から山形城を牽制するよう伝えよ」

命じると、兼続は具足を解いて床に就いた。

やはり、敵はいくつかの拠点に兵力を集中し、こちらの疲弊を待つつもりだ。

だが、全体の流れを見れば、こちらの優位は揺るぎない。緒戦で予想をいくらか超える被害を出したというだけのことだ。このまま押し続ければ、遠からず山形は落ちる。

後は、上方の戦次第か。他人に己の命運を託すというのも、なかなか落ち着かないものだ。そんなことを考えているうち、いつしか眠りに落ちた。

どこか遠くで、叫び声のようなものが聞こえた。

体を起こす。まだ、夜は明けていない。

足軽同士の喧嘩か。眉を顰《ひそ》めたが、声はさらに増え、大きくなっていく。

「敵襲！」

今度ははっきりと聞こえた。刀を摑み、陣屋の外に飛び出す。雲が月明かりを隠し、見えるのは味方の篝火ばかりだ。

「どこだ！」

叫びながら周囲を見回し、兼続は戦慄した。

敵は、菅沢山の北側から押し寄せてくる。つまり、背後を取られたということだ。長谷堂城から打って出た敵か、それとも、山形の義光が動いたのか。

麓を固める味方の陣は、混乱しきっていた。敵の総勢はわからない。恐らく、同士討ちも起きている。

「殿、ここはお退きください！」

駆けつけた近習が袖を摑むが、兼続は振り払った。

「裏切りだ。春日元忠が寝返ったぞ！」

十間ほど先、十数人を従えた将が叫んでいた。袖印は上杉のものだが、その具足に見覚えはない。

「惑わされるな。あの者らを討て！」

命じた瞬間、十数人が一斉にこちらへ向かって駆けだした。近習たちが集まり、兼続の前に壁を作る。兼続も刀を抜き放った。

たちまち、敵味方入り乱れる白兵戦になった。数ではこちらが上回っているが、圧倒的に押されている。敵は相当な精鋭だった。

一人が、兼続に槍を向けてきた。穂先を刀で払い、切っ先を喉元に突き入れる。噴き出した血を浴びながら、敵将を探す。目が合った。敵将がにやりと笑い、刀を握り直した。

「直江山城殿。その首、鮭延秀綱が頂戴仕る」

最上家でも指折りの戦上手だった。肌に粟が生じる。兼続はこの戦ではじめて、死を覚悟した。

秀綱が踏み出すと同時に、味方の誰かが横合いから飛び出した。秀綱の振り下ろした刀を、槍で受け止める。その槍は、柄《え》のすべてが朱く塗られていた。

「前田殿！」

兼続は思わず声を上げた。勝てるはずがない。だが、慶次郎は立て続けに振り下ろされる刀をすべて柄で受け止めている。還暦を過ぎているとは到底思えない、見事な槍捌《さば》きだった。

「なるほど、これはよき敵じゃ。わしは前田慶次郎。しがない牢人じゃが、お相手仕ろう」

慶次郎が嬉々とした声で言う。その直後、後方から無数の足音が響いた。見ると、味方が山頂に向かって集まってきている。

「直江殿を討たせるな。かかれ！」

水原親憲だった。その後ろに数百が続いている。気づくと、東の空も白みはじめていた。

「直江殿。その首、預け置く」

言い残して、秀綱は踵を返した。慶次郎も、後を追おうとはしない。

「前田殿、かたじけない」

「なんの。みちのくの片隅に、あれほどの武者がおる。これだから戦はやめられぬわ」

慶次郎は皆朱の槍を担ぎ、鷹揚に笑った。

敵が引き上げると、ようやく状況が摑めてきた。

奇襲を仕掛けてきたのは、長谷堂の城兵だった。間道を伝って菅沢山の北に回り込んだのだろう。数も、せいぜい二百か三百。山形の本隊に、まったく動きはなかったという。

味方は、三百近くを失っていた。そのほとんどは、同士討ちによるものだ。

一連の戦いで、兼続ははっきりと理解した。上杉勢は、かつての精強さを完全に失っている。畑谷で一千もの損害を出したのも、そのせいだ。

上杉勢の強さは、越後の冬の厳しさと、民の貧しさが根底にあった。他国を侵して食糧を得なければ、生き延びることができなかったのだ。その戦意の高さに謙信の天才的な軍略が加わることで、上杉勢は天下に名を轟かせた。

だが今、兼続が率いている軍勢は、会津で生まれ育った兵が大半を占めている。指揮を執る越後の武士たちとは言葉も違えば、生き延びるための戦という意識もない。すべては、国替えに際して武士と民を峻別した、秀吉の政策によるものだった。

対する最上勢は、国替えも経験せず、末端の兵にいたるまでがこの土地の者だ。当然、己の故郷を守るという意識も強い。

「こんなことに、今さら気づくとはな」

軍勢の精強さという謙信以来の伝統に、どこか甘えていた。自軍の力量を見誤っていた以上、齟齬《そご》が生じるのは当然だった。この戦は間違いなく、上杉の歴史の中で最も困難なものとなる。

覚悟を改めると、兼続は多くの死者を出した春日元忠を叱責し、長谷堂攻めの先鋒を命じた。

どれほど困難な戦であろうと、負けるわけにはいかない。謙信が築き上げた不敗の歴史に、傷をつけることは許されないのだ。

本陣を出ると、兼続は南へ目を向けた。まずは、あの城を全力で落とす。

七

戦は膠着を迎えていた。

上杉勢は十七日、十八日と、春日元忠を先鋒とした力攻めを仕掛けてきた。

鮭延秀綱は、銃撃と少数精鋭による出撃を繰り返して何とか撃退したものの、味方はかなりの弾薬を消耗した。死傷者も、二十名以上出ている。だが、敵の損害もかなりのものになっているはずだ。それから二日間、敵は周辺の村々で苅田狼藉《かりたろうぜき》を繰り返すだけで、大きな動きを見せていない。こちらが挑発に乗って城から出てくるのを待っているのは明らかだった。

山形の義光とは、忍びの者を使って頻繁に連絡を取り合っている。そのため、城外の戦況はおおよそ把握できた。

十七日には、上山城の里見民部が、上杉勢別働隊に痛撃を与えていた。民部の麾下はわずか五百だが、城外に配した伏兵が上杉勢の背後を衝き、主将の一人本村親盛《ほむらちかもり》を討ち取るという大戦果を挙げている。この勝利は、長谷堂の守兵の士気を大いに高めていた。

また、北の戦線では湯沢城の楯岡満茂が、小野寺勢の南下を食い止めているという。荘内方面から侵攻した志駄義秀と下吉忠も、義光本隊に牽制され山形へは近づけていない。

「このあたりで一度、城外へ打って出るべきかと」

軍議の席で、秀綱は志村高治に進言した。

「待たれよ、秀綱殿。敢えて敵の誘いに乗るおつもりか」

言ったのは氏家光氏だった。八幡崎口の戦いでは奮戦して敵を寄せつけていないが、考えが守りに偏りすぎるきらいがある。最上一族の出で、秀綱に対しては、外様という意識があるのかもしれない。

「それがしは賛同いたしかねる。我らの役目は、この城に敵を釘づけにすること。それは、今でも十分に果たせておるではないか」

「しかし、城兵の多くは連日の狼藉に怒りを募らせております。これ以上捨て置けば、士気にも関わりましょう」

「そのために志村殿が、『いたずらに城外へ打って出る者は厳罰に処す』との軍令を出したのではないか」

「軍令は軍令。しかし、戦うべき時に兵に戦わせてやるのも、将の務めというものでしょう。必要以上に兵たちを押さえつければ、その不満は我らに向かいますぞ」

「勝算はあるのだな？」

それまで黙って聞いていた高治が訊ねた。

「無論」

上杉勢は、すべてが精強というわけではなかった。十分の者はともかく、足軽雑兵の大半はそれほど恐れる必要がない。これまでの戦で、秀綱が感じていたことだ。

「わかった」

高治が、断を下した。

「明日、鮭延勢を中心に、城外へ打って出る。先鋒は秀綱殿、後詰は光氏殿だ。わしは城へ残り、撤退を支援いたそう」

翌二十一日、敵は朝から苅田狼藉を開始した。周囲の村々はすでに無人で、上杉勢の足軽たちは、空き家に火をかけて回っている。

秀綱は、麾下の二百を少人数ずつに分け、すでに夜明け前から城外の茂みに潜んでいた。旗指物はつけず、鎧兜には草の束を結びつけて擬装している。火縄の臭いでこちらの存在が露見しないよう、鉄砲も置いてきた。

敵は数百人ずつに分かれ、狼藉を繰り返しながら城へと向かってくる。鉄砲の届かない距離まで出て、口々に悪口を並べて挑発するのだ。

足軽の一団が徐々に近づいてきた。数は二百ほどか。これまでこちらが何の反応も見せていないため、明らかに周囲への警戒が疎かになっている。

手頃な相手だ。息を潜め、一人一人の顔が見分けられるほどまで待つ。

「やれ」

隣の足軽が、合図の鏑矢《かぶらや》を放った。

立ち上がり、駆け出す。周囲の味方が四方八方から一斉に襲いかかり、二百の敵は一気に崩れ立った。鳥海勘兵衛が、物頭らしき武者を討ち取った。その首級を槍に刺して高々と掲げると、敵は敗走へと移った。

敵と入り乱れながら追いすがる。これで、敵は弓鉄砲を使えない。菅沢山麓の敵陣に斬り込むと、縦横に駆け回った。混乱が広がる中、後方から馬蹄が響いた。城から打って出た、光氏の隊だ。

手勢を小さくまとめ、敵陣を掻き回した。光氏も素早く動き回り、包囲されるのを避けている。

「殿、あれを」

勘兵衛が前方を指した。菅沢山の山頂から、五百ほどが駆け下りてくる。先頭の馬に乗った武者は、皆朱の槍を掲げ、「大ふへん者」というふざけた指物をつけている。

「氏家殿、退き時だ。あの年寄りには関わらぬ方がいい」

追ってくる敵をいなしながら、一丸となって城へ駆けた。だが、敵の追撃は予想以上に厳しい。追撃の中心は、春日元忠の隊だ。

殿を受け持つ勘兵衛が、敵に押し包まれそうになっている。秀綱は反転し、勘兵衛を取り巻く敵を蹴散らした。

「殿、ここはそれがしが」

「祝言を控えた家来を死なせられるか。そなたに何かあったら、花輪殿に呪われてしまうからな」

「しかし」

「話は後だ。厄介なのが来るぞ」

前田慶次郎。獣じみた咆哮《ほうこう》を上げ、突っ込んでくる。立ち塞がる味方が、次々と跳ね飛ばされた。乗り手だけでなく、馬も尋常ではない。

従う兵も、これまでとは桁違いだった。身なりはばらばらだが、一人一人の発する気が違う。恐らく、掻き集めた牢人衆からさらに腕の立つ者たちを選りすぐったのだろう。

不意に、敵の側面から銃声が響いた。深田の中に身を隠していた、高治の鉄砲隊だった。浮足立った敵にさらに銃撃を浴びせると、高治は長く延びた上杉勢の横腹に斬り込んだ。

「ええい、退け！」

敵将が叫び、上杉勢が後退しはじめる。

慶次郎はこちらにちらと目をやると、にやりと笑い、馬首を巡らせる。誘われるように飛び出した味方の数騎が、たちまち槍で叩き落とされた。

「こちらも退くぞ」

高治が命じ、秀綱の顔を見て呆れたように言う。

「それにしても、とんでもない年寄りがいたものだ。あれは、軍略の埒外だな」

「そうですね。天下は、実に広い」

だからこそ戦はやめられないのだと、秀綱は思った。

翌日からは、再び膠着が続いた。苅田狼藉はなくなったものの、まるで動きのない日が数日続くと、次第に兵たちの苛立ちも募ってくる。

「殿、敵陣が」

勘兵衛が報告に来たのは、二十四日の朝だった。物見櫓に登り、北へ目を凝らす。

敵が、陣替えを行っていた。半数近い敵が北東に陣を移し、菅沢山の本陣を守るような構えを取っている。

「そうか、若殿がやってくれたか」

やがて、上杉勢からさらに北東の沼木に、三千ほどの軍勢が現れた。

「来たぞ。伊達の援軍だ」


直江兼続は自ら馬を駆り、伊達勢に備える味方の陣まで物見に出ていた。

ここから敵陣までは、およそ二里。敵の陣容ははっきりと目視できる。

沼木に布陣した伊達勢はおよそ三千。旗印から、主将は留守政景とわかった。政宗の信頼篤い、伊達一族の重鎮である。

「面倒なことになりましたなあ」

轡を並べる前田慶次郎が、愉しむような口ぶりで言った。

山形城を発った使者の一行を追った軒猿が、一人も戻らなかったという報告は受けている。そのため伊達勢の到来は予想できていたものの、三千という数は兼続の読みよりもかなり多かった。政宗ならば、援軍は形だけのものになるだろうと考えていたのだ。

こうなると、上山城での敗北が痛い。別働隊は奇襲で本村親盛を失って以来、上山城に釘づけになっているのだ。敵の抵抗はいまだ頑強で、別働隊が合流するのはかなり先になるだろう。

「殿」

近習が、百姓の身なりの男を伴ってきた。山形に潜ませた軒猿である。

「山形の本隊が、動き出しました」

「やはり来たか」

ほどなくして、最上勢が姿を見せた。

伊達勢と隣り合うように陣を布いた最上勢は、およそ三千五百。山形に残るのは、せいぜい五百といったところだろう。これまで山形に籠ったきり、じっと耐え続けたのだ。最上勢の士気は相当高いと見た方がいい。

「だが、伊達勢はそうでもないようだな」

兼続は頬を緩めた。

伊達の陣からは、それほどの戦意は窺えない。やはり、積極的に最上を援《たす》ける気はなさそうだった。

兵力的には、こちらが圧倒的優位にあることに変わりはない。上山の別働隊はともかく、最上領の北には志駄、下の両隊がほとんど無傷で残っている。北は湯沢城が健在だが、それ以外は手薄だ。このまま時を稼げば、両隊が山形を衝くことも可能になる。

加えて、会津本国では、景勝が自ら増援を率いて出陣の準備を整えつつある。兼続の要請に応えてのもので、増援の規模は、一万から一万五千。伊達と、宇都宮の結城秀康に備える軍を除けば、会津本国は空になる。それだけの危険を冒しても、景勝は最上の攻略を選んだのだ。

「敵が誘いをかけてきても、断じて乗ってはならん。このまま膠着を維持し、お屋形様の来着を待つ。さすれば、やがて敵は崩れ去るであろう」

本陣に戻り、諸将を集めて言った。

それから三日ほど、最上本隊との間に幾度か小競り合いが起こったが、兼続は守りに徹し、大きなぶつかり合いは避けた。

だが、予想外の報告が志駄、下の両隊から届いた。すでに占領した地域で、百姓の一揆が頻発しているのだ。両隊は鎮圧に手間取り、軍勢を進めることもままならないという。

一揆の煽動など、一朝一夕でできるものではない。義光はここまで見越した上で、北を手薄にしていたというのか。いずれにしろ、これで北から山形を衝く策は画餅に帰した。

「これほどの相手だったのか」

呻くように、兼続は呟いた。怒りや苛立ちよりも、感嘆の念に近い。

義光が味方についていれば、今頃は上杉、最上、伊達の連合軍が江戸を落とし、家康も討てていたかもしれない。だが、十二年前に荘内を掠め取った時から、この泥沼に嵌り込むことは約束されていた。目先のわずかな利のために、上杉は家康の首という大魚を逸したのだ。

いや、まだ終わってはいない。関東討ち入りは果たせそうもないが、せめて、最上だけは。

「全軍に通達。明日二十九日をもって、長谷堂城へ総攻撃をかける。城を落とすまで退くことは許さん。怯懦を見せる者は、この直江山城が自ら斬り捨てる」

これまでにないほど、苛烈な攻撃だった。

秀綱は大手口での防戦に手一杯で、八幡崎口がどうなっているのかはわからない。直江兼続によほど尻を叩かれたのか、春日元忠の隊は死に物狂いで城壁へ押し寄せてくる。兼続は、大手門のすぐ外にまで馬を進めていた。その周囲は、前田慶次郎らの牢人衆が固めている。打って出たところで、返り討ちに遭うだけだろう。

「殿、もはや支えきれません！」

門扉に丸太を打ちつける音が響く中、勘兵衛が叫ぶように言った。

「やむを得ん、ここは放棄する。上の郭へ移れ」

山肌にはいくつもの郭が築かれているが、これだけ犠牲を厭わない攻め方をされれば、どれだけ持ちこたえられるかわからない。

「ここが正念場だ。全員、腹を据えてかかれ」

破られた大手門から、敵兵が雪崩れ込んでくる。前回と同じように頭上から岩を落とし、矢弾の雨を浴びせるが、敵はそれでも遮二無二攻め上ってくる。

四半刻ほどで、落とす岩がなくなった。物見櫓を解体し、材木を投げ落とす。それも、すぐに尽きた。郭の石組を崩して蹴り落とし、さらに上の郭へ移った。逃げ遅れた者が敵に飲み込まれていくが、助ける術はない。

八幡崎口も破られたようだった。味方は徐々に、山上へと追い上げられている。

城外を見渡した。敵は、半数ほどを沼木の本隊へ向けている。義光は本隊を前へ進めようとしているが、伊達勢はほとんど動いていない。本隊による救援は、望めそうもなかった。

「山頂の主郭に移る。その前に、ありったけの火薬と油を撒《ま》いておけ」

勘兵衛は意図をすぐに悟り、配下に下知した。蔵から運び出された火薬と油が、狭い郭の方々に撒かれていく。物見櫓の柱には、斧《おの》で切り込みを入れた。

主郭に移ると、敵が殺到する下の郭に向け、火矢を放った。

耳を聾する轟音。肌を焼くような熱風。炎と黒煙が立ち上り、火だるまになった敵兵が急な斜面を転げ落ちていく。物見櫓がぐらりと傾き、密集する敵の頭上に倒れ込んだ。夥しい数の悲鳴が響き、敵が下の郭から後退していく。どれほどの敵を倒したのか、見当もつかない。

「ずいぶんと派手にやったな」

志村高治が、近づいてきて言った。

「これで弾薬は尽きたぞ。矢も、ほとんど残ってはおらん」

「申し訳ありません」

「まあいい。どうせ死ぬなら、派手に一花咲かせてと思っていたところだ」

闊達に笑う高治に、秀綱も頬を緩めた。

敵はそれから一刻近くを、休息と態勢の立て直しに充てた。斬り込むか。考えたが、こちらの兵も疲れきっている。戦える兵は、五百人いるかどうかというところだった。

不自然なほどの静寂の中、秀綱は兼続だけを見ていた。大手門のすぐ外で床几に腰を下ろし、こちらを見上げている。

やがて、兼続が腰を上げ、軍配を振った。

「来るぞ」

法螺貝が響き、隊伍を整え直した敵が動き出す。

どうやら、ここで死ぬことになりそうだ。秀綱は乾いた気分で思った。三十八歳か。思っていたよりも、長く生きた。この戦の結末が見届けられないのは残念だが、それは贅沢というものだろう。天下の上杉勢を相手に、わずか一千で半月持ちこたえた。死に様としては、悪くはない。

「方々、最後の一働きとまいろうか」

硝煙で黒ずんだ顔で、高治が言った。

味方は、全員が死兵と化している。ぎらついた目で敵を見据え、笑みを浮かべている者までいた。頼もしいことだ。これなら、相当な数を道連れにできる。

秀綱は刀を抜き放ち、麾下の兵に向かって声をかけた。

「もはや、軍略も何もない。好きなように戦って、死ね」

兵たちから喊声が上がった。

「打って出るぞ。開門！」

叫んだ刹那、敵陣から違う調子の法螺貝が響いた。

「志村殿、敵が！」

光氏が叫んだ。高治とともに城壁際に出て、城外に目を凝らす。

敵が、退いていく。兼続の周囲で、人が慌ただしく動いていた。使い番らしき騎馬武者たちが、四方へと散っていく。沼木では小規模な戦闘が続いているようだが、大きな変化はなかった。

やがて、城外の敵が陣を払いはじめた。騎乗した兼続がしばしこちらを睨み、馬首を巡らす。城内に残った敵も、波のように引いていった。

「これは、いかなることでしょう」

光氏の問いに、高治が答えた。

「ここで敵が退く理由は、一つしかないだろう」

高治が、白い歯を見せて笑う。

「つまり、西軍が負けたのだ」

八

九月十五日、美濃関ヶ原で行われた東西両軍の決戦は、小早川秀秋の裏切りにより東軍の大勝利に終わった。

その報せが義光のもとに届いたのは、九月三十日の深夜だった。報せをもたらしたのは伊達家からの使者で、政宗に宛てた家康の書状の写しも持参していた。

本陣に集う諸将が歓声を上げる中、義光は命じた。

「長谷堂の高治らにも知らせてやれ。もっとも、とうに察してはいるだろうが」

昨日、落城寸前まで追い詰められた高治らは後退していく上杉勢に追撃をかけ、剣豪として知られる上泉主水を討ち取るという戦果を挙げていた。

直江兼続は麾下の全軍を菅沢山周辺に集めているが、やがては撤退に移るはずだ。

賭けに勝った。だが、その思いはまだ、実感を伴ってはいない。目の前には、いまだ上杉の大軍がいるのだ。これを打ち破って荘内を奪回するまでは、勝利とは呼べない。

「して、今後はいかがなさるおつもりです」

沸き返る陣中にあって、一際冷静な声音で義康が言った。

北目城への使いから戻って以来、この息子は人が変わったようだった。目の光は見違えるほど鋭くなり、どこか不敵さを漂わせている。それがいいことなのかどうか、義光にはまだわからない。

「決まっておろう。敵が撤退をはじめたら、追撃して直江の首を獲り、荘内を奪回する」

「父上は、この上なおも、血を流すおつもりですか」

「なに？」

本陣に、にわかに張り詰めた気が満ちた。動じることなく、義康が続ける。

「江口光清を討たれ、長谷堂、上山、湯沢の三城でも、どれほどの兵が死んだかわかりませぬ。追撃戦とはいえ、敵も必死に抵抗いたしましょう。となれば、こちらも相当の犠牲を払わねばなりますまい」

「それが戦というものだ。やむを得ん。それに、この好機を逃せば後々の荘内攻めに差し障りが出る」

「父上は、まだ気づいておられませんのか」

「何がだ」

「最早、武力で領地を奪い合う時代は終わっております。どれほど血を流して奪った土地であろうと、天下人の一声でいとも簡単に取り上げられる。そのことを、豊臣の世で嫌というほど目の当たりにしたではありませんか」

「豊臣公儀は瓦解した。次の天下人である徳川殿の了解も、とうに得てある。荘内攻めを躊躇う理由は一つもない」

「荘内を取り戻す方法は、戦だけではありますまい」

「ならば、いかがせよと申す？」

「和を結ぶべきでしょう。荘内と引き換えに、上杉勢の撤退を見逃してやるのです。さすれば、これ以上の犠牲は出ません」

「馬鹿な。和睦など」

「ここで追撃に出て多くの上杉勢を討ったとて、さらなる遺恨を積み重ねるだけではありませんか。憎しみには、どこかで区切りをつけるべきです」

「わかったようなことを申すな！」

思わず、怒声を放った。息子に向かって声を荒らげたのは、はじめてのことだ。

一同がざわつく中、義康は真っ直ぐにこちらを見つめ続けている。強く訴えかけるような視線に、義光は気圧されそうになる自分を感じた。

大きく息を吸い、自分を落ち着かせた。

確かに、和を結ぶことができれば、労することなく荘内を奪還できる。義康の意見には、頷けるところもあった。

生者が為すべきは、死んだ者に縛られ、新たな死者を作ることではない。氏家守棟の言葉が、脳裏に蘇る。義康はこの若さで、守棟と同じものを見ているのだろうか。

だが、主力が一戦も交えていない今の段階で、上杉に和睦を申し入れることなどできない。ここに居並ぶ将たちの中には、荘内で親兄弟を失った者が多くいるのだ。その者たちの思いを、踏みにじるわけにはいかない。

「駄目だ。和議は、認めぬ」

義康は項垂れ、小さく首を振る。何か大きなものを失ったような気分に、義光は襲われた。

物見が上杉勢の陣払いを察知したのは、翌十月一日未明のことだった。まだ薄暗くあたりには深い霧が立ち込めているが、敵は確かに撤退を開始しているという。

「霧に乗じて逃げ切るつもりか」

霧中の行軍は、困難を極める。険しい狐越街道を進むとなれば、なおさらだ。

「それだけ、長谷堂攻めで受けた傷が大きいということでしょう。こちらも危険を伴いますが、追撃に打って出るべきかと」

谷柏直家の意見に、諸将が頷く。

「よし。これより全軍をもって、追撃に向かう。敵はどこかで我らを待ち構えているはずだ。十分に注意せよ」

諸将が一斉に立ち上がった。義光も腰を上げ、一同を見渡す。

「今までよく耐えてくれた。もはや遠慮はいらぬ。思う存分に戦うがよい。上杉の者どもに、我らが故郷を侵したことを、とくと後悔させてやろうではないか」

全軍が動きはじめた。先鋒は谷柏直家、二陣は義康、三陣に義光が続く。七百の鉄砲衆を含む一千を率いた光直は、三男の清水義親とともに、遊撃隊として義光の背後に控えさせた。さらにその後に、伊達勢三千が続く。

義光は騎乗し、鉄の指揮棒を握った。長さ二尺八寸、重さは刀二本分ほど。いつになく、その重みが腕にこたえる。

「お屋形様、あまりご無理をなされませぬよう」

堀喜吽が、轡を並べて言った。何か感じるところがあるのか、その表情はいつになく険しい。

「わかっておる。わしもいい歳だ。若い頃のような無茶はせぬ」

「ならば、よろしいのですが」

「わしは、余生は日がな一日歌を詠んで暮らすつもりなのだ。こんなところで、死ぬわけにはいかん」

言うと、喜枠はようやく口元を緩めた。

五十五歳。家督を継いで、三十年か。体が衰えるのも無理はなかった。だが、荘内を手中に収め、より豊かな国を築くまでは、休むわけにはいかない。

法螺貝が吹き鳴らされる。義光は指揮棒を高く掲げ、前へ振り下ろした。

高台に据えた床几に腰を下ろし、兼続はじっと耐えていた。

霧は深く、味方の前衛すら見えない。この状況でどれだけ戦えるのか、不安は大きい。

聞こえた。夥しい数の足音。馬蹄の響き。姿こそ見えないが、迫り来る最上勢の圧力はここまで伝わってくる。

兼続は自身の旗本と牢人衆を中心とした五千で、富神山《とかみやま》の北麓に陣取っていた。菅沢山からは、およそ四半里の距離である。

味方は狐越街道を西へ進んでいるが、負傷者を多く抱えているため、その歩みは遅い。兼続の率いる五千が崩れれば、全滅に等しい打撃を受けることになるだろう。

この戦で、兼続は最上義光の首を獲るつもりだった。東軍の勝利をうけ、最上と伊達は上杉領へと攻め入ってくるだろう。その前に、敵に少しでも打撃を与えておかなければならない。

足音がさらに大きくなった。最前衛に配した鉄砲衆から、組頭の下知が響く。

銃声。敵の前衛がばたばたと倒れる。さらに二度、三度と斉射を浴びせた。それでも、敵の勢いは止まらない。

「鉄砲衆を下げよ。槍隊、前へ」

合図の太鼓が打ち鳴らされる。霧はいくらか薄くなり、ようやく敵の姿が見えた。

槍隊同士が、正面からぶつかっている。やはり、敵の勢いは凄まじい。待ち伏せに遭っても、隊伍は乱れていない。やがて、味方が押されはじめた。

第一陣の敵は、旗指物から谷柏直家とわかった。義光の覇業を初期から支え続けてきたという功臣だ。その後には、最上義康が続いている。

味方が、さらに押し込まれていた。

「引くな。生きて会津へ帰りたければ、押し返せ！」

兼続の檄《げき》に、味方が盛り返す。ここで崩されれば、待つのは死。会津兵は、見違えるような粘り強さを見せている。

谷柏直家が、新手を繰り出してきた。圧力が増し、味方の前衛の方々に綻びが出はじめる。さらに、敵は一隊をこちらの左翼へ迂回させてきた。

「前田殿！」

本陣の脇に控えていた慶次郎の五百が、矢のように飛び出していく。慶次郎は迂回してきた一隊をたちまち突き破り、逆に敵の第一陣の背後へ出る。

「今だ、押し出せ！」

新手を投入し、攻勢に出た。味方の勢いが増し、ようやく谷柏隊が崩れはじめる。

前田隊五百の戦ぶりは見事なものだった。敵の第二陣が前田隊を包み込もうとするが、慶次郎は麾下を小さくまとめて縦横に駆け、包囲を許さない。

霧は完全に晴れ、戦場全体が見渡せるようになった。伊達勢はまだ須川を渡りはじめたばかりで、その動きは鈍い。実際の戦は最上勢に任せ、漁夫の利だけを狙うつもりだろう。

戦場は、徐々に乱戦の様相を呈してきた。前田隊が作り出した混乱は、敵の第二陣まで波及している。最上義光の馬印は、第三陣の中ほどにある。

「よし、前田隊を下げろ。春日隊、押し出せ」

前田隊がまとまったまま、こちらへ下がってきた。入れ替わるように、本陣の後方に残しておいた春日元忠の隊が前進していく。

これまで最上勢に翻弄され続けた春日隊の士気は高い。たちまち谷柏隊を蹴散らし、第二陣に突っ込んでいった。

兼続は床几に腰を下ろしたまま、義光の馬印だけを見つめていた。

出てこい、義光。このままでは、息子が死ぬぞ。呟き、拳を握りしめた。


「急げ、義康を討たせるな！」

叫びながら、義光は馬腹を蹴り続けた。

乱戦は第二陣まで巻き込み、義康の周囲でも敵味方が入り乱れている。

「お屋形様、いささか前へ出過ぎております。後方へお下がりください」

「止めるな、喜忰。我が子が討たれるのを、黙って見ていられるか」

その時、左手から馬蹄が響いた。千を超える軍勢が、こちらへ向かってくる。

伏兵。義光の全身に粟が立った。敵は、南東の方角から向かってくる。恐らく、菅沢山に潜んでいたのだろう。全軍が撤退したように見せかけ、兼続はこの機を狙っていた。

「旗本衆、槍衾《かま》を組め。急げ！」

喜忰が声を嗄らして叫んでいる。だが、伏兵はこちらが迎撃の態勢を整えるより早く、長く延びきった味方の脇腹へと突っ込んできた。槍隊が蹴散らされ、敵味方が入り乱れる。

「我こそは上杉家家臣、水原常陸介親憲」

敵将が名乗りを上げた。上杉勢の、副将格だった。それだけ、直江兼続はこの伏兵に賭けている。撤退を決めた時から、義光の首だけを狙っていたのだ。

水原の兵は、義光の間近まで迫っていた。喊声。血の臭い。断末魔の悲鳴。ほんの数間先で、敵味方が得物を打ち合っている。ここで討たれるのか。義光は、死を覚悟した。

「怯むな、敵は寡兵ぞ。お屋形様をお守りするのだ！」

喜吽の馬が、義光の前に出る。次の刹那、銃声が響いた。喜吽の体が揺れ、そのまま馬から落ちていく。

「喜吽！」

馬から下り、駆け寄った。鎧の左胸に開いた穴から、血が流れ出している。抱き起こそうとしたが、もう息はしていなかった。

唇を嚙んで立ち上がった直後、頭に凄まじい衝撃が走り、思わず膝を突いた。

「お屋形様！」

近習たちが駆け寄り、周囲に壁を築く。兜を脱ぐと、前頭部にくっきりと弾痕が残っていた。角度が悪ければ、頭を撃ち抜かれていただろう。

まだ、運が尽きたわけではない。兜をかぶり直し、再び馬に跨る。

その時、水原隊の横合いから銃声が巻き起こった。

「お屋形様、光直様の鉄砲衆です！」

新関久正が叫んだ。光直は水原隊を包み込むように兵を動かし、繰り返し銃撃を浴びせる。

「今だ、突き崩せ！」

声を張り上げる義光のすぐ横を、百人ほどの軍勢が駆け抜けていった。

「お屋形様のご厚恩に報いるは今、この時ぞ。者ども、死ねや！」

先頭に立つ騎馬武者が叫んだ。一栗兵部《いちくりひょうぶ》。葛西・大崎一揆にも参加した大崎家旧臣で、一揆の鎮圧後は出羽に落ち延びて義光に仕えている。

雄叫びを上げ、兵部の隊が敵中に躍り込む。

混戦になったが、味方がやや押している。水原親憲は麾下を小さくまとめ、守勢に転じていた。ようやく戦場に到着した伊達勢が、水原隊に襲いかかっている。もっと早く動いてくれていれば、喜昨が死ぬことはなかった。込み上げる怒りを辛うじて抑え、義光は西の敵本隊へ目を向けた。

ここを先途と見たのか、兼続は全軍を前に出していた。第一陣は散り散りとなり、第二陣の義康隊も、ほとんど崩れかかっている。

義光は乱戦の中に目を凝らした。兼続の馬印。見えた。〝愛〟の前立をあしらった兜。

水原隊を伊達勢に任せ、旗本と光直の隊をまとめてぶつければ、兼続の首を獲れる。

考えた時、地を揺らすような馬蹄が耳を打った。

右前方。朱槍を手にした老将。第一陣を突き崩した隊だ。義光に向かって一直線に駆けてくる。三百ほどに討ち減らされてはいるが、遮る味方は次々に蹴散らされた。旗本の大半は水原隊に向かい、義光の周囲は手薄になっている。

水原隊すらも、囮《おとり》にすぎなかったのか。西軍が敗北し、上杉家の滅亡さえも危ぶまれる状況にあって、なおも自分の首を獲りにくる。直江兼続の執念に慄然としながらも、義光は畏敬の念を覚えた。

これほどの将が相手なら、討たれても悔いはない。だが、足掻けるだけは足掻いてみるか。鉄棒を握り直し、義光は馬腹を蹴った。


兼続は馬上から、慶次郎の隊と義光の旗本衆のぶつかり合いに目を注いでいた。

前田隊の鋭鋒を、旗本衆は槍衾をしっかりと組んで防いでいるが、それも時間の問題だろう。あと一押しで、義光の首が獲れる。

厄介なのは、兼続本隊の正面に立ちはだかる最上義康の隊だ。想像を絶するような粘り強さで、春日隊の前進を阻んでいた。兼続の旗本まで投入したが、それでも踏みとどまっている。聡明で、義光の留守中も領国経営をそつなくこなしていたという話は聞いていたが、これほどの将だとは思いもしなかった。

蹴散らしたはずの谷柏直家隊も、離れた場所で態勢を立て直し、側面からしつこく攻撃を仕掛けてくる。これほど腰の強い軍勢を見るのははじめてだった。

それだけ、義光を死なせたくないということか。気づいて、兼続は最上勢の士気の高さを納得した。最初から景勝の出馬を仰いでいれば。思ったが、もうどうにもならない。

「押せ、押し続けろ。最上義光の首は、すぐそこぞ！」

叫んだ兼続に、近習の一人が馬を寄せてきた。

「殿、味方は疲弊しきっております。ここは退くべきかと」

「ならん。あの男の首を獲るまで、撤退は許さん」

「しかし」

「疲弊しているのは相手も同じだ。義光さえ討てば、撤退ははるかに容易になる。ここが正念場だ」

なおも何か言おうとする近習を睨みつけ、兼続は視線を前へ戻した。

伊達勢の猛攻を受ける水原親憲の隊は、潰走しかけていた。水原隊に当たっていた最上勢が、義光の救援に向かっていく。二百ほどに討ち減らされた前田隊は消耗が激しく、戦力が相当に落ちている。いかに慶次郎でも、旗本衆を突破して義光の首を獲るのは難しいだろう。

いつの間にか、戦の潮目が変わっていた。菅沢山の伏兵と、前田隊の突撃。それで、義光を討てるはずだった。水原隊には鉄砲の名手を数人配し、義光の狙撃を命じていた。しかし、義光は健在で、今ではこちらが押されはじめている。

人智を超えた存在を、兼続は感じた。天が、義光を生かしているのではないのか。ならばこの戦は、そもそもはじめるべきではなかったのか。

いたるところで、味方は守勢に転じていた。水原隊は敗走し、前田隊もじりじりと後退をはじめている。側面からの攻撃に晒され、春日隊も瓦解寸前だった。

ここまでか。兼続は唇を噛んだ。口の中に、血の味が広がっていく。

いや、まだ終わってはいない。手にした槍を、高く掲げる。

「いまだ力を残している者は、我が下に集え。これより、最後の突撃をかける」

刺し違えてでも、義光の首を獲る。それが、兼続に残された最後の誇りだ。

一千ほどが、周囲に集まってきた。これだけいれば、まだ最後の一戦はできる。そう思った時、背後から喊声が上がった。

振り返る。三百ほどの軍勢が、富神山の西側から回り込むようにこちらへ向かってくる。

明らかに味方ではない。

馬鹿な。敵に、これほどの兵力を迂回させる余裕はなかったはずだ。混乱しながら、敵の旗印を見据える。四つ目結いの家紋。鮭延秀綱。背筋に冷たいものが走った。

ぶつかった。こちらはまだ、陣形が整っていない。一丸となって突っ込んできた敵に抗しきれず、次々と打ち破られていく。

誰かが馬の轡を取った。馬の向きが、強引に変えられる。

「殿、最早支えきれません。落ち延びてくだされ」

訴える近習に、兼続は首を振った。

「ならん。わしはここで」

「上杉家にはまだ、殿が必要です。何としても、生き延びられよ」

近習が、槍の柄で馬の尻を叩いた。嘶きを上げ、馬が駆け出す。十騎ほどが周囲を固めているので、馬首を返すこともできない。

負けた。わずか一千の城を落とせなかったばかりか、最後の賭けも破れた。これだけの兵を死なせておきながら、自分はおめおめと生き延びてもいいのか。

景勝の顔が浮かんだ。何と申し開きすればいいのか。視界が滲み、兼続は意味をなさない叫び声を上げた。

総崩れとなって敗走していく上杉勢を、義光は呆然と見つめていた。

勝ったのか。呟いたものの、実感はまるで湧かない。

乗馬は失い、鉄棒で体を支えるのがやっとだった。周囲を固める旗本衆は誰もが傷を負い、肩で息をしている。武芸が不得手な新関久正まで、義光をかばって腕に深手を負い、後方へ運ばれていた。

早朝に開戦し、今はもう日が西に没しかけている。とてつもなく長く、厳しい戦だったのだと、改めて思った。

「兵をまとめ、諸将に伝令を出せ。追撃は無用となｌ」

味方は疲弊しきっている。ここで追い討ちをかけても、無用な犠牲を出すだけだ。

全軍をまとめ、須川の畔に陣を張った。まだ、領内には上杉の別働隊が残っている。気を緩めることはできない。

「皆の者、よく働いてくれた」

集まった諸将に、傷を負っていない者はいなかった。谷柏直家は布で腕を吊り、一栗兵部は脚を引きずっている。そして、江口光清や堀喜吽の姿はない。

薄氷を踏むような勝利だった。秀綱や高治らの到着があと少し遅れていれば、戦は敗北に終わり、義光も討たれていたかもしれない。敵の背後を衝いたのは義光の命ではなく、秀綱らの判断である。

獲った首は、一千五百八十に及んだ。だが、味方も六百を超える犠牲を出している。それは敵味方とも士分の者だけで、足軽雑兵を入れれば、死者の数は数倍に達するだろう。義光の煽動で一揆を起こし、上杉勢に討たれた民も多い。

「光清は見事な最期を遂げた。喜吽も、わしの身代わりのように死んでいった。この中にも、身内を討たれた者も多かろう。今宵は、その者たちのために祈ってくれ」

「鳥海勘兵衛も、討死いたしました」

ぽつりと、鮭延秀綱が言った。

「そうか。勘兵衛が死んだか」

生きて帰れば、花輪と祝言を挙げるはずだった。見どころのある若武者だったが、その未来は、自分がはじめた戦が奪い去った。

これだけの屍を築いて、自分は何を得たのか。義光はしばし、天を仰いだ。

散会すると、義康を呼び止めた。立ち上がり、息子に向かって頭を下げる。

「父上、何を」

「そなたの申す通りであった。勝つには勝ったが、敵も味方も、あまりにも多くの者が死んだ。やはり、兼続に和議を申し入れるべきだったのだ」

「もう終わったことです。それに、こちらから和議を申し出たとしても、直江兼続が受けたかどうかはわかりませぬ。それがしの方こそ、父上に無礼な口を利いたこと、深くお詫びいたしまする」

そう言って、義康は深々と頭を下げた。今朝方漂わせていた不敵さは、きれいに消えている。

「それにしても、今日の戦ぶりは見事であったぞ。そなたの働きがなければ、今頃わしの首は胴から離れておったただろうな」

「なんの。それがしのみの働きではありません。長谷堂の高治、秀綱。上山の里見民部に、湯沢の楯岡満茂。そして、光清と喜吽。足軽雑兵や、一揆に加わった名も無き民。家臣領民、皆の力で得た勝利です」

「そうか。そうだな」

一人一人の顔を、義光は思い浮かべた。この戦で戦った将だけではない。これまで自分のために尽くしてくれた、すべての人々。救うことのできなかった、駒と康子。

「わしは残りの生をすべて使って、皆に恩を返さねばならん。そのためには、そなたの力が必要だ。これからも、しかと働いてくれ」

「はっ、ありがたきお言葉にございます」

義康が一礼し、陣幕をくぐって出ていく。

床几に腰を下ろした途端、激しい疲労を覚えた。瞼がたまらなく重い。

だが、まだ休むわけにはいかない。戦は終わったわけではないのだ。明日からは、領内に残る上杉勢を追い払い、荘内出兵に向けて動き出さねばならない。ここまで激しい戦をした以上、話し合いでは収まらないだろう。

戦後処理もあり、義光はしばらく山形から動けない。荘内攻めの総大将には、義康を任じるつもりだった。あの息子なら、できる限り血の流れないやり方で荘内を接収してくれるはずだ。

自分は人に恵まれている。まどろみの中で、義光は思った。

九

十月二日、義光は谷地城に籠る下吉忠を遠巻きに包囲した。

上山を囲んでいた上杉勢は昨日のうちに撤退し、寒河江方面の志駄義秀も荘内へ向けて引き上げはじめている。湯沢城の楯岡満茂からは、小野寺勢撤退の報が届いていた。

十日余りの籠城で兵糧が尽きると、吉忠は麾下の将兵の助命を条件に開城に応じた。吉忠は、上杉勢主力の撤退を知らされていなかったという。

谷地城を奪回した義光は、志村高治と鮭延秀綱に新たに兵を授けて、荘内侵攻を命じる。本格的な荘内攻めは来春の予定だが、その前にいくつか拠点を確保しておきたかった。

降伏したばかりの吉忠を先鋒に六十里越を経て荘内へ入った高治らは、十八日に尾浦城を落とし、荘内南部の制圧に成功する。敗戦で混乱する上杉勢に反撃の余裕はなく、義光は高治らに、そのまま冬を越すよう命じた。

上方では石田三成ら西軍の主将たちが処刑され、家康も大坂に入城を果たしていた。西軍の名目上の総大将だった毛利輝元は大坂から退去し、家康に降っている。西軍残党の抵抗もほとんどなく、上方は落ち着きを取り戻したようだった。

だが、上杉景勝や薩摩の島津家などは、いまだ徹底抗戦の構えを崩さず、奥羽を覆った戦雲も晴れることはなかった。

南奥では、伊達政宗が上杉領の信夫郡、伊達郡に攻め入り、上杉勢と一進一退の攻防を続けている。政宗はさらに北へも手を伸ばし、南部領内での一揆を煽動していた。

「まったく、我が甥ながら、あの貪欲さは大したものよ」

山形城の奥で、義光は義を相手に軽口を叩いた。

「少しは自重することも覚えねば、また痛い目に遭うぞ」

「しかし、政宗殿の援軍に救われたことも事実でありましょう?」

「まあ、それはそうなのだが」

戦意に乏しく、決定的な働きもなかったが、政宗の援軍がなければ戦はどうなっていたかわからない。政宗が助けたかったのは、自分ではなく義なのだろう。それでも、最上家が救われたことに変わりはなかった。

「いずれ、政宗とも昔語りをしながら笑い合える時が来るのかな」

「ええ、きっと」

義の声は、確信に満ちている。

十月二十四日、義光のもとへ、家康からの書状が届いた。上杉撃退の功を賞し、来年の雪解け後には上杉征伐に向かうつもりだという。それを受け、義光は本格的な荘内侵攻の準備を命じた。

総大将は義康、副将に光直と清水義親。これに野辺沢光昌、中山朝正らが付く。北出羽の秋田実季や由利郡の国人衆も合力を申し出てきているので、総勢は一万を大きく超えることになるだろう。

翌慶長六(一六〇一)年三月、雪が解けると、義康は最上勢五千を率い、荘内へと出陣していった。上杉勢は牽制のため上山あたりまで兵を出してきたが、里見民部が上手くあしらい、大きなぶつかり合いにはなっていない。

三月二十四日、義康は上杉方の最後の拠点、酒田東禅寺城を猛攻の末に降し、ついに荘内全土の平定を成し遂げた。

「そうか。それほどに激しい戦となってしまったか」

使者の報告を受け、義光は嘆息混じりに言った。城将の志駄義秀が降伏を拒み続けたため、敵味方に多くの被害を出し、酒田の町もかなりの部分が焼けたという。復興には、かなりの時を要することになるだろうと、義康は言ってきていた。

「お屋形様のご期待に沿えず申し訳ないと、若殿は仰せにございました」

「致し方あるまい。こちらが穏便さをもって臨んでも、相手によっては血が流れる。それが戦であろう」

「して、降将志駄義秀、ならびに降兵の処置はいかがいたしましょう」

「上杉領まで送り返してやれ。最上に仕官を望む者は、人物を見た上で召し抱えることを許す。これ以上の流血は無用だ」

「御意」

それからほどなくして、今度は宇都宮の結城秀康から使者が来た。上杉景勝が秀康を通じ、家康に降伏の意思を伝えたのだ。景勝は近日中にも上洛し、家康に詫びを入れることになるだろうということだった。

家康は、景勝の降伏を受け入れるだろう。再び大軍を動かして会津を攻めるほどの余裕は、家康にもないはずだ。

「ようやく終わったか」

これでほぼ、徳川の天下は定まった。家康は、しばらくは豊家を立てるだろうが、遠からず自身の手で幕府を開くだろう。幼い豊臣秀頼に、それを阻止する手立てはない。豊家は徳川の世で、一大名として生きるしかなくなる。

お前たちを苦しめた豊臣の世が、ようやく終わったぞ。心の中で、駒と康子に呼びかける。だが、それで二人が本当に喜んでくれるのか、義光にはわからなかった。

それからしばらく、義光は戦後処理に追われ続けた。

梅雨の晴れ間が広がったある日、義光は新関久正に声をかけた。

「出かけるぞ。付き合え」

「どちらへ？」

「領内を見て回る」

わずかな供廻りを従え、山形城を出た。

城下は平穏だった。一時は領内各所から戦を避けてきた民で溢れ返っていたが、今は常と変わらぬ営みがあるだけだ。だが市に並ぶ品々は、以前よりもずっと少ない。上杉との戦で田畑が荒れ、酒田の湊も大きな被害を受けたため、物が入ってこないのだ。腕や足を失くし、物乞いをしている男たちの姿も目にした。

城下を出ると、須川を越えて長谷堂へ向かった。菅沢山に上り、あたりを見渡す。

山にはまだ雪が残り風も冷たいが、日射しはずいぶんと穏やかになっている。眼下に広がる集落では、人々がそれぞれの生業に精を出していた。

「以前ほどの活気はないな」

多くの村が上杉勢に焼かれたが、もうほとんどの家は建て直されている。だが、焼け跡は今もところどころに残っていて、人手が足りないせいか、荒れたままの田畑も多い。上山や谷地、寒河江なども、似たようなものだろう。

自分が招いた惨状なのだと、義光は思った。過去に捉われて荘内にこだわり続けた挙句、民にこれほどの苦しみを強いたのだ。唐入りという夢に憑りつかれた秀吉のことは嗤《わら》えない。

「まことに、この荒れた地を豊かにすることができるのだろうか」

「あまり、ご自分をお責めになってはなりません」

視線を麓の集落に向けたまま、久正が言った。

「戦で幾度となく村を焼かれても、その度に民は自分たちの暮らしを立て直してきました。それに、これからはもう大きな戦は起こらぬでしょう」

「そうだな。天下は徳川のものだ。よほどのことがなければ、揺らぐことはあるまい」

「天下が泰平となった今、何も急ぐ必要はありません。いつの日か、最上領がこの国のどこよりも豊かになる日が、必ずややってまいりましょう。この久正も、微力ながら力を尽くす所存にございます」

そうだ、急ぐ必要はない。民の力を信じ、自分はその手伝いをすればいいのだ。

子供のはしゃぐ声が聞こえた。数人の女童が、道端に咲く黄色の花を摘んでいるらしい。

「あの花は？」

「紅花でしょうな」

久正が答えた。

「このあたりには多いようです。ここまでの道中にも、咲いているのを見ました」

紅花は染料に使われ、油も採れる。栽培を奨励すれば、大きな利を生むかもしれない。

野を埋め尽くす黄色の花を想像し、義光は小さく笑った。

領内の村々を復興し、山形の城下町を拡張して商業を発展させ、荘内へ通じる道も広げる。東禅寺義長の遺志である、庄内平野の灌漑も実行に移さなければならない。

やるべきことは山のようにある。まだまだ、和歌三昧の余生というわけにはいかないだろう。

「久正、勝負いたすか」

「はっ？」

「先に山形城に着いた方が勝ちじゃ。行くぞ！」

「お、お屋形様……！」

慌てる久正に構わず、馬腹を蹴った。

まだ、若い者には譲れない。頰を打つ風を感じながら、義光は馬を飛ばした。

目の前には、慣れ親しんだ出羽の大地が広がっている。

第六章　帰郷

一

庄内平野に、遅い春が訪れていた。

穏やかな日射しの下、河原では人足たちが鍬を振るい、掻き出した土を詰めた藁《わら》を荷車に乗せて運んでいる。その表情は一様に明るいもので、見る限り、無理やり働かされている者はいないようだ。

「順調に進んでいるようだな。楽な作業ではないだろうが、皆よく働いてくれている」

最上義康は、隣の新関久正に声をかけた。

「はい。給金はしっかり払っておりますし、この作事が終われば、荘内の民にとっても大きな利となりますゆえ」

庄内平野を流れる、赤川の河原だった。ここから村々へ用水を引き、併せて堤も築くという作業である。

「完成が楽しみだな」

「さて、どれほどかかることやら。亡き東禅寺義長殿が考えておられた灌漑事業は壮大なもので、すべてが出来上がるのは十年先、二十年先になるやもしれません」

本気とも戯言ともつかない口ぶりで言って、久正が笑う。

東禅寺義長が遺した荘内統治に関する冊子は、記された数字こそいくらか古いものとなってはいるが、大筋のところでは大いに役立っていた。

「しかしあと数年も経てば、荘内は今と比べ物にならないほど肥沃な土地に生まれ変わります。最上川の開削も進めば、領内の物と人の流れはさらに活発になりましょう」

最上川には岩の突き出た難所がいくつかあり、ぶつかった舟が沈む事故も度々起こっている。その岩を取り除き、通行を容易にしようというのだ。途方もない大作事で、それこそ何十年かかるのか見当もつかない。

それでも、そうした作事について語る久正の目はいつになく輝いていた。戦場で見るのとはまるで別人だなと、義康は苦笑する。

それにしても、最上家は大きくなった。

五十七万石。それが今の、最上家の所領である。

旧領の最上、村山両郡二十四万石に加え、田川、櫛引、飽海の荘内三郡、さらには北出羽の由利郡が、恩賞として下されたのだ。上杉家は米沢三十万石に減封され、出羽に最上家を超える所領を持つ家はない。家康に警戒された伊達家も、加増は四万石にとどまり、計六十二万石である。最上家は名実共に出羽の旗頭であり、東国でも屈指の大大名となっていた。

富神山での上杉勢との決戦から、二年半が過ぎている。この二月には、家康はついに征夷大将軍に補任されていた。

あの戦以来、最上家は総力を挙げて、領内の復興に尽力している。戦で被害を蒙った村は税や役を免除し、山形城下に商人や職人を集めて町を整備した。

最初の頃こそ台所事情は逼迫したが、義光を筆頭に倹約に努め、酒田の商人たちからも銭を借り入れ、何とか窮地を乗り切ることができた。今では、山形城下には武士も合わせて二千三百戸、二万人近い人が暮らし、税収も大きく増加している。父が奨励している紅花の栽培も、ようやく軌道に乗りかけていた。

「そろそろ戻るとする。久正、しかと頼んだぞ」

「ははっ」

義康は馬に跨り、近臣たちと共に今日の宿所の鶴ヶ岡城へと向かった。

今回の領内検分は、役人の不正や苛酷な収奪がなされていないかを確かめるためのものだ。今のところ、そういった事例は一つも報告されていない。

大宝寺城改め鶴ヶ岡城は、義光が隠居所とする予定で、今は新関久正が城代を務めている。しかし、外見も内装もいたって貧相で、天守もなければ、石垣も主要な部分にしか使われていない。当時の財政の逼迫と民の負担を考慮してのことだった。

「明日は真室一帯を検分し、鮭延城に宿泊する予定となっております」

里見正近が報告した。正近は関ヶ原合戦後に長崎城主となった里見民部の嫡男である。まだ二十歳そこそこだが、父に似て実務に堪能だった。先の戦では上山城で父とともに上杉勢と戦い、武功を挙げている。

「鮭延城か。秀綱に会うのも久しぶりだな。長谷堂での戦物語など聞くといたそう」

秀綱は、長谷堂合戦での功により、真室の鮭延城周辺に一万一千石余の所領を与えられていた。外様ではあるが、今や堂々たる最上家の重臣である。

その夜は、義康の近臣たちに作事場から戻った久正を加え、盃を交わした。

「しかし、父上はいつお帰りになるのやら。山形を留守にして、もう半年以上になるではないか」

義光は、家康に加増の御礼を述べるため、昨年の秋から江戸へ出ていた。その後、将軍就任のため上洛する家康にも随行している。

「まあよろしいではありませんか。お屋形様がおらずとも、若殿がいらっしゃれば政は回っていきまする」

久正が言った。酒は弱く、もう顔が赤く染まっている。

「今頃、父上は京の都で歌でも詠んでおられるのだろうな。羨ましいことよ」

「それならよろしゅうござるが、悪い京女にでも捕まっていたら、当分は帰って来ぬやも」

久正が言うと、一同が声を上げて笑った。

「しかし、お屋形様も御年五十八。そろそろ家督のこともお考えいただかねば」

「よせ、正近。このような場で話す事柄ではなかろう」

「はっ、ご無礼を」

義康の家臣たちの中に、いつまでも家督を譲られないことに対する不満の声はいくらかある。そして、家中に義康ではなく、弟の家親を次期当主に推す者がいるのも確かだ。

義康は二十九歳、家親はまだ二十二歳だった。だが、家親は長く徳川家に奉公し、今は秀忠の家臣として江戸にある。家康、秀忠父子の信頼は篤く、先々のことを考えれば、家親を推す者がいてもおかしくはない。

だが、義康は家督相続に関して、自分で何か動くつもりはなかった。家中に二つの派閥が生まれつつあることを、父も理解しているはずだ。家督を巡って祖父と戦までした父が、このまま座視しているはずがない。この件は、父に任せておくべきだろう。

翌朝、義康は十五名の近臣とともに鶴ヶ岡城を発つと、最上川沿いに真室へ向かった。

「やはり、最上川の流れは速いな」

馬を進めながら川面を見つめ、義康は呟く。本当に、この流れを開削して穏やかなものに変えることなどできるのだろうか。

いや、焦ることはない。何年、何十年かかろうと、挑む価値はある。その大事業が完成した暁には、最上領はさらに豊かになるのだ。

「これは、もしや最上の若殿様でいらっしゃいますか？」

若い女に声をかけられたのは、鮭延領の手前にある小さな農村だった。百姓の娘らしく、頭に手拭いを巻き、顔は泥で汚れている。

女は畑仕事の手を休め、切り株の上に置いた竹皮の包みを持って近づいてきた。

義康は馬を止め、女の相を観る。その目に邪気は感じなかった。

「何用か」

正近が鋭く問うと、女が包みを開く。中身は、握り飯だった。

「お口に召されませぬかと存じますが、もしよろしければ、お召し上がりくださいませ。最上様のおかげで、我ら百姓は安穏に暮らせております。せめて、そのお礼に」

「若殿はそのようなものは口にせぬ」

「よいではないか、正近。せっかくの心遣いだ」

包みを受け取ろうと手を伸ばした刹那、違和を覚えた。女の手。百姓のそれとは、どこかが違う。

次の瞬間、女が凄まじい速さで動いた。咄嗟に身を捻る。左の脇腹を何かが斬り裂いた。右側へ落馬し、刀の柄に手をかける。

「おのれ、痴《し》れ者！」

正近が女に向け、刀を振り下ろす。血が飛んだ。短刀を握ったまま、脳天を断ち割られた女が倒れる。

「たわけ、なぜ斬った！」

「はっ、申し訳……」

「もうよい、駆けるぞ。急げ！」

「若殿、傷が」

「構うな。大事ない」

　村の中に、まだ一味が潜んでいるかもしれない。再び騎乗し、一気に駆け抜けた。脇腹から、血が溢れ出していく。思ったよりも傷は深かったらしい。鮭延城に辿り着いた時には、意識が途切れかけていた。

「若殿、お気を確かに！」

　秀綱の声。気づくと、戸板に乗せられていた。そのまま城内に運ばれ、傷口を縫い合わせた。

　誰が差し向けた刺客か。朦朧《もうろう》とする頭で考えるが、答えが出るより先に、義康は眠りに落ちた。

「かなりの血を失っておりましたが、お命に別状はないとの由にございます」

　翌朝、秀綱が枕元で言った。

「若殿が襲われた村へ手勢を出して調べさせましたが、その女のことを知る者は一人もおりませんでした」

「そうか。やはり、手掛かりになるような物を残してはおらんだろうな」

「はい。この件は、表に出されぬがよろしいかと」

「父上にも、秘するべきであろうか」

しばし考え、秀綱は頷いた。もしかすると、秀綱は父の関与を疑っているのかもしれない。家康が最上家の後継に家親を望み、その意を受けた父が刺客を放った。考えたくはないが、筋は通る。

小さく首を振り、義康はその考えを振り払った。疑い出せばきりがない。とにかく今は、騒ぎを大きくしないことだ。新しい国作りは順調に進んでいる。今ここでお家騒動など起こせば、すべてが水泡に帰してしまう。それだけは、何としてでも避けなければならない。

それからしばらく後、城下に不可解な噂が流れはじめた。

義康がいつまでも家督を譲られないことで父を恨み、自害を図ったというのだ。噂の出どころは不明で、広がるのを抑えることもできない。

「これは、厄介なことになりましたな」

神妙な面持ちで言ったのは、浦山源左衛門だった。義康付の家臣団筆頭で、刺客の件も源左衛門にだけは話してある。

「何者かが、若殿とお屋形様の離間を謀っていると見るべきでしょう。噂はいずれ、お屋形様のお耳にも達するかと。若殿、いかがなさいます?」

「致し方あるまい。父上に、書状ですべてありのままお伝えいたす」

義康の知る限り、家親はこうした謀を用いる男ではない。しかし、家中に自分の死を望む者がいるとは、どうしても思えなかった。

　父が山形に戻ったのは、七月のことだった。実に、一年ぶりの帰国である。

久しぶりに見た父の顔に、晴れやかさはなかった。いつもなら、真っ先に山形の水を所望するのだが、それもない。父は旅装を解くなり、義康を奥の書院に呼び出した。

　父は、開け放した庭を眺めていた。傍らに置かれた茶にも、手をつけた気配はない。

「家康公が、そなたの廃嫡を望んでおられる」

　庭に目を向けたまま、父は消え入りそうな声音で言った。

「廃嫡、ですか」

「そうだ。わしが帰国を願い出た時、家康公はこう仰せであった。〝家督継承が延引しているからといって、父を恨むような子は言語道断。幸い、そなたには家親のような聡明な子息もいる。そちらに家督を譲るべきではないのか〟となし
　義康はすべてを理解した。自分を襲い、流言を撒いたのは、家康の手の者だ。それほど、家親に最上家を継がせたいのだろう。

「して、父上は何と？」

「断れるはずがあるまい。そなたに家督を譲っても、家が取り潰されては元も子もない」

「しかし将軍家は、何ゆえそこまで家親に」

「家康公は、今になって我らに五十七万石もの大領を与えたことを悔やんでおるのだ。わしならばともかく、これまで徳川と縁のなかったそなたが家督を継ぐのを、家康は不安に思うておる」

父は、はじめて家康と呼び捨てにした。庭を向いたままだが、声音だけでもその苦悩と憤りははっきりと伝わってくる。

「家親は確かに聡明で、心根も真っ直ぐに育った。将軍家父子に気に入られるのもわかる。だが、その器量もこれまでの功績も、そなたの足元にも及ばぬ。しかし、家康公の言葉を聞いてしまった以上、わしにはどうすることもできんのだ」

義光が、ようやくこちらに向き直った。

「義康。そなたは高野山に赴き、仏門に入れ。最上の家督は、家親に譲る」

「承知、いたしました」

義康は床に手をつき、頭を下げた。

父はああ言ったものの、家親は凡庸というわけではない。戦国の世は終わり、家中にも有能な人材が揃っている。家を保つのに不足はないだろう。

「すまん。家親を徳川家に差し出したは、わしの不明であった」

「おやめください。家親が最上と徳川を繋いでくれたおかげで、我らは生き残ることができたのです。当主としても、しかと家名を守ってくれましょう」

義康が微笑すると、父ははじめて頬を緩めた。

「酒を運ばせよう。たまには付き合え」

義康は頷きながら、父と酌み交わすのはこれで最後だろうと思った。

義康が山形を後にしたのはそれから一月後の、八月十四日のことだった。

同行するのは、浦山源左衛門の他十二名。全員が、義康とともに仏門に入ると言って聞かなかった。里見正近も同行を申し出たが、里見家の跡継ぎということで断念させ、民部のもとへ帰した。

形としては、あくまで廃嫡の上、追放される身である。見送りはなく、まだ明けきらない早朝に、逃げるように山形を出た。

「今からでも遅くはないぞ、源左衛門。山形へ引き返してはどうだ？」

「情けなきお言葉かな。お屋形様の命で若殿に付けられた時から、最後までお側にあると決めておりまする」

義康は苦笑した。一度言い出すと、源左衛門は梃子《てこ》でも動かない。

騎乗は、義康と源左衛門の二人だけだった。他の十二名は多くの荷を負っているので、歩みは遅い。

「まあ、急ぐ旅でもない。ゆるりとまいろうではないか」

六十里越で酒田へ向かい、そこから船で若狭まで出る予定になっている。はじめての上方が追放の途上になるなど、考えもしなかった。

これでよかったのだ。まだ薄暗い城下を進みながら、義康は己に言い聞かせた。

自分には子がいない。二十九歳になる今まで、数人いる妻妾の誰も身籠らなかったのだから、きっと子種がないのだろう。そんな自分が家督を継いでも、いずれ後継を巡る諍いは起きていたはずだ。

峠道を上りきると、馬を止めて振り返った。秋空の下、山形の城と城下町が一望のもとに見渡せる。

ここで生まれ、この地を守るために戦ってきた。喜びも、怒りも絶望も、すべてこの場所で味わった。そして、もうこの土地へ帰ることはない。

「この景色も、これで見納めか」

平静を装いながら口にした途端、視界が滲んだ。

しばし空を見上げ、それから馬を進めた。

六十里越街道は、上杉家の手によっていくらか整備されていた。だが、狭く険しい道のりであることに変わりはない。

その夜と翌日は山中の寺に宿を取り、三日目の昼にようやく山道が終わった。今日中に酒田の湊に入り、出航は明日の朝という予定だった。

「あの村は、何といったかな？」

四半里ほど前方に見える小さな村を指し、義康は訊ねた。

「はい。山添村と申しまする」

馬の轡を取る中間が答えた。

「このあたりは、下吉忠の知行地か」

吉忠は降将ながら、荘内平定戦での活躍を認められ、尾浦城を中心に二万石もの領地を知行していた。吉忠は武勇に秀でた良将だが、領国経営にも長け、荘内の統治に大いに手腕を発揮している。

だが、山添村の周囲に広がるのはわずかばかりの水田で、家の数も少なく、あまり豊かそうには見えない。荘内にはまだまだ開墾の余地がありそうだと、義康は思った。

「では、あの村で休息するといたそう」

平坦になった道の周囲は、広大な原野だった。深い茂みに覆われ、雑然とした林が点在している。人を集めてこのあたりを開墾すれば、村は大きく発展できそうだ。

そんなことを考えながら、義康は苦笑した。何を目にしても、つい政と結び付けてしまう。

「酒田の宿に着いたら、新鮮な鮭にありつけるぞ。今宵は、羽州との別れの宴だ」

一同が歓声を上げたその時、視界の隅で何かが動いた。

右手の林の奥。獣か。視線を向けた刹那、何かが弾けるような音が無数に響いた。

轡を並べる源左衛門の頭から血飛沫が飛んだ。何が起きたのか。理解する間もなく、脇腹を凄まじい熱が襲う。堪えきれず、義康は馬から転げ落ちた。

「若殿！」

轡取りの中間が叫んだ。同時に、二度目の銃声。中間は首を撃ち抜かれて地面に突っ伏した。

さらに三度目の銃声が響くと、林の中から槍や刀を持った二十人ほどが湧き出してきた。別の方向からも、足音が聞こえてくる。

従者は半数近くが倒れているが、残った者は刀を抜いて応戦していた。得物を打ち合う音が響き、悲鳴が重なる。

立ち上がろうとしたが、体に力が入らない。激しく咳き込んだ。口から夥しい量の血が溢れる。腹の傷は、どうやら致命傷らしい。

ここで死ぬのだと、やけに醒めた気分で思った。この羽州の地で果てるのも、定めかもしれない。見ず知らずの高野山でゆっくりと朽ち果てていくよりは、いくらかましだろう。

刺客を指揮しているのが誰か見極めようとしたが、視界がすでに霞みかけている。まあいい。この仇は、父がきっと取ってくれるはずだ。

それにしても、まさかここまで徹底してくるとは。誰が命じたのかはわからないが、よほど自分が目障りだったのだろう。自分の読みの甘さを嗤い、義康は力を振り絞って体を起こした。

斬り合いは今なお続いている。従者たちは奮戦しているが、全滅は時間の問題だろう。

義康は、草の上で胡坐を掻き、脇差を抜いた。傷口から、とめどなく血が流れ続けている。このまま動けずに首を獲られるのは、我慢がならなかった。

無様な最期は見せられない。自分は、最上義光の嫡男なのだ。

首筋に刃を当て、一息に引く。赤く染まった羽州の大地に、義康は顔を埋《うず》めた。

二

使いの者が何を言っているのか、義光にはまるで理解できなかった。

義康の一行が襲われた。従者は全員が討たれ、義康は自害した。そんな馬鹿げたことを、この使者はまるで事実のように述べ立てている。

山形城の表書院だった。定例の評定の最中で、谷柏直家や氏家光氏といった重臣たちもいる。こんな場で、虚言を弄するとは。

「戯言にしても笑えんな。誰か、この愚か者をつまみ出せ」

「お屋形様！」

直家が、珍しく大声を出した。なぜか、目に涙を浮かべている。

光氏が前に進み出て、床に一本の脇差を置いた。鞘と柄は血で汚れているが、義康が元服した折に、義光が与えたものだ。それが、なぜここにあるのか。

「若殿は刺客に襲われ、ご自害あそばしました。どうか、お受けとめくださいませ」

声を詰まらせながら、光氏が言った。

「兄上が、何ゆえ……」

三男の義親が項垂れ、嗚咽を漏らす。誰もが沈痛な面持ちで俯いていた。啜り泣く者もいれば、拳を床に打ちつける者もいる。

義光は床に置かれた脇差を手に取ると、無言で立ち上がり、表書院を後にした。裸足のまま庭へ下りると、井戸水を汲んで頭からかぶる。制止しようとする小姓を振り払い、それを二度、三度と繰り返した。小姓が何事か喚いているが、耳には入らない。

義康が死んだ。それは、どうしようもない事実なのだろう。だが頭では理解できても、心が受け入れられない。駒や康子が死んだ時と同じだった。

廃嫡と追放だけでは、飽き足らなかったのか。それほど、義康が脅威になるというのか。なぜ、護衛の人数を付けてやらなかったのだろう。いや、酒田までは自分が同行するべきだった。体面ばかりを重んじ、義康の身を案じてはいなかったのだ。

自分が死に追いやったようなものだった。思い至り、義光はその場に座り込んだ。何という、愚かな親だ。駒を死なせた時から、何一つ変わっていないではないか。

手にした脇差を見つめた。義康の血の跡。どれほど苦しかっただろう。想像しただけで、胸が押し潰されそうになる。

衝動の赴くまま、脇差の鞘を払った。

「何をなさっておられるのです！」

義だった。小袖が濡れるのも厭わず膝をつき、義光の手を取る。

「天罰だ。わしはこれまで、多くの人を欺き、陥れ、殺《あや》めてきた。わしが妻子に先立たれるのは、その報いなのだ」

「天罰などと。兄上は家臣領民のために……」

「後生だ、義。わしは腹を切って、義康に詫びねばならん」

「愚かな。兄上が腹を切って、何が解決するというのです！」

義は、義光の手から強引に脇差をもぎ取り、投げ捨てた。

「わしは、死ぬことも許されんのか」

「そうです。ご自分をお責めになる前に、義康殿を討った者たちを探し出し、仇を取って

差し上げるのです」

気づくと、家臣たちが集まっていた。不安げな表情で、兄妹のやり取りを見守っている。

「わしは、情けない主だ。妹だけでなく、家臣たちにまで心配をかけている」

「何を今更。それは、兄上が童の頃から同じではありませんか」

「そうだな。そなたにも、あの頃から叱られてばかりであった」

「〝最上の鬼姫〟にございますから」

そう言って、義は頬を緩める。つられて、義光も小さく笑った。

その夜、義光は家臣の斎藤光則《あきのり》を奥の書院へ呼んだ。

光則は十年ほど前に仕官した新参で、かつては豊臣家に仕えていた。検地や新田開発に腕を振るう能吏だが、出身は伊賀で、配下に忍び衆を抱えている。そのことを知る者は、家中には数えるほどしかいない。

「重臣たちの身辺を探れ。義康の謀殺を手引きした者が、必ずいるはずだ」

「承知いたしました」

四十絡みの目立たない男だが、その眼光は鋭い。

「されど、幕府の間者と出くわすこともあるやもしれませぬ。その時は、いかがいたしましょう」

「相手が誰であろうと遠慮はいたすな。義康を殺した者たちを、一人残らず探し出し、わしの前に引き立ててまいれ」

「御意」

一礼すると、光則は足音も立てずに退出していった。

義康の葬儀が終わると、再び政務に追われる日々がはじまった。

義康に任せていた仕事も、義光自身が決裁した。やるべきことは山のようにあるが、むしろその方が楽だと思える。

斎藤光則が奥書院を訪れたのは、義康の初七日を終えた夜のことだった。

「義康様謀殺に関与した者を捕縛いたしました。事情が少々込み入っておりますゆえ、お屋形様にもご臨席いただきたく」

「わかった。案内せよ」

粗末な衣服に改め、小姓の一人も連れずに城を出た。

光則が案内したのは、なぜか下吉忠の屋敷だった。門をくぐると、吉忠本人が平伏していた。

「お屋形様、面目次第もございませぬ」

声を詰まらせながら言うや、地面に額を擦りつける。

吉忠が言うには、配下の者が義康襲撃に深く関わっていたらしい。一人は原八右衛門。もう一人は、土肥半左衛門。いずれも関ヶ原の合戦後、吉忠とともに降った上杉家の旧臣だった。二人とも、吉忠から一千石以上の知行を与えられている。

義康が襲われた櫛引郡山添村は、吉忠の知行地の内にある。あらぬ嫌疑をかけられることを恐れた吉忠は独自に調査をはじめ、二人の配下の襲撃前後の動向がはっきりしないことに疑いを抱いた。そして、原の家臣の一人を密かに捕らえ訊問したところ、義康襲撃に加わっていたことを白状したのだという。

「原は捕縛いたしましたが、土肥はすでに逃亡しておりました。それがしと斎藤殿の配下が追っておりますゆえ、遠からず召し捕れるものと。この不始末、お詫びのしようもございませぬ」

それから吉忠は小袖の前をはだけ、脇差に手をかけた。

「ならん。死ぬことは許さぬ」

吉忠を見下ろしながら言う。自分でも意外なほどの、鋭く冷たい声だった。

「されど、それがしが裏で糸を引いていたと疑われても致し方ございませぬ。死して我が身の潔白を」

「ならぬと申した。詫びたいと申すのなら、命の限り荘内の民のために尽くせ。それが、義康の供養にもなろう」

吉忠は再び地面に額を擦りつけ、咽《むせ》び泣いた。

「事情はわかった。原のもとへ」

「はっ」

光則に案内されたのは、屋敷の隅にある土蔵だった。一人の男が、柱に縛りつけられている。血と汗の臭いが鼻を衝いた。

「原八右衛門か」

最上家に仕官する際に一度引見しただけで、その顔に見覚えはなかった。激しく抵抗したのか、鼻と口から血を流している。

「義康に恨みがあったわけでもあるまい。誰の差し金だ？」

原は答えない。濁った目で、こちらをじっと見据えている。

「どんな手を使ってもよい。何としても口を割らせろ。土肥半左衛門も、草の根分けても探し出せ」

「御意」

最上は、大きくなり過ぎたのかもしれない。吉忠の屋敷を後にして、義光は思った。かつては、家臣の人となりはすべて把握していた。顔も覚えていない家臣など、一人もいなかったのだ。

このところ、四方に敵を抱えて悪戦苦闘していた若い時分が、やけに懐かしく思える。だが、時を戻すことはできない。駒も康子も義康も、もう帰ってはこない。

それから数日後、土肥半左衛門が捕縛された。家臣も妻子も捨てて、身一つで南部領へ逃げ込もうとしていたところを、光則の手の者に捕らえられたという。

原と土肥の捕縛は、公にはしていない。だが義光は、その情報が少しずつ漏れ出していくよう、光則に命じた。いずれ、裏で糸を引く者が動きを見せるはずだ。

ほどなくして、家中が大きく揺れた。

長崎城で一万七千石を領する里見民部が、一族郎党二十数名を連れて出羽から逃亡したのだ。

夜陰に乗じての出奔だったため、事態が判明したのは翌日にずれ込んだ。民部の父、越後は老齢ですでに隠居しているが、姿が見えないため、その一行に加わっていると考えられた。義光は即刻国境を固めるよう下知したが、間に合いはしないだろう。

この時期に民部が出奔する理由。一つしか考えつかない。

「つまりは、民部も義康謀殺に関わっていたということか」

人払いした奥書院で、光則に訊ねた。

「関わっていたというより、首謀者であったというのが適切かと」

民部の出奔を聞き、原と土肥もようやく口を割っていた。

二人に義康謀殺を持ちかけたのは、やはり民部だった。そして、義康一行の旅程を報せてきたのは、民部の嫡男正近だという。報酬は、わずか一万石の知行だった。

「先に義康様を襲った女の刺客も、民部の放ったものでしょう」

「刺客を斬ったのは正近だと聞いたが、口封じか」

にあった。


「恐らくは」

義光は大きく息を吐き、書院の障子を開け放った。真冬の夜の澄んだ気に全身を浸す。誰かが裏切るとしたら、それは民部かもしれない。その予感は義光の心の片隅に、確かにあった。

はじめて会った時から、民部はどこか暗い翳《かげ》を漂わせていた。政務にも謀略にも優れ、上杉との戦ではわずかな手勢で別働隊を打ち破っている。その功績は他の重臣たちと比べてもまったく遜色はないが、人と親しく交わるようなことはなく、家中でも浮いた存在だったのは間違いない。思えば、義光も民部と腹を割って話し合った記憶などなかった。

民部が原と土肥を使ったのは、疑惑の目を吉忠に向けさせるためだろう。義光が吉忠を処罰すれば、家中に多くいる上杉旧臣が騒ぎ出す。内紛が大きくなれば、幕府は義光を強制的に隠居させ、家親に最上家を継がせることができる。そして民部は、家親の下で家中の実権を握る。そんなところだろう。

「思えばわしは、民部に実の兄を殺させた。それがきっかけとなって、あの男に歪んだ野心を生じさせたのやもしれぬ」

「それは」

光則は言葉を濁す。民部が兄を討ったのは、光則が最上に仕えるはるか昔のことだ。それ以来、民部は義光の謀略の手口を間近で見てきた。そして義光は、民部の中にある屈折した何かを見抜けないまま、その能力だけを重用し続けたのだ。

一行はすでに領外へ出ているだろう。謀叛人とはいえ、他家の領地に軍勢を送り込むわけにはいかない。民部としては、計画が破綻した以上、他家に仕官の道を求める以外の選択肢はないだろう。

「民部の背後に徳川がいるのは間違いない。迂闊には手を出せんが、民部らの一行を探し出し、その動向を常に監視せよ」

「承知いたしました。して、原と土肥の処分はいかがなさいましょう」

「明日にでも、斬首といたせ」

「御意」

光則が退出すると、義光は言いようのない疲労に襲われた。この泥沼は、いったいどこまで続くのか。民部を捕らえるより先に、この身が朽ち果てていくのではないのか。

だが、このままで終わることなどできない。この一件の始末をつけるまで、何としても生き続ける。それが、自分に課された最後の役目だ。

三

三年に及ぶ、長い流浪だった。

里見民部は、身を切るような海風に体を震わせながら、徐々に近づいてくる酒田の湊を見つめていた。

甲板には、嫡男の正近をはじめ、十人ほどの一族郎党が顔を揃えている。誰もが、三年ぶりに踏む羽州の地を心待ちにしている表情だった。

「祖父《じい》様にも、この景色を見ていただきとうございました」

正近が感慨深げに口にした。

長く、苦しい旅路だった。改めて、民部は思う。

そもそも、あの男が自分の功績を正当に評価しさえしていれば、こんなことにはならなかったのだ。

自分と父の越後が上山城を奪って義光に降らなければ、天童八楯が瓦解することはなく、今の最上家の隆盛もない。しかも、そのために父は嫡男を、自分は兄を討ったのだ。

だが、義光は父に上山城を与えただけで、格別の優遇はしなかった。重臣の列には加えられたものの、重大事は氏家や谷柏、志村といった譜代の直臣のみで決め、後には野辺沢満延や鮭延秀綱のような外様の新参者を重用するようになったのだ。

父が隠居し、民部が上杉家との戦で抜群の功を立てても、不遇は変わらなかった。しかも、父祖伝来の地である上山から長崎へと移封され、知行も一万七千石にとどまった。志村高治は三万石、上杉旧臣の下吉忠でさえ、二万石を知行している。

上山城の戦では、多くの一族郎党が命を落とした。その報いが、この仕打ちなのか。民部は失望と憤りに打ち震えた。

徳川の間者が接触してきたのは、その頃のことだった。

家親が家督を継げるよう動けば、最上家からの独立を許し、大名に取り立てる。その条件に、民部は光明を見出した。

徳川からの要望は、混乱が大きくなり過ぎるのを避けるため、義光の暗殺だけは避けよということだった。後の手段は問わないという。そこで民部は、標的を義康一人に絞った。

しかし、義康謀殺は果たしたものの、実行役の原と土肥が呆気なく捕縛された。期待した下吉忠の処罰もなく、身の危険を感じた民部は出羽を出奔する羽目に陥った。

「案ずるな。最上以外にも、わしを必要とする家はいくらでもあるのだ」

真夜中の山道を歩きながら、不安がる一族郎党に向かって民部は笑った。

実際、仕官の口はいくつもあった。最上家を出奔してすぐに、加賀前田家からは三万石、越前松平家からも二万石という破格の条件で仕官を求められた。上山城で上杉勢を撃退した自分の勇名は、天下に鳴り響いていたのだ。

だが、最上領を逃れたその足で加賀へ入ると、すでに仕官の話は立ち消えになっていた。それどころか、前田領内に留まることさえ許されず、犬のように追い払われた。それは、越前松平家でも同じだった。

奉公構《ほうこうかまえ》。出奔した家臣を他家が召し抱えないよう求める回状である。それを、義光が出しているに違いない。

ならばと向かった先は、江戸である。徳川将軍家の直臣ともなれば、義光とて異議は唱えられまい。何となれば、民部が出羽を出奔せざるを得なくなったのは、幕府のために働いた結果なのだ。

だが、江戸にも民部を受け入れようとする者はいなかった。幕臣たちはどれほど窮状を訴えても知らぬ存ぜぬで、民部の話に耳を傾けようとはしない。そのうち、身辺に不審な者がうろつくようになり、民部は逃げるように上方へ向かった。

京に腰を据え、上方はもとより中国や四国、九州の大名にまで仕官先を求めたが、結果は同じだった。行く先々で義光の横槍が入り、話はすべて流れてしまうのだ。

出奔の際に持ち出した金銀は底を突き、郎党の多くは離れていく。老いた父も、貧窮の中で病に倒れ、この世を去った。妻は娘と幼い孫を連れ、出羽の実家へと帰っていった。擦り切れながら流れ着いた先は、高野山だった。義康が最後に目指し、辿り着けなかった場所。その皮肉に、民部は笑うしかなかった。

剃髪し、出家しても、民部の胸中に澱《おり》のように溜まった憎悪が消えることはなかった。こんな山奥で、自分は再び世に出ることなく朽ち果てていくのか。そう思うと、口惜しさに夜も眠れない。

民部は、天下が乱れることを強く願った。再び乱世が訪れれば、まだまだ世に出る機会はあるのだ。

高野山での侘び暮らしは、二年以上も続いた。家康は将軍職を秀忠に譲り、駿府で大御所として君臨している。豊臣家は名実共に一大名家に転落したが、幕府の支配は盤石で、天下が乱れる気配はない。

最上家から帰参を求められたのは、今から三月ほど前のことだった。

使者を寄越してきたのは、義光ではなく家親だった。義光はこのところ病がちで、余命幾ばくもないという。ついては、最上家に戻り、宿老として家親を支えてほしいとのことだった。

「これは、罠にございます」

家親からの書状に目を通し、正近は断言した。

「行けば、必ずや斬られますぞ。義光公が、父上を赦すとは思えません」

「だが、考えてもみよ。長く徳川家にあった家親には、信頼できる臣がおらん。わしとは、利害が一致しておる」

「しかし……」

「案ずるな。家親にはしかるべき仲介役を立て、義光にわしを討たぬという起請文を書かせるよう言ってやった。それができぬとあらば、この話は無かったことといたす」

それからしばらく後、江戸にいる家親から再び使いが送られてきた。使者が携えてきた二通の書状に目を通し、民部は頬を緩めた。

一通の差出人は、本多正純だった。幕府内で権勢を振るう本多正信の子で、今は駿府にあって大御所家康を支えている。その正純が、義光が自分に危害を加えることはないと保証しているのだ。

もう一通は、義光の書いた起請文である。同じように、民部に手を出すことはないと誓っている。震えの目立つその文字は、義光の病状の深刻さを表していた。

義光め、よほど気弱になっていると見える。笑い出したいのを堪えながら、民部は使者に向かって帰参を承知する旨を伝えた。

「義光も、正純ほどの有力者の意向を無視するわけにはいくまい」

路銀として使者が置いていった黄金を眺めながら、久方ぶりに手に入れた酒を呷った。

貧しさとも、地の果てにも思える高野山の侘しさとも、これでようやく縁が切れる。

数日後、高野山を出ると、家親が寄越した迎えの者の案内で大坂、京を経て若狭へと向かった。

扱いは丁重なもので、宿に入るたびに美酒と山海の珍味で饗応を受けた。家親はよほど、自分の力を必要としているのだろう。京では、大名ばかりを客に取るような遊女を抱くこともできた。

やはり、力のある者は報いられなければならない。これからまた、自分の新しい生がはじまるのだ。生まれ変わったような気分で、民部は船に乗った。


「お久しゅうございます、民部殿」

酒田の船着場で待っていたのは、鶴ヶ岡城の城代を務める新関久正だった。若造だとばかり思っていたが、三年ぶりに見る久正は、以前よりもいくらか貫禄を漂わせている。

「ご城代殿自らお出迎えとは、痛み入る」

船着場には、久正の家臣たちが揃っていた。民部一行のために、馬まで用意されている。

「お屋形様は、これまでのご自身の行いを深く悔いておられます。突然の出奔に驚き、事情を聞くこともなく奉公構まで出したは、行き過ぎであったと仰せでした」

「それは、勿体《もったい》なきお言葉にござる」

「今の最上家があるは、里見一門の働きによるもの。新参の臣よりも低く置いたのは過ちであった、とも」

聞きながら、まさか、と思った。

義光は、自分が義康謀殺の首謀者であることに気づいていないのか。よくよく考えてみれば、原と土肥が自分の名を口にしたとは限らないのだ。だとすると、これが罠である可能性はさらに低くなる。

「して、お屋形様のご容態は？」

訊ねると、久正は沈痛な面持ちで答えた。

「この半年ほど、山形より一歩も出られてはおりませぬ。薬師の診立てでは、腹の奥深くに出来物があり、それが日に日に大きくなっているとのことです。もって、あと三月ほどと」

見ると、久正は目に涙を浮かべていた。

「それは、一刻も早くお屋形様にお目通りせねば」

「承知いたしました。では、案内の者を付けますゆえ、民部殿はこのまま山形へ向かわれませ。それがしはここを離れるわけにはゆかず、お供できませぬが」

「いや、お心遣い、かたじけない」

久正の家臣が曳いてきた馬に跨り、すぐに出立した。馬は、一族郎党の全員分が用意されている。

酒田の町を出ると、南へ向かった。ここから山形までは、六十里越を通るのが最も早い。しばらく進むと、山添という村に差しかかった。周囲には林や茂みが広がっている。

並足で進んでいると、前を行く案内の者が、いきなり馬に鞭を入れた。声を掛ける間もなく、前方へ駆け去っていく。

不意に、周囲から無数の足音が聞こえた。周囲の林から、武装した一団が湧き出してくる。前方からも、騎馬の一群がこちらへ向かってきた。野盗などではない。明らかに最上の軍勢だった。その数は、二百は下らないだろう。

「おのれ、やはり罠であったか！」

正近が馬上で刀を抜き放つ。郎党たちもそれに倣うが、すでに完全に包囲されていた。鉄砲足軽たちは火縄に点火し、こちらに狙いを定めている。

前方の騎馬の中から、一騎が進み出た。

「久しいな、民部」

義光。思わず、笑いが込み上げてくる。それは、自分への嘲笑だった。

「お屋形様に物申す！」

正近が叫んだ。

「己が私怨を晴らさんがため、本多正純様との約定を反故にされるおつもりか！」

義光は、口元に薄い笑みを浮かべただけだった。

この男のことだ、正純とも口裏を合わせていたに違いない。幕府にとっても、自分はすでに邪魔な存在でしかなかったのだ。

なぜ、見抜けなかったのか。その答えははっきりしていた。故郷への思いに、抗えなかったのだ。高野山で朽ち果てるよりも、故郷で死ぬことを、自分は心のどこかで望んでいた。

「もうよせ、正近」

「しかし」

「すでに、進退は窮まっておる」

言うと、民部は抜刀した。義光も、腰の刀を引き抜く。笹切の太刀。義康の佩刀だ。

視線が合った。義光の目に、憎悪の色は見えない。ただ静かに、民部を見つめている。馬腹を蹴る。義光の馬も、同時に駆け出す。どちらも声は上げない。間合いに入った。義光の喉元を狙い、斬り上げる。次の刹那、右の肘から先が消えた。振り返る。義光はすでに馬首を巡らせ、こちらへ駆けていた。

もっと上に行けると思っていた。だが、民部の頭上には、常にこの男がいた。結局、越えることはできなかった。

小さく笑みを漏らし、目を閉じる。

首筋に、刃風が触れた。

四

羽州にようやく訪れた春の空が、湯煙に霞んでいた。

「あぁ〜」

思わず、意味をなさない声が漏れる。

以前と変わらず、湯はかなりの熱さだった。鼻を衝く硫黄の匂いも懐かしい。見上げると、桜の花がちらほらと咲きはじめている。前に訪れた時は、確か紅葉の季節だったと、

「やはり、外の風呂はよいのう。身も心も解き放たれるようじゃ。そうは思わんか、光氏」

義光は思った。

湯煙の先の氏家光氏に、義光は訊ねた。

「左様にございますな。日ごろの疲れが溶け出していくようにござる」

珍しく、光氏が惚けたような声を出す。政務の全般を見る光氏には、これまでほとんど休む暇などなかったのだろう。

「それがしは、風呂は苦手にございます」

言ったのは、鮭延秀綱だった。

「どうも、腰に寸鉄も帯びていないというのは落ち着きません。もしもここで敵に襲われれば」

「安心いたせ。もう昔とは違う。この高湯には、野盗などおりはせん」

苦笑しながら言うが、秀綱はそれでも落ち着かない様子だった。これはもう、習い性というものだろう。

慶長十八（一六一三）年、春。この高湯を訪れるのは、実に五十二年ぶりだった。あの時、義光はまだ十六歳で、最上の家督を継いでもいない。

すべては、ここからはじまったのだという気がする。ここで野盗に襲われ、はじめて人を斬った。今にして思えば、羽州を豊かにしたいという夢は、あの時に生まれたのだ。

「六十八か」

何とも、長生きしたものだ。康子や駒、義康より長く生きるなどとは、夢にも思わなかった。

「しかし、突然湯治に出かけるなどと。近習らの慌てぶりは、見ていて気の毒なほどでしたぞ」

「小言を申すな、光氏。たまにはよかろう」

腰は曲がり、歯もずいぶんと抜け落ちた。馬に乗るのも難儀で、ここまでは駕籠に乗ってやってきたのだ。

「そなたたち二人を伴ったのは、他でもない」

湯の中で、二人が居住まいを改めた。

「わしはもう、長くはあるまい」

「お屋形様」

「何を弱気な」

「よいのだ。わし亡き後、そこもとら二人には家親を支えてもらわねばならん」

この数年のうちに志村高治、谷柏直家といった重臣たちが、相次いで鬼籍に入った。弟の光直や新関久正、北楯利長らは健在だが、大局を見据えることのできる者は少ない。家親の弟たちも、どこかまだ頼りなさが残っていた。

「幕府は、今も隙あらば最上の領地を削ろうと狙っておる。家親をいまだ江戸に留めておるのも、国許の家臣たちとの間に溝を作り出すためじゃ。よいな、構えて隙を見せるな」

「ははっ」

「承知いたしました」

思い残すことがないと言えば、嘘になる。家親と家臣たちの絆は弱く、義康謀殺のしこりが完全に消えたわけでもない。いまだに、家親が関わっていたと疑っている者も少なからずいるのだ。

国作りについても、まだまだ道半ばだった。北楯利長が指揮する堰《せき》は昨年の秋に完成し、総延長は二里半にも達した。堰は〝北楯大堰〟と呼ばれ、荘内の平野を潤している。これにより、最上川左岸の狩川、余目、藤島といった地域で新田開発が進み、新しい村がいくつも生まれつつあった。

だが、久正の担当する赤川の堰は完成には程遠く、最上川の開削もまだ十分とはいえない。この二つの作事の完成を自分が目にすることは、たぶんないだろう。

それでも、道筋はつけた。あとは、家親や家臣たちに任せるより他ないのだ。

一瞬、強い風が吹いた。頭上の桜の枝から、花弁が舞う。

この景色をお辰にも見せてやりたかったと、義光は思う。正室のお辰は数日前から風邪気味で、山形に残してきた。

「お辰への土産に、一つ歌でも詠んでみるか。そなたたちも、たまにはどうじゃ？」

言うと、光氏と秀綱は困ったように顔を見合わせる。

「何じゃ、情けない。これからの武士は、歌の一つも詠めねば一人前とは言えぬぞ」

「いや、一人前もなにも、我らはもういい歳にござれば」

「さよう。歌など、戦には何の役にも立ち申さぬ」

「うるさいっ。よし、わしが上の句を詠んでやる。下の句は、そなたたちが考えよ。春風の……、いや、山桜……」

しばらく考えてみたものの、どうもいいものが浮かばない。歳のせいか、近頃どうも、思うように言葉が出てこない。湯につかったまま十首ほど詠んでみたが、どれも愚にもつかない駄作ばかりだ。

「お屋形様、お顔の色が悪うございますぞ」

まずい、頭がくらくらしてきた。すっかり湯中《ゆあた》りしてしまったらしい。湯から上がり、二人に支えられながら宿所に向かった。

「まあ、いかがなされたのです？」

廊下で声を上げたのは、義だった。

「大したことはない。少しばかり湯に中っただけだ」

「でも、お顔が真っ青。すぐに床を延べさせます」

「大したことはないと申しておろうに」

「いいえ、このようなところで兄上に何かあっては、他のご家来衆に申し訳が立ちませぬ。光氏殿、秀綱殿、そなたたちが付いていながら、何たる不始末です」

「はあ、面目次第もございませぬ」

「まったく、主君に似て、頼りないこと」

踵を返し、義は下女を呼びに早足で去っていった。義も還暦をずいぶんと過ぎているが、足腰は義光よりもしっかりしている。

以前にも、こんなことがあったような気がする。苦笑しながら、用意された床に横たわった。

「呆れたものです。五十年以上前と同じ過ちを繰り返すとは」

「そうか、覚えておったか」

「当たり前です。たかが湯中りとはいえ、お歳を考えれば決して甘く見てはなりません。そもそも、ご家来衆の迷惑も顧みず、いきなり湯治に出かけるなど……」

まだまだ続きそうな小言を、義光は遮った。

「義。そなた、山形へ戻って何年になる？」

「何ですか、いきなり。あれは文禄三年の十一月四日ですから、もう十八年と半年ほどになります。それが何か？」

あまりのもの覚えの良さに舌を巻きつつ、妹を見つめる。

「わしが死した後は、そなたは仙台に行け。母と子は、ともに暮らすのが一番じゃ」

政宗とは、いまだに文のやり取りはしているようだった。ただ、義は出奔以来、一度も息子の顔を見てはいない。それも、義光の心残りの一つだ。

しばらくこちらをじっと見つめ、義は怒ったような口ぶりで言った。

「嫌でございます。わたくしは、山形に骨を埋めるつもりで息子のもとを飛び出したのです。今さら、仙台などに行けるものですか」

「しかしな」

「決めました。わたくしは、兄上よりもずっとずっと長く生きまする。そして、兄上の代わりに最上家とこの土地の行く末を見届けて差し上げます」

もう、自分が何を言っても聞く耳持たないだろう。苦笑し、大きく息を吐いた。

「わかった。好きにいたせ」

「はい。義は、これからも好きなように生きさせていただきます」

悪びれることなく、義が胸を張って言う。しばし顔を見合わせ、声を上げて笑った。


その年の九月、義光は駿府の家康に会うため、山形を発った。周囲はこぞって反対したが、それを押し切っての出発である。

高湯から戻って一月ほど後から、義光は床に臥せる日が多くなった。どこかが痛むというわけではない。だが、気力が湧かず、食事も喉を通らない。次第に体は痩せ、力まで失われていくようだった。

「そのようなお体で。無茶でございます」

お辰は涙を浮かべて引き止めるが、義光は首を振った。

「駿府で、わしはなさねばならぬことがある。わしでなければできぬ、最上の家の行く末に関わる大事なのだ。安心いたせ。必ず生きて戻ってまいる」

「戦、なのでございますね?」

「そうだ。これが、わしの生涯最後の戦だ」

「わかりました。ならば、これ以上引き止めはいたしませぬ。ご武運を」

「案ずるな。必ず勝って、帰ってまいる。わしの最期の地は、この山形をおいて他にない」

　笑いかけると、旅装に改め、駕籠に乗り込んだ。

　領内から出るのは、二年半前に駿府城の新築祝いに出向いて以来だった。

　奥州街道を南へ進み、白河の関を越える。街道も宿場町もよく整備され、行き交う人々の表情も明るい。世の泰平を、義光は改めて実感する。

　だが義光は、数年のうちに大きな乱があると見ていた。徳川と、豊臣の戦である。

　豊臣秀頼は当年二十一。父に似ず、大人の風格を備えた美丈夫に成長しているという。家康は一昨年に、京都二条城で秀頼と会見していた。その際、加藤清正、浅野幸長という豊臣恩顧の大名が、大坂から京へ向かう秀頼の護衛に付いている。秀頼本人の器量はともかくとして、古稀を迎えた家康は、秀頼の若さに危惧を抱いたはずだ。

　家康は、必ず豊臣家を滅ぼす。そしてそれは、そう遠い先の話ではない。義光の勘が、そう告げていた。

「お屋形様。まことに、家親様に会わずともよろしいのですか？」

　随行の坂光秀が言った。

「構わん。家親には、帰りに会えばよい。とにかく、駿府へ急ぐのじゃ」

江戸は素通りして、東海道を西へ向かった。目指すのはあくまで、駿府の家康だ。

宿で衣服を改めて城へ上ると、門前で本多正純が待っていた。

「お待ちいたしておりました。大御所様の命により、出迎えに参上いたしました」

今や、幕府でも一、二を争うほどの権勢を持つ人物である。それをわざわざ出迎えに寄越すあたり、やはり家康という男は食えない。

「そのまま駕籠で、本丸玄関までおいでくだされ。最上殿はご病気とのことゆえ、大御所様の格別なご配慮にござる」

感情の窺えない話し方は、石田三成とよく似ていた。頭は相当に切れるのだろうが、どこか人間味に欠ける。

「では、お言葉に甘えて」

駕籠のまま本丸に入ると、寝殿の広間まで通された。

現れた家康は、以前会った時よりも肥えているようだった。七十歳を過ぎているとは思えないほど、肌の色艶はいい。

「遠路、ようまいられた。お体の具合が優れぬと聞くが」

「大事ございませぬ。されど、お目にかかるのはこれが最後となりましょう。此度は、お別れの挨拶に参上いたしました」

「貴殿ほどの武人が、何を弱気な。これ、例の物を」

家康が手を叩くと、小姓が義光の前に折敷《おしき》を置いた。

「わしが手ずから拵えた丸薬じゃ。それを飲んで、しかと養生なされるがよい」

「は、ありがたき幸せ」

「うむ。大名たる者、身の養生は第一の務め。しかと長生きし、家親を導いてやることじゃ。わしなど、古稀を過ぎても倅の尻拭いをしてやらねばならぬ。難儀なことよ」

家康が声を上げて笑う。

義康を殺させた男が、笑っている。腹の底で、何かが蠢《うごめ》いた。

ここで駆け出し、刀を奪って斬りつける。せめて、家康に一太刀くらいは浴びせられるだろうか。考え、すぐに否定した。できるはずがない。この足は、もう思う通りには動いてくれない。足が動いたところで、やはり実行はしないだろう。

義康が死んで以来、家康に会う度に、同じことを考えては否定している。この歳にもなると、人はなかなか変われないものだ。

「最後に一つ、大御所様にお願いの儀が」

「うむ。申してみよ」

「我が最上家は長年にわたり、大御所様よりご厚情を賜っておりまする。されど、愚息家親は国許との縁薄く、家臣領民との絆も弱いものがございます。家臣には気の荒い者も多く、もしも家親の仕置に理不尽があれば」

家康の目をじっと見据え、義光は続ける。

「あるいは、誰か別の一族を当主に立てた上で、どこぞの大名家と手を結び、乱を企てる者が現れるやもしれませぬ」

義光を見つめる家康の目が、すっと細くなった。その脳裏に浮かんだのは、豊臣秀頼の名だろう。

「そのようなことになれば、いかに義光殿のご家来衆とて、討伐の軍を差し向けねばなるまい」

「さて、それだけですめばよろしゅうござるが」

最上の家臣団が家親を逐《お》い、大坂の秀頼と結んで兵を挙げる。それを、家康は恐れているはずだ。

最上が秀頼に付けば、豊臣恩顧の大名や外様大名の中にも追随する者が現れる。政宗などは、嬉々として策動をはじめるに違いない。そうなれば、盤石に見える徳川の天下も大きく揺らぐ。

「義光殿は、何を申されたいのかな」

「無論、今の話は仮定に過ぎませぬ。そのようなことにならぬよう、大御所様には何卒、家親にも引き続きご厚情を賜りたく」

視線がぶつかった。力を籠めて家康の目を見据え、深く頭を下げる。

「子々孫々にいたるまで、我が最上家は羽州の地にて、ご公儀をお支えいたす所存にございます」

最上家の存続を認める限り、幕府に逆らうことはない。その意思は、伝わっているはずだ。

どれほどの沈黙が流れたのか、家康が口を開いた。

「承知いたした。最上家は羽州の旗頭。それは、幕府がある限り、変わることはない」

勝った。込み上げるものを抑え、義光は「ははっ」と声を張り上げた。

「面を上げられよ。長旅は体に毒じゃ。早々に帰国いたし、養生に努められるがよい」

家康の表情は、相変わらず好々爺然としたものだ。その目の奥に何があるのかは見えない。

「そうじゃ、秀忠と家親にも会ってゆくがよかろう。秀忠には、わしから書状を認めておく」

にした。


「はっ、ありがたき幸せ」

会見は、それで終わりだった。

家康が腰を上げた。束の間、目が合う。家康は穏やかな笑みを浮かべたまま、広間を後にした。


江戸城で秀忠への謁見をすませると、やるべきことはもう何もなかった。

翌日、江戸の最上邸を発つ義光を、家親が門前まで見送りに出てきた。

「父上、それほど急がれることもありますまい。いま少し休んでいかれては」

「何だ。わしの顔に、死相でも浮かんでいるのか？」

笑いながら言うと、家親は顔色を変えた。

「笑いごとではございませぬ。道中、もしも父上に何かあれば」

「その時は、そなたが当主となるだけだ。もう、わしの務めは終わっておる」

「父上、そのような」

「もう江戸に用はない。早う、最上の水が飲みたいのだ」

それでも、家親は納得がいかないようだった。長く他家に奉公していたせいか、どこか生真面目に過ぎるところがある。これで家中を御していけるかと不安にもなるが、自分がどうこうできることではなかった。

「家親」

「はい」

「家臣を、民を、我が子のように慈しめ。家とは、扇のようなものだ。そなたが要《かなめ》だとすれば、武士は骨、民は紙。どちらが欠けても扇にはならぬが、しかと組み合わされば、よき風が生まれる」

その風が、上杉勢を追い払い、自分を大大名にまで押し上げたのだ。義光一人の力では、生き残ることさえできなかった。

「しかと、心しておきまする」

「それさえ、心がけておけばよい」

これで、この息子と語るのも最後になるだろう。思いながら、駕籠に乗り込んだ。

何とか振り絞っていた気力が、萎《な》えかけている。食事もほとんど喉を通らない。それでも、宿にとどまって休むことはしなかった。最期は山形の地で。それだけは、どうしても譲れない。

宇都宮を過ぎたあたりから、自分が今どこにいるのかもよくわからない。白河の関は越えたのか。それとも、まだ関東のどこかなのか。こうしているうちに、見も知らぬ場所へ連れていかれるのではないか。そんな恐怖にもしばしば襲われた。

何度となく、夢を見た。

幼い頃の夢。戦の夢。謀にかけて討ち果たした敵が、自分を呼ぶ夢。康子や駒、義康も出てきた。義光は夢と現の狭間で泣き、笑いながら、駕籠に揺られ続ける。このままあの世へと旅立つのも悪くないと、ぼんやりと思った。

「お屋形様、見えてまいりましたぞ」

坂光秀の声に、義光は目を開いた。

「止めてくれ。この目で見たい」

わずかだが、力が湧いてきた気がする。駕籠を下りると、須川を越えたあたりだった。山形城までは、あと半里もない。

「ここから先は、馬で行く」

言うと、光秀が慌てて制止した。

「なりませぬ。お体が……」

「頼む。わしの最後の我儘だ、許してくれ」

もう、この景色を見ることはない。城へ入れば、もう二度と出ることはできないと、義光ははっきりと感じている。駕籠の中からでは足りない。馬上から、この目に焼きつけておきたい。

「では、それがしが轡を取りまする」

諦めたように言う光秀の馬に、義光は跨った。初めて馬に乗った童のように、ゆっくり時をかけて進む。

日射しは穏やかだが、羽州に吹く風はすでに冬の匂いがした。正面に広がる町並みと、その先に横たわる山々。山形を離れていたのはほんの一月ほどだが、何もかもが懐かしい。

真冬の到来を前に、往来は人で賑わっていた。店棚には多くの品が並び、町屋は活気に満ちている。最上川の開削が終われば、この町はもっと大きく、もっと豊かになるはずだ。

だが、ここまで来るのに多くの血が流れた。妻や子らの命まで、犠牲にした。

「赦してはくれまいな」

康子。駒。義康。もうすぐ、そちらへ参るぞ。心の中で呼びかけた。

山形城の大手門は、もう目の前だった。

その向こうで誰かが待っているような気がして、義光は小さく微笑んだ。

終章　面影の花

境内には、秋の匂いが色濃く漂っていた。

薄曇りの空の下、朝の静寂に満ちた寺域の木々は赤く色づきはじめている。

その寺は、かつて慶長寺という名だったが、幕府から元号を寺号に用いることを禁じられたため、今は光禅寺と改められている。

義は、墓地の中にひっそりと佇む小さな霊屋《たまや》へ入ると、膝を折って墓前に手を合わせた。

光禅寺殿玉山道白大居士。山形城下七日町に建つこの寺の名は、兄の戒名に由来していた。元々は兄が慶長七年に高僧を招いて開創したもので、七堂伽藍を備え、周囲に濠を巡らせた城下でも有数の寺院である。

慶長十八年の冬、江戸から戻って間もなく床に就いた義光は、翌慶長十九（一六一四）年一月十八日未刻に息を引き取った。不安も恐怖もない、穏やかな眠りに落ちていくような兄の最期を、義は昨日のことのようにはっきりと覚えている。

一生居敬全　　一生居するに敬を全うし、
今日命帰天　　今日、命天に帰す。
六十余霜事　　六十余霜の事、
対花拍手眠　　花に対ひ手を拍《う》ちて眠らん。

義光の、辞世の漢詩である。

我が一生は敬いを全うし、今日、この命は天に帰る。六十余年の月日はただ茫々。咲く花に感謝を込めて手を叩き、今は眠ろう。


あれから、もう九年近い歳月が流れていた。

歳は取りたくないものですね、兄上。かつては〝鬼姫〟などと呼ばれた義も、腰の曲がったただの老婆になってしまいました。墓前で微笑みながら、合掌を解く。

七十四歳となった義には、目の前の墓石に彫られた兄の戒名も霞んで見える。七十を過ぎたあたりから膝の具合が悪く、侍女たちの助けがなければ満足に出歩くこともできない。兄の墓前で手を合わせるのは、これで最後になるだろう。仙台へ移れば、もう二度と出羽の土を踏むことはない。そして、最上家の領地は見知らぬどこかの大名のものとなるのだ。

最上家は、兄の死から十年足らずで所領のほとんどを失い、出羽の地からも追われる。まさかこんなことになるとは、夢にも思わなかった。それは義だけでなく、家臣や領民も同じだろう。

兄は、今の最上家の有様を見てどう思っているだろう。考えただけで、義は胸に針で刺されたような痛みを覚える。

義光の死後、家督は予定通り次男の家親が継いだ。

家親は父の死を知るや直ちに帰国を許され、山形へ入り義光の葬儀を催した。その日の夕刻、義光の近臣四人が墓前で腹を切り、亡き主君に殉じている。その中には、義に随行して伊達家に仕え、その後最上家に戻っていた山家河内もいた。

当主となった家親は、精力的に政務をこなした。長年、家康や秀忠の側に仕えただけあって、領国経営の力に長け、家臣領民に対しても公明正大だった。

義の目から見ても、当主として家親に不足はない。このぶんなら最上家は安泰だろうと安堵した矢先に、荘内鶴ヶ岡で信じ難い事件が起きた。家臣の一栗兵部の謀叛である。

兵部は最上家譜代ではないものの、慶長五年の上杉勢との戦いで活躍し、鶴ヶ岡城の城番を任されるほど厚遇されていた。

その兵部が慶長十九年六月一日、手勢三十人ほどを率い鶴ヶ岡城代・新関久正の屋敷を襲撃したのだ。この日、屋敷には久正の他、下吉忠と志村光惟《あきただ》が訪れていた。光惟は志村高治の息子で、亡き父の跡を継いで酒田亀ヶ崎城主を務めている。

兵部は吉忠と光惟を殺害したものの、久正の家臣らによって討ち果たされた。

家親の相続に反対していた兵部は、義光三男の清水義親を擁立しようと久正らを誘ったが、これに賛同する者がいなかったため、新関屋敷を襲ったのだという。

その年の九月、さらに大きな乱が起こった。家督相続の御礼言上のために駿府へ上った家親は、留守居の重臣たちに義親討伐を命じたのだ。

義親が、豊臣秀頼と通じて謀叛を企てているというのがその理由だった。一栗兵部の謀叛も義親が裏で糸を引いていたとされるが、真偽は定かではない。

十月十三日、義親は居城の清水城を最上宗家の軍勢に囲まれ、一族とともに自刃して果てた。

「いつか、先代義光公が嘆いておりました。最上家は、大きくなり過ぎたのかもしれぬ、と」

義親自刃の報告に来た氏家光氏が、憔悴しきった顔で言った。

「何事にも江戸や駿府の流儀をもって臨む家親様に、義親様やその家臣らが不満を抱いていたのは事実。されど、よもやこのような事態にまでなろうとは」

項垂れる光氏に、義は言葉をかけることができなかった。

今や、家親と国許の重臣たちの間には深い溝が生じていた。

義親の死から間もなく、大坂の陣がはじまった。家親は江戸の留守居を命じられ、その役目を大過なくこなす。豊臣家滅亡の翌年には、家康が駿府城で没した。享年七十五。一つの時代が終わり、新たな時代が始まるのだと、義は思った。

だが、最上家を覆う暗雲が晴れることはなかった。

元和三（一六一七）年三月六日、家親が江戸の最上屋敷で急死した。猿楽を鑑賞中に俄かに苦しみ出し、ほどなくして息を引き取ったのだという。三十六歳の若さだった。

家親の後継を巡り、家中は紛糾した。家親の嫡男家信《いえのぶ》は弱冠十三歳。その幼少を危惧した鮭延秀綱ら重臣の一部は、三十一歳になる義光の四男、山野辺《やまのべ》光茂《あきしげ》を推す。しかし幕府の裁定は、家信を新当主とせよ、というものだった。

度重なる謀叛と粛清。当主の唐突な死。君臣間はもとより、家臣相互にも不信が生じ、最上家中は瓦解寸前だった。

そして、十三歳の少年に、家中に渦巻く疑心暗鬼を振り払う力は毛頭ない。むしろ家信自身が、山野辺派の重臣たちが家親を暗殺したと疑っていたのだ。

家信の家督相続から間もなく、幕府は東国諸大名に江戸城修築の普請役を命じ、最上家も莫大な出費を強いられた。家臣の不満はさらに高まり、山野辺派と家信派の主導権争いも激しさを増していく。

そして元和八年、義光の甥で家信派に属する松根光広が幕府に対し、「家親の死は、山野辺光茂を当主に推す一派による毒殺である」と訴え出るという騒動が起こる。

だが、幕府の調査では家親はあくまで自然死であり、光広は虚偽の訴えをした咎で筑後柳川に配流となった。

ここに至り、家中の軋轢は頂点に達した。収拾は不可能と判断した幕府は山形に特使を派遣し、最上領を収公して家信には別に六万石を与える旨を通達する。家信が成長した暁には旧領を返還するということだったが、秀綱ら山野辺派はこの処置に強硬に反対した。

「最上本領が収公されるのであれば、家臣一同暇を賜り、出家遁世《とんせい》して高野山に上る」

秀綱らはそう主張したものの、それが幕府の態度を硬化させ、八月十八日、ついに最上家五十七万石の没収が決定する。家信は近江で領地を与えられ、最上の家名存続こそ認められたものの、石高はわずか一万石に過ぎなかった。

義光の死後、髪を下ろして真覚尼と称するお辰は、家信と共に近江へ移ることを選んだ。

今はわれ浮世の空の雲晴れて　心の月の澄み渡るかな

そう詠んだお辰の表情は、歌の通りに澄み渡っていた。

それから間もなく、仙台の伊達、米沢の上杉ら奥羽諸大名の軍勢が、最上の諸城を受け取るため、領内へ入ってきた。家臣領民は動揺しているものの、大きな混乱はない。山形城も接収され、義は仙台へ移ることとなった。

秀綱はこの後、佐倉藩主土井利勝のもとでの謹慎を命じられ、他の一族や重臣たちも他家に預けられることになった。家信に従って近江へ移るのは、わずかな近臣たちだけだ。

「望み通りの死に様を選ぶのは、なかなかに難しいものです」

山形城明け渡しの前夜、別れの挨拶に来た秀綱が言っていた。

「この数年、あの上杉勢との戦で死んでいればと、よく思います。あの時に華々しく討死でもしていれば、こんな面倒事に巻き込まれずに済んだものを、と。まあ、言っても詮無きことですが」

秀綱は笑っていたが、その目はどこか寂しげだった。

思えば、秀綱は美しく滅びたかったのかもしれない。幕府の大軍と一戦を交え、跡形もなく滅び去る。それが、戦国を生き抜いた秀綱の最後の矜持だったのだろう。だが、乱世はとうに終わっていた。他の一族重臣は戦って死ぬことよりも、改易を受け入れて生き続けることを選んだのだ。

「今だからこそ言えることですが、義光公の失敗は、家臣たちにあまりに気前よく領地を与え過ぎたことですな。そのせいで、己の保身や権勢を求めることに汲々《きゅうきゅう》とする者が現れ、家中の統制が乱れはじめた」

「兄は、それだけ家臣の方々を信頼しておられたということでしょう」

「確かに。あの御方は、大名家の当主としてはあまりに人が好過ぎました。もっとも、そのおかげで家臣たちは、義光公のために必死になって働いたわけですが」

「ほんに、周りに心配ばかりかける、困ったお人でした」

「まことに」

義と秀綱は顔を見合わせ、それから小さく笑った。

「申し訳ございません、兄上」

兄の墓前で、義は声に出して呟いた。

義光亡き後、様々な出来事が起こった。少なくない血が流れ、兄と弟が殺し合いまでした。

音を立てながら崩れていく最上の家中にあっても、義にはただ事態の推移を見守ることしかできなかった。先々代の妹というだけで何の実権もない自分に、できることなど何一つなかったのだ。

いや、この身がもっと若ければ、実を結ぶことはなかったとしても、何か行動を起こしていたはずだ。睨み合う最上と伊達の軍勢の中へ、輿を乗り入れたあの時のように。

だが、以前のような気力は湧かず、体も動かなかった。あの頃の〝鬼姫〟は、もうどこにもいない。

「お東の方様」

霊屋の外から、侍女の声がした。最上家に帰ってからも、義はお東の方と呼ばれている。

もう、出立の刻限か。外には侍女の他に、迎えの伊達家臣数名と駕籠も待たせてある。

難儀しながら立ち上がって霊屋を出ると、侍女の傍らに一人の僧侶が佇んでいる。僧侶は笠をかぶり、手甲脚絆という旅装束だった。汚れ具合を見ると、かなりの旅をしてきたのだろう。歳の頃は、五十をいくつか過ぎたくらいか。

「こちらのお坊様が、お墓に参りたいと申されて」

僧侶が笠を取り、軽く頭を下げる。再び頭を上げた僧侶の顔を見て、義は息が止まりそうになるのを覚えた。

「お久しゅうございます、お東の方様」

その声。間違いはない。訝しがる侍女や伊達家の者たちをよそに、僧侶が続ける。

「もしよろしければ、共に墓前に」

声を出すこともできず、義はただ頷いた。僧侶と共に、再び霊屋に入る。

僧侶は墓の前に跪《ひざまず》くと、手を合わせて読経した。淀みのない、穏やかな声音。人違いでなければ、この僧侶が仏門に入ったのは三十年以上も前のはずだ。読経が堂に入っているのも当然だった。

「秀雄《しゅうゆう》殿、ですね？」

読経の声がやむと、義は訊ねた。

「はい、ご無沙汰いたしております。まさか、ここにいらっしゃるとは」

こちらに向き直り、秀雄が微笑する。

文は幾度かやり取りしたものの、会うのは三十二年ぶりになる。義は、込み上げるものを堪えることができなかった。外の者たちの耳に入らないよう、声を潜めて言う。

「よく来てくれました、小次郎」

「その者はとうにこの世を去っておりますぞ、母上」

小次郎。もう、会うことはないと思い定めていた。これも天の、いや、兄の導きによるものかもしれない。

三十二年前、弟の謀叛を知った政宗は小次郎を捕縛し、その与党を悉《ことごと》く粛清した。そして、公には小次郎も死んだとして、密かに領外へ追放し、出家させたのだ。

あの時、政宗が小田原に参陣しても、生きて帰れるかどうかはわからなかった。万一の時に備え、伊達家嫡流の血は残しておくべき。義は、政宗をそう説いた。そして、小次郎を斬れば、自分も毒を仰いで死ぬとまで言ったのだ。結局、政宗は義の考えを受け入れた。

無論、政宗は小次郎に監視を付けていたはずだ。小次郎が少しでも不穏な動きを見せれば、直ちに密殺されていただろう。

「早いもので、あれから三十年以上の歳月が流れました。はじめのうちこそ、兄上や母上を恨んだこともあります。しかし、今はこれでよかったのだと思い定めております」

出家して秀雄と名乗った小次郎は、伊達家の伝手を頼って名僧として知られる海誉《かいよ》上人に弟子入りし、今は江戸の吉祥院大悲願寺という古刹に身を寄せているという。

「長い修行で、私は己の小ささを嫌というほど味わいました。私のような凡人が当主では、伊達家はその後の激動を乗り切ることなどできなかった。兄上だからこそ、伊達家は生き残ることができたのです」

　そう語る横顔は、義が知る、穏やかで争いを嫌う小次郎そのものだった。

「そなたに政宗殿の毒殺を持ちかけられた後、母は山形の兄に助言を求めました。二人の息子を共に生かすにはどうしたらよいのか、知恵を貸してほしいと。勝手な妹の願いを、兄はしかと聞き届けてくれました」

「そうでしたか。伯父上が」

　そう言うと、小次郎は再び墓前に祈りを捧げた。

「お東の方様、そろそろ」

　侍女が、遠慮がちに声をかけてきた。

「仙台へ、移られるのですね」

「ええ。そなたも共にまいりませぬか？」

　小次郎は、小さく首を振った。

「兄とは、江戸で一度、お目にかかりました。互いにすべてを水に流し、今は文のやり取りなどもいたしております。しかし、さすがに仙台へ参るというわけには」

　口調は穏やかだが、その表情には固い決意のようなものが滲んでいる。二度と伊達家には戻らない。それも、小次郎なりのけじめのつけ方なのだろう。

「そうですか。ならば、仕方ありませんね」

義は小次郎に支えられ、立ち上がった。

「母は、老いました。今生の最期にそなたと出会えたのも、兄上のおかげやもしれませぬ」

「まことに」

霊屋を出ると、空を覆っていた雲は晴れ、穏やかな陽光が降り注いでいる。

「では、拙僧はここで」

小次郎に見送られながら、義は駕籠に乗り込んだ。

出発の声がかかり、駕籠がゆっくりと動き出す。

義は、傍らに置かれた大ぶりな籠に目をやった。中では、一匹の白い猫が眠っている。

城の奥にいた猫たちのうちの一匹だった。義によく懐いていたので、仙台まで連れていくことにしたのだ。名は〝白寿《はくじゅ》〟。兄の幼名の白寿丸からとった。

駒や義光が可愛がっていた猫は、それから何代にもわたって城に居座り、今ではどれだけ増えたのかもよくわからなくなっている。

あの猫たちはきっと、山形城の主が誰に代わろうと無関心で、城のあちこちで気ままに暮らし続けるのだろう。義は、かすかな羨望を覚えた。

光禅寺を出ると、待機していた百名ほどの護衛の軍勢が合流してきた。大袈裟だとは思ったが、政宗直々の命だという。

しばらく進むと、籠の中の猫が目を覚ました。

「どうしたのです、白寿」

落ち着かない様子で、籠をがりがりと引っ掻いては鳴き声を上げている。籠から出して抱き上げると、その目は窓の外に向けられていた。

「そうか。お前はここを離れたくないのですね」

やわらかな背中をひと撫でして、義は駕籠を止めた。白寿を抱いたまま、外に出る。人で賑わう、七日町の往来だった。そういえば、今日は市の立つ日だったと思い出す。最上家が改易となっても、日々の営みは常と変わることなく続いていた。

振り返れば、東大手門の多門櫓がそびえている。


面影の花をたびたびかへりみて　過ぎ行くあとの関ぞ霞める

声に出して呟いた。義光が上の句をつけた、別れを詠んだ歌だ。

自分が知る最上家は、消えてなくなった。だが、義光が志したものは、しっかりと形になって残っている。だから、嘆く必要はないのだ。

そして自分は、最上家の行く末を見届けるという兄との約束を果たした。小次郎とも、会うことができた。

もう、この世でなすべきことは何も残っていない。最期の一時は政宗のもとで、せいぜい気ままに過ごすとしよう。

胸に抱いた白寿を地面に下ろした。困ったような顔で、義を見上げている。

「さあ、行きなさい」

声をかけると、白寿は城へ向かって、振り返ることなく駆けていった。

主要参考文献

奥羽永慶軍記　上・下　第二期戦国史料叢書3・4　今村義孝校注　人物往来社
最上義光物語　中村晃訳　教育社
最上義光連歌集　第一、二、三集　最上義光歴史館
奥羽の驍将　最上義光　誉田慶恩　人物往来社
最上義光　戦国の驍将　佐藤清志　新人物往来社
陸奥・出羽　斯波・最上一族　七宮涬三　新人物往来社
最上義光の面影を追う　木村重道　みちのく書房
最上氏と出羽の歴史　伊藤清郎編　高志書院
織豊政権と東国社会「惣無事令」論を越えて　竹井英文　吉川弘文館
織豊政権と東国大名　粟野俊之　吉川弘文館
直江兼続と関ヶ原　福島県文化振興財団編　戎光祥出版
歴史群像シリーズ⑲　伊達政宗　独眼竜の野望と咆哮　学習研究社

この作品は2015年10月徳間書店より刊行されました。

徳間文庫

北天《ほくてん》に楽土《らくど》あり

最上義光伝

2017年11月15日 初刷

著者 天《あま》野《の》純《すみ》希《き》

発行者 平野健一

東京都港区芝大門二―二―二〒105―8055

発行所 株式会社徳間書店

電話 編集〇三(五四〇三)四三四九
販売〇四八(四五一)五九六〇

振替 〇〇一四〇―〇―四四三九二

印刷
製本 図書印刷株式会社

ISBN978-4-19-894273-1 (乱丁、落丁本はお取りかえいたします)